コニー・メイスン/著
中川梨江/訳

愛は砂漠の夜に

Desert Ecstasy

扶桑社ロマンス
1102

愛は砂漠の夜に

登場人物

ァーメド王子(マーク・キャリントン卿)	コンスタンティーヌの君主(ベイ)の息子で、ベルベル族の王子。英国貴族の母を持つ
ㇷリスタ・ホートン	チュニスの領事館高官の娘、英国人
ブライアン・ケント	クリスタの許婚
ァブドゥーラ王子	アーメドの異母兄
オマール	トゥアレグ族の族長、アーメド王子の護衛
ㇲアリー・スチュワート	クリスタの父方の叔母
ウィロー・ラングトリー夫人	アーメドの昔の愛人
エリッサ	オマールの娘
ャジド	アーメドの弟、英国名はアレン

プロローグ

砂漠の夜に

「あなたは誰《だれ》？」

返事のかわりに魔法のような手が伸びてきて、胸を包みこみ、くびれたウエストから太腿《ふともも》へと撫《な》でられ、脚がおのずと開いてしまった。相手は愛撫《あいぶ》を続けながら低くうめいたが、クリスタは少しも怖くなかった。むしろうれしかった。

「あなたは砂漠の鷹《たか》ね？」クリスタは大胆にたずねた。「なぜ正体を明かしてくれないの？」

「まだだ。そのときが来たら教える」唇が愛撫に忙しく、これ以上話すゆとりはないらしい。

「ああ神様……」つんと立った乳首を強く吸われ、思わず声を上げてしまう。

「そうだ、自分の神に祈るがいい。天国に連れていってやるからな」

1

賑《にぎ》やかな部屋で、初めて彼と目が合った瞬間、魂を鷲《わし》づかみにされ、時も場所も超えて、自分の人生は一変してしまったと、クリスタは思った。これまで会ったことのない浅黒い肌の男が、ゆったりとものうげに自分を見つめている――息が止まり、胸の鼓動《こどう》が跳ね上がる。

背が高く、引き締まった腰をしたその男は、威厳に満ち、堂々としている。身のこなしはリビアヤマネコのように優雅でかつ敏捷《びんしょう》だ。月に照らされた砂漠の絹のテントに寝そべり、悦楽に耽《ふけ》りながら、長い官能的な夜を過ごしているのだろうか。輝くエメラルド色の瞳《ひとみ》に影を落としている、淫《みだ》らなほど長く、まっすぐな黒い睫毛《まつげ》。濃い褐色の豊かな髪、浅黒く日に焼けた顔に高い頬骨《ほおぼね》。ローマ彫刻のように整った顔。厚く官能的な唇、彫りの深い力強い輪郭が、不屈の精神を表している。

異国の人間だが、その厳しく整った風貌《ふうぼう》はどこかなじみがあるように思え、クリスタの心の琴線に触れた。身体《からだ》にぴったりした高価な服が、引き締まった弾力のある筋肉と肌を包んでいる。その人物の名は、アーメド王子。その堂々たる物腰から王族の人間であることはすぐにわかった。彼は、コンスタンティーヌ（現北アフリカ・アルジェリアのコンスタンティーヌ県）の君主《ベイ》である父ハリド・イブン・セリムの跡継ぎなのだ。そして、イギリスでの名は、マーク・キャリントン卿《きょう》。彼の母はイギリス貴族、マルボロ侯爵の娘で、マークは祖父の爵位の後継者でもあるのだった。

マークは、人がごったがえしている広間をものうげに見やっていたが、クリスタと目が合うと、そのエメラルド色の目を輝かせた。勉学と、貴族である祖父との親交のためにイギリスに来てからの四年間、こうした場には何度となく顔を出していた。そして、夜会はいつもひどく退屈だった。美しい女性にはひかれることもあり、向こうも雄々《おお》しい若き王子に魅せられて寄ってくるが、白人女性との関係はたいていその場限りのものだった。ベルベル族の法律では、王族が異国人と結婚することは禁止されているのだ。しかし、あつかましい母親たちは、娘が目にとまって、ハーレムで寵愛《ちょうあい》を受けられるよう、わざと彼の気をひこうとする。イギリス生まれの母と父王は、このしきたりに満足しているように見えたが、もし母に選択肢があれば、愛人ではなく法律上の正妻になることを望んだに違いないと、マークは思っていた。

マークの視線はずっとクリスタに優しく注《そそ》がれていた。あの女性は誰《だれ》だろう、なぜこれまで舞踏会で逢《あ》ったことがなかったのだろう？　細い弓形の金色の眉毛《まゆげ》、猫のようなサファイア・ブルーの瞳がハート形の顔の輪郭を引き締めている。瞳を縁《ふち》どる長く濃い睫毛。まっすぐ伸びた細い鼻梁《びりよう》、魅惑的な曲線を描くふっくらとした口もと、そして驚くほど引き締まった顎《あご》の線が、繊細な顔だちをさらに魅力的にしている。ほとんど銀色といってもいい、淡い亜麻色の素晴らしい髪は、形のいい頭上に巧みにまとめ上げられ、弾む巻き毛が頬にかかって、なめらかな肌を引き立てている。

「彼女は?」マークはそばにいた二人の男性のうち、片方の人物に問いかけた。彼はピーター・トレントンという、マークと同じ名門校に通っていたイギリス人で、二人は今も仲のいい親友同士だった。

もう一人の恐ろしい容貌《ようぼう》の巨漢は、父王からどこへ行くにも必ず連れていけと命じられている護衛官だった。オマールはとてつもない膂力《りよりよく》を持ったアルジェリアの砂漠の遊牧民で、好戦的なトゥアレグ族の族長《シーク》である。父セリムの友でもあり、その狡《こう》猾《かつ》さと力によって護衛に選ばれたのだった。

「青いドレスの愛らしい金髪のご婦人のことかな」ピーターは楽しそうに言った。四年も一緒にいるが、今までどんな美人に対しても、マークがこれほど強い興味を示したことはなかったのだ。

「なぜ今まで会ったことがなかったんだろう?」マークは官能的で優美な姿から目が離せなかった。突然、彼女は自分がじっと見つめられていたことに気づいたらしく、さっとその場から離れた。

「彼女はロンドンに来て間もないんだ」ピーターは小声で言った。「ロンドンにいる叔母を訪ねてきている。父親のウェズリー・ホートンはチュニスの領事館の高官だ」ピーターはロンドンの社交界には精通しているらしい。「ミス・クリスタ・ホートンは二ヶ月ここに滞在し、すぐにチュニスに帰るそうだ」

「クリスタ」マークは舌の上で転がすように、つぶやいた。「クリスタ・ホートン。会ってみたい」生まれついての支配者らしい口調だった。

ピーターは驚いてマークを見た。これが昨夜、ここ半年ほど愛人だった赤い髪の美女を無造作に捨てた男なのだろうか？　その前にはブロンド、黒髪、その他大勢の愛人たちがいた。誰一人、マークのかたくなな心をつかんだ者はいなかった。女は彼にとって欲求のはけ口にすぎず、ハーレムにいる女性たちがその役割を果たしていた。しかし、ほとんど銀色といってもいい、美しい亜麻色の髪の女性は、ひと目で彼の心をつかんでしまった。こんなことは初めてだ。

「君の今夜のパートナーは彼女だな、マーク。彼女に目をとめるとは思ったが、これほど興味を示すとはね。ロンドンには婚礼の準備のために来たらしい。チュニスに帰ったら結婚するそうだ」

マークは顔をしかめ、広い額《ひたい》に一本の長い皺《しわ》が刻まれた。「結婚？　誰と」

ピーターは肩をすくめた。「知らないな。政府筋の小役人だろう」

「だが、今はまだ結婚してない」クリスタの華奢《きやしや》な身体を目で追いながら、マークはつぶやいた。ふいに、広間で彼女を両腕に抱いている男にわけもなく腹が立った。

クリスタは、何かにつけてしつこく話しかけてくる青年に、適当に返事をしていたが、心の中は、偶然心を奪われてしまった男のことでいっぱいだった。時々、思い切って、彼の男らしい顔を盗み見た。初めて部屋の向こうにいる彼と視線が合った瞬間、全身の血が熱くなり、世界が輝いて見えた。許婚《いいなずけ》にさえ、これほど心をかき乱されたことはなかった。彼がイギリス貴族で、しかもベルベル族の王子であることは知っていた。気持ちを鎮めようと化粧室に入っていくと、女たちがコンスタンティーヌのベイの跡継ぎの話で盛り上がっていた。

クリスタは、結婚適齢期を過ぎ、身を固めろと言う両親の言葉に負けて、今のところ有望株のブライアン・ケントという役人の求婚を渋々受け入れることにしたのだ。そしてクリスタの父、ウェズリー・ホートン卿が彼の未来の義父《ちち》として、昇進を助けているというわけだった。

家族や友だちから、まじめで堅いと思われているクリスタにも、ブライアンが自分を本気で愛してなどいないことに気づくくらいの賢さはあった。でも彼はそこそこハンサムだし、野心もある。それに自分に女性としての魅力を感じてもいる。クリスタにしてみれば、今まで付き合ってきた他の恋人たちの中では、ブライアンが一番好きだった。うまくやっていけるだろうし、冷静に考えれば、それはそれでいいではないか。親の取り決めで結婚し、幸せになった両親のように、時が経てば愛が芽生えるかもしれない。たぶんわたしには恋なんかできないんだわ。たぶん一生情熱などというものとは縁がないのよ。そんなことは、夢中になって読む本の中だけのこと。クリスタはぼんやりと考えた。両親は娘の意志に反して無理矢理に結婚させたりするようなことはしないだろうが、未婚のままでは失うものも多いはずだ。だからクリスタはブライアンと結婚することに同意したのだ。

ところが今夜、美貌の王子の熱い視線に出会って、たちまち彼の魅力の虜《とりこ》になってしまった。それからずっとそわそわしている。

空気！　クリスタは複雑なダンスのステップにとまどいながら思った。混乱した頭をすっきりさせるために、新鮮な空気が必要だ。クリスタは、演奏が終わる瞬間を待たずに礼儀正しく相手に断り、開いている扉に急いだ。彼女を腕に抱く特権をわがものにしようと待ちかまえている青年から、次のダンスを申し込まれてしまう前に。

マークは、クリスタが人の間をすり抜け、開いた扉からひそかに月光に照らされた庭へ出ていくのを、輝く目でじっと追いかけた。あやしく微笑《ほほえ》むと、ピーターから離れ、クリスタが出ていった扉に向かって、大股《おおまた》で歩き出した。忠実なオマールがあとに従う。

　夜の空気は爽《さわ》やかに澄んで、無数の星が輝く空には満月が昇っている。クリスタはすぐに見つかった。青いサテンのドレスが月明かりに輝いて、高い常緑樹の迷路へと続く小道を歩いてゆく、身体の曲線をはっきりと見せている。迷子になりたくないのか、あえて冒険しようとするカップルはほとんどいない。トレントン邸に何度も来ていたマークにとっては、迷路などなんでもなかった。マークが短く命じると、オマールはうなずいて、広い胸の前で両腕を組み、迷路の入り口に立ちはだかった。用心深いオマールがいれば誰にも邪魔されずにすむ。マークは安心して、クリスタのあとを追った。

　やっと一人になったものの、混乱していたクリスタは、知らぬ間に迷路に入りこんでしまったことに気づいていなかった。トレントン邸を訪れたのは初めてだったので、ベンチに腰掛け、なぜこのロマンチックな月明かりの小道を散歩する恋人たちがいないのかしらと、無邪気に考えた。でもすぐにその思いは、口をきいたこともないのに心を捕らえてしまった、背の高い、浅黒い男の姿に取って代わった。

　今夜、また会えるかしら？　そう願いながら自分で自分に問いかけた。もしあの魅力的な緑の瞳の中に見えたのが同じ徴《しるし》だとしたら……自分が虜になったように、彼もわたしにひかれていたのだとしたら。それとも彼は、化粧室にいた女たちがうわさしていたように、目の前の魅力的な女を片っ端から口説き落とすたぐいの男なのだろうか？　裕福なベルベル族の王子でありイギリス貴族として甘やかされて育って、女と見れば手を出し、飽きたら捨てるような男。彼女たちは小声でくすくす笑いながら、マルボロ公爵の跡継ぎのことを、そんなふうにうわさしていた。公爵を継いでも意味はないのではないだろうか。彼はまもなくイギリスからコンスタンティーヌに戻って統治者の地位を継ぐというのだから。

クリスタはため息をつくと、目を閉じて、新鮮な松の香りのする空気を胸いっぱいに吸いこんだ。もうすぐわたしもすべてを捨て、ここから去るんだわ。二人が同じ大陸へ向かうことになるなんて、なんという偶然かしら。チュニスで過ごした穏やかな夜、エキゾチックな潮風、愛しい人たちを懐かしく思い出した。急に出発が楽しみになってきた。ブライアンが今か今かと待っているからではない。両親と弟と妹に会えるからだ。そういえば、マーク・キャリントンには兄弟がいるのかしら？　きっと大勢いるだろうとクリスタは思った。ベイは国のしきたりに従って、法的に認められている四人の妻の他に、ハーレムに美女たちを囲っているに違いないのだから。

あの王子はハーレムを持っているのかしら？　そう思うと心が乱れた。コンスタンティーヌを離れたときはもう大人だったはず。きっとハーレムの他に、一人か二人妻がいただろう。こんなことを考えていると、なぜか心がもやもやした。

クリスタは、きれいに刈りこまれた芝生の上を流れてきた音楽を聞いて、そろそろ夜会に戻らなければいけないと思った。今頃《いまごろ》メアリー叔母様が、自分がいないことに気づいて、誰かを探しに行かせているかもしれない。さっと立ち上がり、瞳と同じサファイア・ブルーのスカートの裾《すそ》の皺を撫でつけ、右のほうを見た。こっちだったかしら？　何歩か歩いて立ち止まり、途方に暮れてしまった。目の前にはこんもりした生け垣がある。顔をしかめ、左に曲がり、その先の小道を用心深く調べた。こっちが出口だったかしら？　そうして、ようやく自分が迷路に迷いこんでしまったことに気づいた。一体どうすれば、大騒ぎにならずに出口を見つけ出せるかしら？　大声で助けを呼ぶなんて、はしたないことはできない。

ひそかに獲物に忍び寄る獣のように、長身のしなやかな体軀《たいく》が目の前の小道に飛び出してきた。突然舞い降りてきたみたいだった。すらりとしているがやせているのではなく、筋肉質だが、高価な服の下で筋肉が隆々と盛り上がっているわけでもない。硬い筋肉に包まれた身体は、優美で落ち着いている。その強靭《きょうじん》な身体は、荒涼たる砂漠を馬で駆けめぐることによって鍛えられたのだろう。突然、彼が目の前に立ちふさがり、クリスタはあまりの近さにくらくらした。

「こんばんは。どうかしたのですか？」彼は明るい口調で言った。その声は低くなめらかだった。「わたしったら……いやだわ、迷ってしまったみたいです。アーメド王子」恥ずかしそうに口ごもったが、王子という呼び方は口をついて出てきた。「これでは舞踏会に戻れないわ」

「わたしの名前を知っているのか?」うれしそうに彼は言った。

「あなたのお名前と称号を存じ上げない人は、ここにはいませんわ。この舞踏会はあなたのために開かれたのですもの」

マークは腕で優雅に弧を描いて挨拶《あいさつ》した。「ミス・クリスタ・ホートン、あなたは美しい。一晩中、釘《くぎ》づけだった。話す機会を待っていたんだ。たぶん、君も同じ気持ちだろう?」

クリスタの白い頬が朱《あけ》に染まった。こんなあけすけな言い方には慣れていなかった。わたしはそんなふうに見えたのかしら?

「そんなふうに、親しげにおっしゃらないでください、キャリントン卿」クリスタはきっぱりと言った。

彼はあまりに魅力的で、堂々としている。強烈な魅力に負けないよう、気を引き締めなければ。この浅黒い肌の男は、憎たらしいほど自信たっぷりで、褐色の容貌はいかにも放埓《ほうらつ》な貴族らしく、蜂《はち》をひきつける蜜《みつ》のように、女をひきつける男のオーラを放っている。彼の魅力に抗える女などいないだろう。うわさは本当に違いない。クリスタはすっかり心を乱されたが、彼の戦利品になるものかと思った。

マークはあやしげな笑みを浮かべ、熱く燃える緑色の瞳でクリスタの全身を食い入るようにじっと見つめた。「では王冠を捨て、これからはただの貴族として暮らすことにしよう」イギリスでの称号で呼ばれたことに、すっかり気をよくして彼は言った。

「どうお呼びすればよいのでしょう。あなたはイギリスの貴族ですの？　それともベルベル族の王子ですの？」

マークは微笑した。どうやら彼女は自分の気の強さと魅惑的な美貌に気づいていないらしい。「では刺《とげ》のあるイギリスのバラに答えを教えてあげよう。どちらも正しい。母方の祖父から、マルボロの領地を継ぐことになっている。他に男の後継者がいないためだ。おまけに父から、コンスタンティーヌの領地を継ぐように言われている」

「お母様はイギリスの方でいらっしゃったのね」クリスタは思い出したように言った。

「そうだが？　ずっと前に母が乗っていた船がシシリー沖で海賊に襲われたんだ。そうして母は父のハーレムに売られたというわけさ」たった今会ったばかりの女に、なぜ自分は家族の過去まで話しているのだろうと不思議に思いながら、彼は言った。

「お母様は、奴隷だったの？」

「驚いたのか？　もう何年も前のことだ」笑うと、顎に大きなえくぼができた。「本当のところは、どっちが奴隷でどっちが主人だったかわからないが。父は母のことをとても愛していたし、母も父を愛していた。わたしの国では二人の結婚は禁じられていたが、父は母に女たちの中で一番高い地位を与え、愛の証《あかし》として、他の妻との間に生まれた兄のアブドゥーラをさしおいて、二人の最初の子であるわたしを跡継ぎに指名した。母は幸せだったよ。何度か祖父を訪ねてイギリスにも渡ったが、必ず帰っていった。父のところへね」

「イギリスでは自由なのに、囚われの身を選ぶなんて、よほどお父様を愛していらしたのね」クリスタは感慨深げに言った。

「君には理解できないかもしれないが、母は自分のことを奴隷だとは思っていなかった。心の中では、ハリド・イブン・セリムの妻だったんだ」

クリスタは出し抜けに、あることを思い出した。「あなたの……ハーレムには美しい女《ひと》が大勢いらっしゃるんでしょう?」

「もしそうだとしたら、何か困ることでも?」

「いいえ」クリスタは即座に否定した。「ちょっと……お訊《き》きしただけです」

「大丈夫だ、ミス・ホートン。ハーレムはない。今のところは」マークは謎《なぞ》めかして付け加えた。「コンスタンティーヌには何年も帰っていない。わたしがいないのに、ハーレムをそのままにしておくのは酷だからな……その……女性たちの幸せのためにもね」彼はやや言いにくそうに、言葉を選びながら言った。「そのことは帰ったらゆっくり考えるつもりだ。もしや、君がハーレムの最初の住人になってはくれないかな？」からかうような軽い口調だったが、クリスタは思わずたじろいだ。

「わたしは男の所有物ではありませんし、そうなろうとも思いません」クリスタは憤然として言った。「もう一度お願いいたします。道をご存じならば、わたしを外に連れていってくださいませんか」

「喜んで」マークは緑の瞳をいたずらっぽく輝かせて、大げさにお辞儀をした。「ただし条件が二つある」

クリスタは身を硬くして、黙って彼の言葉を待った。

「一つ目は、わたしをマークと呼ぶこと。これは母がくれた名だ。イギリスではこれを使っている」そのぐらいなら大したことではないと思い、クリスタはうなずいた。それにどうせこの魅力的な王子とは二度と会えないかもしれない。「二つ目だが」低い、魅力的な声でささやいた。「感謝の印に口づけしてもらいたい」マークが進み出ると、クリスタは思わず後ずさった。

「本気でおっしゃってるの？　とんでもない条件ですわ」クリスタは強い口調で言った。いくらなんでも馴《な》れ馴《な》れしすぎる。「初対面の相手を名前で呼べというだけでも十分なのに、人を自由に――」マークがいきなり、手を伸ばしてクリスタを自分のほうへ引き寄せた。

クリスタは息をのんだ。たくましい身体をそっと押しつけられて、身体の内でかすかに官能の波がざわめいた。

身体が触れ合った瞬間、マークの身体のうちにも予想外の欲望が芽生えた。クリスタはそれを感じとって、真っ赤になった。しかし抗議の言葉は出てこなかった。彼の唇が息とともに言葉も奪ってしまったからだ。

彼女の乏しい経験では、それを他のキスと比較するのは無理だった。でもブライアンと何度か交わしたそっけないキスとは大違いだ。彼の腕の中でみじろぎもできず、意に反して彼の胸に身を委《ゆだ》ね、たくましい体にぴったりと寄り添ってしまった。彼はむさぼるように口づけしてくる。さらに、彼が舌をねじこんできたとき、全身の神経がむき出しになってしまったみたいにずきずきし、危険な快感の予感に血がざわめいた。

彼は危険すぎるわ、クリスタは意識のすみでそう思った。なぜ彼だけがわたしをこんな震え出したくなるような気持ちにさせてしまうのだろう？　たくましい腕の中で、見えない手で全身を押さえこまれたように、動くことも話すこともできずにいるなんて。

胸を指で愛撫《あいぶ》された瞬間、どきりとするほど強烈な快感が走って、そのまま死んでしまいたくなった。二十一年間生きてきて、これほど情熱的な愛撫をされたことはなかった。マークは突然唇を離し、襟《えり》ぐりの広く開いたドレスの、白い胸のふくらみの上に口づけを浴びせた。クリスタははっと我に返った。カッとなって、厚い壁のような胸をぐいと押しのけた。

「あ、あなたって方は、悪党の、遊び人よ！」怒ってつい口を滑らせた。「そんなことをしていいと言ったおぼえはないわ」

マークは楽しげに黒い眉をつり上げた。「喜んでキスさせてくれたじゃないか」

「そんなことありませんわ！　わたしのことを、どんな女だと思ってらっしゃるの？」

「とても美人で情熱的なのに、自分がひどく男をそそるということには気づいていないらしいな。嘘《うそ》だと思うなら、キスしよう。きっと感じるぞ。許婚殿は君の魅力に気づいているのか？　それとももう最後まで、味わったのかな？」

言葉を理解するより先に、クリスタはマークの頬を思い切りひっぱたいていた。明るい月の光が、くっきりとついた手の跡を照らしている。しかしマークはすべての感情を押し殺して石のように動かなかった。宝石のような双眸《そうぼう》が、危険な光を放っていた。

「なるほど、イギリスのバラには刺がある」きつい口調で言った。「クリスタ、そのうちに君はわたしのものになる。身も心もすべてね。宿命《キスメット》を信じるか？　二人が一緒になるのは必然なんだ。目を見た瞬間にわかったよ。わたしたちの運命は絡み合っている。君はわたしのものになるために生まれてきたんだ」

「そんなことありませんわ」クリスタは言い返した。「わたしはすぐに結婚いたしますし、あなたも祖国へお帰りになるんでしょう。わたしが他の不幸な女性たちみたいにあなたのハーレムに行きたがると思ったら大間違いです」クリスタは怒りに目をきらきらさせた。彼はクリスタが想像でしか知らなかったことを感じさせ、体験させ、危険な目にあわせた。彼の強烈な魅力に対してだけではなく、自分の弱点に対しても、守りを固めなければ。「無理ですわ、マーク。今夜を限りに、二度とわたしたちが会うことはないでしょう」むきになって言い張った。

「それは違う、クリスタ」謎めいた笑いを浮かべ、マークはクリスタという名前の自然な響きを味わった。「また会える。きっとすぐに、思ってもみなかったような場所でね」低く太い声で、自信たっぷりに言った。

クリスタはうろたえ、言い返そうとしたが、何も考えられなかった。だがその必要はなかった。マークが丁寧に手を差し出したからだ。ためらいがちにその手を取ると、彼はあっという間に迷路を通り抜けて、大男のオマールが、王子のためなら命も捨てる覚悟でじっと立って待っている場所まで案内していった。

クリスタはマークの横を軽い足取りで歩きながら、内心怒りに燃えていた。なんて始末に負えない男なの！　富、輝かしい未来、美貌、女性まで、なんでも持っている。

それなのになぜわたしを弄《もてあそ》ぶのかしら。何がキスメットよ！　もう会えるはずがないのに。

オマールのいるところまで戻ってくると、ひとこと言っておかねばと、クリスタはマークの腕から手を離した。しかし次にクリスタが彼のほうを向いたとき、彼は現れたときと同じように、闇《やみ》に溶けるように音もなく姿を消してしまっていた。彼の言葉だけが耳の中で鳴り響いていた。二人は本当に再会する運命なのだろうか？

戻ってきたクリスタは、長い間、中座していたことを叔母にわびるために適当な作り話をでっちあげねばならなかった。結局は、事実の通りに、迷路で迷子になったと言うことにした。ただ肝心のマーク・キャリントンの存在だけは省いて話した。このことは自分の胸にしまっておくのが賢明だと思ったからだ。しかし、あの魅惑的な男と会うのもこれが最後だと思っていたのは、大きな間違いだった。しばらくして、マークが突然、ダンスを申し込んできたのだ。彼女と踊ろうと待ちかまえていた熱心な色男たちの鼻先をかすめて、彼女を広間に連れ出した。

「すぐに逃げられるとでも思ったのか？」マークは笑みを押し殺してたずねた。クリスタは内心別のことを考えていた。彼って、笑うと顎のえくぼがはっきり見えるんだわ。

彼に幻惑されてはだめだ。あえて、そっけなく言った。「わたしはそう願ってました」

「そんなふうに、わたしを傷つけようとしても無駄だ」マークは蠱惑《こわく》的な声で耳もとにささやいた。「運命の絆《きずな》は断ち切れない。君の瞳が誘った、だから応えた。君はもうわたしのものだ」

なんて傲慢《ごうまん》なの！　クリスタは唇を噛《か》んだ。「合図なんかしていませんし、お呼びしたおぼえもありませんわ。あなたのうぬぼれにはついていけません！」

「その話はあとでゆっくりしよう」マークは有無を言わさぬ口調で言った。「君には晩餐《ばんさん》のパートナーになってもらう」

「晩餐のパートナーですって！　わたしに選択の余地はありませんの？」本当は、彼の隣に何時間も座っていると考えただけでくらくらしてしまうのに。

「そんなものはない。段取りはトレントン家がしている。わたしより客選びがうまいからな。トレントンはきっと――」彼の言葉が途切れた。オマールが端のほうから懸命に合図しているのに気づいたからだ。

マークはクリスタと一緒に器用に踊りから抜け出すと、オマールに近寄った。無表情だったオマールの顔がふいに険しくなった。腕をクリスタの細い腰にまわしたまま、マークはたずねた。「どうした、オマール？」

オマールは顔をしかめ、折り畳まれた紙を差し出した。それに目を通した瞬間、マークはみるみる青ざめ、怒ったようにその紙を握りつぶした。きっと重大な知らせに違いない。

「どうかなさったの?」クリスタは心配になってたずねたが、マークは彼女を見ていなかった。彼女がいることすら忘れてしまったみたいだった。猛獣のような激しい怒りで、端正な顔がゆがんでいるのを見て、クリスタはぎょっとした。そんな抑えようのない怒りの矛先《ほこさき》に立っているのが自分でなくてよかった。怒りが向けられている人間が気の毒になる。「マーク……」ふたたびマークの腕に触れて気づかせようとした。

マークははっと我に返り、穏やかな表情に戻って、クリスタを見た。「すまない、クリスタ。どうやら晩餐のお相手はできそうにない。すぐに行かなくてはならなくなった」

「行く?」わけがわからなかった。「今夜、マルボロ邸に戻られるんですの?」

「いや、コンスタンティーヌに戻る」クリスタは仰天した。「今の手紙で、計画を変更し、すぐ出発せざるを得なくなった。でも心配は要らない。きっとまた会える。星にそう出ているからな。それがキスメットだ……」彼がいなくなってからも、その言葉だけはずっとクリスタの心に響き続けていた。

2

二週間後、イギリス滞在を終えたクリスタは、活気に満ちたマルセイユ港で、船全体に装飾が施された三本マストの西洋式帆船《スクーナー》に乗りこんだ。フランス船籍のボナミ号は、塗り替えたばかりの船体にぶつかる波の上に誇らしげに浮かんでいた。メイドのマーラに付き添われ、山のような荷物に囲まれながら、客室に入る前に、もう一度だけ賑《にぎ》やかな港町に目をやった。

地中海のリヨン湾にあるマルセイユは船乗りの町で、暗く細い坂道が迷路のように入り組んでいる。遠くに古い大聖堂の尖塔《せんとう》が見える。この古い町の中心には、古代の教会アクールの鐘楼や市庁舎がある。港には、小さな漁船からボナミ号より大きなものまで、大小さまざまな形の船がひしめいていた。

トレントン家がマークのために開いた夜会の二日後、クリスタはイギリス海峡を通過した。叔母のメアリーが突然、チュニスに行く前にパリを見せたいと言い出したので、イギリスに引き返さずに、マルセイユから出発することにしたのだ。クリスタとマーラは、アルジェ経由でチュニスに向かうボナミ号に乗るために、パリからマルセイユまで四輪馬車に乗った。

出発の日、朝から快適な旅を予感させるような青空が広がっていた。翌朝、目を覚ましたときには、ヨーロッパは水平線に浮かぶ小さな点になっていた。

ただ残念なことに、すべてが望み通り穏やかというわけではなかった。空は晴れ、海は穏やかでも、ひとときも心が休まらない。マークにロマンチックな空想をかきたてられ、あっという間に虜《とりこ》になってしまったのだ。あの運命の出会いから、すべてが変わってしまった。彼は今どこにいるのだろう？　熱い口づけを今でもはっきりとおぼえている。二人が再会するのは宿命《キスメット》だと言ったけれど、本当なのかしら？　あまりに馬鹿《ばか》げているわ。クリスタは自分で自分に厳しく言い聞かせた。二人の向かう道はそれぞれ違う方向を向いている。わたしはブライアンの花嫁になるためにチュニスへ、彼は君主《ベイ》になるためにアルジェリアに向かっているのだ。

「ちょっと、どいてくださらない」横柄《おうへい》な声に、クリスタはびくりとした。いつのまにか下の甲板と大部分の客室に通じている通路をふさいでいたのだ。

「ごめんなさい」クリスタは謝りながら、鮮やかな赤い髪の女性が通り抜けられるように、脇《わき》に寄った。ボナミ号には他にも何人も乗客がいることは知っていた。この美女もその一人だろう。だが誰《だれ》なのか確かめるひまもなく、その女性はさっさと通路の先へ行ってしまった。太ったメイドが思いやりのない女主人になんとか追いつこうとして、息を切らせていた。

クリスタの小さな客室は、チュニスの広大な邸《やしき》の化粧室より多少大きいくらいだった。それでもトランクを寝台の横に置き、服と小物を小さな箪笥《たんす》にしまうことができた。箪笥は床にボルトで留めてある。机《つくえ》も椅子《いす》も小さな丸テーブルも動かないようになっている。天井にはランプがぶら下がり、水差しとボールは滑り落ちないように小さな揺りかごのような容器に入れられ、箪笥の上にのっている。明るい色のベッドカバーと、窓の同じ布地のカーテンが、客室の陰気な雰囲気を多少は和らげてくれていた。ボナミ号は大半の船に比べれば、ましな設備が整っているほうだ。

マーラの助けを借りて、クリスタは荷物を解いた。マーラは召使いというより付き添い兼お目付役だった。クリスタは夕食が待ち遠しかった。他の乗客たち、特にさっき出会った赤毛の女性に会えるかもしれない。

運良く、クリスタが興味を持った女性は、十数人の客が座っている長いテーブルで、クリスタの隣に座った。他はほとんどが軍服姿のフランス人青年だ。

「クリスタ・ホートンと申します」クリスタは親しげに声をかけた。「一人なのは、わたしたち二人だけのようですわね」

「運がいいこと」赤い髪の女性はそうつぶやくと、ブラックベリーのような瞳《ひとみ》を輝かせながら、テーブルを見まわした。品定めをするようにあからさまな視線を男たちに向ける。「あたくしはウィロー・ラングトリーです」

「どちらへご旅行ですの?」クリスタは気になってたずねてみた。「わたしはチュニスへ向かうところなんです。イギリスに叔母がいて、会っていたものですから」しゃべりすぎているのはわかっていたが、なぜかこの女性のせいで落ち着かない気分になっていた。

「あたくしはアルジェにいる夫と合流するところなの」楽しくもなさそうな声だった。

「リチャードはそこで、一年ほど父の輸入会社を管理していますの」

「今頃《いまごろ》合流なさるんですの?」クリスタがうっかり訊《き》き返すと、ラングトリー夫人は顔をしかめた。

「もちろん夫からはすぐに来てくれと言われていましたけど、いろいろと用事ができてしまって。それに……イギリスには心ひかれることがあるものだから」とにっこりし、うっとりするような目つきになった。「心ひかれること」とは男性のことに違いない。

「ご主人様はきっと待ち焦がれていらっしゃるわね」クリスタはそう言うと、気持ちを切り替え、おいしい食事を楽しむことにした。

クリスタよりいくつか年上のラングトリー夫人は、退屈したように皿のものをつつきながら、目ではめぼしい男を探していた。そして、すぐに物欲しげないくつかの視線が、自分の美貌《びぼう》ではなく、クリスタに向けられていることに気づいた。

ラングトリー夫人は自他共に認める美女であったが、容姿が十人並みであろうとなかろうと、すべての女性を敵とみなしていた。そういう意味ではクリスタは、最強の敵だ。ラングトリー夫人は燃えるような赤い髪に透き通る白い肌、神秘的な黒い瞳をしていて、快楽を約束するような官能的な肢体を薄いドレスに包み、きらびやかに装っていた。初めのうちは、自分がボナミ号の女王になるという目論見《もくろみ》をクリスタに邪魔されるとは思ってもいなかった。だがこうして間近《まぢか》に見ると、自分への注目がそれてしまうくらい彼女は魅力的だ。

ラングトリー夫人はふと何週間か前のことを思い出した。望むものすべてを手にしていたのに、美男子で大富豪の愛人の座を追われてしまったのだ。すべての面で、彼ほど素晴らしい男はいなかった。去年一年間だけでも、夫人の愛人の数は一人や二人ではなかった。頭の古い夫が、ゴシップの届かないアルジェにいるのは幸いだった。

この結婚は間違っていたんだわ。愛人たちの板挟みになって弱気になってしまったとき、彼の求婚が魅力的に思えて受けてしまった。すぐに夫はアルジェに発《た》ってしまい、一ヶ月以内に行くと約束したものの、いろいろ言いわけして一年以上も滞在を先延ばしにしていたのだ。

ところが、夫の両親に近頃の浮気を知られてしまい、ただちにアルジェにいる夫のもとへ出発しないと、浮気のことをばらすと最後通告されてしまった。愛人にお払い箱にされてむしゃくしゃしていたラングトリー夫人は黙って従った。でも時間さえあればかつての恋人の心を取り戻せると内心では思っていた。気の多い彼女がよりを戻すつもりなのは、まさにアーメド王子その人だった。

夕食後、乗客たちは親交を深めるためサロンに集まった。ラングトリー夫人が恐れていた通り、クリスタはすっかり若い士官たちの人気の的《まと》になっていた。ラングトリー夫人もそれなりに注目されたが、自分がどんなに魅力的に見えるか気づいていないらしい淡い金髪の娘と、人気を二分したぐらいで安心はできなかった。

クリスタは地中海に配属される青年たちの大半に会い、何組かの気のいいカップルにも会った。人々が三々五々、自分の客室に戻りはじめるまで、楽しい夜の間じゅう、ラングトリー夫人だけは一人ぽつんと離れていた。クリスタは小声で詫《わ》びを言うと、すっかり彼女の時間を独占していた青年たちの抗議の声を背にして、部屋を出た。正直なところ、おだてられるのにはうんざりしていたし、一人で自由に考えごとができるところへ行きたかったのだ。

細長いベッドに丸まって寝ていたクリスタは、ボナミ号が帆を揚げ、深夜の潮に乗って出帆する直前に、闇《やみ》にまぎれて二つの人影がひそかにタラップをのぼってきたのに気づかなかった。この二人は船長に出迎えられ、すぐに客室に招き入れられた。

翌朝、クリスタは目を覚ますと、すぐに舷窓《げんそう》に近寄った。輝く青い大海原が果てしなく広がっている。それを目にする前から船の揺れ方で外洋に出たのはとうにわかっていた。フランスの海岸線は水平線の向こうに消えていたが、クリスタはフランスを離れたことをくよくよするより、家族との幸せな再会を考えることにした。未来の夫のことはどうでもよかった。今は別の男のことで心がいっぱいで、未来の夫が入りこむ余地がなかったからだ。

「いいお日和《ひより》でございますね、ホートン様」マーラが親しげに声をかけてきた。

このベルベル人の中年女性とは、何年か前にクリスタの家族がチュニスに来て以来、ずっと一緒だった。黒髪にくりっとした黒い目の女で、太り気味だが陽気でよく気がついた。彼女がクリスタのイギリス行きの付き添いに選ばれたのは、ウェズリー卿《きょう》がマーラを信頼していたからだ。そのたぐいまれな美貌ゆえに、いらぬ注目を集める愛しい長女を守る役目を、ウェズリー卿はマーラに頼んだのだ。

クリスタはマーラにうれしそうに笑いかけた。マーラは狭苦しい客室を動き回って、きれいな洋服を広げたり、汚れものを集めたりしながら言った。「楽しい旅になりそうですね」考えごとで頭がいっぱいで、おしゃべりをする余裕がなかったクリスタは、いい加減に答えてごまかした。女主人が上の空なのに気づいたマーラは、黙ってクリスタのドレスの背中を留めると、クリスタがダイニング・サロンで朝食をとっている間に他の召使いたちと一緒に食事をすませるため、部屋を出ていった。

クリスタが、熱心に言い寄ってきているアンリ・ジェルヴェにエスコートされて席に着いたとき、ウィロー・ラングトリー夫人はどこにもいなかった。アンリは新しい任務につくためボナミ号に乗ってチュニスに行く若い士官だった。どうやらラングトリー夫人は朝寝坊らしい。それから何日か、午前中はほとんど姿を見ることはなかった。この船の乗客は若い夫婦がほとんどで、夫と一緒ではない女性は自分とラングトリー夫人だけだったが、クリスタは夫人とはそう親しくはなれないだろうと割り切っていた。

クリスタが隣の部屋にいる謎《なぞ》の客のことに気づいたのは、一週間近く経ってからだった。時々、物音やくぐもった声が壁の向こうから聞こえてくる。男なのか女なのか、人数もわからない。だがその人物は姿を見せず、食事も部屋に閉じこもってしていた。

雲一つない青空だ。クリスタが暖かい陽光を浴びようと顔を上げると、優しい海風が頬《ほお》を撫《な》でた。チーク材でできた高い手すりの前に立っていたクリスタは、風で軽い黄色いドレスが脚に絡まったあられもない姿を、二人の人物がじっと見ていることに気がついていなかった。

　その日の午後、ハンサムなピエール・ルフェーブル大佐と腕を組んだラングトリー夫人が、クリスタに近づいてきた。クリスタはフランス人士官たちのことを避けていたが、しつこくまとわりついてくるアンリ・ジェルヴェから逃れることだけはできなかった。甲板を散歩するときはマーラを連れていくことにしていたが、それでも彼はめげずに、今日もマーラが眉《まゆ》をひそめるのを無視して、クリスタの隣を意気揚々と歩いていた。

「ちょうど今、謎の男の話をしてたところなんですの」ラングトリー夫人がクリスタを呼び止めた。「ご存じなくて？　あなたのお隣の部屋だから、何かお聞きになってるんじゃない？」

　クリスタは肩をすくめた。「なぜ男性だとわかりますの？　女性かもしれませんのに」

「やっぱり何かご存じなのね！」ラングトリー夫人はクリスタの答えに飛びついた。「女？　どんな顔だった？　きっと醜いのね？　だから閉じこもってるのよ」

　クリスタはあきれたように大きなため息をついた。「謎の客なんて見ていませんし、興味ありません。その人が放っておいて欲しいと思っているなら、詮索《せんさく》はやめませんこと？」

「マドモワゼル・ホートンの言う通りですよ」アンリが同意した。「甲板の下の悪魔のことなんか忘れましょう。隠れている理由が何であれ、我々が心配することではありませんよ」

「そうですとも、君」ピエール・ルフェーブルが口を挟んだ。「ここに二人の美女がいるのに、他の奴なんかどうだっていい」

ラングトリー夫人はルフェーブル大佐に媚《こ》びたっぷりに笑みを見せながら、クリスタたちに会釈《えしやく》し、すっかり自分に参ってしまった彼を、人目につかない場所に連れていった。まだベッドに誘ってはいなかったが、最後までいくつもりになっていた。恋人に捨てられてから何週間も経っていて、やけになっていたし、身体《からだ》がうずうずしていた。夫と合流すれば、稚拙な夜の営みにうんざりするはめになる。面白みのない彼のやり方は退屈そのもので、満足できるとは言いがたかった。ラングトリー夫人が愛人に走ったのはそのせいだったのだ。夫が遠いアルジェにいるのをいいことに、次々と愛人を乗り換えていたが、それもずっと追い求めていた理想の男に出会うまでのことだった。理想の男は大富豪で美貌の貴族、しかも女の悦《よろこ》ばせ方も知っていた。女が泣いて頼むまで、じらし、抱きしめ、気も狂わんばかりにするやり方を熟知している男。ラングトリー夫人は関係が永遠に続けばいいと願っていたが、それも終わってしまった。正直、彼女は途方に暮れていた。

その夜、クリスタは夕食後、アンリに我慢できなくなってすぐに自分の部屋に戻った。彼の誘いに応じないまま長い毎日が過ぎてゆき、アンリはますますしつこくなってきた。この二、三日、マーラが横を向いているすきに、二度もキスしようとしたので、きっぱりはねつけた。フィアンセがチュニスで待っているという言いわけも、ルフェーブルがラングトリー夫人の手に落ちる寸前だったこともあって、好色なフランス人には通用しなかった。自信家のアンリは、もっと強引に迫ればルフェーブル同様に幸運を手にすることができると思いこんでいたのだった。

その夜、マーラが休んでからも、クリスタはなかなか寝つけなかった。そのうちにだんだん目が冴《さ》えてきて、落ち着かない気持ちになった。身体がほてり、期待と興奮で神経が昂《たかぶ》っていた。抗いがたい何かが起こりそうな予感がする。そんなことを考えている自分がおかしくなった。

船室は狭苦しく安息の場というより牢屋《ろうや》に近かった。ここから逃げ出したい。クリスタは夜着の上にマントをはおると、裸足のまま、乱れた銀髪を背中にたなびかせ、船室から飛び出した。すでに深夜をまわっていて、監視員以外には誰もいない。夜警も、夜遅く人気《ひとけ》のない甲板を一人で散歩している客を気にしたりはしない。

強い潮の香りがするそよ風を深く吸いこむと、長い睫毛《まつげ》となめらかな頬に波しぶきがかかった。気持ちがほぐれてくると、パニックになって真夜中に船室を飛び出した自分がおかしくなった。何があんなに不安だったのだろう。そんなにあわてることはなかったのに。

「すてきな夜ですねえ、可愛い人。恋人たちにこそふさわしい」

耳もとでなめらかな声がささやいた。

クリスタははっとして振り返り、そばにいるアンリを見てどきりとした。「なぜあなたがここに？」

「君と同じ理由でね」突風でクリスタのマントがしなやかな肢体に絡みつき、なまめかしい曲線が露《あら》わになっているのを見てアンリは鼻の下を伸ばした。「眠れなかったから、甲板に出てみたんだ。そうしたら月光の中に、女性に変身した妖精《ようせい》が立っていた」

アンリのあつかましい態度に辟易《へきえき》していたクリスタは、彼が近づくととっさに後ろに下がった。「そろそろ戻らなくては」つま先でバランスを取りながら、用心深くそう言った。

「まだ早いじゃないか」低く、誘惑するような声でささやく。「君はキスすら許してくれずに、何日も僕をじらしている。ルフェーブルはもうラングトリー夫人とよろしくやってるんだ、僕たちも楽しもうよ」

「あなたって――見下げた人ね！　わたしの前から消えてちょうだい！　ラングトリ

ー夫人が誰と何をしようと知ったことじゃないわ。わたしは違うの」くるりと背を向けて立ち去ろうとした。

しかしすっかり自分の流儀に徹するつもりのアンリは、クリスタの腕をつかんで自分のほうに向けさせると、痛いほど強く厚い胸に引き寄せた。腕力ではかなわない。監視員から見えない場所に追いつめられ、すっかりその気になっているフランス人にかなわないと知ったクリスタは、必要とあらば船じゅうを起こすつもりで大声を上げようとしたが、アンリの唇で口をふさがれてしまった。強引にキスされ、口の中が切れて血の味がする。マントの下をまさぐられ、声にならない悲鳴がこみ上げてきて喉《のど》がつまりそうな気がした。

クリスタはすっかり腹を立て、とうとうアンリの手を振りほどいた。その拍子にマントが滑り落ち、アンリははっとしたようにぎらぎらする目でクリスタを見つめた。薄い夜着だけでは、明るい月光の中に照らされた小柄だが豊かな肢体を隠すことはできなかった。

「なんて素晴らしいんだ！」くぐもった声で言う。「風になびくその銀の髪、天上の天使たちにも負けていない」アンリは情欲に駆られ、ふたたび天使を捕まえようと、前に出た。しかしクリスタも負けてはいなかった。

「一歩でも近づいたら、叫ぶわよ。こんなことをして、デュボア大尉に鎖につながれるはめになってよ」

アンリはカッとなって、クリスタの警告も無視した。本人がどう思おうと、この憎たらしい、おてんば娘をベッドに連れこんでやる。クリスタのこの神秘的な美しさと比べたら、派手なラングトリー夫人など足もとにも及ばない。アンリはクリスタが叫び出すより先に、自分の船室に連れこむつもりで、前に出た。

「俺《おれ》がおまえだったら彼女の言う通りにするがな」闇の中から声がした。

太くて低い、堂々とした声だ。アンリはその場に凍りついた。「そこにいるのは、誰だ？」ようやく声を絞り出す。「邪魔しないでくれ。あんたには関係ない」

その時、影の中から男が現れ、はっとするようなエメラルド色の瞳で彼女の目をのぞきこんだ。「あなたは……！」クリスタは、初めて会ったとき、あんなにも自分を昂らせ、身体に火をつけた手の感触と、心の奥底まで見透かすような目とをはっきりと思い出した。

マークはクリスタから目を離さずに、警告を無視すればどうなるか、ほのめかした。

「いや、大いに関係があるんだ。怪我《けが》したくなければ帰るんだな。彼女に一歩でも近づいたら、一生後悔することになるぞ」

アンリはぎょっとしたように、その男を見た。それからクリスタを見た。彼が現れたのはどうやらただの偶然ではなさそうだ。このままクリスタに迫ったらどうなるか、無事に逃げられるだけでも運がいいかもしれない。あの冷たい緑の目には、どんな男も怖じ気《おけ》づくだろう。逃げるが勝ちとばかりにアンリは見知らぬ男に会釈し、闇の中に消えていった。どっちにしても、戦うに値する女などいはしない。

「驚いているようだな」薄い夜着にくっきりと透けて見えている身体の曲線を緑の目で見つめる。「大丈夫か？　どこにも怪我はないか？」

「ええ、大丈夫です」クリスタはアンリがしようとしていたことを思い出し、震え出しそうになるのをこらえて言った。乱暴されるぐらいなら死んだほうがましだった。ブライアンに触れられても、こんなふうに感じるのだろうか？　きっとそうだ。マークにキスされ、触れられてしまっただけで、他の男には感じなくなってしまったのかも……。

「寒いのか」クリスタが震えているのを見て、マークは甲板からマントを拾い上げ、広げて肩にかけた。彼の手はしばらく、やわらかな肩の曲線の上にとどまっていた。

「ここで何をなさっているの？　ボナミ号で」夢にまで見た男《ひと》が、まさに自分の目の前に立っている。クリスタはその感激からようやく立ち直って、たずねた。

「説明はあとだ。まずは、君の部屋まで送っていこう」クリスタの腕を取ると、通路を通って階段を降り、しばらく歩いて船室まで行った。二人はドアの前で立ち止まった。

「謎のお客って、あなたのことだったのね！」クリスタは思わず叫んでいた。「なぜ今まで出ていらっしゃらなかったの？　わたしがボナミ号に乗っているとご存じだったの？」

彼女はなんの説明もなしには帰してくれないようだ。マークは船室のドアを開け、通路に誰もいないのをちらっと確かめてから、彼女を中にそっと押し入れ、自分も中に入って静かにドアを閉めた。振り向いたマークの瞳は、クリスタには理解できないある感情で曇っていた。

「二人は運命の糸で結ばれているんだ、美しいセイレーン。言っただろう、また会う宿命《キスメット》だと。いつか君は俺のものになると言わなかったか？」かすれた、暗い声だった。

なんてことなの！　クリスタはむっとしながらも、ため息をついた。わけのわからないことばかり言うくせに、こんなに堂々としているなんて。「その話はもうおやめになって、マーク。なぜボナミ号に？　ずっと閉じこもっていた理由を教えていただきたいわ」

浅黒い顔に傷ついたような色が浮かんだ。「話すから、座ってくれ、クリスタ。長い間、俺の国は戦いの歴史に明け暮れてきた。俺は自分の国を治めるものとして、それを変えたいと思っていた。だが、今はもうそんな望みも持てるかどうかわからない」

クリスタはまっすぐな眉を寄せると、おとなしくベッドに腰掛けた。「どういうことですの？」

「籠《こ》もっていたのは、喪に服すためだ」マークは感情の昂りを抑えるように言った。

「喪に服す？」

「そうだ、両親が死んだ。父セリムが急な発作で倒れたと知らせがあった。おぼえているだろう、あの舞踏会から俺が急に抜け出したのを。父が急死したから、船ですぐ戻れという手紙が届いたんだ。コンスタンティーヌの大宰相から」

ますます深まる謎にクリスタは青い瞳を大きく見開いた。「わからないわ。あなたの船がロンドンで待っているのに、なぜボナミ号に？」

「人生はそう単純にはいかないんだ」マークは投げやりに言った。「大宰相の手紙には、もっと悪い知らせが書かれていた。腹違いの兄アブドゥーラが政府の権限を押さえ、自分が跡を継ぐと宣言した。奴は軍の総司令官でもあり、軍人の全面的な支持を得ている。そんなことが簡単にできたのは、父の跡を継ぐべき俺がいなかったせいだ。俺を後継者にしろと提言した父セリムの支持者たちも退けられた。アブドゥーラは、自分がコンスタンティーヌのベイであると宣言したんだ」

「マーク、あの……お言葉を返すようだけど、そのお話をうかがっても、アルジェリアに行くのに自分の船に乗らなかった理由はまだわからないわ」

「アブドゥーラが大宰相の手紙のことを知って、船で俺を追跡させた。国へ帰る準備をしている間に、アブドゥーラの船が夜陰に紛れてテムズ川に乗り入れてきた。そして俺の船の乗組員を捕らえ、俺とオマールは乗船しようとしたところを襲われた。危ないところだったが、勘の鋭いオマールのおかげで、無傷のまま逃げることができたんだ。アブドゥーラは俺を殺すつもりだ。そうしなければ安心できないんだろう。俺の首には賞金がかけられて、自分の国に帰ることもできなくなった」

「それでフランスに渡って、マルセイユで出航しようとしていたボナミ号を見つけたのね」

「そうだ」マークはゆがんだ笑みを浮かべた。「追っ手がいることはわかっていたが、アラーの助けで、無事に乗船できた」

「マーク、ご両親が亡くなったとおっしゃったわね？　お母様には何があったの？」

マークの瞳が悲しみで曇り、怒りで頬が紅潮した。両手のこぶしを握りしめ、贅沢《ぜいたく》なコートの下で全身の筋肉がこわばった。凶暴な衝動と戦うマークの顔を見て、クリスタは言葉を失った。まったく別の凶暴な人間が、彼の身体に入りこんでしまったみたいだった。

「アブドゥーラは、あの優しく美しかった母を死に追いやった。あいつは母が持つ力を恐れていた。俺の代理人として支持を集めるのを恐れたんだ。すべて大宰相の報告書に書いてあった。ありがたいことに、弟のヤジドは脱出した。母と同じように抹殺せよという命令が出る前にな。でもハーレムに閉じこめられていた母は、不幸にも逃げることができなかった。いつも俺に忠実だった大宰相も今は同じ運命をたどっているだろう」

クリスタは、あまりの驚きに何も言えずマークを見つめるばかりだった。その目には、この希有《けう》な男性への同情が浮かんでいた。突然、マークはがっくりしたように、両手で頭を抱え、クリスタの隣に座りこんだ。クリスタは優しい気持ちが胸にこみ上げてきて、無意識のうちにそっと手を伸ばし、額《ひたい》にかかる黒髪をかき上げていた。優しい手の感触に、彼は顔を上げ、むさぼるように彼女を見つめた。

視線が絡み合った。クリスタは、自分が彼の魂に引き寄せられていくのを感じた。肉体の誘惑を飛び越えて、二人の心が一つに重なったような気がする。ずっと彼に会いたかった。ブライアンとの結婚など、どうでもよかった。マークが言うように、二人の運命はほどけないほどに絡み合い、会った瞬間から新しい人生が始まっていたのだ。

マークはまるで初めて見るかのように、じっと、クリスタの柔らかな唇を見つめた。意識的にゆっくりと顔を近づけ、クリスタが泣きたくなるほど優しく、唇を重ねてきた。舌がそっと温かい口の中に入ってきて、甘い蜜《みつ》をむさぼった。少し引いて、舌の先で唇の輪郭をなぞり、今度は肩に狂おしく口づけを浴びせる。マークは身の内で白い炎をくすぶらせながら、欲望のままにクリスタのマントと夜着を引きはがした。彼の炎が燃え移り、クリスタも熱くなった。

クリスタは、夜着がウエストに絡みついているのもどうでもよくなっていた。マークの唇を胸に感じた瞬間、時間が止まった気がした。マークはクリスタをそっとベッドに横たえた。熱い唇を押し当てながら、優しく白い胸のふくらみをたどり、頂《いただき》にある突起に挨拶《あいさつ》するように、ためらいがちに舌で円を描くように愛撫《あいぶ》した。クリスタはえも言われぬ快感にあえぎ、彼が動かないように頭をつかんだ。

マークは、金色の茂みの中で開きかけている蕾《つぼみ》を、指先でゆっくりと愛撫できるように、震えているクリスタの白い両脚を優しく広げさせた。こんな熱烈な愛撫を知らないクリスタは、あまりの快感に息が止まりそうだった。もしこれが愛されるということなら、永遠に続いて欲しかった。

「君は俺の心をつかんだ、クリスタ。これまでどんな女にもできなかったのに。俺が何もかも失くしたことを、永久に忘れさせてくれ。天国に連れていってくれ、優しいセイレーン」

「いいわ、マーク……」クリスタはささやき返した。「わたしをあなたのものにして。

抱いて」

彼の指で甘い火をつけられた場所が、耐えられないほど熱くうずいている。男女が愛を交わすときどうするものかは知っていたが、クリスタは自分の意志でマークに抱かれたかった。

マークは身体を起こすと膝《ひざ》でクリスタの脚を割り、それまで指があった場所に自分のものをあてがった。クリスタは背をそらして、母から聞いていた甘い痛みを待った。だが、それはやってこなかった。

彼はうめきながら、キスするのをやめた。

クリスタの心臓は早鐘のように鳴っている。はっとして当惑したように彼を見た。

「怒ったの？　何がいけなかったの？」彼に唇を重ね、燃える身体に触れてもらいたかった。

「違うんだ」マークは言葉を濁し、苦しげに口を引き結んだ。「君の身体がここにありさえすれば、他に望むものはない」かすれた声だった。「俺を抱く腕、君の味、匂《にお》い……でも今ではなく、ここではない場所でなければだめなんだ。いつか君は俺のものになる。でも今は君の処女を奪う権利は俺にはない。俺には捧《ささ》げられるものは何もない。しかも追われている身だ。財産も生まれ持った権利も剥奪《はくだつ》された。残っているのは誇り……そして復讐《ふくしゅう》への執念だけだ」

　クリスタははっとした。何を言っているのかほとんどわからなかった。わかっているのは、彼が欲しいということと、彼が与えてくれた快感があまりにも唐突に終わってしまったことだけだ。彼はすでに立ち上がり、身支度を始めていた。クリスタは両手で彼を引き止めようとした。

「待って！　かまわないわ、マーク！」なぜこんなひどい仕打ちができるのだろう？　なぜこんなふうにわたしを捨てていってしまえるのだろう？「イギリスはいつまでも変わらないわ。そのうち爵位も継承できる。コンスタンティーヌに帰れなくても、気にすることはないわ」

「そうはいかない、クリスタ」マークは重々しい声で言った。「母を殺した奴から国を取り戻し、復讐するのは、親に対する俺の義務だ。アブドゥーラに国を継ぐ資格はない。奴の裏切りと仕打ちに相応の罰を与えるまで安閑としてはいられない」

「あなたを助けたいの！」クリスタは必死に言った。「いつ一緒になれるの？　一緒になるのがキスメットなんでしょう？　それともう自分の言ったことを忘れてしまったの？」

「忘れてなどいない。キスメットは神秘だ。いつの日か俺たちは、幸せを手に入れるだろう」

「わたし、あなたの妻になれるの？」思い切ってたずねた。

マークは憂鬱《ゆううつ》そうに、ぼんやりと宙を見つめた。視線を戻したとき、彼はまるで地球の重みをそのまたくましい肩で支えているような顔をしていた。「父が法律で母との結婚を禁じられていたように、俺も禁じられている」

夢は一瞬にして砕け散り、クリスタは蒼白《そうはく》になった。「わたしは……愛人になるのね？」

「運良くベイの身分を取り戻せたとしたら、君とは結婚できなくなる。でも君がなるのは単なる愛人じゃない。俺の魂の糧《かて》、存在の中心だ。俺たち二人が望む形で一緒になれるよう、信じて待っていて欲しい」

「お妃《きさき》は、お国の人の中から選ぶのね？」クリスタは息をつめてたずねた。

「クリスタ、そうなったら、そのときだ。俺たちはいつか一緒になれる。それが運命である以上、必ずそうなる」

「いいえ、マーク」クリスタは激しくかぶりを振った。「囚われの身になってハーレムの壁やヴェールに隠れて一生暮らすわけにはいかないの。あなたが半分イギリス人でも、わたしたちの生き方はあまりに違うわ。わたしはもうすぐチュニスでブライアンと一緒になるし、あなたには別の未来がある。本当にわたしを愛しているなら、お父様の国を捨てて、お母様の国を選ぶはずよ。公爵のお祖父《じい》様もきっとイギリスに残れとおっしゃるに違いないわ」

彼の緑色の目は、すでにあきらめてしまったかのように、遠くを見つめていた。

「イギリスに残って地位を継げば、祖父は一番喜ぶだろう。でもアブドゥーラは自分の思い通りに、あらゆる可能性を俺から奪う気だ。俺はどん欲なアブドゥーラから、必ず国を奪い返す」

「たとえ死ぬようなことになっても?」

「そうだ。だが今のところ、死ぬとは思えないがな」マークは謎めいた口調で言った。

「子供の顔を見るくらいまでは生きていられるだろう」

「それじゃあもう、言うことはないわね、マーク。幸運と……幸せを祈ってるわ」

「君がどう考えようと、君の未来は俺にかかっているんだ。おぼえていてくれ。君は許婚《いいなずけ》とは結婚しない。アラーの英知が二人を導いてくれる。思ったより早く、君は俺のものになるだろう」

「そんなこと信じられないわ!　あなたの世界にわたしの場所はないのよ。お願いだから放っておいて」

マークはゆっくりと身を起こし、クリスタの裸の身体を名残惜《なごり》しそうに愛撫した。男なら誰でも大喜びで、彼女の望み通り抱いてやるだろう。いつか必ず一緒になれると心の底から信じている。だが未来はあまりにも不確かだ。考え無しに抱いてしまってから、野望を達成するまで放っておくことなどできない。

3

翌日、クリスタはいつもの朝食の席にマークがいるのを見て、驚いた。おのれに課していた隠遁《いんとん》生活は終わったということだろう。デュボア大尉がマークを紹介した。彼はマークが隠れていた理由を言わないことが気に入ったらしかった。マークはまたしても謎《なぞ》めかして言った。「ミス・ホートンとはお会いしたことがあります」アンリ・ジェルヴァは気まずそうに挨拶《あいさつ》し、目をそらした。例によって、ラングトリー夫人はまだ姿を現していない。

クリスタは食べた気がしなかった。マークが宝石のように輝く目で、たびたび彼女を見ていることに気づいたからだ。クリスタはあわただしく食事をすますと、お辞儀をして席を立とうとした。ありがたいことに、アンリはいつものように朝の散歩に強引に誘いはしなかった。うつむいて自分の皿を見つめている憂鬱《ゆううつ》そうな目を見れば、マークがこのフランス人の熱を冷ますのに成功したのはわかる。昨夜の体験がアンリには衝撃だったのだろう。クリスタは、タイミングよく助けてくれたことに関してマークに感謝していたが、恥をかかされたことは別だった。

素晴らしく晴れた午後、クリスタは、輝く青い空に白い雲が流れていくのを気持ちよさそうに眺めていた。腰まである銀色の髪がそよ風になびき、華奢《きゃしゃ》な身体《からだ》と、ずっと甲板を散歩したせいで日焼けした健康そうな肌にかかっている。紫のボイル地のふわりとしたドレスが、しなやかな身体の優しい曲線、ほっそりした腰、胸のふくらみ、そしてスカートの下の均整のとれた脚の輪郭を浮かび上がらせていた。近寄ったマークはすっかりこのさまに魅了されて、クリスタの女らしい魅力に参ってしまいそうになった。二人を引きつけている力はあまりにも強く、しかも神秘的だった。人生は混沌《こんとん》としていたが、望みははっきりしていた。クリスタが欲しい。ただ抱きたいのではない。彼女こそ命そのものであり、彼女との出会いは宿命《キスメット》なのだ。

「気持ちのいい日だな」マークはそばにいるだけでわき上がってくる喜びを押し殺しながら話しかけた。クリスタが怒っていることも誇り高いこともわかっていたが、あまりの美しさにますます深く官能的な欲望の罠《わな》に捕らえられていた。彼女が差し出している愛にいつまで抵抗できるだろう？　昨夜のことを思い出しても、そう長くは我慢できそうにない。食事や水と同じぐらい、彼女が必要だった。

クリスタは振り返り、マークが緑の瞳《ひとみ》を輝かせているのを見て顔をしかめた。「あなたが――現れるまではそうだったけれど」そんなつもりはないのに、つい意地悪く言ってしまった。

マークはものうげな笑みを浮かべた。クリスタは憂鬱になった。なぜこんなにひかれるのかしら？　初めて会ったときから、彼と自分が合わないことははっきりしていた。彼の目的は支配すること、自分の目的は自由に生きることだった。

「本心じゃないな、クリスタ」とろけるような甘い声だ。「やっと二人が望む形で会えたんだ、昨日の結論を尊重してくれ。今までに出会ったどの女性よりも君が欲しいと告白しただけでも十分だろう」

「なんでも決めてかかるのね」クリスタはわざとあきれたように言った。「ブライアンと結婚すれば、あなたとのことはただの思い出になるわ」なんてこと！　なぜこんな嘘《うそ》を？　マークと出会ってからは、ブライアンとの結婚など考えられなくなっていた。マークと二度と会えないとしても、もうブライアンとは暮らせない。どちらにとっても不公平だ。マークにかなう男などいない。

「クリスタ、俺《おれ》はな――」

その言葉は甲高い悲鳴にかき消された。「マーク――マークったら！　本当にあなたなの？」

ラングトリー夫人がピエール・ルフェーブルの手を振り払って駆け寄ってきたのを

見て、マークは狼狽《ろうばい》したようにうめいた。ウィロー・ラングトリー夫人は、世界で一番会いたくない人間だった。二人の関係は終わったのだと納得させるのに何週間もかかった。付き合いを楽しんだのは確かだが、彼女は別れ話を断固として受け入れようとしなかった。マークにとって彼女は、イギリスにいる間、楽しませてくれた大勢のイギリス人女性の一人にすぎない。だが本気ではなかった。彼が心を奪われたのはクリスタだけだった。

マークはこっそり顔をしかめ、ラングトリー夫人から逃れようとこう言った。「驚いたな、ラングトリー夫人。ボナミ号に乗っているとは知らなかった。やっと愛するご主人と合流することにしたのか？」

ラングトリー夫人は曖昧《あいまい》な笑みを浮かべた。マークを見た瞬間、自分がマルセイユから船に乗ることを知って、彼が追いかけてきたのだと思いこんでしまったのだ。自己中心的な彼女は、自分の直感が正しいのだと、マークが別れたことを後悔しているのだとすっかり決めつけた。二人きりで話したい。事情があって船室に籠《こ》もっていた謎の男が彼だったのだ。なぜあんなことをしたのかと不思議に思った。なぜもっと早く出てこなかったのだろう？

「船室に籠もっていたのはあなただったのね！」ラングトリー夫人はうれしそうに叫ぶと、唇をとがらせてすねてみせた。「どうしてぐずぐずしていたの？　こんなに何日もあったら、あたくしたちきっと……」突然、聞き耳を立てているルフェーブルと、煙のように消えてしまいたいと思っているクリスタがいるのに気づいた。

「二人きりにしてくださらない？」ラングトリー夫人はルフェーブルに笑いかけた。「マークとあたくしは昔から仲のいいお友だちですの。二人で話したいことが山ほどありますのよ」

嫉妬《しっと》に駆られたルフェーブルは、横目でマークをちらりと見てから、ラングトリー夫人に言った。「どうぞお好きに」内心では怒り狂いながら、ルフェーブルはさっと後ろを向くと、立ち去った。

クリスタは追い払われる前に、そのあとに続いた。マークとラングトリー夫人が友だち以上の関係なのはすぐにわかった。マークは不機嫌そうだったが、どちらにしても、ラングトリー夫人がよりを戻そうしているのは明らかだった。愛人との間に割りこむ気はまったくない。マークは自分のことを、よほどうぶだと思っているに違いない。いつか一緒になれるなどという、いい加減な言葉をうっかり信じるところだった。何がキスメットよ！　女ったらしの上に、口もうまく、たくましい想像力の持ち主だわ。

「クリスタ、待ってくれ」彼女が立ち去ろうとしていることに気づいてマークが言った。

「お邪魔でしょう」そっけなく言った。

「マーク、クリスタと知り合いなの？」ラングトリー夫人はいぶかしげな表情になった。

「ついこの間、トレントン家の舞踏会で会ったんだ」マークは自分の心を捕まえてしまったクリスタに、こっそり優しいまなざしを投げた。

「そうでしたの」ラングトリー夫人はつんとして言った。「なぜかあたくしは招待されなかったわ。何かの手違いでしょうけど」

マークは内心苦笑した。彼女を招待するなとピーターにきつく言い渡したのはマークなのだ。別れを切り出したときは本気だったし、彼女が夫に合流するつもりだとわかって大いにほっとした。にもかかわらずボナミ号でばったり会ってしまうとは。すべての運命が一時に絡み合って悪いほうへと動いているような気がした。

「失礼する、ラングトリー夫人。クリスタを送っていくところなんだ」彼の唐突な申し出はこれ以上ないほど無遠慮かつ露骨だったが、ラングトリー夫人は頑《がん》として受け入れようとしなかった。自分がいるうちは、あんなひよっこにマークの愛を盗ませるものかと思っていた。

ラングトリー夫人があまりにも勝ち気なのに気づき、クリスタはマークが何と言おうと、ラングトリー夫人が迫るままにさせておこうと思った。

「今日はもう十分、外の空気を吸いましたから」あてつけがましく言う。「下に行って、本を読みます」クリスタは返事も聞かずに背を向け、この不愉快な状況から逃げ出した。だが心の隅に今まで味わったことのない痛みがあった。歓迎したくない奇妙な気持ちだった。

「ずいぶん古くさいお遊びに手を出すのね、マーク」ラングトリー夫人はクリスタの姿が見えなくなったとたん、きつい口調で言った。

マークはカッとして、ラングトリー夫人をじろりとにらんだ。「何のことだ?」

「なぜ生娘《きむすめ》なんか追いかけるの」あきれたように言った。「いつになったら処女にそんな価値はないってわかるのよ? それに、あたくしがいるんですもの、うぶな小娘なんか追いかける必要ないわ。あたくしがどんなにいいか、ご存じのくせに」この素晴らしい男とまた愛し合えるのだと思っただけで、ラングトリー夫人の声はかすれた。ルフェーブル大佐は、あらゆる意味でこの道の大家であるマーク・キャリントンと比べたら未熟者だった。

「火遊びをしているのは君のほうだ、ラングトリー夫人」マークは、自分がクリスタをおもちゃにしようとしているというラングトリー夫人の憶測に腹を立てながらも、冷静に答えた。「俺たちの関係は何週間も前に終わった。これ以上、話すことはない」

ラングトリー夫人はむきになって言った。「あたくしはお払い箱ってことね！　あたくしを満足させられなかったこともあるくせに」

「そうだったかもしれないな」マークはあっさりうなずいた。「だが、もうどうでもいいことだ。君のことはもうすぐご主人が満足させてくれる。気分を変えて夫を幸せにしてやればいい」

「あんな間抜《まぬ》けでくだらない男を！　あたくしが夫のことをどう思ってるか、知ってるくせに」

「それじゃ新しい恋人を見つけるんだな。ルフェーブルはどうだ。見たところ大喜びで恋人になってくれそうじゃないか」

「彼はもう試したわ。あなたの半分も役に立たなかった」恥じらう様子もなく、ずけずけと言った。

マークは目を丸くして、たのしげに笑い出した。「あまりおだてるなよウィロー！　君を喜ばせられる男が、俺以外にもいるはずだ。きっとな」

「そんなことないわ、マーク。それにあたくしが好きなのはあなただけよ」むっとしたように言った。

ラングトリー夫人の露骨な誘いを振り切ろうと、マークは怒ったようにため息をついた。「こんなことをしているひまはないんだ。大事な用件が控えているんでね」

「あとで会えるかしら、マーク？」彼が逃げ出す前に約束を取りつけようと迫った。

とうとうマークは自暴自棄な気分になり、不満そうにうなずいた。とにかくその場を去りたかった。

「ではどうぞ、ご自分の用事をなさって」ラングトリー夫人は足早に立ち去っていくマークに向かって言った。「夕食のあとで会いましょう、あなたの船室で」

「ああ、わかった」マークは適当に返事をして、通路に姿を消した。クリスタを見つけて、ウィローとの過去を説明するほうが先だ。

しかし悔しいことに、クリスタは断固として船室のドアを開けようとしなかった。騒ぎを起こすよりは、船室の外で腹を立てながら突っ立っているほうがましだった。考えれば考えるほど腹が立ち、もうウィローとは関係ないとわざわざ説明するのも無駄なことに思えてきた。自分たちはまだ結婚も婚約もしていないのだ。それでも心のどこかで、自分が本当にウィローのことなど、気にも掛けていないのだと、なんとかしてクリスタにわからせたかった。

クリスタはその晩、夕食には行かず、マーラに食事を取りにいかせた。マークの言い分に耳を貸したくなかったので、大勢の見知らぬ人が見ている前で、彼と向き合う気にはなれなかった。でも、一人きりで座って思い悩んでいるうちに、自分がマークに対して公平ではないことがますますはっきりしてきた。たしかに彼は以前ラングトリー夫人と付き合っていたかもしれない、でも今は違うのだ。彼に今の気持ちを言わなければ。とにかく、二人きりになったときに、命を落とす危険のあるコンスタンティーヌに行かないでと説得しよう。二人が自由に愛し合い、平和に暮らせる場所はイギリスしかない。

そう思い定めてしまうと、クリスタはマークを説き伏せようと、思い切って船室のドアを開けた。しかし外に出ることができなかった。すぐ近くからラングトリー夫人の甘ったるい声が聞こえてきたのだ。「マーク、ウィローよ、入れてちょうだい。今夜、俺の部屋に来いって言ったでしょう。ねえ、早く」

こっそりドアを閉めたクリスタは壁に寄りかかって、二人の心は一つだと言ったマークの言葉を信じた自分の愚かさを呪《のろ》った。意味のない戯《ざ》れ言《ごと》だ。本気だったのかもしれないが、それもラングトリー夫人がふたたび割りこんでくるまでのことだった。手遅れになる前に、彼が遊び人だとわかってよかったではないか。混乱したまま寝る支度を始め、隣の部屋が静まり返っているのを不思議に思った。マークとラングトリー夫人は今頃《いまごろ》もう、熱烈に愛を交わしているのだろうか、と寒々とした気持ちで考えた。

実は、ラングトリー夫人はマークの部屋には入れなかったのだ。気難しいオマールが彼女を追い払った。彼はそっけなく、主人はもう休んだと、興奮しきっている赤毛の女性に言ったのだ。ラングトリー夫人はぷんぷんしながら立ち去った。

それからしばらくの間、クリスタはマークに対して普通にふるまうことができなかった。ラングトリー夫人がいつも彼を追いかけまわしているので、マークが一人でいることはなかった。アンリは、たまに怨《うら》みがましい目つきで顔色をうかがうことがあるものの、もうクリスタを悩ます存在ではなくなった。彼はマークに負けて恥をかかされたのは彼女のせいだと思って、腹を立てているのだ。

その日、マルセイユを出てからずっと良好だった天気がにわかに崩れ、鉛色の空に雲が低く垂れこめ、風がうなりはじめた。海は潮のしぶきと泡を吐き出す怒り狂った怪物に変わった。クリスタはその恐ろしいありさまから目を離せずに、震えながら手すりを握りしめていた。

「全員、船室に戻るようにと船長から命令があった」低い声がした。風のうなりが彼の言葉をクリスタのところへ運んできた。「他の客はもうみな、下に行っている」

クリスタはゆっくりと振り返り、マークを見つめた。「嵐《あらし》になるの?」恐れと不安に、思わず息をのんだ。嵐の前の怒り狂う海ほど、神々しい光景を見たことがなかった。

「そうらしいな」マークは風に向かって叫んだ。「行こう、船室まで送っていく」

クリスタはうなずき、つかんでいる手すりを離そうとした。だが、指が言うことをきかなかった。クリスタが迫りくる嵐に魅了されると同時に恐怖を感じていることに気づいたマークは、彼女の両手をつかむと、指を一本ずつほどいていった。彼の手の感触が凍りついていた気持ちをほぐしてくれた。触れ合った場所が熱くなった。クリスタは思いつめたように、彼の輝く目を見上げ、ひかれるあまり口もきけなくなる唯一人の男に、心をさらけ出さずにはいられなかった。

マークはその無言の訴えに激しく心を揺さぶられていた。青い瞳が何を物語っているか、クリスタは自覚しているのだろうか？　激しい欲情が突き上げてきて、何が正しくて何が間違っているのかなど、どうでもよくなった。

口の中でついた悪態はあっという間に風にかき消された。とうとうマークは、この勝ち気な娘と出会って以来苦しめられてきた感情に従うことにした。クリスタの震える膝《ひざ》の下に手を差しこみ、両腕で軽々と抱き上げたとき、激しい嵐が滅茶苦茶に吹きつけてきて、クリスタが荒々しく鼓動している胸の上に頭をもたせかけると、マークの固い決意と驚くべき強さは消え失せてしまった。

甲板は船首から船尾まで波をかぶっていたが、クリスタは羽根のように軽く、抱いて運ぶのは簡単だった。冷たい雨に激しく打たれ、ようやく通路に逃げこんだが、二人ともお互いのことが気になって、荒れている天気のことはなんとも思わなかった。クリスタの船室にたどり着いたときには、二人ともびしょ濡《ぬ》れになり、激しく震えていたが、それは嵐のせいでも服が濡れたせいでもなかった。

そっと彼女を立たせると、マークは震える指をドレスの前のボタンへと伸ばした。マーラが女主人のためにつけておいたランプが天井で激しく揺れながら、ぼんやりした光を投げかけている。

「アラーよ。もう耐えられない」マークは苦しげにうめいた。「時と場所が違うのはわかっている。でももう逆らえない」

クリスタは胸がいっぱいで、何も言えなかった。わかるのは、彼が自分の服をぎこちなくつかんでいるということだけだった。

「初めて愛し合うときは、君が見たい」マークがかすれた声でささやいた。「君のすべてを見たいんだ。やめて欲しいのなら今言ってくれ。でないと手遅れになるぞ。大急ぎですませるようなことはしたくない。思い出に残るような夜にしたいんだ。今夜でなければだめだというわけじゃない。でももう、我慢できない」

ゆっくりとやわらかな胸を愛撫《あいぶ》されると、長い睫毛《まつげ》の下から彼を見上げていたクリスタの口から思わずため息がもれた。快感で全身が震え、抗議しようにもひとことも言えなかった。マークはじらすようにゆっくりと、ドレスの胴着を下着と一緒に引き下ろすと、白く輝く豊かな胸をむき出しにした。じっと見つめられてバラ色の乳首が硬くなると、マークは黒髪の頭を近づけ、クリスタが何もかも忘れて悦《よろこ》びのうめきを上げるまで、順にじっくりと口づけした。

「俺が欲しいか、クリスタ?」かすれた声でうめいた。「それとも追い返すか? たとえ追い返されても、俺の気持ちは変わらないがな」そうは言ったが、帰れと言われてこのまま引き返す自信はなかった。

「だめよ! いいえ、いいの!」クリスタは叫んだ。「だから、わたしが言いたいのは——あなたが欲しいの。だめよ、帰らないで」

「それならここにいるよ、可愛いセイレーン。愛し方を教えてあげよう。快楽を受け入れ、そして与えられるようにな」ハスキーな声にクリスタが肌を震わせた瞬間、マークの引き締まった口が唇を押し開けて、抑えようのない渇きと欲情を満たそうと、むさぼるように深く口づけしてきた。

クリスタは、気がつくと彼の胸と肩をまさぐりながら、その感触を楽しんでいた。たくましさ、褐色の肌と強烈な魅力、彼は男そのものだった。彼が欲しかった。船が揺れるのをものともせず、軽々と抱き上げられベッドに下ろされると、クリスタは思わず驚きの声を上げた。激しい飢えを満たそうと焦るあまり、嵐が近づいていることはすっかり忘れていた。

マークは服を優しく脱がせると、少し離れたところに立って、露《あら》わになった丘と素晴らしい曲線を愛しげに見つめた。「きれいだ」低い声でささやく。「誰《だれ》よりも」

マークは上着とシャツ、ブーツを脱ぎ、下着を脱ぐ前に、問いかけるような視線をクリスタに投げた。クリスタの目が大きく見開かれた。目をそらそうとしても、どうしても太腿《ふともも》の間の黒い茂みから突き出している彼のものに目がいってしまう。すごいわ！　そう思ったとたん、無性に彼に触れたくなった。マークが微笑《ほほえ》むと、身体が蕩《とろ》けそうになった。あの硬い、大きなものを、自分の柔らかいひだに押しつけられたらどんな感じがするのだろう――頬《ほお》がさっと赤らんだ。マークはすぐにクリスタの気持ちを察し、そばに寝そべると、硬くなっているものを太腿に押しつけるようにして脚を絡ませてきた。

どこにどう触れれば、一番クリスタが喜ぶかはわかっていた。感じやすいうなじや、肘《ひじ》の内側、腰のくびれを唇でたどる。胸を優しく愛撫したあと、お腹《なか》から太腿の内側へと、激しく口づけしていった。

激しい情熱が、今まで邪魔をしていた罪悪感や間違ったことをしているかもしれないという迷いを吹き飛ばし、クリスタは彼にしがみついた。指が脚の間に滑りこんでくると、わき上がる欲情のままに脚を開いた。優しい愛撫を受けて、クリスタはまったく未知の、存在すら知らなかった場所へと高く、高く、舞い上がっていった。

両手で硬い太腿の筋肉をつかむと、背中へと続く身体の線を撫《な》で上げる。クリスタはマークの引き締まった体を愛撫しながら、その強靭《きようじん》さに驚嘆した。彼は鎖骨に沿って口づけし、二つのピンク色の乳首を吸いながらも、下のほうでは狂ったように大胆に愛撫を続けていた。クリスタは頭が真っ白になり、あえぐことしかできなかった。

「すまない、きっと痛いと思う。だが痛みは一瞬で終わる」マークは顔を近づけてささやいた。そして、痛いほど硬く屹立《きつりつ》したものが熱く濡れた場所に触れると、かすかにうめいた。

ぐっと腰を沈めて、クリスタを刺し貫くと、熱く締めつけてくる快感に、マークは声を上げた。

クリスタは彼が入ると同時に、かすかに悲鳴を上げた。だが短く鋭い痛みは、すぐに今まで体験したことのない激しい快感に変わった。彼は動きたいのをこらえて、あえてクリスタがその感触に慣れるまでじっとしていた。身体の緊張がとけ、クリスタが息を吐くと同時に、ぐっと深く突き入れた。

マークが腰をまわすようにして動きはじめると、クリスタの世界がゆっくりとまわりはじめ、時間まで止まってしまったような気がした。マークは心の底からわき上がってきた祈りのような愛の言葉をささやきながら、彼女の身体にわからせるように、愛を伝えた。クリスタはすぐに彼の動きに合わせて、抱き合ったまま腰をゆすった。暗い夜空を切り裂いて走る、目も眩《くら》むような稲妻にも、海にとどろく雷鳴にも、激しく吹きつけ、帆を引き裂いた風にも気づかずに、二人は自分たちの嵐を乗り切った。

頂点に達した瞬間、二人の中の嵐は、自然が作り出した激しい暴風雨をはるかに凌駕《りょうが》し、まばゆい火花を飛び散らせた。

クリスタが目を開くと、マークがじっと見つめていた。真っ赤になり、とっさに両手で裸の身体を隠そうとした。彼は優しく笑うと、手を伸ばして彼女の手を握った。

「恥ずかしがることはない、クリスタ」愛しげに言う。「君の身体は美しい。君は愛されるために生まれてきたんだ。そのうちに、君のことが自分の身体のようにわかるようになる」指で、クリスタの頬から顎《あご》へ、そしてかすかに開いた唇へとなぞる。

「あなたの身体も美しいわ」金色の睫毛をしばたたいて、恥ずかしそうに見上げて言った。

彼の胸が苦笑に揺れた。「男は美しくなんかないさ、セイレーン」

「あなたは美しいわ」クリスタはうっとりと言った。「知らなかった……愛し合うのがこんなに、素晴らしいなんて」

「愛があるから素晴らしいんだ」ふと、マークはいぶかしげな顔をすると、はっとしたようにたずねた。「俺は君を愛している、わかっているんだろうな、クリスタ?」

「ええ……そうね」クリスタはためらいがちに同意した。「二人が会ってから起きたことは、すべては起こるべくして起こったことで……とても劇的だったわ。今夜のことは必然だったのよ」

「それがキスメットだ」マークはうなずいた。

「ラングトリー夫人のことはどうなの、マーク？」クリスタは思い切って訊いた。

「ウィローがなぜ出てくるんだ？」マークは不機嫌な声になった。「過去のことは、君への気持ちとは関係ない」

「でもあなたはラングトリー夫人と、完全に別れたようには見えないわ」

「別れたんだ。ウィローと寝たのはたしかに認めるが、君と会う前に終わっていた。ウィローはしつこい女だ」皮肉まじりに言った。「簡単には離してくれそうもないがな」

「あなたは別れたあとでも平気でその相手と寝るの？」冷静な声で言った。

「何を言いだすんだ？」

「忘れたの？　わたしの船室はあなたの隣なのよ。この間の夜、あなたのドアの前でラングトリー夫人の声がしたわ」

「そういうことか。そのあとも聞いていたら、オマールが彼女を追い払うのが聞こえたはずだ」

びっくりしたようにクリスタは目を丸くした。「本当に？」

「本当だ」

「マーク、ごめんなさい。あなたのこと、少し誤解していたみたい。これからわたしたちどうなるのかしら？　二人に未来があると思う？」

「二人の未来は、互いの愛の中にある」

彼の言葉を自分なりに解釈したクリスタは、満足げにマークに身を寄せると、すっぽりと腕の中におさまった。そのことでふたたび二人の情熱に火がつき、マークはまた手と唇でゆっくりと、熱くうずくクリスタの体を愛撫しはじめた。「もう一度するの？」クリスタは驚いたように言った。「そんなことができるの？」

「できるのではなく、そうしたいんだ。一晩中でも愛し続けられるぞ」それ以上、言葉はいらなかった。クリスタはもう何も考えられなくなり、身体の上で動くマークの手と唇以外には何もわからなくなった。

4

明け方近く、寝不足のクリスタが誰《だれ》にも邪魔されず何時間か眠れるよう、マークは後ろ髪を引かれる思いでクリスタの船室をあとにした。しばらくしてクリスタが目を覚ますと、空はどんよりと灰色に曇っていた。前夜の暴風雨でまだ荒れている海の上にはかすかに霧がかかっている。嵐《あらし》は峠を越えていたが、その爪痕《つめあと》は残っていた。甲板に出てみると、ボナミ号はかなりの被害を受けていた。マストの一本は二つに折れ、舵《かじ》は航行不能に近くなっていた。デュボア船長はすべて修理可能だと説明し、心配する船客を安心させた。何日かすれば、すべて元通りになるだろう。

クリスタはチュニスへの到着が遅れることは気にしていなかった。毎日のように、マークが夜になってひそかに忍んできて、愛してくれるのを心待ちにしていたからだ。二人が初めて会ったときから、すぐに彼に対する変わらぬ深い愛を受け入れていた。そして心の中ではマークが自分を求めていることがわかっていた。マークはずっとラングトリー夫人を無視していた。赤毛女は強引に愛を取り戻そうとして、彼を人目のつかないところへ引っ張りこもうとしていた。でもうれしいことに、マークはラングトリー夫人の度を超した態度をものともせず、クリスタと会うほうを選んでいた。

ある夜、愛し合ったあとで、クリスタはぼんやりと二人の将来のことに思いを巡らせた。「明日には舵の修繕は終わるわ、マーク。また元通り、旅が始まるのね。一日か二日で港に着くはずよ。わたしの家族はあなたを気に入ると思うわ。わたしたちチュニスで結婚することになるのかしら？」

マークは呆気《あっけ》にとられたように言った。「クリスタ、わかっていたんじゃないのか」

「わかってるって何が？」

「状況は何も変わっていないんだ、互いの気持ちを確認し合った以外にはな。結婚はできない。今は、だ。ずっとできないかもしれない。俺《おれ》は追われる身だ。自分の国に入ることさえできない。俺の首には賞金がかかっているから、どこにいても危険が忍び寄ってくる。この恐怖から逃れられない限り、二人は一緒にはなれない。君の命は俺にとって重すぎて危険にさらすことができない。すべてが解決して、将来の見通しが立つまで、俺はアブドゥーラの裏切りと母の死の復讐《ふくしゅう》のこと以外、考えない」

「家に帰って、ブライアンと結婚しろって言うの？」

「違う！　そうじゃない！　結婚せずに、家族と一緒に安全な場所にいて欲しいんだ。

俺が君のところに戻るまで、彼とは絶対に会わないでいてくれるな?」

「あなたが戻ってきたら、どうなるの? もしあなたが無事領地を支配する権利を取り戻したら? あなたの人生にわたしの場所はあるの?」

「そのことは今は聞かないでくれ、クリスタ。そのときが来れば、二人で答えを見つけられる」

「あなたは変わったと思っていたのに!」クリスタの声に苦悩の色がにじんだ。「わたしを愛してくれていると思っていたのに。復讐のほうが大事なの?」

「やめてくれ、クリスタ。俺にできない約束を押しつけないでくれ。二人の愛に委《ゆだ》ねるんだ。耐えて待っていてくれ」

「待っているだけじゃだめなのよ、マーク」クリスタは身を乗り出して苦しげに訴えた。「わたしを本当に愛しているなら、復讐なんて馬鹿《ばか》げたことはあきらめられるはずよ」

「アブドゥーラは罪もない母を殺したんだぞ? 逃げなければ弟も殺されていただろう。アラーへの愛のために、そのくらいの誇りを持たせてくれ! 俺の心を捧《ささ》げたのに、魂まで差し出せと言うのか?」

「あなたが渡したくないものを、くれとは言わないわ」クリスタは悲しげに答えた。

「じゃあ俺がしばらくの間、君と一緒にいられない理由は、わかってくれたんだな？」

「いいえ、わからないわ」クリスタは言い張った。「わたしを愛していて、一緒にいたいと思うか、そうじゃないか、どちらかしかないはずだもの」

「そんなに単純じゃないんだ」マークは今にも怒りだしそうだった。父以外の人間に、自分の行動の理由を説明したことなどなかった。そして大人になった今、そんなことはもうできなかった。

「あなたが正気に戻るまで、もう話すことはないわ」クリスタはむきになって言い返した。自分のためだけでなく彼自身のためにも、闇雲《やみくも》に危険に飛びこんでいくような馬鹿げた真似《まね》はやめてもらいたかった。

とうとう堪忍《かんにん》袋の緒が切れたマークは、よく考えもせずに軽率な言葉を、石つぶてのように一気に投げつけた。「女の人生に目的は一つしかないという、俺の国の考え方が正しいのかもしれないな。高い塀の中に囲って快楽の道具にするのも当然だ。女どもを自由にしても物事が複雑になるだけだ」

「なんですって……うぬぼれないでよ！」クリスタは自分が裸であることも忘れて、立ち上がった。「ご主人様の陰に隠れて、あなたみたいな男たちの玩具《おもちゃ》になっている哀れな人たちと、このわたしが同じだって言うの？」

マークは緑の瞳《ひとみ》を狼《おおかみ》のように光らせると、美しいしなやかな裸体をさらけ出しているクリスタをにらんだ。「女はみんな同じ武器を持って生まれてくるのさ」皮肉っぽく付け加えた。「それにたいていの女は俺がすることを楽しんでいるがな」

「不愉快だわ！　ここから出ていって！」

マークが口もとをゆがめてにやりとすると、クリスタはぷいと後ろを向いた。マークは震えているヒップが愛らしいと思い、そう口で言った。彼の両手が自分の双丘を包みこんで、愛撫《あいぶ》しているのを感じ、クリスタは驚きと怒りで息がつまった。身をよじって逃れ、急いで立ち上がると、息を切らせ、青い瞳でマークを鋭くにらみつけた。彼の端正な顔にゆっくりと笑みが広がっていった。意に反してクリスタは、傲慢《ごうまん》なほど自信たっぷりな彼の視線に反応してしまった。褐色の容姿の荒々しい貴族らしさと、素朴で男らしいオーラの虜《とりこ》になっていた。

「もう一度抱きたい、可愛いセイレーン」瞳が誘いこむように輝く。抗いがたいほど魅力的な声に、こわばっている身体《からだ》がうずきはじめた。

クリスタは、両手を引き締まった腰に当て、長くたくましい脚で立ちはだかっている男らしい姿を見つめ、細い眉《まゆ》をつり上げた。太腿《ふともも》の間から、驚くほど太いものが立ち上がったからだ。「あなたとするのは、もう飽き飽きよ」クリスタはわざと馬鹿にしたように言った。

マークは頭をのけぞらせて笑った。太い、大きな笑い声が雷鳴のように彼女を包みこんだ。彼は楽しそうだったが、用心深いクリスタはその緑の瞳の奥でひらめいている暴力的な光を見逃さなかった。背中が壁につくまで後ずさった。マークは悪魔のような笑みを浮かべると、彼女が逃げようとする前に飛びかかった。

「俺の愛撫に本当に飽きたのか、それとも飽きたふりをしているのか確かめてやる」

マークは意地悪くにやりと笑うと、柔らかい腕をぐっとつかんだ。

クリスタは口を開こうとしたが、何も反応しないでいるほうがいいと気づいて口をつぐんだ。だがマークは受け身のままでいることを許しはせず、がっちりとクリスタを捕まえ、無理やりに愛撫した。彼の唇が、ひどく楽しげにゆがむ。

「俺が欲しいんだろう?」マークは迫った。

「いいえ」クリスタはかぶりを振った。

「可愛いセイレーン、天国に連れていってやる」

マークはクリスタをベッドの上に投げ出すと、クリスタの固い決意が崩れてしまいそうになるほど、激しく攻め立てた。この男はきっと自分を苦しめるために地球に送られた魔法使いに違いない。残っていたわずかな意志を振り絞って、反抗的に顎《あご》を上げ、怒りの言葉を投げつけた。「あなたなんか欲しくない!」だが、風に向かって叫ぶほうがまだましというものだった。

マークはクリスタの桃色の乳首を唇で激しく吸った。そして脚の間の柔らかな巻き毛の中に指を差し入れ、感じやすい部分を優しく、だが執拗《しつよう》に愛撫して、クリスタを絶頂寸前にまで追いつめた。さらにマークは口づけをし、舌を深く差し入れて、甘い蜜《みつ》をむさぼった。クリスタは怒って低くあえぎながら、乱暴にその舌を噛《か》んだ。血の味が広がる。

マークは痛みにうめくと、見せかけの優しさも楽しさもかなぐりすてて、怒りを露《あら》わにした。脚の間の柔らかい場所に、熱く硬いものを感じたクリスタは、はっと息をのんでもがいた。先端が入ってきたので、逃げようとして身をよじる。マークは容赦なく、強く突き入れ、今度は通り道を探りあてて、根元まで深くうずめてしまった。

唐突に彼の怒りは激しい欲望に代わり、獰猛《どうもう》な野獣のように完全に彼を支配してしまった。みじめな抵抗を続けようとするクリスタの心は言いようのない敗北感に打ちのめされた。それでもまだ懸命に感じるまいとしていたが、それも徒労に終わった。自分の中にあるものの、あまりの大きさに痛みを感じたが、それはすぐに快楽に、心地よい痛みに取って代わった。驚くほど短時間に、クリスタの決意はくつがえされてしまった。クリスタはとうとう時も場所も超えて、舞い上がると、激しい快感とこの希有《けう》な男のオーラに身を震わせて、身体をのけぞらせた。クリスタが彼自身を包みこんで優しく締めつけたとき、マークは自分の欲望を解き放った。

長い沈黙が流れた。肉体は征服されてしまったが、クリスタは怒りがおさまらず、彼の目をじっとにらみつけて、長い間、緊迫感に満ちた無言の戦いを続けていた。

「無理矢理感じさせて、どうしたいの？」責めるような口調でたずねた。「わたしはどうでもいいのね。あなたの誇りは慰められたの？」

「誇りというのは不思議なものだな」マークは一瞬、考えこんだ。「誇りを踏みにじろうとしても無駄だ。今度、俺の男らしさを非難するときは、覚悟の上でやるんだな」

「今度はないわ」クリスタは毅然《きぜん》と言い放った。

マークはすっと立ち上がると、男の力強さを見せつけるように彼女の上に立ちはだかった。「そんなことはない、クリスタ。おまえは何度でもセイレーンの歌で俺をひき寄せ、そのたびに俺は恋する大馬鹿者のように答えるだろう。アラーは俺の快楽のために、特別におまえを与えてくださったのだ。俺以外の男には、おまえの魂を奪うことはできない」

「あなたのうぬぼれは切りがないのね」クリスタは不満げに答えた。ああ、でもなぜ彼はそうはっきり言い切ってしまえるのだろう？　無言のうちに求めてしまいそうになり、とっさにそれを飲みこんだ。マークのように心をかき乱す男は他にいないと、クリスタは本能的に悟った。この王子を愛していたが、彼は、自分を突き動かしている復讐心を捨て、自分の気持ちに正直になるほどにはクリスタを愛してはいなかった。男の欲求を満たすという、どんな女にでもできることでしか、彼の役に立てないと思い知るのは、あまりにも辛《つら》かった。

くやしさのあまり金色の睫毛《まつげ》を涙で濡《ぬ》らしながら、クリスタはマークが服を着るのを見つめていた。もう彼の姿を見るのはこれで最後だ。クリスタの落胆のため息が、彼を振り返らせた。緊張したまま、彼はじっとクリスタの美しい裸身を見つめ、愛撫でまだ紅潮している二つの突起と、ほっそりしたウエスト、均整の取れた見事な細い脚、尻《しり》のふくらみに見とれていた。

「怒っているのはわかっている、クリスタ。でもそのうちに、君が俺にとってどれだけかけがえのない存在か、わかる日が来る。危険にさらしたくないんだ。俺を信じて、我慢してくれさえすれば、いつか必ず一緒になれる。約束する」

「あなたの愛人の一人として、でしょう?」クリスタは言い返した。

彼は唇を一瞬引き結んだが、否定はしなかった。マークは力なく肩をすくめ、後ろを向いて出ていった。彼が最後に言った言葉が闇の中に響いた。その言葉は、これからの長い虚ろな夜、たびたび夢の中に現れることになるのだった。「運命だ、可愛いセイレーン。運命の意志が人を突き動かすんだ」

翌日、明るい未来を予感させるように、空は晴れ渡り、さわやかなそよ風が吹いていたが、クリスタの気持ちは一向に晴れなかった。手すりにもたれ、修理された船の船尾で、舵を取りつけている乗組員たちを眺めていたが、マークの姿はどこにも見えなかった。作業の成り行きを見守りながら、船橋の上をせわしなく歩き回っているデュボア船長は、ボナミ号を取り巻く広大な海に油断なく目を光らせていた。

一人でもの思いに沈んでいたクリスタは、ラングトリー夫人がこっそりとそばに近寄ってきたので、ハッと我に返った。今は、いつもまとわりついているピエール・ルフェーブルの姿はなかった。クリスタをにらむラングトリー夫人の恐ろしい顔は、親しげとは言い難かった。「誰でもだませると思ったら大間違いよ、あなた」辛辣《しんらつ》な口調で言った。

クリスタは驚いたように振り返って、恋敵《こいがたき》をにらみつけた。「何の話？」

「アンリ・ジェルヴァが、あなたとマークは友だち以上の関係だって言ってたわ。彼とは長い付き合いだけど、ずっと女なしでいられる男じゃないわ。あたくしと寝る気がないところを見ると、アンリの言葉は正しいようね。あなたとマークが恋人同士だってことは船じゅうに知れ渡ってるのよ」

「アンリは信用できないわ」クリスタはうそぶいた。「いつだったか、彼がわたしを襲ったこともお聞きになっているかしら？　その時、マークが間に入ってくれたからわたしは助かったのよ。わたしなら、アンリの言うことなんか気にしないわ」

「あなたとアンリに何があろうと、知ったことじゃないわ」ラングトリー夫人は言い捨てた。「でも、あなたとマークの関係には興味があるの。あなたたち、イギリスにいたときから恋人同士だったの？　彼があたくしと別れたのはあなたのせい？　彼はあなたに会うために、フランスまで追いかけてきてボナミ号に乗ったの？」

矢継ぎ早に根掘り葉掘りたずねられて、クリスタはカッとなった。「そんなに知りたければ、マークに聞けばいいわ」

「俺に何を聞くって？」低い声が割って入ってきた。話に夢中になっていた二人は、マークが近づいてきたのに気づいていなかった。

「マークったら！」ラングトリー夫人は大げさな声を出すと、わざとらしくにっこりした。しかし口惜《くや》しいことに、マークはクリスタにしか興味がないようだった。

「何を聞きたかったんだ、二人とも？」

「ラングトリー夫人に聞けばいいわ」クリスタはそう言い放つと、くるりと踵《きびす》を返して足早に立ち去った。ゆうべ、愛しているたった一人の男と怒りをぶつけ合った上に、また喧嘩《けんか》をするのはいやだった。

額《ひたい》に刻まれた皺《しわ》を見れば、マークが憤慨していることは一目瞭然《いちもくりようぜん》だった。ついに願いをすべてかなえてくれる女性、心から愛せる女性と出会ったのに、運命が狂ってしまい、自分の気持ちに正直に、クリスタが最高の女性だと言えなくなっていた。たしかに不思議な巡り合わせだった。トレントン家の舞踏会で、初めてクリスタと目が合った瞬間に恋に落ちてしまうとは。

しかし、ここ何週間かに起こった急激な展開で、未来は暗雲に包まれてしまった。そうだ、好きなときにイギリスに帰って、祖父の跡を継ぐことはできるが、それは臆《おく》病者《びょうもの》のやることだ。クリスタが冷静になって、理解を示してくれれば——母を殺し、本来彼のものである王座を奪ったアブドゥーラをのさばらせておくわけにはいかないのだ。権力を取り戻してしまえば、誰も二人を引き離すことはできなくなる。クリスタを妻にするため、なんとか法律を変えたっていい。

そんな雑多な考えが次々にマークの頭の中に浮かんでは消えた。クリスタが走り去るのを呆然《ぼうぜん》と見送ると、二人のフランス人がこの機を逃すまいとするかのように、すぐに彼女のあとを追いかけていった。マークが渋々ラングトリー夫人のほうを向くと、彼女は腕を取って、反対の方向に引っ張っていった。

「二人の間に何があったの？」冗談めかしてたずねた。「あのクリスタは見かけほど純情じゃないわよ」そして、敵意たっぷりにこう付け加えた。「もう彼女と寝たの？　あたくしよりもよかった？」

「まったく、ウィロー、君という奴は」マークはうんざりした。「どうすれば俺のことをあきらめてくれるんだ？　ボナミ号の若い男はみんな君に夢中だ。アルジェリアには君を熱愛する夫が待っている。なぜ俺たちの間に身体以上の関係があったようなふりをするんだ？　付き合っている間はたしかに楽しかった。でも二人の恋は自然消滅したんだ。今さら俺が何をしようと君には関係ないだろう」

「なんてこと！　彼女を愛してるのね！」ラングトリー夫人の耳障《ざわ》りな笑い声で、近くにいた数人が好奇の目を向けた。「とうとう恋に落ちたのね。よかったじゃないの。外国人との結婚は禁じられているって自分で言ったくせに、それにあの娘《こ》はもうすぐ結婚するんでしょう？　拒絶されてせいぜい苦しむがいいわ。これであなたにも辛さがわかるはずよ。あなたに同じ目にあわされてきた数え切れない女たちの気持ちがね」

「自分が何を言ってるのかわかってるのか、ウィロー。俺はな――」マークは突然、はっとしたように顔を上げると、はるか頭上で縄にしがみついている見張りを見た。その男の警告に、下にいる者たちは震え上がった。

「帆が見える！　こっちに急速に近づいてくるぞ！」

小型望遠鏡なしでも、遥《はる》か遠くに風をはらんだ帆がはっきりと見えた。この海域では、バルバリア地方の海賊船がいまだに力を持っており、すべての船が震え上がっていた。海賊たちはサリディニア島によく隠れているという。この島の岩だらけの海岸線沿いに点在する洞窟《どうくつ》は、地中海とバルバリア沿岸で貿易している海賊たちの格好のねぐらになっていた。だがボナミ号はこの悪名高き海賊の楽園から遠からぬ場所で、故障してしまった。デュボア船長はこうした災難を予期してはいた。だがせめて船の修理が終わり、帆をいっぱいに張るまでは、そんなことが起きなければいいと必死に祈っていたのだ。

舵の修理の進み具合を心配そうに確かめつつも、抜け目のない船長はこんな古い船が無傷で脱出できるわけがないとうすうす感づいていた。もちろん、近づいてくる船が海賊のものだという確証はないが、海賊と同じく現実主義者の彼は、最悪の事態にも備えていた。

「戦闘位置につけ！」船長が怒鳴《どな》ると、男たちがわっと跳び出してきて、それぞれの持ち場についた。

デュボア船長は何事も運任せにはしなかった。危険な海域を通ることを意識して、船には十八の大砲が装備されていた。十二ポンド砲が二つ、八ポンド砲が八つ、それに同じ数の二十四ポンド砲だ。そして、どんな海賊船でも撃退することができるよう、五十人の武装した船乗りたちも乗せている。ただし今は舵が損傷し、機動性と効率が低下している。

「下に降りていろ、ウィロー」マークは厳しい声で言うと、手助けできることはないか船長に急いで聞きにいった。船長は、フランス人兵士たちをまとめて部隊を作ってくれるのが一番助かると言い、マークはすぐにこれに従った。

オマールが武器を確認している間、マークはクリスタに危険を知らせるために急いだ。「クリスタ！」閉じたドアに叫んだ。「船が一隻向かってくる。船籍が確認できるまで船室から出るんじゃないぞ」

ドアが勢いよく開いた。「マーク、海賊なの？」チュニスでの生活で、海賊の脅威には慣れっこになっていた。

「まだわからん。確認するまでは下にいるのが一番だ。わかり次第、知らせにくる」

彼が行こうとすると、クリスタが叫んだ。「マーク、気をつけて！」

言いようのない優しさと愛情が彼の顔によぎったのを見て、クリスタは涙ぐんだ。

マークは低い声を上げると、手を伸ばし、クリスタを抱き寄せた。そして、何が起きようと彼女は自分のものだと心に刻みつけるように、激しい口づけをした。唇が重なった瞬間、クリスタの身体を快感が走り、どんなに彼が力を持っているか思い知らされた。

マークは渋々、身体を離した。クリスタの甘い反応にもかかわらず、彼の心はすでに二人に迫っている危機に向けられていた。「マーク、待って！」離れていこうとする彼に、クリスタが叫んだ。

「心配ない、クリスタ。おまえのことは俺が守る。危険がなくなるまで下にいるんだ。デュボア船長は有能な船乗りだから、こういう緊急事態には慣れている。海賊が襲ってきても、船長が手強《てごわ》い敵だとわかるだけさ。それにボナミ号には鍛え抜いた男が五十人もいるんだ」彼は行ってしまった。

クリスタが小さな船室の中を歩き回っている間に、船乗りたちは戦いに備えて、砲塔甲板と後甲板に大砲を据えつけていた。舵の取れない船では逃げ切れるかどうか危ういので、白兵戦に備えて、すべての男たちの腰にはピストルと短剣カトラスが下がっていた。

マークが若い兵士の一団に目を向けると、ルフェーブル大佐がうまく対処しているようだったので、マークは自分の準備に専念できた。デュボア船長が歩き回っている後甲板に目をやった。船長は時折、望遠鏡を上げては接近する船を確かめていた。突然、彼は荒々しく叫んだ。

「海賊だ！」船長は吐き捨てるように言うと、一等航海士に命令を出そうと振り返った。

帆をいっぱいにふくらませ、刻一刻と近づいてくるマストをにらんでいたマークは、一番高いマストに誇らしげになびいている海賊船の旗を見た。オマールが近づいてきた。「あなた様はこの界隈《かいわい》では顔が知られている、アーメド王子。我々が飛び乗ったら、隠れていてください。大宰相の手紙にも、アブドゥーラがあなたに賞金をかけたと書いてあった。みなそのことを耳にしているはずだ」

マークは馬鹿にしたようにせせら笑った。「俺が最初の危険の兆候だけで怯《おび》えるとでも思ったのか？　俺は父の息子らしく、男らしく行動する。隠れろなどというのは、俺に恥をかかせることだぞ、オマール」

「父君はあなたの安全を願われた。あなたのことだけが心配なのです、王子。でもどうしても戦うとおっしゃるなら、おそばにおります」

「他に道はない、友よ」マークは笑った。「アラーよ、我らを守りたまえ」

最初の一斉射撃がボナミ号に届かなかったので、海賊船は速度を上げて接近してきた。軽量で船足の早いレッド・ウィッチ号は、重たいボナミ号を圧倒していた。ボナミ号の大砲が絶え間なく敵に弾幕砲火を浴びせていたが、初めから勝負は見えていた。いいカモになってしまったフランス船は、レッド・ウィッチ号の砲撃を避けようとして、右舷《うげん》にも左舷《さげん》にも転ずることができずにいる。一方、海賊船は巧みに安全な場所へと方向を変えていた。

マークは眺望のきく場所にいたので、海賊船のブリッジで勝利を確信した大男の船長が、ふんぞり返って命令しているのが見えた。さらに二発の砲撃がボナミ号を直撃した。今となっては、乗り移ってきた海賊たちを倒す以外に勝つ方法はない。負けが濃厚と見たデュボア船長は、レッド・ウィッチ号が鉤《かぎ》をかけて鎖を引き寄せ、二隻の船をつなぐやいなや、部下たちに合図した。すぐさま乗船用の板が渡され、海賊たちが船べりを越えて押し寄せてきた。細い板を渡るのが待ちきれずに、綱にぶら下がって飛びこんでくる者もいた。

海賊たちの最初の一群は、おのれの命と乗客の命を守ろうとするボナミ号の乗組員たちによって見事に撃退された。マークは果敢に戦いに加わった。硝煙と硫黄の異臭が鼻をつき、目が痛くなった。自分の命は気にしていなかったが、彼が戦っていたのはクリスタを守るためだった。もし海賊たちのなすがままになれば、彼女がどんな目にあうかはわかりきっていた。乱暴されて、殺されなかったとしても、バルバリアの奴隷市場に売られてしまうだろう。彼女はそんな屈辱を受けるくらいなら死を選ぶはずだ。マークはウィローが同じ運命をたどることについては考えなかった。頭にあったのは、自分の純真な恋人のことだけだ。

クリスタとマーラは、狭いベンチの上で身を寄せ合って互いの手を握りしめながら、頭上で繰り広げられている激しい戦いの音に耳をそばだてていた。炸裂《さくれつ》する大砲や硝煙の匂《にお》い、負傷者の叫び声だけでも恐ろしかったが、ボナミ号が海賊の餌食《えじき》となったときの二人の運命を思って、ますます震えあがった。

さらに恐ろしい考えが恐怖に取って代わった。もしもマークが怪我《けが》を――いや、もっと悪いことに殺されてしまったら？　昨夜、自分が怒りにまかせて投げつけた言葉を鵜呑《うの》みにしたまま、死んでしまったら？　自分がどれだけ彼を愛しているかも知らずに。ああ、神様。こうしてはいられない！

しがみつくマーラの手を振り切ると、クリスタは震えながら立ち上がり、ドアに向かった。「ホートン様！　どこへ行くんです？」怯えたマーラが叫んだ。

「何が起きてるのか見にいくのよ、マーラ。わたしたちがどうなるか知りたいの」

「だめです！　お願いです、行かないでください、お嬢様！　恐ろしい目にあうかもしれません。あなた様をお守りすると、お父上に約束したんです」

「心配ないわ、マーラ」クリスタはなだめるように言った。だが、すでに心は決まっていた。「気をつけるわ。通路から戦いの様子をこの目で確かめるだけ。もしボナミ号が占領されていたら、姿を見られても同じでしょう。どっちみち海賊に見つかってしまうんだから」

「おお、なんてことを！」クリスタの不吉な言葉に、ますます怯えたマーラは泣き出した。

マーラをどう慰めていいかわからないまま、クリスタは鍵《かぎ》を開けて通路に出ると、鍵を閉めるよう声をかけた。上から聞こえてくる物音を聞けば、激しい戦いが繰り広げられていることは明らかだ。きっと海賊たちは客室の捜索にまで手が回らないだろう。

クリスタは、階段の下に大の字になって倒れていた人につまずき、危うく悲鳴を上げそうになった。その場に立ちすくみ、しばらくじっとしていたが、その身体が動かないのを見て、思い切って近づいて観察した。ちぐはぐな取り合わせの服からして、その男は海賊船の乗組員に違いない。喉笛《のどぶえ》をかき切られているのを見て、クリスタはこみ上げてきた吐き気を必死にこらえた。目をそむけながら死体をまたぐと、梯子《はしご》をよじ登り、出口から用心深く顔を出した。目に飛びこんできた惨状を見て、クリスタはマーラといるべきだったと後悔した。

血で濡れた甲板には、耳をつんざく短刀の音と銃声が響き渡り、どこを見ても男たちが入り乱れ、戦いを繰り広げている。クリスタのすぐ近くで、負傷者が積み荷の後ろに運ばれ、船医の治療を受けていたが、船医自身も怪我をしているようだった。全身血まみれになり、すすけて真っ黒になった哀れな男たちのうめき声や泣き叫ぶ声が、クリスタのやわらかな心を引き裂いた。もはや目をそむけることもできず、ただ息を殺していた。

自分の身の安全も、マークの忠告も完全に忘れて、行く手で戦っている二人の男をよけるようにして、甲板に飛び出した。一瞥《いちべつ》したが、どちらもマークではなかった。負傷した男たちのところへ素早く近づくと、仰天している船医に手助けを申し出た。

「なんと！　マドモワゼル・ホートン、ここで何をしているんです？」

　近くで見ると、クリスタの思った通り負傷していたトレメイン医師は、左腕の恐ろしい傷口から多量に出血していた。「お手伝いします」クリスタは手短に伝えた。「あなたの傷に包帯をしましょう。さもないと、治療を続けられません」

　トレメイン医師が反対しなかったので、クリスタはずたずたになった服を取り去って、医師の備品の中から見つけた軟膏《なんこう》を塗り、きつく包帯を巻いた。手当を終えても、医師は感謝の代わりに弱々しい笑みを浮かべるのが精いっぱいだった。「メルシィ、マドモワゼル。手当に感謝します。でもここはレディのいる場所ではありません。下にお行きなさい」隠れていろと言われなかったのですか？」

「ええ。でもわたしは残ります。「あなたには手伝いが必要です」

　クリスタはさっさと負傷者を見つけ、海賊と戦うどころか独り立ちする歳にも見えない少年の頭に、手近なところにあった包帯を巻いた。クリスタを心配してトレメイン医師は困ったように肩をすくめたが、どんな手伝いでもありがたいのは確かだった。

　しばらく一緒に治療をしたあとで、クリスタは思い切ってたずねた。「わたしたちに勝算はあるんでしょうか、先生？」クリスタがこの積み荷の裏に足を踏み入れてからは、ほんの目と鼻の先で起きていることもわからなくなっていた。だが負傷した男たちを救おうと戦闘の最中に飛び出していった医師には、状況がわかっていた。

「形勢はよくはないです、マドモワゼル」医師はあいまいな返事をした。実際には急速に海賊に占領されつつあるとわかっていたが、この女性に真実を伝えていいものかどうか心配だったのだ。トレメイン医師はバルバリア地方の沿岸を荒らし回っている卑劣な連中の手に落ちた女性たちに思いをはせた。

「マーク・キャリントンが負傷者の中に見当たらないわ」クリスタの声がうわずった。「彼を見かけませんでした？　戦っている人たちの中に」

仕事の手をとめて顔を上げた医師は、探るように彼女を見つめ、答えた。「ウイ、見ましたよ。彼が手際よく片づけた海賊と同じように獰猛に戦っていた。配下のオマールが背後を守っていました」

クリスタは、汗に光るマークの赤銅《しゃくどう》色の身体と、包囲された船を守るために剣を振りかざしているたくましい腕を想像して、そっとため息をつくと、無言で祈った。自分の心を捕らえて離さない男をひと目見ようと、手当をするのをやめて、木枠の隅に隠れ、用心深く、角からのぞき見た。このことをクリスタは一生後悔するはめになった。

クリスタは青い瞳をみはって、甲板中を探したが、見たこともないような恐ろしい形相の男を目にし仰天した。燃えるような真っ赤な髪と顎鬚《あごひげ》をした巨人は、彼女を見て満足げににやりとした。二メートルを超える背丈、伸び放題の乱れた髪と髭、裸の胸、腕を汗と血で光らせたこの凶暴な大男は、彼女が顔を出した瞬間、喜びの咆哮《ほうこう》を上げた。

驚き怯えたクリスタは、見つかるまいと木箱に身体をぴったりと押しつけたが、もう遅かった。木の幹のような太い脚をした男は上半身裸で、赤い縮れ毛が信じられないほど大きな胸板を森のようにおおっていた。両腕に筋張った分厚い筋肉が盛り上がり、首周りはクリスタの腰ぐらいあった。大きな図体にしては腰が引き締まり、驚くほど俊敏な海賊は、巨大な短剣カトラスの一撃でまたたく間に敵を倒した。にやにやしながら、彼の行く手をさえぎるものを片っ端からなぎ倒して、クリスタに近づいてきた。

たとえようのない恐怖に襲われたクリスタは自分の喉をつかんだ。発作的な叫びがもれた。恐ろしい海賊に見つかってしまった！　こっちへやってくる！　クリスタはパニック状態に陥り、逃げ出そうとした。意を決して、先刻通ってきた甲板に通じる昇降口《ハッチ》を見やったが、そこには屈強な海賊が二人、立ちふさがっている。逃げ道はないかと、反対のほうを見たが、困ったことにどこにも逃げ場はなかった。クリスタはそれでも走り出し、こけつまろびつしながら甲板を横切った。

目の片隅にかすかな青い閃光《せんこう》を捉《とら》えたマークは、心の中で大声で悪態をついた。まさか！　クリスタだ！　助けに飛び出そうとした瞬間、三人の海賊が決然と襲いかかってきたので、とっさに自分の身を守らざるを得なかった。またたく間に、腕の立つオマールがこの不利な戦いに割って入り、二人はともに戦った。

無数の傷から血を流し、焦りに歯を食いしばりながらも、マークは、ボナミ号の乗組員がバルバリアの海賊たちによって、徐々に、しかし確実に敗北に追いこまれていることを敏感に察知していた。自分のことは心配していなかった。命を落とさなかったとしても、奴隷として売られるか、賞金と引き換えにアブドゥーラに渡されるかのどちらかだ。そうなれば、確実に殺される。心配なのはクリスタのことだった。このあたりで人生の大半を過ごしてきた彼には、どんな運命が彼女を待ち受けているか、本能的にわかっていた。そして、決してそれが楽しいものではないことも。彼女が辱《はずかし》められ、屈辱に苦しむのを見るくらいなら、何百回でも自分が死んでやるとマークは思った。

5

赤髭《あかひげ》は兎《うさぎ》を追いつめる狐《きつね》のごとく、大口を開けて笑い声を上げながら、クリスタのあとを追った。陽の光にきらめく豊かな銀色の髪はひどく目立ち、男の欲情をそそった。粘りつくような目でクリスタを見つめる。もう逃げ場はない。この船にはもう抗う力などほとんど残されておらず、彼の手に落ちたも同然だった。木箱の陰からのぞいていた女をひと目見て、赤髭はこの世のものとは思えぬ美しさに度肝を抜かれたが、一方でこの女が奴隷市場でいくらで売れるか抜け目なく計算していた。おそらくアルジェの領主は、このたぐいまれな宝石を自分のコレクションに加えたがるだろう。彼は白人の女には目がないといわれている。この女は、オスマン帝国の偉大なるスルタンのハーレムにぴったりだ。黄色でも金色でもない、月光を浴びた銀色とでも言いたいような独特な色の髪を、赤髭は見たことがなかった。信じられないような美しさだ！

あられもなくむせび泣きながら、クリスタは甲板を横切って逃げた。恐怖に駆られ一目散《いちもくさん》に走った。赤髭の大男の手にかかるぐらいなら、海に飛びこんでやる。半狂乱でマークを探すと、チークの手すりを背にして命がけで戦っている彼の姿を見つけた。今、不用意に名を呼んで彼の命を危険にさらすことはできない。クリスタは、戦っている男たちを避け、追っ手の執拗《しつよう》な手を巧みに逃れながら、甲板をあちこちへと走った。息を切らせ、疲れきって震えながら、クリスタは赤髭のあざ笑う声がすぐ後ろに迫っているのを聞いた。あの男は自分を弄《もてあそ》んで喜んでいるのだ。どうなるか結末は目に見えていた。

いきなり目の前に現れた手すりを見て、クリスタはためらうことなくよじ登り、飛びこもうと身構えた。金蔓《かねづる》が海の藻屑《もくず》と消えようとしていることに気づいた赤髭は、怒りの声を上げると、丸太のような脚で一気にクリスタに追いすがった。大きな手を伸ばし、風にあおられてなびく銀色の長い髪を乱暴に鷲《わし》づかみにして、引き寄せた。クリスタの上げた苦痛と絶望の叫びを聞いて、行く手をさえぎる海賊と必死に戦っていたマークははっとした。

クリスタは甲板に投げ出され、立ちはだかる赤髭の足もとにひれ伏した。「この赤髭様からそう簡単に逃げられると思ったか、べっぴんさんよ」赤髭はたのしげに叫んだ。「俺《おれ》にゃたあんと考えがある。魚の餌《えさ》になんぞはさせねえさ。鮫《さめ》にとっちゃおまえなど腹の足しにもならんだろうよ」低い、がらがら声にクリスタは震え上がった。

「彼女を放せ、卑怯者《ひきょうもの》！」巧みに剣を操りながら、マークはようやくクリスタのそばまで近づいた。海賊の頭目の大男は、マークをうさんくさげに見た。マークはやせているほうではないが、赤髭のほうが背も十数センチ高く、体重差は何キロかある。クリスタは心配のあまり胸が引き裂かれるようだった。

赤髭はクリスタの髪をさらに強くひっつかむと、頭を小突いて、クリスタを立たせた。「こいつはおまえの女か？」赤髭がマークをにらみつけながら、言った。

「そうだ」マークは目でクリスタに黙っていろと命じた。「その薄汚い手を放せ」

この大男を倒してクリスタを救出する見こみはほとんどないと知りながらも、マークは剣をきつく握りしめ、赤髭にむかって怒鳴《どな》った。

「この船は俺様のものだ」赤髭はうなった。「この女もだ。見ろ。もう決着はついた、子分たちが勝ったも同然だ。おまえも剣を捨てろ」

クリスタは、早まらないでとマークに目で訴えていた。赤髭が勝ち誇ったように大きな腕を彼女の腰にまわして引き寄せると、クリスタは震え上がった。彼の二人の手下が必要とあらば援護しようと、そっと赤髭のそばに寄ってきた。

「剣を捨てろ」マークが黙っていたので、赤髭は繰り返した。

「取引をしよう」捨て鉢になったかのように、マークは言った。

赤髭が大笑いしたので、手下たちが振り返った。そしてその視線はすぐに、残忍なお頭《かしら》に堂々と刃向かっている若い男に集中した。「取引だと？」赤髭はあきれかえって言った。「貴様のものはすべて、俺様のものだ。この女もな」

「奴をこの剣で串刺《くしざ》しにしてやりますぜ、バルバロッサ！」彼のそばにいた男が叫んだ。バルバロッサという名は、ハイレディン・バルバロッサという、十六世紀に地中海を震撼《しんかん》させた海賊の名にちなんで付けられたのだ。赤髭がこう呼ばれたのは、その燃えるような髭と髪、その武勇からだった。

「そうとも」この男の相棒が賛成した。「このうぬぼれ野郎を片づけてやる」進み出た二人の男に追いつめられ、マークは手すりの上に飛び乗ると、巧みにバランスを取りながら、剣を振り回した。

「待て！」マークは叫んだ。「俺の話を聞け。船と乗客全員の無事を約束するなら、俺は喜んでおまえに従おう」

「貴様になんの価値があると言うんだ？」赤髭は馬鹿《ばか》にしたようにあざ笑った。「おまえと他の奴らを全員合わせたよりも、この女のほうが金になるぞ」

「そうは思わんな」マークは冷静に答えた。「アブドゥーラ王子を知っているだろう？」

「当たり前だ。コンスタンティーヌの領主を知らぬ奴などいるのか？」赤髭は大きな顔をしかめた。

「アーメド王子のことは?」

赤髭はうなずいた。巨大な猫の目を思わせる琥珀《こはく》色の目を持った相手に、話が通じてきたようだった。マークが思い切ってクリスタのほうをちらりと見ると、彼女は顔面蒼白《そうはく》だった。

「マーク! だめよ!」彼が何を言おうとしているのかに気づいて、クリスタは叫んだ。

彼女を無視してマークは繰り返した。「アーメド王子の何を知っている?」

「君主《ベイ》のアブドゥーラが裏切り者の腹違いの弟を捕まえるために、莫大《ばくだい》な賞金をかけていることは知ってるさ。アブドゥーラは父親が死んで、アーメドから王座を奪い取ったんだろう」赤髭は抜け目のない様子で言った。「それとおまえと何の関係がある?」

「俺がそのアーメド王子だ。ハリド・イブン・セリムの正当な後継者にして、わが国の民《たみ》が選んだ指導者だ。アブドゥーラは嘘《うそ》つきの人殺しだ」

手すりの上に立っているマークは、今では海賊たち全員の注目を浴びていた。彼らは生き残ったボナミ号の乗組員と乗客たちを集めて船倉に押しこめたあと、近くをうろうろしていた。マークは、冷静さを装いながら、あらゆる国から集まった雑多な男たちの集まりを見まわした。「わたしに見おぼえのある人間は誰《だれ》もいないのか?」

「奴の言ってることは本当ですぜ」一人の男がそう言いながら進み出た。「コンスタンティーヌはわしの故郷でさ、海賊になる前はよくアーメド王子を見かけましたよ。父親が息子の王子を連れて町を歩いていたんでね。奴はトゥアレグ族と馬を乗りまわす、恐ろしい戦士だと言われておりやした」

赤髭は髭を撫《な》でながら考えこむような表情をして、目の前で微妙なバランスを取っている傲慢《ごうまん》な若者を見つめた。この美しく、たくましい若者は本人の言うように、どこから見ても王子そのものだ。思わずひきこまれそうになる知的で反抗的な緑の瞳《ひとみ》が、赤髭をにらみつけている。コンスタンティーヌが弟の首に賞金をかけるのも無理はない。彼は絶対に敵に回したくない男だった。アブドゥーラが弟の首に賞金をかけるのも無理はない。アブドゥーラを追い出し、政権を取り戻すのに十分な支持者を集めるだろう。アブドゥーラはスルタンの護衛をする歩兵連隊の支持を得ていると聞いているが、アーメドが祖国に戻ったら、そのうちの何人が忠実な配下として残るだろうか?

「つまり、この女のために自分の命を売ろうと言うんだな」赤髭は言った。「馬鹿な奴だ。おまえたちは二人とも俺様のものだ。アブドゥーラは、おまえを引き渡せば大金をくれるだろう。そして俺がおまえの女に飽きたら、奴隷市場に大金で売り飛ばしてやる。もしかするとこいつをおまえの兄に差し出してもいいかもしれん」ずる賢く付け足した。「おまえが本気で惚《ほ》れている女を手に入れれば、奴も大喜びするだろう。

このアマは貴様をよっぽど悦《よろこ》ばせたらしいな。試すのが待ち遠しいぜ」

マークの内側で怒りが爆発し、クリスタを窮地に陥れたこと以外、何もわからなくなった。彼女が赤髭と手下どもに苦しめられることなど、考えられなかった。海賊の首領はクリスタも、アブドゥーラがかけた賞金も手に入れると言った。この赤毛の悪魔を殺してやりたいという衝動が突き上げてきた。おのれを動かす運命の歯車が止められぬように、マークは自分を止めることができなかった。

赤髭は樫《かし》の木のようなたくましい両脚で立ちはだかって、クリスタを小脇《こわき》に抱えていたので、とっさにマークの果敢な動きに反応することができなかった。マークは、髭の大男の喉《のど》めがけて剣を突き出した。そして、それからのすべてのことが同時に起こった。

赤髭の手下が首領を助けようと、反射的に弾をこめたピストルをかまえ、狙《ねら》いをつけて撃った。クリスタは悲鳴を上げた。マークの身体《からだ》は衝撃で後ろに吹っ飛び、赤いものがみるみる胸の上に広がった。たった今、赤髭めがけて飛び降りようとしていたマークは、よろめき、足を滑らせて、手すりから暗い海へ落ちていった。赤髭の手下が両手を口に当て「船が来たぞ！」と叫ぶ前に、クリスタは気を失っていた。

近くに倒れていた怪我《けが》をした男が、膝《ひざ》をついてよろめき立ち上がり、ひそかに手すりを乗り越えたことにも気づかなかった。彼が落ちた水音は、甲板の上の狂乱騒ぎで、ほとんどかき消された。

赤髭はクリスタを乱暴に脇に押しのけ、見張りから望遠鏡をひったくると、遠くに見える一組の帆に焦点を合わせた。「おのれ！」赤髭は自分の不運をののしった。アーメド王子に逃げられた上に、またもや、戦うはめになりそうだった。「フランスのフリゲート艦だ。大量の武器を積んでいるようだぞ」

「右舷《うげん》を見ろ、赤髭！」誰かが耳もとで怒鳴った。振り向いた赤髭は、新たな敵を見て、罵詈雑言《ばりぞうごん》をまき散らした。一隻目と同じフリゲート艦が、左舷の砲門から大砲を突き出し、追い風に乗って迫ってくる。

戦うか、逃げるか。選択は赤髭にかかっていた。一隻なら難なく倒せるが、二隻では勝ち目はない。それだけは避けたかった。彼も馬鹿ではなかった。「野郎ども、ずらかれ！」赤髭は即座に決意して怒鳴った。「レッド・ウィッチ号に戻れ！　その女も一緒だ」すかさず命令すると、副官はぐったりしたクリスタを抱え起こし、肩の上にかついだ。ボナミ号の積み荷は手に入れ損なったが、それを埋め合わせる女は確保した。

怪我をした仲間と死体を集めると、海賊たちは乗りこんだときと同じように渡り板と綱を使って、船に戻っていった。赤髭は決然とした態度で、きびきびと命令を下しながら、手下たちがそろって、帆を上げるために帆桁《ほげた》の固定具をはずすのを満足げに見やっていた。帆を上げて船首を巡らすにつれて、ばたばたと雷のような音が響き渡る。ついに白い帆は風をはらんでふくらみ、帆船はゆっくりとボナミ号から離れはじめた。レッド・ウィッチ号が追い風に乗って速度を上げ、フランスの追っ手から逃れると、大きな歓声がマストの上にこだました。

クリスタは暗く深い無意識の底から、目を覚ました。頭の片隅にある恐ろしいもの——あれは何？　大きな黒雲がわき上がってくる。それを自分のまわりに引き寄せ、また暗い忘却の世界に沈んでいこうとした。目を覚ましたとき、待ちかまえている恐ろしい出来事から逃げたかったが、それが何なのか思い出せなかった。クリスタは暗がりから離れまいとした。でもとうとうつかの間の休息は終わり、現実が立ち現れてきた。

思い出した。愕然《がくぜん》とし、全身をこわばらせる。マーク！　この目で、マークが海賊に重傷を負わされ、海に落ちていくのを見てしまった。彼は死んだのだろうか？　それとも何とか生き延びたのだろうか？

突然、不気味な気配を感じ、自分が一人ではないことに気がついた。恐怖におののきながら、赤い髭の大男を思い出して目を開けた。そっと見まわすと、恐ろしいことに、ここはこの二週間過ごしてきたボナミ号の窮屈な船室ではなかった。この船室は広く、贅沢《ぜいたく》な内装が施されている。今、横になっているベッドはあの細い寝台の三倍はあり、やわらかい、鮮やかな深紅のベルベットにおおわれている。船室が水面下にないことにも気づいた。ベルベットのカーテンがかかった窓から、船尾が見えていたからだ。

と、その男が目に入った。赤い髪の海賊は長いテーブルの上にかがみこんで、なめ

らかなチークの上に広げた一組の地図に見入っていた。ベッドの上の気配に気づいた

赤髭は、クリスタをちらりと見て、値踏みするような表情をした。

「お目覚めかな」赤髭は海賊になって何年も経つのに、いまだ残っているアイルラン

ド訛《なま》りで言った。

「ここはどこ？」恐怖を押し殺してたずねる。

「レッド・ウィッチ号の上さ。おまえさんはこの赤髭様の囚人ってわけだ」

「マーク・キャリントンは……どこ？」

「アーメド王子のことをいってるのなら、深ーい海の底だろうな。探してるひまはな

かったんでね」

「彼を殺したのね？」クリスタは憤然と叫んだ。「人殺しの……卑劣な海賊！」

「そうともさ」赤髭は機嫌よくうなずいた。「おまえは癇癪《かんしやく》持ちみたいだな。どこか

の運のいい奴がうんと金をはずんでおまえを仕込んでくれるだろうよ。生娘《きむすめ》でないの

が残念だがな。それともそうなのか？　アーメド王子はおまえの恋人だったんだろう？」

クリスタはぎょっとした。なぜ処女でないと知っているのだろう？　まさか気を失っている間に乱暴したのだろうか？

赤髭は分厚い胸を震わせ、低く、太い声で笑いを響かせた。「いいや、おまえが気絶してる間にやったりはしねえ」と彼女の心の中を読んで言った。「やるときは、ちゃんとおまえにもわかるようにしてやる。俺は生きのいい女のほうが好きなんでね。俺を楽しませてくれるんなら、奴隷市場に売っ払うまでの間、俺の相手だけをさせる」

神様、そんな！　クリスタは心の中で祈った。「父が喜んで身代金を出すわ。チュニスで政府の役人をしているの。父に知らせて、お願い」

「おまえの親父がただの政府の役人なら、俺が奴隷市場で要求するような額の金はないはずだ。おまえは大した美人だ。髪、その目、スタイルも抜群ときてる。俺はおかげで大金持ちになれる。お姫さんよ」

「やめて！」クリスタは叫んだ。

「わかったよ」赤髭はうなずいた。「おまえは何て呼ばれてるんだ？」

恐ろしい脅迫で何も言えなくなったクリスタは、残忍な海賊を見つめるだけだった。

口の中はこみ上げてきた苦いものでいっぱいになっていた。

「訊《き》いてるんだよ、このアマ。名前は何て言うんだ？」

答えがないと、赤髭はいきなりクリスタの腕をつかんで、ベッドから引きずり下ろした。「答えろ、この売女《ばいた》！　名前は何だ？」

赤髭は垂木《たるき》が震えるような大声で怒鳴った。

クリスタは言葉をつまらせ、あえぐように言った。「ク……クリスタ。クリスタ・ホートンよ」

「それでいい、お姫さんよ」赤髭はうれしそうにうなずいた。「俺の言うことはすぐにきけ。アーメド王子の恋人なのかと訊いたのに答えなかったろう。でも奴は堂々と認めてたぞ」

赤髭は大きな手でクリスタのやわらかい二の腕をつかんだ。「わたしは……そう」ささやくように答えた。「彼を愛してたわ」ああ、なぜ『愛してた』なんて言ってしまったのだろう？　この鼻持ちならない赤髭ですら、マークが銃撃と鮫から逃れて生きているかどうかは知らないのに。

「脱げ！」赤髭に命じられ、クリスタはふいに我に返った。

「何ですって！」

「聞こえたろう、お姫さん。おまえの身体に何か欠点がないか調べるんだよ。もしあれば、俺がやったあと、手下どもにまわしてやってもいい。欠点があるなら、おまえの価値はだいぶ下がるだろうな。生娘のほうがよかったが、おまえぐらい美人ならたぶん関係はねえはずだ」

クリスタは足に根が生えたように動けなかった。「いやよ」息をのんで、じっと相手をにらみつけた。

赤髭は怒りの雄叫《おたけ》びを上げると、片手で彼女をつかんだまま、もう一方の手で服を引き裂いた。服はずたずたになり、チークの床に敷いた厚いトルコ絨毯《じゅうたん》の上に山になった。赤髭はやっと傷だらけの身体を放すと、後ろに下がり、自分の前にさらけ出された裸身の美しさを、いやらしい目つきで存分に楽しんだ。

「魅惑的だ！　繊細、かつ神々しい！」赤髭は満足げに笑うと、ゆっくりとクリスタを一回転させ、いろんな角度からじっくりと観察した。こんな小難しい言葉が海賊ごときの口から飛び出したことに、クリスタは驚き、とまどった。

しなやかな肉体を頭のてっぺんからつま先まで、なめるように見つめる。その目は、彼女がいくらになるか熱心に計算していた。クリスタはこんなふうに非人間的に扱われ、恥ずかしくもあり、悔しくもあった。「絹のような肌だ」赤髭はどうでもいいといった口調で言い、太い指で鎖骨から、右の胸のふくらみの上へとなぞって、桃色の先端をあつかましくもつついた。「完璧《かんぺき》だな、このアマっ子め」どん欲に目を光らせながらほくそ笑む。「おまえをアブドゥーラ王子に差し出すつもりさ。自分の弟の女を手に入れたら喜ぶかもしれん。そうだろう」しゃがれた声で笑った。「そうしよう。アルジェに着いたらすぐ領主に会おう。もし奴がぞっこんその気になりゃあ、生娘だろうがなかろうか知ったこっちゃねえ。俺が味見したとて、奴にもわかりっこねえさ」

クリスタは赤髭に突き飛ばされ、彼の巨体に合わせて作られた広いベッドの上に、身体を投げ出した。「今はおまえに付き合ってるひまはねえ。船のことがあるからな」怒鳴ると、また無愛想な態度に戻った。「戻ったら、アーメド王子がどれだけ主《あるじ》の楽しませ方を仕込んだか、確かめてやる」赤髭は足早に船室から出ていった。

クリスタは彼がケルト族の将軍にあまりに似ているので驚いていた。あの巨体がのしかかってくることを考えてぞっとした。彼の大きなものを突き入れられたら、間違いなく身体が引き裂かれてしまう。「死んでやるわ」足もとに散らかっている服の残りを拾い上げ、声に出してつぶやいた。着られるものが何もなかったので、クリスタはあたりを見まわした。裸を隠すことができれば何でもよかった。ベッドの脚のほうに置いてある大きなチェストを見つけ、すぐに調べはじめた。

そのチェストは清潔な服が入った洋服簞笥《だんす》だった。服の大きさからして、明らかに赤髭のものだ。ズボンは無理だが、膝下にまで届く特別大きなシャツを見つけ、喜んで着てみた。長い袖《そで》をまくるとクリスタはふたたびまわりを見た。身を守るために、どうしても武器が必要だ。

チェストの底にピストルがあったが、それを使うのはあきらめた。弾丸のこめ方も火薬のつめ方もわからなかったからだ。いくら調べても武器らしいものは何も見つからなかった。がっかりして引き出しを閉めると、赤髭が戻ってきたときのことを考えて、注意深く扉のほうに目を向けながら、他の場所を探した。狭いスペースの奥にあった細身の剣を取り、満足げに微笑《ほほえ》んだ。その細い剣は凶器とは言えないが、ないよりはましだ。そう考えて剣を握りしめた。

いくらか気を取り直し、こっそり扉に近づくと、鍵《かぎ》がかかっていなかったので、少しだけ開けた。外に立っている恐ろしい顔つきの見張りの海賊は、他のほうを見ていた。これでは逃げられない。クリスタは愕然とした。何とかここを出たとしても、どこへ行けばいいだろう? 落胆し、ベッドに戻って、用心深く縁《へり》に腰を下ろすと、いざというときのために、枕《まくら》の下に剣を潜ませた。

突然、扉が開き、赤髭のびっくりするような巨体が入り口に立ちふさがった。自分の一番上等なシャツを着たクリスタを見て、赤髭は顔をしかめた。「そいつを脱げ」反論を許さない雷《いかずち》のような声で言う。

クリスタは顔を上げ、首を振ると、じっと彼を見た。おかしなことに、彼は最初に手下たち相手に戦いの指揮をしていたときとは、ずいぶん違って見えた。出ていったときに比べてこざっぱりしている。髪は前より乱れていないし、髭にも櫛《くし》が通り、なんとか形が整っている。彼女の心に一瞬、希望の光が差した。この野蛮な男にも品位というようなものがわずかに残っているのかもしれない。

音を立てて扉を閉め、赤髭は悠然と部屋の中に入ってくると、立ち止まって天井からつり下がったランタンに火を点けた。死んだ部下や怪我人を確認しているうちに、あたりはすっかり暗くなっていたからだ。もう邪魔者はいない。この女がどう思っていようと、一晩じゅう、その魅惑的な身体を満喫できるのだ。彼女はたしかに勇敢だし、その心意気は見上げたものだが、それでも従わせるつもりだった。

「俺の一番いいシャツを台無しにされるのはごめんだ」大声で文句を言った。「今すぐそれを脱げ」と脅すように身を乗り出した。クリスタは枕の下に手をしのばせて、短剣の感触を確かめ、なんとか気持ちを落ち着けた。

「わたしを殺してからにすればいいわ」クリスタは勇敢に歯向かった。

赤髭の琥珀色の目が楽しそうに光った。「そうしてもいいが、生きてるおまえのほうがいい」彼が大きな手でシャツの襟首《えりくび》をつかんだとたん、クリスタは前に飛び出した。小さな役に立ちそうもない短剣を、実際の大きさの三倍もある凶器のように振り回した。

一瞬、赤髭は唖然《あぜん》とし、すぐに大声で笑い出した。「そんな細っこいナイフでこの俺を傷つけられるとでも思ったのか？　そんなもの、あっという間に取り上げてやる」

クリスタは真っ赤になった。この男の言う通りだ。こんな頼りない武器で、この男の淫《みだ》らな目的を防ごうなどと思った自分が馬鹿だった。それでも敗北を認めたわけではなかった。狡猾《こうかつ》に知恵を使うのだ。そう簡単にあきらめるものか。

「赤髭、父に身代金を要求して」クリスタは哀願した。「わたしがあなたの妹だとしたら？　妹が売られたり強姦《ごうかん》されたりしても平気なの？　あなたの話し方を聞いていれば、本当は教養のある人だってことはわかるわ。その大きな身体のどこかに上品さがあるもの。あなたは以前は海賊じゃなかったんでしょう。アイルランド訛りでわかるわ」

赤髭はがっしりした腰に両手を当て、ライオンのような頭をのけぞらせて怒鳴った。「俺のことはすべてお見通しだと思ってるらしいな、お姫さんよ？　だが大きな間違いだ。そうとも、俺様はアイルランド人だ」赤髭はすなおに認めた。「でもそれは大昔の話さ。文明社会にはもう俺の居場所はない。妹もいない。俺が子供の時分に飢え死にしたよ。俺は海賊だ、この首には賞金もかかってる」赤髭は言った。「イギリスの牢獄《ろうごく》から逃げ出したのさ。イギリス国王への反乱に加わって絞首刑にされる前にな。

いや、加わったというのは違うな。俺が反乱の首謀者だったんだ。馬鹿なイギリス人どもには誰が首謀者かすら見分けがつかなかったのさ」

恐怖を抱きながらも、クリスタは彼の言葉に聞き入っていた。「どうして……海賊になったの？」

クリスタの問いに、赤髭は驚いた。彼の過去に興味を持った人間など今まで誰もいなかったからだ。赤髭はこの話にすぐ飛びついた。「イギリス船にとっ捕まって、二年もの間強制労働させられてたんだ。俺のようなでかい図体と力のある男をいじめるのを生き甲斐《がい》にしている、残虐な船長の下でな。海で働いていないときでもずっと、足かせをはめられてた。だから、もし自由になれたら、足かせも鞭《むち》打ちの刑も二度とごめんだと心に誓ったんだ」

「でもあなたは、今話してくれた地獄からはい上がることができたのね」クリスタは自由のために戦うアイルランドの背教者の姿を想像しながら、言った。

「海賊船に襲われたとき、俺は進んで奴らの仲間になった。それ以来、奴らとずっと一緒さ。船長になったのは、レッド・ウィッチ号を奪ったときだ。このあたりの海域では俺の手柄は伝説になっている。略奪、殺人、強姦、この世の極悪非道な罪は、すべて犯してきた。だからな、短気なお姫さんよ、女をもう一人強姦しようが殺そうが、良心が痛むことはねえのさ。だがおまえを傷つけたくはない。俺の欲望のはけ口にするよりずっと価値があるからな。アルジェではいい値段がつくだろうから、その絹の肌に傷をつけるのはおしい。まあこっちもおまえが処女だとは思ってねえがな。だが俺の言うことは聞いてもらう。俺はおまえを抱く。逆らえば痛い目を見る。言うことをきかせる方法はいくつもあるが、どれも楽しくはねえぞ。それに怪我をする前に、そのちっぽけな棒っきれは捨てたほうがいい」

クリスタは窮地に追いつめられた。もうこれ以上意地を張ってもむだだ。赤髭の思い通りにさせることは神の思し召しからは外れている。マークの優しい愛を知ったあとではなおさらだ。先に自分で命を絶つしかない。クリスタは冷静にそう考えた。そして彼女自身、自分の大胆な言葉に驚いていた。いったんそれを口に出してしまうと、自分はためらわずにその言葉を実行するだろうと思った。

赤髭が動く前に、クリスタは短剣を自分のやわらかい喉に突きつけていた。手がぶるぶる震える。クリスタは両手で短剣を握りしめた。「下がって。一歩でも近づいたら、奴隷市場に死体を持っていくことになるわよ」

赤髭はあわてて後ろに下がった。ただの女が自分に逆らうとは。彼女のあまりの大胆さに感嘆せずにはいられなかった。あの射るような青い目で見つめられると、自分がまとっている粗暴さが剝《は》がされるような気がして不愉快だった。イワン・マクグレンが、母親から学んだ上流社会での自分の名前と先祖から伝わる遺産を忘れ、バルバリア地方の沿岸で最も恐れられる凶悪な海賊、赤髭になるまでには、長い年月がかかったのだ。この娘がどんなに魅力的であろうとも、男の威厳と仲間うちでの名声を捨てるわけにはいかない。

真っ赤な髭の下で顔をしかめながら、赤髭はクリスタにむかって手を伸ばしたが、首の付け根に一点の血が吹き出したのを見て、はっと手を止めた。

「わたしは本気よ、赤髭」クリスタはくぐもった声で言った。「金儲《かねもう》けのことを忘れるほどわたしを抱きたいの？　あなたは言ったわ。奴隷市場でわたしを売ればかなりの儲けになるんでしょう。なぜ価値ある商品を犠牲にするの？　これを取り上げたければそうすればいい、でもその前に取り返しのつかない傷をつけてやる」

「正気なのか、小娘？」赤髭は激怒した。「俺へのいやがらせのためだけに、自分を傷つける気か？」

「そうよ」クリスタは落ち着き払って答えた。これほど強く、自信を持ったことはなかった。

赤髭はいぶかしげな表情をしてクリスタを見つめ、しばしの間、考えこんだ。ボナミ号を襲った代償は大きかった。フランス船の乗組員と乗客は勇敢に戦い、優秀な手下が何人も殺され、怪我をさせられた。さらに悪いことには、積み荷や価値ある乗客をさらう前に、逃げ出さなければならなかった。アーメド王子を失ったのも思いがけない痛手だったが、もしアブドゥーラが寛大なら、まだ埋め合わせができるかもしれない。アーメドの女をさらって逃げたのは幸運だった。この女が完璧な美人なのは明らかだし、売れば大きな利益を得られるに違いない。手下どもでさえ、すでに分け前を計算して、買い手が見たときにこの女の価値が下がらないよう、手荒に扱うなと注意してきたくらいだ。

当然ながら、この女を自分にも抱かせろと要求した連中もいたが、すぐに不満を抑えることができたのは、赤髭が公正な船長として力を持ち、即座に俺に従えと要求したからだ。彼の巨体と腕力が最も勇敢な者でさえ威圧したので、彼らは逆らっても無駄だとすぐに気づいた。この癪《しゃく》に障《さわ》る小娘を新しい主人に引き渡すまでは、健康な状態で生かしておかなければならない。それも莫大な金を持っている主人に、などと強欲に考えながら、赤髭はにやりとした。

赤髭の琥珀色の目が渋々、負けを認めたのを読み取って、クリスタは狂喜した。勝ったのだ！　意志と決断力だけで、凶暴な野獣に自分の価値をわからせ、手なずけたのだ。アルジェで待ち受けていることについては、あえて考えなかった。そのときはそのときだ。彼女を買った男を説得して、父親に身代金を払ってもらえるかもしれない。それがアブドゥーラでないことを神に祈ろう。

「今回はおまえの勝ちだな、青い目の魔女め。だが新しい主人がおまえを連れていったが最後、笑うのは俺だ。きっと売春宿の主がおまえを買うだろう。そうなったら俺がおまえを買って奉仕させてやる」もちろんこれははったりだった。売春宿の主では、これほどの美人にはとても手が出まい。ただ彼女の屈辱的な運命をあざ笑うことで、傷つけられた威厳を回復しようとしたのだ。「おまえの勇気がどれほどのものか、試したんだ」

「わたしがくじけないとわかったでしょう?」クリスタは、神経がぼろぼろになり、狼狽《ろうばい》していたにもかかわらず、両手でしっかりと短剣を握りしめたまま、言い返した。もし赤髭に手籠《てご》めにされたら、本当にこれで急所をひと突きにできただろうか? ふいに赤髭がくるりと後ろを向き、捨て台詞《ぜりふ》を残して出ていったので、クリスタには確かめようがなかった。

赤髭は船尾に行くまで、クリスタをののしり続けていた。怒り散らしながら、足音高く行ったり来たりした。これまでに女に出し抜かれたことはなかった。その時、唐突に彼は思いついた。その気になれば、彼女が自分を傷つける前に、やすやすと武器を取り上げられたはずだ。なぜそうしなかった? これまでクリスタ・ホートンのような女に会ったことがなかったからだ。恐らくこれからも会うことはないだろう。どういうわけか、クリスタは彼の大きな体のどこかにある琴線に触れ、彼女を傷つけることはおろか、その気さえなくさせてしまったのだ。どこの女が、愚かにもあんな頼りない武器で貞操を守ろうとするだろう？
　あの女は馬鹿かもしれないが、その勇気には感心した。クリスタは、自分の生い立ちをすっかり忘れていた彼に、海賊になってすっかり良心と品位をなくしてしまう以前の人生を思い出させた。欲求不満がつのり、こんなふうに過去を思い出させたクリスタ・ホートンが恨めしかった。だが凶暴な赤髭は、生まれて初めて、彼らしくない行動を取ることにした。アルジェで売るまで、この魅力的な娘には手をつけまい。あんな女からはできるだけ早く手を引いたほうがいい。さもないと、あいつは猫のように甘えてくるだろう。畜生！　そうはさせるものか！　この巨大な道具は股《また》の間にしまっておいてやるが、彼女を自由にしてやるほど俺は馬鹿ではないぞ。これまで、バルバリアの脅威、赤髭として君臨してきた俺には、もはや自分のやり方を変えることはできないのだ。

　いつのまにか眠りに落ちていたクリスタが、ふいに目を覚ますと、赤い髭の大男がブーツを履いた両足を踏みしめ、ゆがんだ口もとに嘲笑《ちょうしょう》を浮かべて彼女を見下ろしていた。大きく毛深い手に短剣が握られている。うとうとしている間に、落としたに違いない。はっと息をのみ、失望と後悔で息がつまった。どうして眠ってしまったのだろう？　彼女は苦しみに身悶《みもだ》えした。せっかくの虚勢も水の泡だ。また赤髭とその海賊どもの手中に落ちてしまうなんて。

「どうするつもり？」クリスタはおそるおそるたずねた。この大男に手籠めにされると思っただけで背筋《せすじ》がぞっとした。そんなことをされるぐらいなら死んだほうがましだ。

「さっき俺を止めたのは、このちっぽけなナイフじゃねえ」赤髭は馬鹿にしたように言うと、細く鋭い武器を船室の反対側に投げ捨てた。「俺がその気になりゃあ、いつだって取り上げられたんだ」

「きっとわたしは自分を傷つけていたわ」クリスタはきっぱりと言った。

赤髭は大きなもじゃもじゃの頭をのけぞらせて大声で笑った。「うぬぼれるなよ、小娘。おまえは絶対に自分の身体を傷つけたりしなかった」赤髭は最初から自分の言葉が正しかったことに気がついた。

「俺の目論見《もくろみ》も」琥珀色の目を獣のように光らせて言った。「おまえをどうするかもわかってるんだろう。今でもおまえを奴隷市場で売り払うつもりだ。ただその前に、アブドゥーラに会う。もし奴が食指を動かして、いい値を付けてくれれば、奴と直接、取引する」

「なぜアブドゥーラがわたしを欲しがるの？　彼のハーレムにはわたしよりもっときれいな女たちが大勢いるにちがいないわ」

赤髭の目が意地悪そうに光った。「おまえは特別なんだ。アーメド王子の女だからな。アブドゥーラの虚栄心をくすぐってやれば、必ずおまえを欲しがるだろう。それにもし奇跡的にアーメドが生きていたとしたら、おまえはいい取引の材料になる」

「あ……あなたは、血も涙もない、人でなしよ！」なんと言おうか言葉を探しながら、クリスタは悪態をついた。こんな言葉を使ったことはなかったが、これほど絶望的な立場に追いこまれたこともなかった。

「もっとひどいことを言われたこともあるぜ」にやにやしながら、クリスタのぶざまな姿をじろじろと見つめた。彼女はまだ彼のシャツを着ていたので、ほとんど脚が丸見えだった。クリスタは彼の視線をたどり、内心、震え上がった。今犯す気なのだろうか？　ひそかに考えを巡らした。それとももっとひどいことをするつもりなの？

赤髭は切れ長の琥珀色の目で彼女を見つめ、この銀髪の小娘を抱いたらどんなだろうと考えたが、すぐにその考えを打ち消した。この女はあまりにほっそりしている。そんなことをすれば、すぐまっぷたつに裂けるか、彼の重みで押しつぶされてしまうだろう。もしひどい怪我をさせたらどうなる？　こいつが逆らえばたぶんそうなるだろう。アブドゥーラや他の有望な買い手も、お道具を使えなくなった女に、大した金は払わないだろう。

このところ収穫はかなり減っている。英仏両国が、海賊行為を罰し、地中海から彼らを一掃しようと立派な艦隊を送り出したからだ。しかも最近できたアメリカの国々まで、海賊を殲滅《せんめつ》しようと参戦してきた。この小娘は、欲望のはけ口などに使うよりも、投資としての価値がある。手下どもを満足させるには、その手のひらに黄金をのせてやる必要がある。最近では彼らを満足させるものはほとんどなくなっていた。

だめだ。赤髭は渋々自分に言い聞かせた。この娘は思い通りにはできない。手下たちに陵辱させるわけにもいかない。彼女は他の女たちとは違うのだ。気性が激しくてきかん気で、かつ魅力的なこの小娘を売り飛ばせば、自分をもっと満足させてくれる、豊満で男好きな女たちをいくらでも買うことができる。

失望した赤髭がそっぽを向いてしまったので、クリスタは大いに安堵《あんど》した。「気楽に休むがいいさ」赤髭は吐き捨てるように言うと、けわしい顔でにらみつけた。「おまえに突っこんでやりたいのはやまやまだが、無理強《じ》いはせん。幸運な星に生まれたことを感謝するんだな。俺にとっておまえは好色な女よりも価値がある。でなけりゃあ、とっくの昔に俺の下で股を開いてたはずだ。他の海賊連中と違って、俺の脳みそは股ぐらについてるわけじゃないんでね」

クリスタの頰《ほお》は火のように熱くなった。あまりのあからさまな言い方に狼狽したが、その言葉に新たな希望を持った。一つずつ、障害を乗り越えれば、まだなんとか生き延びられるかもしれない。

「あ……ありがとう」恩知らずに思われたくなかったので、なんとか絞り出すようにそう言った。

「礼などいらん」赤髭はぶっきらぼうに答えた。「新しい主人がおまえを飼いならす時に、俺を呪《のろ》うはめになるかもしれん。俺は自分が投資したものを守ってるだけだ。海賊の時代はそう長くは続かねえ。引退しなくちゃならねえときのために、貯えは必要だからな。アルジェに着くまで、おまえに手は出さん。嵐《あらし》がなけりゃあ、あと二、三日で着く。もうサルディニアを過ぎてるから、すぐにアフリカの北の海岸が見えてくるはずだ」

赤髭はクリスタをじろりとにらんだ。クリスタは、赤髭が足音高く、その巨体で家具を揺らし出ていくのを呆然《ぼうぜん》と見送った。

6

船尾を見下ろす背の高い窓のそばに立って、クリスタは港に燦然《さんぜん》と白く輝いているアルジェの街を見つめた。混乱し、鮫《さめ》のいる海に身を投げたくなるほど憂鬱《ゆううつ》だった。もしマークが生きているなら、自分が生きている価値も少しはある。けれど、奴隷として生きる道から逃れられる希望はなく、マークが闇《やみ》の中に潜んでいて助けにきてくれるという確証もない。このことを考えるのはあまりにも辛《つら》かった。

夜が明けようとしていた。鮮やかな青い湾を背景に、遠い紫の山並みの向こうから太陽が昇りはじめ、イスラム寺院の塔や礼拝時刻の告知を行う塔《ミナレット》を急激に金色に染め上げ、やがて、海岸線から、高い丘の上のカスバに向かって、段々になった白い漆喰《しっくい》の建物が、柔らかな象牙《ぞうげ》色に変わっていくのを、クリスタは目を見張って見つめていた。長さ約千六百メートルにわたって、海岸沿いの遊歩道が、巨大なバルコニーのごとく地中海に張り出しているのを臨むことができた。

この港は、地中海沿岸を支配する海賊たちの隠れ家としても有名だ。バルバリア地方の国々は、何世紀にもわたり、無法者の海賊たちが自ら支配者を選び、略奪によって潤う共和国であった。チュニジアは一八一九年、海賊行為を止め、奴隷を捕らえることを禁止した。しかしそれから七年経っても、モロッコとアルジェリアはいまだに古い習わしにしがみついていたのだ。

扉がいきおいよく開き、もの思いに耽《ふけ》っていたクリスタは我に返った。ふてぶてしい態度で姿を現したのは赤髭《あかひげ》だった。彼を見るのは二日ぶりだ。食事は無愛想なコックが運んできていた。その男は彼女に乱暴を働くには年寄りすぎたし、そんな気もなさそうだった。とりあえず海賊船の髭の首領は言葉通り、彼自身のみならず手下どもにも、クリスタの身の安全を守らせていた。赤髭の気が変わって、自分を売るのをやめ、父親のところに送り返してくれたらどんなにいいだろうと彼女は思った。けれども、赤髭は何一つ考えを変えなかった。

赤髭は、身体《からだ》の割には驚くほど軽い足取りで船室に入ってきた。「準備をしろ、お姫さん。一時間以内に上陸する」

クリスタはなじるような目で彼を見た。「あなたはわたしの持っていた、たった一枚のドレスをずたずたにしたのよ。それに何日もまともにお風呂《ふろ》にも入っていないわ。櫛《くし》すらないんだから、髪だって見苦しいに決まってるわ」

赤髭は驚いて眉《まゆ》をつり上げた。顔を見ていなかったこの二日間、泣いているか、先の見えない将来のことを考え、ふさぎこんでいるかに違いないと思っていた。ところがこの溌剌《はつらつ》とした銀髪の美女は、不快な環境に置かれたことについて文句を言っている。これが彼女の流儀というやつなのか？　やはり、この女は自分のものにすべきだろうか。赤髭は考えこんだ。いや――彼の同類でもない限り、女には海賊船に居場所はない。むろんクリスタ・ホートンはそんな女ではなかった。

「さあ、これを着ろ」唐突に、赤髭は言った。「他に必要なものがあれば、アルジェで手に入れる」

「何なの、これは？」クリスタは赤髭が投げてよこした二枚の服をつまみ上げた。一つは空色のフードのついた柔らかい絹のケープだった。もう一つは、どっしりとした暗い色のドレスで、これにもフードがついていた。二枚の服は、彼女をすっぽり頭からつま先まで隠せるほど大きかった。

「絹の服はジュラーバといって、肌の上に直接、着るものだ。どっしりした外套《がいとう》はヤシュマックだ。ジュラーバの上に着る。そのヴェールはハイクと呼ばれている。船を降りるときに、これを全部着るんだ。このあたりじゃあ、これが女の基本的な服装だ」

クリスタが言われたことを飲みこむまで、赤髭はゆっくり待っていたが、彼女がうなずくとすぐに立ち去った。

まだ靴があってよかった。クリスタは赤髭のあとについて、町へ通じる、細く曲がりくねった路地をよろめきながら進んだ。ヤシュマックのフードを眉が隠れるぐらいまで深々とかぶり、ヴェール、つまりハイクで顔の下半分を隠していた。灼熱《しゃくねつ》の太陽も、張り出したバルコニーから、その下にまがりくねっている通りまでは、ほとんど届かないが、ヤシュマックとジュラーバを着たクリスタの肌は、汗で濡《ぬ》れていた。

彼らは一列になって、ほこりっぽい混み合った通りを歩いた。先頭に赤髭、次にクリスタ、そしてそのあとに武装した二人の凶暴な海賊が従っていた。急な坂道を、町の中心であるカスバに向かってのぼっていき、バブと呼ばれている門をくぐっていく彼らを、人々が避けるのも当然だった。波止場からカスバに通ずる通りは階段になっていて、交通手段は徒歩かロバしかないことにクリスタは気がついた。

突然、赤髭がアーチ型の狭い入り口の中に入っていくと、後ろを固めていた二人の海賊が、その門の前でためらっているクリスタを中に押しこんだ。赤髭にぶつかってよろめき、彼が不機嫌そうに咳払《せきばら》いをしたので、あわてて離れた。クリスタがいる中庭は小さかったが、まるで砂漠の真ん中のオアシスのようだった。ナツメヤシの木立と色鮮やかな花々が小さな池のまわりを取り囲み、青く輝く水の中には、大きな金色の魚たちが泳いでいる。騒々しいカスバの中に、こんな静かな場所があるとは、驚きだった。

「入れ」赤髭がアーチ型の入り口を指差して、ぶっきらぼうに命じた。彼女が立ちすくんでいると、赤髭は肩をつかんで押し出した。扉が音もなく開き、クリスタは仕方なく中に足を踏み入れた。

磨いた黒檀《こくたん》のような肌の男が、お辞儀をして言った。「主人が待っております。わたしのあとについてきてください」クリスタにはこの召使いの流暢《りゅうちょう》なアラビア語は理解できなかったが、自分がどうすべきかはわかった。

それほど大きくはない家だが、室内は豪華なつくりで上品だった。天井は大理石の柱に支えられ、床には、見事な織りと染めの、いわゆるトルコ絨毯《じゅうたん》が敷きつめられている。この家の持ち主は富豪に違いない。その男と赤髭とはどんな関係なのだろうか？　答えはすぐにわかった。

ふっくらしたクッションの上にあぐらをかき、バヌースというゆったりとした袖《そで》無しのマントをはおり、鮮やかな絹のカフタンを着た中年の男が待ちかまえていた。浅黒い恐ろしい顔つきで、服の下の身体は運動選手のように鍛えられているようだ。最も印象的なのは、濃いまっすぐな眉の下の、思いつめたような黒い瞳《ひとみ》と、鷹《たか》の嘴《くちばし》のような鼻だった。引き締まった形のいい口、きちんと刈りそろえられた黒い髭の上のふっくらとした唇は官能的だ。頭には一枚の布を、ターバンのように、てっぺんがとがった見たこともない形に巻き上げていた。男は穏やかな笑みを浮かべ、アラビア語で赤髭に挨拶《あいさつ》した。

「お元気そうで何よりです」

「あんたもな、カリム」

「どうしてここへ？」カリムは赤髭に話しかけながら、鋭い視線をじっと、海賊の横に立っているヴェールで顔を隠した女に向けていた。「わたしのもてなしが不足で、ご自分の愛人を連れてきたのですか？」

「この女は売り物だ、それもとびきり高い目玉商品だ」赤髭が言うと、カリムはすぐさま興味を示したようだ。「コンスタンティーヌの新しいベイは、必ずやこいつに大いに興味を持つはずだよ」

「アブドゥーラが？　なぜこの女に興味を？　彼のハーレムは素晴らしいと評判ですが」

「俺《おれ》の知る限りじゃあ、アブドゥーラはいつも新たな快楽と異国風の女を探し求めている。とにかく、王はこの女のことを……面白がるに違いない」

「どんなふうにです？」カリムが不思議そうにたずねた。

「今度の航海で、俺はアーメド王子の乗ったフランスの船と戦った。アブドゥーラの弟で、ハリド・イブン・セリムが指名した後継だ。奴の愛人として一緒に旅していたのが、この女だ。その激しい戦いの最中に、アーメドは自分の素性をばらして、自分の命と引き換えに、この女を自由にしろと言った。奴は悪魔みたいに戦ったよ、この生意気な娘がよほど気に入っていたと見えてな」

「アーメド王子ですと。彼は今どこに?」カリムが鋭くたずねた。「バルバリアではアブドゥーラが王座を奪ったことは誰《だれ》でも知っています。アーメドが愚かにも戻ってきたりしないように、その首に賞金をかけたこともね」

赤髭はあわてて、もじゃもじゃ頭を横に振った。「熱くなった手下の一人が発砲し、哀れにも奴《やっこ》さんは海に落ちた。探させようとしたが、フランスのフリゲート艦が二隻、追い風に乗ってやってきやがった。勝ち目はねえから、逃げるしかなかったのさ。それにアーメドはどう見ても死んだはずだ。なんとか奴の女だけ一緒に連れてきたから、俺は何もかも失くしたというわけでもないしな」

クリスタは、またしてもカリムが大胆に自分を見つめていることに気づいた。彼が近くにいた召使いに二言三言命じると、彼女はあっという間に、ヤシュマックとジュラーバをはぎ取られ、にやにやしている二人の男たちの前で、大きすぎる赤髭のシャツを着ただけの姿にされてしまった。

「これはこれは!」カリムは、上質なアラバスターのように白く透き通った、すらりと伸びた手足を見て、息をのんだ。「なんと見事な髪だ! まさに宝だ。だが残念ながら、わたしには彼女を買い取れません。わが友よ。わたしにも多少の金はありますが、彼女のような女を買うほどの富は持ち合わせていない。でも、もしよければ、この娘を……服なしで見られたら光栄なのですがね」

「そいつは異議なしだな」赤髭が歯を見せてにんまりした。「だが無理だ。こいつは気が強い。俺たちの前で裸になれと言ったら、激しく逆らうぜ」

「アーメドの愛人だと言いましたね。愛人がなぜ逆らうのです？　男に従うことに変わりはないでしょう？」

「クリスタは……いや、これがこいつの名前なんだが、ちょっと付き合ってみてわかったが、アーメドに心底惚《ほ》れている。生まれも育ちもよくて、自分はただの愛人じゃないと思っているのさ」

二人のやりとりが激しく飛び交うのを聞きながら、クリスタは次第に腹が立ってきた。勝手に運命を決められるのはごめんだった。そして、明らかに自分を無視している二人の男の楽しみのためだけに、ぼんやりと突っ立っているのがいやだったのだ。

「何を言ってるの？」怒りに駆られ、恐怖も忘れてクリスタは勇敢にもたずねた。「なぜそんなにわたしをじろじろ見るの？　教えなさいよ！」

「ほら、言った通りだろう？」赤髭が英語で言った。獅子《しし》のような大きな頭をのけぞらせ、吠《ほ》えるように笑った。「どうだ、この女は今までにあんたが見てきた女とは別物だろう」

カリムは鋭い目をきらめかせ、クリスタが何とか理解できる程度の英語で答えた。「まさに宝石です、それも二つとない宝だ！ 彼女を愛人として仕込めるなら、全財産を投げ出してもいいぐらいだ」カリムはすぐに落胆のため息をもらした。「それでわたしにどうしろと、バルバロッサ？」

「アブドゥーラから返事がくるまで、何週間かこの女を預かってもらいたい。コンスタンティーヌにはすでに使いの者を走らせた」

「あなたが好きなだけ、喜んで彼女を滞在させましょう」カリムはアラビア語に戻って、もったいぶって言った。「でも、アブドゥーラが愛人にしないと言ったら、アルジェリア太守に差し出すことを勧めますよ。彼は欲深で、ハーレムにはいつも可愛らしい掘り出し物を置きたがっている。特に金髪には目がない。とてつもない大富豪だから、彼とならよい取引ができるでしょう」

「感謝する、友よ」赤髭は神妙に礼を言った。「アブドゥーラに断わられたら、あんたの意見を参考にしよう。さあ、そろそろ行かなくちゃならん。海に戻る。ここんところ獲物が少なくて、手下どもがうるさいんでね。この女を売れば、ボナミ号と積み荷を手に入れそこなった多少の穴埋めにはなるが、奴らをもうしばらく満足させておくにはちっと心許ない。ひと月で、アブドゥーラの返事を聞きに戻ってくる」

「お任せください。きっとこの女を安全に……」

「なんて言ってるの？」クリスタはさえぎった。「この男は誰で、わたしはなぜここに連れてこられたの？　父には連絡してくれるの？」

いらだちを露《あら》わにしたクリスタを、赤髭はじろりと見た。「静かにしてろ！　おまえには何が起ころうと口出しする権利はないんだ。俺の囚人は俺の言う通りにしてればいい」

赤髭の厳しい言葉に、黙って賞賛するように耳を傾けていたカリムは英語で言った。

「この女は出しゃばりすぎるようですね。留守の間におとなしくなるよう、教育しておきましょうか？」

「ここへ置いていく気なの？　わたしには知る権利があるわ」

「権利があるだと?!」友人の前で、たかが女一人に体面に傷をつけられ、赤髭は激怒して言った。「おまえは何も要求できる立場にはいない。俺に従え。俺がいない間はカリムの言うことをきくんだ」

「男の言うことなんてきくものですか！」クリスタは言い返した。「父にだって無条件に従ったことはなかったわ。あなたは乱暴者の、大馬鹿《ばか》……」

クリスタは赤髭が激怒していることに気づかず、怒りにまかせて手痛い報いを受けるはめになった。彼の巨大な手で顔を殴られ、目がちかちかし、顔にははっきりと跡がついた。音を立てて床に倒れ、必死に意識を保とうとしたが、次第に目の前が暗くなってきた。赤髭の残忍な顔を見つめながら、ナイフを使う勇気があればと思った。だがそのあとは、何もわからなくなった。

「女部屋に連れていけ」カリムが通りかかった召使いに命じると、その男はすぐさま従った。「セリマに客人の世話をさせろ。セリマに、絶対に怪我《けが》をさせるなと言っておけ」

「この娘はおまえに任せた、カリム」赤髭はカリムを鋭く見た。「俺が戻ってきたとき、今と同じ状態で会いたいものだな」

「お任せください、バルバロッサ。あなたのような大物を怒らせるなど、恐ろしくてできたものではありませんよ」

「じゃあ、邪魔したな」

「もう少しここに残って、食事でも一緒にいかがです？　そのあとでもっと異国風のご馳走《ちそう》をご用意しますよ。セリマがあなたにお仕えするのを楽しみにしています」

「またの機会にな、カリム」赤髭は残念そうにため息をついた。正直なところ、クリスタにかき立てられた欲望を吐き出したくてたまらなかったのだが、手下たちは彼がすぐに戻ると思っている。フランス人、イギリス人、そしてアメリカ人にも追い回されているので、どんな船もバルバリアの港に長くいるのは危険だった。「戻ってきたときには、喜んであんたの歓待とセリマの優しいもてなしを受けることにしよう」

クリスタは熱い肌を撫《な》でる芳《かぐわ》しい涼風を感じて、目を覚ました。ゆっくりと目を開くと、心配そうに見下ろしている顔があり、クリスタは目をしばたたいた。

「あら、青い瞳よ」優しい弾むような声がうれしそうに言った。「きっとそうだと思ったわ」クリスタは自分をのぞきこんでいる、とても美しい女のたどたどしい英語に、注意深く耳を傾けなければならなかった。「わたし、セリマといいます」

「セリマ」クリスタはそう繰り返すと、寝かされていたソファから身体を起こし、座った。「ここはどこなの？」

「カリムの家のセライです」

「セライ？」

「女性のための、宿舎よ」セリマが考え考え、言った。

クリスタは不躾《ぶしつけ》なくらいまじまじと相手を見つめてしまった。セリマはこれまで会った女性の中で一番美しい。墨で縁《ふち》取りされた、漆黒の瞳は驚くほど大きい。ふっくらとした肉感的な唇の上に、小さくて、まっすぐな鼻と、よく目立つ高い頬《ほお》骨《ぼね》、そして白鳥のようなほっそりとした長い首。むき出しの腕と、すらっとした細長い指の動きは、クリスタが思わず嫉妬《しっと》したくなるほど自然で優雅だった。肌も露わな服の下にくっきりと見える、小柄で女らしい身体の線に、思わず息をのんだ。チュニスには数年住んでいたが、付き合いのあった女性は、大抵いつもマントとカフタンできちんと身体を包みこんでいた。セリマの着ている服はハーレムでしか見られないようなものだった。

「あなたは、カリムの奥さんなの？」クリスタが無邪気にたずねた。

小さな部屋の中に、鈴の音のような笑い声が響いた。「カリムの愛人の一人です。このセライには四人います。そのうちみんなに会えるわ。カリムには妻はいないの」

クリスタは恥じ入るように真っ赤になって目を伏せた。どんなに長くこの土地に住んだとしても、彼らの習慣は理解できないだろう。「ごめんなさい」小声で言った。

「謝るようなことは何もないわ」セリマは優しく笑った。「あたしたち、幸せよ。カリムは残酷なご主人様じゃなくて、素晴らしい恋人だもの。ここの家族と暮らせて、あたしたちは幸運だったわ。他の家に送られたかもしれないのに」

「家族が他にもいるの？」混乱したようにたずねる。

「カリムは売春宿の主人なの。いくつも家を持ってて、男たちは、買われてきた美しい女たちの身体で、欲望を満たすのよ」

クリスタは青ざめ、必死にこみ上げてくる嫌悪感をこらえた。赤髭は自分をカリムに売ったのだろうか？　彼の売春宿の一つに送られてしまうのだろうか？　ベルベル人とアラブ人が金髪に目がないことは彼女も知っていた。彼らの荒々しい欲望に服従すると思っただけで、気持ちが沈んだ。

　気持ちを察したらしく、セリマはすぐに最悪の恐れを打ち消してくれた。「あなたは売春宿みたいなひどい所にやられたりしないわ。バルバロッサには特別な考えがあるみたい。売春婦や二流の族長《シーク》の愛妾《あいしょう》になるより、もっとすごいことらしいわ。あなた、名前は？」

「クリスタよ。クリスタ・ホートン」

「あなた、とってもきれいよ、クリスタ。その髪……そんな髪は見たこともないわ。銀でも金でもない、ちょうど中間くらいね」

　クリスタはセリマのすなおさに思わず微笑《ほほえ》んでしまった。「あなただってきれいよ、セリマ。カリムは運がいいわ。彼の他の……女性たちも、あなたみたいにすてきなのかしら？」

「すぐに会えるわ、自分で見てごらんなさい」セリマが優しく言った。

「どこで英語をおぼえたの？」クリスタは立ち上がった。

「少し前に、カリムがセライに連れてきたイギリス人のアンナという女性がいたの。あなたみたいな金髪じゃないけど、彼女も金髪できれいな人だった。海賊に襲われた船に乗ってたのよ。カリムは自分の愛人にしようと思って連れてきたんだけど、彼女は自分の運命を受け入れなかった。彼女がここに何ヶ月かいたときに教わって、少しだけ話せるようになったのよ」

「それで……その人はどうなったの？」クリスタは恐ろしかったが、思い切ってたずねた。

「カリムは怒りっぽい彼女に飽きて、すぐに他の売春宿に送ってしまったの。それから会っていないわ」

クリスタは恐ろしさに背筋《せすじ》がぞっとした。「何てひどい！」

「そうでもないわ」セリマは大きくかぶりを振った。「アンナにはここに残るチャンスがあったのよ。もしそうしていれば、残りの人生はカリムに可愛がられ、守られて暮らしていたはず。それがそんなにひどい運命かしら？　女性にとってもっといい人生なんてあるの？」

セリマは本気なのだろうか？　クリスタはとまどいつつたずねた。「あなたにはイギリスの女性のことはわからないと思うわ」セリマを傷つけないように注意しながら言う。「わたしたちは他の世界から隔離されるために生まれてきたんじゃないわ。わたしが生まれた場所では、女性は一人の男性しか愛さないし、男性は一人の女性しか愛さないの」

「本当に？　アンナがそんなことを言ってたけど、嘘《うそ》だと思ってた。男が本当に女一人で満足するの？　カリムを幸せにするのに四人も必要なのに。それに、あなたを見るカリムの目つきを見ていると、きっと大喜びであなたをわたしたちの仲間に迎えるに違いないわ。でもバルバロッサが、あなたがここにいる間、誰も手を出すなってはっきり言ったの。あなたはお客様なのよ。ねえ、教えて欲しいことがあるんだけど……」セリマは内緒話をするように声を落とした。「バルバロッサは精力旺盛《おうせい》な恋人なんでしょ？　彼のあそこは怖いぐらい大きいわ。でもカリムがあたしを差し出したら、絶対に幸せにしてくれると思うの」

セリマの率直な言葉にクリスタは仰天した。この世界の女性たちは、性的欲求と個人的な満足以外には何も考えていないのだろうか？　答えはすぐにわかった。

「アルジェリアの女は早いうちから男を喜ばせる方法を教わるの。官能的な快楽のすべてを学ぶのよ。ご主人様を喜ばせれば、待遇もよくなるわ。父は、あたしが十二の時に、カリムの売春宿に売ったの。カリムは賢いから、小さい頃《ころ》のあたしの顔と身体を見て見こみがあると思って、自分のために取っておいたのよ。幼い女の子が好きな男もいるけど、彼はあたしが十五になるまで待ってから、ベッドに連れていったわ」

「父親があなたを売ったの？」クリスタは恐れのあまり息をのんだ。

セリマは肩をすくめた。「みんなそうしてるわ。養わなければいけない家族がたくさんいたし、貧乏だったから。あたしにとっては美人だということが一番夢の持てることだったのよ」

「気の毒に」

「そんなことないわよ。ちっぽけな村で何に期待すればいいの？　奴隷みたいにこつこつ働く人生？　残酷な夫と大勢の子供たちの世話をすること？　あたしは兄弟と妹たちの中で一番、運がいいのよ」

「そうかもしれないわね」クリスタはやっとのことでそう答えた。でも本当は、セリマの言うことがさっぱりわからなかった。恋人を他の女たちと共有するなんて、幸せとは思えなかった。高い塀の中でくよくよしながら暮らすのも、快楽のためだけに仕えるのもごめんだった。

「いらっしゃい、クリスタ」セリマはクリスタの手を取った。「カリムから、バルバロッサが戻るまで、あなたのお世話をして、楽しませるようにって、厳しく言いつけられてるの。水浴びは好き？　みんなあなたに会いたがってるわ」

クリスタはうなずいた。水浴びはさぞかし気持ちがいいだろう。セリムのあとについて、小さな快適な部屋から、真ん中に煌《きら》めく大きな浴槽がある広い部屋へと向かった。浴槽のまわりでは、肌も露わな三人の美女が、年取った女たちに世話されながら、くつろいでいた。クリスタがこの平和な風景に割りこむと、おしゃべりがはたとやみ、三人の女性が一斉に彼女を見た。クリスタはためらいながら、彼女を見つめている女性たちを同じように見返すと、セリマがそれぞれの名前を順番に言うのを、注意深く聞いた。

ジェイドは東洋人で、蘭《らん》の花のように愛らしく華奢《きゃしゃ》だった。その小さな身体はすべてが完璧《かんぺき》だった。大きな黒い目をしていて目尻《めじり》が少しつり上がっている。まっすぐでつややかな漆黒の髪は腰まであり、マグノリアの花のようになめらかな肌を、一層引き立てている。

バーバはアフリカ人で、肌は磨き抜いた黒檀のように黒く輝いていた。はっとするほど印象的な顔をしていて、短い縮れた髪の毛が帽子みたいに見える。黒いベルベットのような瞳、朝顔のような形の鼻と少し厚めの唇と広い口、長身のしなやかな身体を優雅にくねらせている。

コーカサス人のアリタはカリムの四番目の愛妾だ。ウェーブのかかったふんわりとした金髪が子供っぽい顔を包んでいる。もう大人の女の分別をわきまえているように見えるアリタがまだ十五であると知って、クリスタはびっくりした。成熟しはじめた身体は、他の三人にはない色っぽさを秘めている。英語を話せるのはセリマだけだが、みな笑顔で、身振り手振りで優しく応対してくれた。彼女たちはすでにセリマから、クリスタは主人のベッドの相手ではなく、ライバルになることはないと、聞かされていたのだ。

思った以上に水浴びが楽しかったので、喜んで世話係の女のマッサージを受けた。香油が肌にすりこまれ、肌がなめらかになり艶《つや》が出てくるのは、最高の気分だった。しばらくして食事が運ばれてきた。クリスタは出てくる料理すべてを堪能した。いっしょに食事をする間、セリマが質問や会話を全部通訳してくれ、全員と仲良くなった。

クリスタは、セリマや女たちが着ているのによく似た服を与えられ、とまどったが、他に何も与えられないとわかって、渋々その心許ない服を着ることにした。透き通るように薄いパンタロンはバラ色を帯びた玉虫色の絹の紗《しゃ》で、銀糸の縫い取りがほどこされていた。足首の紐《ひも》と帯にはピンク色のガラス・ビーズが銀色の糸で縫いつけられている。帯の上は、ワイン色の絹でできた、銀の縁飾りつきの袖《そで》無しのボレロが愛らしい胸のふくらみをなんとかおおっているだけで、あとは裸同然だった。仕上げに、銀色の髪を頭の後ろで一つに結って、ピンクのリボンで結んだ。みなが拍手してため息をもらし、彼女に見とれていた。

部屋に下がるべき時間になったとき、召使いがアリタにそっと近づき、耳打ちした。クリスタはアリタがくすくすっと笑ったしぐさとその笑顔から、アリタがカリムの今晩の相手に選ばれたのだとわかった。クリスタはふと、カリムは毎晩どうやって女性を選んでいるのだろうかと考えた。

それから数日、クリスタは話し相手に不自由することもなかったが、だんだんと退屈になった。いったい人というものは、どれだけの間、おしゃれしたり遊んだりして過ごせるのだろう？　水浴び用の部屋で他の女たちと座っておしゃべりしたり、ふざけたりして、かなりの時間を無為に過ごしていた。クリスタは裸で座っていると何となく落ち着かなかった。誰かに見られているような気がして気味が悪かった。でも、いくらあたりを見まわしても、カリムの女たちと、普段は若い愛人たちの言いつけをきく以外には役に立たない、意地悪な年寄りの召使いの他には誰もいなかった。しかし、クリスタがいくら無視しようとしても、見られているという感覚は拭《ぬぐ》い去れなかった。

セリマが、退屈しのぎの方法を考え出した。クリスタがセリマに英語を教え、セリマがクリスタにアラビア語を教えるというものだった。すぐに他の女たちも加わって、しばらくするとみな英語とアラビア語で話すようになった。みな頭はいいのに、それを使う機会がなかったのだ。

数週間があっという間に過ぎた。クリスタはずっと、あきらめずにいつか逃げ出すチャンスが来るのを待ちかまえていた。だが残念ながらチャンスは訪れなかった。女性たちの部屋は厳重に監視されているので、彼女は監獄にいるようなものだった。付き添いがいなくなるのは眠っているときだけなのだ。

ひと月後には、クリスタのアラビア語はかなり上達していた。

7

赤髭《あかひげ》は、浴場の様子が眺められる小部屋からクリスタを観察した。下からは、天井の格子の飾りで隠されているので、浴場ではしゃいでいる女たちを見られる小部屋があるとは、まったく気づかれないようになっている。むろん女たちはこの部屋のことを知っていた。彼女たちの思わせぶりなポーズや態度によって、カリムがその晩、誰《だれ》とベッドを共にするかを決めるというわけだった。ただ、そのことをわざわざクリスタに話したり、彼女が服を脱いで裸になるところを、毎日カリムがのぞき見していたと言う者は誰もいなかった。

アブドゥーラは、自分の兄の愛人を手に入れるために、王に払うほどの身代金を払った。赤髭は、琥珀《こはく》色の目でクリスタの裸体をむさぼるように見つめ、なぜ自分に権利があるうちに、彼女を抱いておかなかったのだろうかと考えた。この巨体のどこかが揺り動かされ、彼女の好きにさせてしまったのだ。だが、最初の計画がだめになったわけではない。おそらくアーメドは死んだのだろう。もはや恐れることはないと知って、アブドゥーラは有頂天になり、自分の弟の愛していた女を欲しがっていた。

赤髭はアーメドの死に貢献したことで大きな報酬を得ると同時に、この娘のおかげで大儲《おおもう》けできそうだった。手下どもはその取り分に満足するだろう。だが、赤髭自身はこの突然の富を手に入れるために、彼女を抱くのを我慢してしまったのをいくらか後悔していた。とはいえ、クリスタは今やアブドゥーラのものだ。歩兵連隊のハッジ隊長が、この女と引き換えに、じかに赤髭に賞金を手渡そうと、街の門の外で待っているのだ。

「セリマはお気に召しませんか?」カリムは、プールから上がってきた、ビーナスを少女にしたような、小柄な黒人女性を見やりながら言った。

クリスタの清らかな美しさから渋々目をそらすと、赤髭はうっとりとセリマを眺めた。小さいながらも官能的な身体《からだ》はほぼ完璧《かんぺき》だった。彼の手にすっぽりおさまりそうな胸からは、水の雫《しずく》がしたたり落ち、濃いバラ色の大きな乳首は不謹慎なまでに前に突き出して、男心を誘っている。股間《こかん》の三角地帯がすべすべに剃《そ》られているのを見て、赤髭は思わず舌なめずりをした。

「じつに魅力的だ」赤髭は言った。「あんたは運がいい。あれだけの女ならアラーでも満足するだろう」

カリムはにっこりした。赤髭はいい主人だという評判だ。「セリマは愛の奥義に精通していますし。小柄だが、彼女ならあなたのお持ちの、その……素晴らしいものでも受け入れるでしょう。彼女はあなたのもの、お好きなように夜を楽しんでください。もちろん、奴隷のクリスタをお望みなら、話は別です。ここへ連れてくる前に、たっぷりと楽しまれたでしょうが、最後にもう一度、抱かれてもいい」

赤髭の浅黒い身体が熱くなった。クリスタと寝ていないとは、カリムに言えなかった。女をさらう冷血漢であり、地中海や他の海を航海するすべての人々から、凶悪な海賊として恐れられている自分の名声をぶち壊しにするわけにはいかないのだ。「あの娘を仕込むのはアブドゥーラに任せよう」赤髭は荒々しく言った。「それに、あの女は俺《おれ》の旺盛《おうせい》な欲求を満たすには、か弱すぎる。俺にふさわしい強烈な欲望を持った女が欲しいな」

「それならセリマがぴったりですよ」カリムがしたり顔で言った。「今夜は彼女を行かせましょう。そろそろ一緒に食事でもどうです。アブドゥーラのことと、コンスタンティーヌへの旅であなたの使者が仕入れてきた話を、ぜひ伺いたい。じつは町の周辺の砂漠は、かなり危ないことになっていると聞いているのですが」

「部下のラミールが通った村で、『砂漠の鷹《たか》』と呼ばれる偉大な族長《シーク》の話を聞いた。奴は最近どこからともなく現れて、凶暴な戦士かつ略奪者として知られる部族を率いている。その部族というのが競技に使う立派なラクダに乗って旅するトゥアレグ族で、みなから恐れられている。最近、奴らは、コンスタンティーヌにあるアブドゥーラの宮廷に運ばれる物を積んだ、金目のキャラバンだけを襲っているらしい」

この話は食事の間も続いた。赤髭は、奇怪な行動でアブドゥーラの物資と部下に大きな損失を与えた、神出鬼没のシークの話でカリムを楽しませた。ベイは歩兵部隊を周辺の丘と砂漠に送りこみ、砂漠の鷹とその手下たちを追い出そうとしたが、この山賊たちは、彼の恐れ知らずの軍隊よりも上手《うわて》であった。トゥアレグ族はサハラ砂漠で最も好戦的な遊牧民だが、アブドゥーラの父、ハリド・イブン・セリムが、凶暴な略奪者と休戦協定を結んで、長い間彼らを支配下に置いていた。彼らもこのすぐれたベイに畏敬《いけい》の念を抱いていたのだ。しかしハリドの死後、アーメドの不在中にアブドゥーラがベイの座を奪うと、明文化されていなかったこの協定は効力を失った。このひと月の間に、アブドゥーラのキャラバンが突然、襲われはじめたのだ。

「あなたの部下はかの偉大なシークを見たのですか?」カリムは熱心にたずねた。

「うわさ通りのならず者ですか?」

「遠くからだがラミールは、丘の上でトゥアレグ族がキャラバンを監視しているのを見ている。でも奴らは襲ってはこなかった。おそらく、そのキャラバンは金にならんと踏んだんだろう」

「ラミールは首領の男を見たのですか?」カリムが興奮したようにたずねた。

「いや」赤髭はしばし考えこんだ。「ある男だけ他の連中より目立っていたらしいがな。その男は顔にトゥアレグ族独特の深い青色のスカーフを巻き、野生のアラビア馬に乗っていたそうだ。トゥアレグ族の茶のラシャのマントのかわりに、純白のマントをひるがえしていたと。ラミールが言うには、この男は部下を連れて、現れたときと同じように、静かに消えていったそうだ。俺もそいつの姿を見てみたかったよ」

カリムは深いため息をついた。砂漠の鷹やトゥアレグ族とは関わり合いになりたくなかった。メハリと呼ばれる競技用のラクダに乗った、血に飢えた砂漠の略奪者たちは、オアシスの村々を破壊しつくすことで有名だ。長い、両刃《もろは》の剣を巧みにあやつり、追跡にも長《た》け、砂漠の町だろうがキャラバンだろうが一切容赦はしなかった。

カリムと赤髭は食事のあと、女の魅力を隠すには役立たない、薄いヴェールをまとっただけの踊り子たち六人のもてなしを楽しんだ。もてなしが刺激的な最高潮に達する頃《ころ》には、踊り子たちは最後の一枚も脱ぎ捨て、全身を汗で光らせていた。そして赤髭もすっかりその気になっていた。

クリスタは目覚めた瞬間から、今日は何かがいつもとは違うと思っていた。背筋《せすじ》をはいのぼる不吉な予感に捕らわれ、言いようのない恐怖で心がいっぱいになった。

この朝、セリマはいつもよりずっと遅くに起きてきたが、夢でも見ているようにぼんやりしていた。昨夜、カリムのベッドに呼ばれ、激しい夜を過ごし疲れ果てたのだろう。唇が腫《は》れ上がり、しなやかな身体がけだるそうなところを見ると、よほど長いこと相手をさせられたのだろうとクリスタは思った。その晩セリマが何をしていたかは、昼食のときになってやっとわかった。

「あなた、きっとカリムに呼ばれるはずよ」セリマが、クリスタの横のクッションに座って言った。

「でも……何の用で？」

「バルバロッサが戻ってきたの」謎《なぞ》めいた答えが返ってきた。

山羊《やぎ》のチーズ、ナツメヤシ、それにしっとり甘いアーモンド・ペーストの食事が終わると、カリムの召使いたちが丁重にクリスタの身繕いを手伝い、服を着せた。パンタロンは透けるターコイズブルーの絹だった。胸は金の刺繍《ししゅう》が入った短いターコイズブルーのボレロでなんとか隠れているが、裸同然だ。宝石のたぐいはなく、何もつけなかったが、彼女は十分美しかった。セリマやジェイド、バーバ、アリタにあちこち点検されてから、ようやくカリムと赤髭の前に連れていかれた。

赤髭はふたたび、あっという間にクリスタの美しさに魅了されてしまった。ほどいたままの長い銀色の髪が、均整の取れた身体にマントのようにかかっている。肌も露《あら》わな衣装が欲望をそそり、隠れている部分はもっと神秘的だった。

「俺が留守の間はどうだった、お姫さんよ？」赤髭の声は欲情にかすれていた。彼はこの銀髪の魔女に出会った日のことを後悔しはじめていた。

「まあまあよ」クリスタは無愛想に言った。「父には知らせてくれたの？　いつ出発できるのかしら？」

「おまえの親からはした金を取る気なんざねえことは、よくわかってるはずだ」赤髭は威圧的に言った。「奴隷市場にも出さん。アブドゥーラと個人的に取引してきたんだが……使いの者がおまえさんの美貌《びぼう》と知性をたたえると、奴はおまえをぜひともハーレムに欲しいと言った。アーメドがおまえを大事にしていたことも、もちろん伝えたさ。アブドゥーラは興味津々だった。必ずものにしたがるはずだぜ」

「このならず者！」クリスタが悪態をついたので、赤髭は驚いた。

そして大声で笑い出した。「おまえはまったく宝石そのものだ、クリスタ。俺のものにしておきたいよ。だが運よく俺は色より金が好きなのさ。アブドゥーラはおまえを自分のものにできるなら、ひと財産投げ出す気でいるしな」

「冗談じゃないわ！」クリスタは激しく言い返した。「安心なさい、わたしはアブドゥーラになんか捕まらないから」

「まったく辛抱強いお人だ」カリムが赤髭に感心して言った。「この者をすぐに罰すべきです。アブダルにバスティナードを持ってこさせましょうか？　長い目で見れば、アブドゥーラもあなたに感謝するはず。彼が奴隷にこんな無礼を許すとは思えませんからね」

赤髭はクリスタをじっと見つめた。内心、彼女の気の強さに感心してはいたが、このままでは、カリムの前で恥をかくことになる。赤髭がカリムの残酷な提案にうなずいたので、クリスタは震え上がった。すぐにカリムの召使い、アブダルが短い木の棒を持ってきて、赤髭に手渡した。

「そこに寝るんだ、お姫さんよ」赤髭はそっけなく命じた。クリスタが応じないので、ひっつかんでクッションを並べた上に突き倒した。赤髭がアブダルに顎《あご》で命じると、召使いは彼女の両足首をつかんで腹ばいにさせた。クリスタが暴れると、カリムが腰の上に跨《またが》って押さえつけた。

「どうぞ、わが友よ」カリムはにやりとした。「でもあまり興奮なさらないように。アブドゥーラは女がよい状態でいることを望んでいるでしょう。まあ、五回も叩《たた》けばおとなしくなるでしょうが」

赤髭はクリスタを見下ろしていたが、たとえ足の裏でも、美しい肌に傷をつける気にはなれなかった。心のどこか奥のほうに、この美しい銀髪の娘への優しさがあって、厳しい罰は与えたくないのだった。必要なら他の方法がある。バスティナードは論外だ。

「立たせろ」赤髭がそう言ったので、カリムは驚いた。「これ以上の罰は必要ない。こいつもこれで懲りただろう。ようくおぼえておけ。ここはイギリスじゃねえ。ここじゃ女はただの道具だ。生きるも死ぬもご主人様の気分次第なんだ。アブドゥーラを喜ばせないと街の外に放り出されるぞ。奴は残酷で気難しい男だからな」赤髭はクリスタに向かって怒鳴《どな》った。

「明日一番に出発する。今すぐ下がって準備しろ。アブドゥーラは、おまえのために護衛をよこした。奴らは街の門の外で待っている」

否応なく命令に従わされたクリスタは、失望と怒りにかっかとしながら、毅然《きぜん》と部屋を出た。

「あなたは運がいいわ」セリマが言った。「バルバロッサはあなたのことが好きなのね」

「あいつは化け物よ！」クリスタは歯を食いしばり、舌打ちをした。「この国そのものに幻滅したわ。家《うち》に帰りたい。家族に会いたいわ」

「以前の暮らしは忘れるのよ」セリマは忠告した。「生きていたいならね。あなたならアブドゥーラを喜ばせられるわ。あんな偉大な方のハーレムに入れるなんて光栄じゃないの」

「アブドゥーラもバルバロッサと同じよ。自分に楯突《たてつ》いたアーメドの母親を無惨に殺したのよ。コンスタンティーヌの正当なベイはアーメドだわ」

セリマは肩をすくめた。「そういうことはわからないわ。わたしが知ってるのは、この壁の中のことだけだから」

セリマの無知さ加減に唖然《あぜん》として、クリスタは何も言えなかった。彼女は主人の意のままに完全に隔離されて生きている。そんなふうに束縛されて生きるくらいなら死んだほうがましだ。もし自分の思い通りにできるなら、アブドゥーラのハーレムには絶対に行かない。神の思し召しがあればコンスタンティーヌに行くずっと前に脱出できていたはずだ。その日、クリスタは心に固く誓った。いつか赤髭に、自分にしたことの報いを受けさせてやる。

翌日、クリスタはフードのついたバラ色の絹のジュラーバをおとなしく着て、顔をハイクで隠し、その上に濃い色のヤシュマックをすっぽりとかぶった。セリマとジェイド、バーバ、アリタを抱きしめ、別れの言葉を手短に言うと、すぐ赤髭の待つ場所へ連れていかれた。乾燥した土地に長く待たされていたため、赤髭は明らかに不機嫌だった。

クリスタは、人でごったがえしている古い町並みを通っている、二本ある道の一つ、マレンゴ通りを連行されていった。カスバを頂点として三角形になっている旧市街は、青空を背景にそびえる高い尖塔《せんとう》と砲塔を備えた城壁に囲まれている。細い路地を抜けて歩くのは楽ではないが、こうした狭いところではそれが唯一の通り道だ。赤髭と四人のいかつい海賊たちに守られ、バブと呼ばれている南の門に着くと、出入りする人混みに紛れて、ひそかに通り抜けた。

クリスタはすぐに、バブを出たすぐのところに小さな黒いテントを張った集団がいるのに気づいた。白いマントの男たちはあわただしくテントをたたみ、頑強なロバや、毛皮がぼろぼろの不潔で無愛想なラクダの背に積んでいた。少なくとも二十四人の歩兵があたりをぶらぶらしながら、作業を監督している。一行が近づいてくるのに気づき、兵の一人がすぐにこちらへ出迎えにきた。

「この女ですか?」一行が近づくと兵がアラビア語でたずねた。今ではクリスタも、そのぐらいの会話ならアラビア語でもわかった。

「そうだ、ハッジ部隊長」赤髭がクリスタを押し出した。「例のキリスト教徒の奴隷クリスタだ。コンスタンティーヌまで無事に送り届けないと、アブドゥーラに首をはねられるぞ」

「その雪のような太腿《ふともも》なら天国行きは間違いないな」ハッジはにやりとした。「アブドゥーラを怒らせるような真似《まね》はしない。その女を傷ものにはしないよ、バルバロッサ。これを渡すように主人に言われてきた」マントの下から、じゃらじゃらといい音をさせて重そうな袋を取り出した。

クリスタは言葉がわからないふりをして、下を向いていた。袋の中身を慎重に確認すると、赤髭は満足げにうなずき、紐《ひも》を締めて、腰のベルトの下に挟みこんだ。この話の様子では、コンスタンティーヌにあるアブドゥーラの宮廷に到着するまで、男たちに乱暴されることはなさそうだ。完全に不安が消えたわけではないが、少しほっとした。と、ハッジ部隊長がその場を離れ、クリスタは赤髭と二人きりになったのに気がついた。

「さあ、お姫さん、ここでお別れだ。利口者なら、アブドゥーラを幸せにすることだ。生まれて初めて仏心を起こしたりしなければ、俺も味見をしていたんだが。なぜしそこなったのかはもうどうでもいい。おまえはもうアブドゥーラのものだからな」

「冗談じゃないわ！」クリスタは真っ赤になった。「アブドゥーラの奴隷や愛人になんかならない」

赤髭は名残惜しそうに笑った。「いやはや、あんたといると退屈しないよ。砂漠で逃げ出すつもりなのか？　砂漠で命を落とさなくても、残酷な砂漠の民《たみ》に見つかって、アブドゥーラのもとで優しく守られていればよかったと思うはめになるぞ」

「自分の運にかけてみるわ」クリスタは言い放った。

赤髭は口を開きかけたが、戻ってきたハッジの言葉にさえぎられた。「バルバロッサ、出発の準備ができたぞ」
赤髭はうなずいた。「しっかり守れよ、ハッジ、この娘は本気で逃げる気だ」早口のアラビア語でも理解できたので、クリスタは辛抱強く教えてくれたセリマに感謝した。

「命をかけて」ハッジは、額《ひたい》に手をあて、額手礼《サラーム》をした。そしてクリスタの腕をつかむと、あたりをうろうろしているラクダの群れまで引きずっていった。地元の調教師が、ひときわ醜い一頭に膝《ひざ》をつかせると、ハッジがそのラクダのこぶの上にのせた奇妙な乗り物の中に、無理矢理クリスタを押しこんだ。

クリスタは、たがをはめた縞《しま》模様の風船のようなテントをじっと眺めた。女性の旅用に作られたものであることは知っていたが、乗ったことはなかった。灼《や》けつく太陽をさえぎることはできるが、見るからに暑くて、座り心地も悪そうだった。わずかに抵抗したものの、すぐにその奇妙な乗り物の、籐《とう》の椅子《いす》に座らされた。ラクダが立ち上がって揺れたので、必死にしがみついた。進むときの横揺れは、荒海に浮かぶ船のようだった。とりあえずテントのすきまから、なんとか外の景色をのぞくことはできた。

一行は二週間近く、岩だらけの山、肥沃《ひよく》な谷、いくつもの小川、豊かなレッド・ジュニパーと松の森を抜け、南へと旅を続けた。夜は急ごしらえのテントで休んだ。歩兵たちの話から、山にはライオン、豹《ひょう》、イノシシがたくさんいると知って驚いた。

最初の晩、年取った女が、クリスタのテントにナツメヤシやオリーブ、チーズ、山羊のミルク、新鮮な果物を大急ぎで運んできた。うれしいことに、焼いた羊肉まであった。女性が同じキャラバンにいただけでも驚きだったが、英語で話しかけてきたのでますます驚いた。近くで見ると、彼女の肌は日焼けして浅黒く、皺《しわ》があったが、瞳《ひとみ》は明るいブルーで、外国人の顔つきだった。

「あたしはレノアと言います」女はクリスタの前にお盆を置きながら言った。「アブドゥーラにあなたのお世話をするよう言われてきました」

「英語が話せるのね！」クリスタは驚いた。「よかった。アラビア人じゃないのね」

「あたしはイギリス人でした」レノアは食事の支度をしながら言った。「奴隷なんです、あなた様と同じように」と急いで付け足した。

レノアの妙な言い方がひっかかった。「イギリスで生まれたなら、あなたは今でもイギリス人でしょ」

「ずっと前にイスラム教徒になりました。アラーがあたしの神です。あたしは、あなたみたいにきれいじゃなかったんです、お嬢様。若かったときもね。生きるためでした。前のベイが、あたしを愛妾《あいしょう》の遊び相手に選んだのです。二人が生きていた頃は楽しかった。でもアブドゥーラに仕えるようになってから、何もかも変わってしまった」女はふいに話を変えた。「砂漠に着くまでは水浴びのための水もたっぷりありますよ。水浴びはいかがです？」

「本当に？」クリスタは目を輝かせた。「それはうれしいわ」それから、しばらくの間、じっと年老いた女を見つめ、意を決してたずねた。「逃げようとしたことはあって？　レノア」

レノアは目を丸くした。「逃げる？　どこへです？　それに何のために？　無理です、お嬢様。少なくともアブドゥーラはそんな真似は許さない」

「お願い、クリスタと呼んでちょうだい」クリスタがそう言ったのは、ボナミ号に残してきたマーラを思い出したからだ。

レノアが明らかに怯《おび》えてしまったので、それ以上問いつめなかったが、クリスタはあきらめたわけではなかった。時機が来たら、レノアの助けを借りて、何としてでも両親のところへ向かうつもりだった。

いらだたしく、退屈そのものの毎日がただ無為に過ぎていった。道が険しいこともあって、アラビア語でテルと呼ばれる、丘を越えるのは大変だった。テルでは、遊牧民が山羊の群れを追ったり、枝と粘土でできた移動用の住居で野営したりしているのをよく見かけた。

クリスタは、一行が西に向かっていることに何日も前から気づいていた。地形が、九百から千二百メートルの高い山や肥沃な谷、川のあるアルジェリアとほとんど変わらなくなっていたからだ。二週目の終わりには、低い丘に囲まれた、穀物畑とオリーブ林のある、ほこりっぽい平原に下りていった。地元出身の人間と歩兵連隊の兵士たちの間に興奮が高まってきた一方で、クリスタの心は沈んでいた。旅が終わりに近づいたからだ。その日の晩、レノアが心配していたことは現実になった。

それまでクリスタには脱出の機会はほとんどなかった。まさしく厳格な監視役を務めていたハッジ部隊長は、毎晩、彼女のテントに護衛を一人つけていた。コンスタンティーヌで待ち受けている恐ろしい運命を思うと、これ以上、待てなかった。クリスタは慎重さを捨て、とうとうレノアに告白した。

「無理です！」クリスタから逃亡の計画を打ち明けられ、老女は仰天した。

「でもあなたが手伝ってくれたら……一緒に逃げられるわ。自由になりたくないの？」

「自由？」レノアはぽかんとして言った。「そういえば……昔はそんなこともありました」クリスタは、レノアが自由というものを思い出すまで、しばらくの間待った。だが、次にレノアが口にした言葉にクリスタはあきれ、失望した。「でも、自由は心の問題ですよ。女に自由はないんです」

「でも、あなたの家族は？　あなたが戻って喜ぶ人は誰《だれ》もいないの？」

「いやしません」レノアは頑《かたく》なに言った。「あたしは貴婦人たちのメイドだったんです。そして女主人とシシリーへ旅行に行ったときに海賊に捕まってしまいました。家族は何年も前に流行病《はやりやまい》で死にました。生き残ったのはあたし一人。お嬢様、あたしには何もないし、会いたい人もいないんです」

「それじゃ、一緒にわたしの家に行きましょう」クリスタは言いつのった。

レノアはそれでも首を横に振って、クリスタを当惑させた。「こんな山の中であたしたちがどれだけ持ちこたえられると思うんです？　それにハッジ部隊長はあなたを逃がすほど間抜けじゃありません。彼の命がかかってるんですもの……それにあたしの命も」

「お願いよ、レノア、助けて。あなたは好きなようにすればいい。二人で考えましょう。チュニスに行けば、あそこは奴隷が禁止されてるのよ。それにわたしの家族がいるから、歓迎してくれるわ」

「お許しください、お嬢様。あたしはもう若くありません」

「それならわたしだけでも助けて。一緒に行けないなら」

「あなたなしでコンスタンティーヌに戻ったら、あたしたちはどうなります？」レノアはしっかりとした声で聞き返した。クリスタはあやふやに首を振った。この残酷な国では何があっても不思議はない。

「ハッジ部隊長と歩兵連隊は手ひどく拷問されて殺されます。彼らの首が町を囲む高い城壁のてっぺんの木の杭《くい》に並べられるでしょう。そして、あたしも……」低い声がかすれた。「同じようにひどく罰せられます。あなたも捕まれば、そうなります。死んだほうがましと思うことになりますよ」年老いた女は、恐ろしい予言を残して立ち去った。クリスタは呆然《ぼうぜん》としたまま取り残された。

8

クリスタは自分を見捨てた神を恨みながら、眠れぬ夜を過ごした。そして、ここにいる大勢の人たちや、とりわけレノアのようにあまりに多くの恐怖を味わい、虐待を受けてきた罪のない人を、拷問や死ぬような目にあわせることはできないという結論に達した。もしアブドゥーラと対決しなければならないなら、勇気と不屈の精神で立ち向かうしかない。ハーレムに入ってしまっても、罪のない人に迷惑をかけない脱出方法をなんとかして探し出すつもりだった。

翌朝、ふたたび一行は出発した。クリスタはラクダの蹄《ひづめ》から、もうもうと立ちのぼる黄色の砂けむりと戦っていた。丘を下ってきて以来、暑さはますます厳しくなってきた。見渡す限りオリーブの林か、照りつける太陽の下で首を垂れている穀物の畑が広がっている。だが夜になると驚くほど寒く、バルバリアはまさに両極端な気候の土地だった。

その晩、夕食を運んで来たレノアはいつもより無口だった。「お怒りなんですか、お嬢様?」おどおどとたずねた。「もう主《あるじ》に歯向かう力もない年寄りをお許しください」

「許すも何も」クリスタは悲しげに微笑《ほほえ》んだ。「はじめからあなたが正しかったのよ。わたしたちは逃げも、隠れもできないわ。奇跡的に逃げられたとしても、見つかって罰せられるだけ。もう下がってちょうだい、レノア……一人になりたいの」

クリスタに言われた通り、レノアは狭いテントから無言で出ていった。

あと一日か二日でコンスタンティーヌに着くと思うと、気が重く、テントから出る気にもなれなかった。クリスタはほとんど何も考えずに、毎晩寝るときに着る、透ける淡いピンクのカフタンを身につけていた。カリムの女たちが、旅の間便利なようにと贈ってくれたのだ。わずかな服をしまうための、彫刻を施した小さな衣装箱まであった。クリスタは眠りに落ちていきながら、マークのこと、そして彼が言った二人の宿命《キスメット》について考えた。「あなたは間違ってるわ、マーク、絶対に間違ってるわよ!」枕《まくら》を叩《たた》きながら叫んだ。「キスメットだなんて残酷な冗談だわ。もし神様がわたしたちを巡り合わせてくれることになっているなら、あなたは今どこにいるの?」

とつぜん夜のしじまが、断続的な銃撃音、剣のぶつかり合う音、叫びと怒りの悲鳴で破られた。クリスタは身をこわばらせた。恐ろしい漆黒の闇《やみ》に声もなく、悲鳴は喉《のど》の奥に消えていた。何が起きたの？　悪夢の続き？　いや、これは夢ではない。テントの外で何かが起きているのだ。これは現実なのだ。クリスタはクッションと子羊の毛皮で間に合わせに作ったベッドの端に、とにかく足を下ろした。立ち上がったとたん、テントの垂れ幕がめくれ上がり、海賊の赤髭《あかひげ》のような巨体が見えた。顔も体もトゥアレグ族の青いヴェールでおおわれていたので、黒い顔と、光る目、まっすぐな黒い眉《まゆ》しか見えなかった。突然、恐ろしい考えがよぎった。

　ここ何日か、砂漠の鷹《たか》という恐ろしい族長《シーク》の話を耳にしていた。彼女のアラビア語の力でも、その砂漠のシークがアブドゥーラに恨みを持ち、彼のキャラバンばかりを襲っていると、歩兵部隊の連中がうわさしているのはわかった。真夜中に突然襲ってきて、殺戮《さつりく》と略奪を繰り返しているのは、彼なのだろうか？

　クッションの上ですくんでいるクリスタが、砂漠の略奪者の圧倒的な力にかなうわけがなかった。男は楽々と彼女を抱え上げると、テントから荒涼とした闇の中へ運び出した。

　消えかかった焚《た》き火の炎に照らされ、男たちが白兵戦を繰り広げ、競技用のラクダで野営地を駆け回っているのが見えた。ハッジ部隊長の部下たちは、銃眼のついた城壁が見えそうなくらいコンスタンティーヌに近づいた場所で不意に襲われ、総崩れだった。死にかけた者と負傷者の悲鳴が、死と破壊の惨劇を物語っていた。アブドゥーラの選《え》りすぐりの戦士でありながら、なすすべもなく倒される歩兵連隊のありさまにクリスタの心は痛んだ。

野営地のまわりに散乱した死体の間をすり抜けながら、大男はクリスタを抱え、ラクダたちがうろついている低い丘の麓《ふもと》までやすやすと運んでいった。真っ黒な空を背景に、漆黒の雄のアラビア馬に跨《また》がる白いマントの男を見て、クリスタははっとした。とっさに威厳という言葉が浮かんだ。彼が砂漠の鷹——残虐無比なサハラの略奪者なのだろうか？　クリスタが息を殺して見守っているうちに、侵略者はもう一頭の馬を引っ張って丘を下りはじめた。この純白の馬は、クリスタを抱えている男のものに違いない。他の男たちも、荷運び用の不潔なラクダとはまったくの別物の、足の早い、つややかなラクダに乗っている。

白いマントのシークが乗った黒い馬が近づいてきたとき、丘の向こうに太陽が昇りはじめ、薄紫の光が東の空に射しはじめた。彼はすっぽりとマントをかぶって、目しか見えない。用心深く長く黒い睫《まつ》毛《げ》を伏せたまま、彼が手を差し出した。クリスタは恐怖で震えていた。両腕で抱え上げられ、彼の前に座らされて、その体躯《たいく》のたくましさに戸惑《とまど》い、薄いカフタン一枚の自分が恥ずかしくなった。だが一人の男が彼女のテントに駆けこんで、ヤシュマックを取ってきた。クリスタはほっと息をついてそれをはおると、感謝の印にうなずいてみせた。

たくましいシークは、くるりと馬の向きを変えると、全力で走り出した。彼の後ろで、頭目らしき男が大声で命じると、すぐに戦いは中止された。侵略者たちは陣形を調《ととの》えると、死者と負傷者を一ヶ所に集めたあと、リーダーを追いかけた。血の凍るような彼らの叫びに、クリスタはぞっとした。彼らが野営地の外れに着いたとき、数人の男がグループから離れ、アブドゥーラの荷物を満載したラクダを引いていた。うわさされていた砂漠の災いが現実となったのだ。

二日後、命からがらコンスタンティーヌにたどり着いた者たちの報告に、アブドゥーラは激怒した。愛人ばかりか、金銀まで盗まれたのだ。アブドゥーラは即刻、砂漠の鷹を探し出して殺し、盗まれた品物を取り返せと、残った兵士たちに命じた。怒ったベイは、新しい掘り出しものなしでハーレムに戻ってくるなと厳命した。失敗は死を意味していた。

長いこと鞍《くら》に跨っていたクリスタは、昼夜の区別なく、全身と股間《こかん》の激しい痛みに悩まされていた。野営地を出てしばらくすると、自分の馬を与えられたが、その手綱《たづな》は有能な首領の手にしっかりと握られていた。速度を優先するため、以前のようにテントのようなものは使わず、クリスタは両脚をさらけだし、ヤシュマックをひるがえしながら馬に跨っていた。一、二時間の仮眠を取るためにたまに休まなければ、生きてはいけなかった。彼らはしょっちゅう何か食べ、鞍にぶら下げた革袋から水を飲んでいた。

クリスタがどんなに懸命に哀願しても、質問は無視された。首領と副官の男は、彼女にはほとんど注意を払わなかった。シークに名前があったとしても、誰《だれ》も呼ばないのだ。たいてい、クリスタが漠然と『偉大なシーク』という意味だと思っている言葉が使われたからだ。クリスタは、副官と男たちが彼を王子と呼んでいることに気づいていたが、これはきっとあだ名に違いないと思った。こんな野蛮な砂漠の侵略者が、王族とはとても思えなかったのだ。

ひたすら南に旅を続けて五日後、ようやくテル地区を抜け、アトラス山脈のそびえたつ場所までやってきた。遊牧民が放牧地として利用する、高台のある地域だ。このあたりでは、斜面で草を食べる羊の群れの世話をする、ほっそりとしたベドウィン族の少女たちをよく見かけた。高台の向こう側にはサハラ砂漠が広がっているが、クリスタはサハラと聞いただけで恐怖で背筋《せすじ》が寒くなった。

アブドゥーラのキャラバンから拉致《らち》されて以来初めて、トゥアレグ族や他の砂漠の民《たみ》に出会った。やせぎすで鷹の嘴《くちばし》のような鼻をした彼らは、砂ぼこりで息がつまるのを避けるために、口と鼻を青いヴェールでおおっている。なめらかな毛におおわれたラクダに乗り、家畜の群れを追いながら、コンスタンティーヌかアルジェのような大きな町の一つに向かっているらしかった。

シークは馬を走らせ、彼らと話をしにいった。トゥアレグ族は彼らを襲う気はまったくなく、簡単な話し合いだけでそのまま先へ進むことを許した。砂漠の鷹が襲うのは、金持ちのキャラバンだけなのだろうか？　クリスタは不思議に思いながら、彼らが砂ぼこりの中に消えていくのを見送った。

ある日、突然大きなオアシスに出くわし、男たちの間に歓声がわき起こった。背の高いヤシとナツメヤシの林と、ゆるやかに波打つ緑の丘を、クリスタは遠くから見つめた。話にはよく聞くが目にしたことがない蜃気楼《しんきろう》だと思いこんでいた。だがたどり着いてみると、そのオアシスは本物で、広大なものだった。砂の下からわき出た川が、オアシスの中心を抜けて、ふたたび砂の中に消えていた。

「ビスクラの町だ」クリスタがその素晴らしい眺めを見つめていると、副官の男が、かたわらに馬を近づけ、かたことの英語で話しかけてきた。「ビスクラの向こうは、サハラ砂漠だ」彼はすぐ、馬の脇腹《わきばら》を蹴《け》って、シークのそばへ戻っていった。その白装束の謎《なぞ》の野蛮人は、クリスタに思いつめたような視線を向けていた。

なぜ話しかけてこないのだろう？　それは恐ろしくもあり不思議でもあった。自分をどうするつもりなのか？　今のところ、傷つけられたりしていないが、いつまで続くのだろう？　身代金のために自分を拘束しているのだろうか？　彼の不可思議な態度に、直感的な恐怖は感じなかったが、クリスタはわけがわからなかった。凶暴な戦士たちは誰一人脅すことも、襲ってくることもしない。見たところ、シークと彼の部下たちは彼女を守るためだけに現れたようだった。

ビスクラに近づくにつれて、彼らの速度は遅くなってきた。クリスタは土色の厚い壁と平らな屋根の家々を見た。オアシスの端には黒いテントで生活をしている遊牧民が、大勢いる。クリスタはシークと彼の手下たちが町に入らずに、門の外にキャンプしている遊牧民たちに加わったので驚いた。クリスタは馬から助け下ろされた。彼らがテントを立てる間、一本のヤシの木の下に連れていかれて休憩をとった。テントを立てるのはアブドゥーラのキャラバンを離れてから初めてのことだった。

このところ何日もそんな贅沢《ぜいたく》が許されなかったクリスタは、木の下でのんびりしているうちに、眠りこんでしまった。疲れ果て、気力も体力も尽きていた。髪はほこりにまみれ、細くよじれて背中に垂れ下がり、不快そのものだった。マントの下のやわらかい肌は、細かい砂にまみれてひりひりし、口はサハラ砂漠のように乾ききっていた。それでもクリスタは、二人の男が監視しているのに気づかず、眠り続けていた。

「彼女をここに連れてきたのは間違いでした」副官が思い切ってシークに言った。

「厳しい旅ですし、彼女はこの土地の過酷さに慣れていないようだ」彼の言葉には憐《あわ》れみがにじんでいた。

「俺《おれ》にどうしろと言うのだ、オマール？」白装束の男は肩をすくめた。「アブドゥーラが彼女に手を触れることなど許せない。アブドゥーラは憎悪の固まりだ。バルバロッサにひどい目にあわされただけでも十分なのに、クリスタにこれ以上我慢させることはできん。コンスタンティーヌに送りこんだ間諜《かんちょう》がクリスタのことをいち早く知らせてくれたおかげで、なんとか救い出せた。アラーに感謝するほかない」
「チュニスまで護衛をつけては？」オマールは難色を示し、提案した。「家族が喜んで迎えるでしょう。ここはか弱い女性にはあまりにも危険すぎます、王子」
「決断するのは俺だ、オマール」王子はけわしく顔をしかめた。「それに、誰が彼女を家族のところまで連れていくのだ？　おまえは俺のそばにいなくてはならない、それはわかっているはずだ。だめだ、オマール、クリスタには残ってもらう。テントを張り次第、彼女を俺のテントに運び、安全のため見張りを一人つけておけ」

クリスタはイスラムの祈禱《きとう》の声を聞きながらゆっくりと目を覚ました。あまりの心地よさに動く気になれず、横たわったまま耳を傾けていた。この数日で初めてほっと一息つくことができ、ヤシの木の下で休んでいた自分を運んできたのは誰だろうと思った。謎のシーク、それとも彼の副官だろうか？

思いつめたように目を伏せ、感情を押し隠していた白装束の男のことを思い、身を震わせた。彼はどんな顔をしているのだろう？　彼女の愛する端正な王子、マークに似ているのだろうか？　それとも恐ろしい顔？　醜い顔？　クリスタはすっかり考えこんでいたので、ヴェールをかぶったほっそりとした人影が、垂れ幕をすり抜けて入ってきて、クッションとふかふかの子羊の毛皮でおおったベッドに近づいてきたのに気づかなかった。

「起きて、お嬢さん」穏やかな女の声がし、クリスタの肩を力強く揺すった。それはアラビア語だったが、半分夢の中にいたクリスタは何も考えずにアラビア語で答えていた。

「あっちに行って！」

「アラビア語が話せるのね、あなた」やわらかい声が言った。「起きなくてはだめよ。ご主人様が起きろとおっしゃってるの」

ご主人様？「ご主人様って、誰なの？」クリスタは身体《からだ》を起こして座り直した。アラビア語で返事してしまったので、もう隠す必要はなかった。

「もちろん、偉大なシークのことよ」若い娘はもったいぶって答えた。「起きなさい、お姫様。一日中寝てたじゃないの、もう夜よ。ご主人様は、自分が来る前に入浴と食事をしておけと言ってるわ。まったく、生まれたときから男を喜ばせるよう訓練された女がいるのに、なんであなたみたいな、やせっぽちがいいのかしら。謎だわ」

クリスタは、両手を腰にあて、あきれたように自分を見下ろしている美しい女を、黙って見つめていた。いや、女というのはふさわしくない。クリスタは気づいた。十分に大人の知識は持っていそうだが、子供といったほうが正しく、せいぜい十四か十五だろう。赤いふっくらした唇を優雅にとがらせ、馬鹿《ばか》にした様子を隠そうともせず、クリスタの汚れた身体をじろじろと見つめている。その娘の淡い黄褐色の肌と赤みがかった髪からしてベルベル人だろう。彼女はシークのなんなのだろう？　彼の女の一人なのだろうか？　なぜかそう考えると落ち着かなかった。

「あなたは誰？」

「エリッサよ。あたしの父はシークの副官なの。まだ子供だったとき、シークはあたしを愛人に迎え、父に名誉を与えてくださったのよ」

クリスタはあきれた。まだ子供に毛が生えた程度ではないか。いくつで、シークのものになったのだろう？

心を読んだように、エリッサが言った。「あたしはもう立派な大人よ。ビスクラの娘たちもみな同じ。生まれたときから、通りに並ぶ売春宿で働けるよう訓練されてきたんですもの。あたしの母は、自分が祖母から教わったように、あたしに伝統的な女の踊りを教えてくれたわ。あたしたちの家は山の中にあるけど、あたしが男を楽しませる昔からの技術に長《た》けているから、商売をするためにビスクラに連れてこられたってわけ」

「踊りを……娼婦《しょうふ》になるために？」クリスタは仰天して聞き返した。

エリッサはまじめくさってうなずいた。「それがあたしたちのやり方よ。十分役目を終えてから、村に戻って結婚して子供を育てるの。いい人生よ」彼女はむきになって言った。「知りもしないのに馬鹿にしないでよ」

「それで……あなたは、もう……働いてるの？」

「尊敬する両親は、あたしが売春宿で働く歳になる前に、ご主人様に預けたの。父親同士が何年も前から友だちなの。でもあたしはまだ若すぎたし、ご主人様が別の場所に行ってしまったから、母と勉強を続けながら、彼に呼ばれるのを待っていたの。そしてついに昨日、呼ばれたのよ。それが不信心なよそ者の世話係だったなんてね」

クリスタの言葉は、テントの外で中に入れてくれと叫ぶ、荒々しい声に邪魔された。クリスタが彼らを招き入れると、二人の男は彼女たちの間に割って入り、苦労して狭いテントの真ん中に真鍮《しんちゅう》の桶《おけ》を据えた。続いて、お湯と水の入った水差しを持った男たちがやってきて、入浴にちょうどいい湯がいっぱいになるまで、出たり入ったりした。エリッサが用意してきた小さなガラス瓶《びん》から液を落とすと、テントの中は花の香りでいっぱいになった。クリスタはその贅沢で芳《かぐわ》しい湯に入るのが待ち遠しかった。カリムのセライを出てからは、一度も風呂桶《ふろおけ》で入浴していなかったのだ。

「こっちへ来て」エリッサがもどかしそうに手招きした。

クリスタはすぐに繕えそうもないほど汚れてよれよれになったカフタンを脱ぎ捨て、うれしそうに桶の中に身を沈めた。温かなお湯が、ピンク色をした乳首のまわりでひたひたと音をたて、何日も休まずに馬に乗り続けたせいで、緊張し、こわばった筋肉をほぐしてくれた。エリッサがいい匂《にお》いの石鹸《せっけん》をつけたスポンジでこすると、クリスタはうれしさのあまり思わずため息をついた。次に、淡い金色の長い髪を洗う段になると、美しいベルベル人も渋々、その美しさを認めた。そのために残しておいた、桶のきれいな水を使って、クリスタの豊かな髪がつややかな絹糸のようになるまで、ゆすいだ。

「くつろいでてね、お嬢さん」エリッサがそっけなく命じた。「すぐに戻ってきてマッサージするわ」彼女はクリスタの汚れた服を持って、立ち去った。

エリッサは正直なところ、無理矢理命じられた召使いの役目が気に食わなかった。主人がこの金髪の女を捕らえた理由を知っていたので、面白くなかったのだ。なぜシークはそれなりに魅力のある自分をないがしろにして、この女と寝る気なのだろう？　この村で、十五になるのに、まだ処女なのは彼女だけだった。それは彼女の主人が何年も留守だったせいだ。主人が戻ってくれれば、夜伽《よとぎ》に呼ばれると思っていた。というより切望していた。ところが、やっと呼び出されたと思ったのに、思惑が外れた。美男子の主人は、この美貌《びぼう》を自分のものにできるのに、なぜあんな青白いやせた女を選ぶのだろう？　そのうえ、年も取っている。少なくとも十九か二十にはなっているだろう。エリッサは不満げに鼻に皺《しわ》を寄せた。そして、この異国人の白い身体をたっぷりと味わったあとは、彼も口直しに自分に乗り換えるはずだと、気休めに考えた。

エリッサは桶の水が冷め、夜気が冷たくなっても戻ってこなかった。クリスタは桶から出て、残してあったやわらかい白い布で身体をふくと、ふんわりしたソファの上に裸のままうつぶせになり、エリッサを待った。一体あの無愛想な娘《こ》は何をぐずぐずしているのかしら？　ぼんやりと考えているうちに、憂鬱《ゆううつ》になってきた。入浴ですっかり緊張が緩み、眠気に襲われて目を開けているのが辛《つら》くなってきた。

まどろんでいるうちに、彼女とマークだけしかいない官能的な夢の世界へと誘われていった。愛してくれた優しい手、唇、そばに寄り添う引き締まった身体、弾むようなアラビア語で愛をささやいた、大好きなあの低い魅惑的な声を思い浮かべ、心がうずいた。彼のしなやかな筋肉と、胸や腕の密集した毛を撫《な》で、口づけしたかった。そして彼で自分をいっぱいに満たし、彼だけのやり方で愛して欲しかった。

ふいに、テントの垂れ幕が開いてすきま風が入ってきた。エリッサが点けていったランプの炎が消え、テントの中は急に真っ暗になった。しかし、侵入者は火が消える前に、彼女のほっそりした腰と、形のいい、魅惑的な白い双丘を盗み見ていた。クリスタは暗くなったのに気づいたが、自分の夢に溺《おぼ》れていたので、肌を撫でるすべらかなオイルの感触と、痛んだ筋肉を和らげる魔法のような優しい両手の動きに、小さな喜びのうめきをもらしただけだった。エリッサはたしかに自分の役目を心得ている。クリスタはぼんやりとそう思いながら、少し荒れた手のひらで身体を器用に揉《も》みほぐされ、すっかりくつろいでいた。エリッサの手がなぜこんなに荒れているのか、あるいはさっき見たときより大きいのか、考えようともしなかった。

「マッサージの極意を心得ているのね、エリッサ」クリスタは流暢《りゅうちょう》なアラビア語でつぶやいた。

両手の優しい動きはちょっと止まったものの、すぐにその心地よい動きを再開して、ほっそりとした白い肩から背中へと移動していった。そしてくびれたウエストとお尻《しり》の曲線に沿ってゆっくりと動くと、求めるように震えているやわらかい双丘をわざと避けて、長くしなやかな太腿《ふともも》へと下りていった。

つま先を片方ずつ優しく揉みほぐしたあと、足首、ふくらはぎへと移っていく。あまりの快感に頬《ほお》を赤らめてうめき声をもらしたクリスタは、恥ずかしさに急に目がさめてしまった。上に向かって移動した両手は、耐えきれないように震え、うずきはじめた、柔らかな割れ目を避けて、感じやすい太腿の肌を撫ではじめた。

「エリッサ、もうだめよ……」口ごもりながら訴えかけたが、香油で滑る熟練した手が、やわらかな尻をつかんで入念に揉みはじめたので黙ってしまった。エリッサの大胆な愛撫《あいぶ》に少し驚きながらもクリスタの興奮は一気に高まっていった。執拗《しつよう》な指先が愛らしい曲線を描いている双丘の割れ目に忍びこみ、ついに股間でうずいている敏感な場所に触れるとクリスタは大きくあえいだ。

「エリッサ、やめて！」

「仰向けになるんだ」男らしい声が耳もとでささやいた。「これが女の手だと思ったのか？」

クリスタはびっくりして目をしばたたいた。優しく、しかし有無を言わさず仰向けにされ、呆然《ぼうぜん》としてほとんど抗うことなどできなかった。胸と腹に甘い香りのする油をたっぷりと塗られ、その冷たい感触と興奮をあおるような手の動きに負けて、息を切らせ、声を上げた。

「あなたは誰？」クリスタは絹のようなすべらかな服をまとった広い肩に、両手を絡ませながら、とがめるような声でたずねた。

返事のかわりに魔法のような手が伸びてきて、胸を包みこみ、くびれたウエストから太腿へと撫でられ、脚がおのずと開いてしまった。優しくおおいかぶさってきた男が低くうめいたが、クリスタは少しも怖くなかった。むしろうれしかった。

いの？」「あなたは砂漠の鷹ね？」クリスタは大胆にたずねた。「なぜ正体を明かしてくれな

「まだだ。そのときが来たら教える」唇が愛撫に忙しく、これ以上話すゆとりはない
らしい。

「ああ、神様……」彼がつんと立った乳首を探りあて、片方ずつ優しく吸ったり嚙《か》ん
だりしはじめると、クリスタは思わずうめき声をもらした。

「そうだ、自分の神に祈るがいい」彼のささやきは、ついに重ねられた唇の中に消え
た。深々と口づけされ、クリスタの意識は朦朧《もうろう》としていた。「天国に連れていってや
るからな」

クリスタは文句を言おうとしたが、彼の舌が入ってきて言えなかった。かすかにお
ぼえのあるその味と香りに不安を感じた。降伏を要求する執拗なキスに、クリスタは
とうとう敗北した。彼の魔法のような両手がやわらかな乳房を包みこみ、指で乳首を
愛撫した。やっと唇を離すと、今度は腹に軽くはわせ、舌の先でへそを探り、脚の間
の金色の茂みの中に顔を埋めた。舌の先が入りこんできて、彼女の秘密の場所の甘さ
を味わう。クリスタは身体を震わせ、快楽と羞恥《しゅうち》にあえいだ。

「ああ、だめ……」やめて欲しいのか、快感を与えて欲しいのかわからないまま、懇
願した。

しかし彼はやめなかった。ふたたび力強く、身悶《もだ》える彼女に挑みかかり、繊細なひだを舌で押しわけて、敏感な蕾《つぼみ》を執拗に舌で刺激し、しっとりした甘い香りのする中に差し入れてくる。腰をしっかりと抱えこまれ、むさぼるように吸われたクリスタの歓喜のうめき声が、ここ何週間も彼の中に溜《た》まっていた強烈な欲望に火を付けた。

あまりにも強烈な快楽の渦の中で正気を失いかけ、クリスタはシークにしがみつくと、彼の服を夢中ではぎとろうとした。執拗な唇と舌に、高みへ高みへと押し上げられ、クリスタは彼のくせのある硬い髪に指を差し入れた。そしてとうとう近くにいる者がにやりとするような歓喜の悲鳴を上げ、頂点に達した。

クリスタは小さく身体を震わせ、波のように押し寄せる、崇高な至福の高まりの中で幾度も達した。彼はクリスタを抱きしめ、彼女が落ち着くまで、ささやきかけ、それから身体を離した。クリスタが弱々しく抗議すると、絹のようなささやきがふたたび聞こえ、そばに戻ってきた。すっかり敏感になった肌に寄り添う、彼の毛深くたくましい裸体は官能的だった。つい今し方その巧みさを披露した、入念な愛撫の技を、彼はふたたび始めた。クリスタがそれに応えるまで、彼は自分の欲望を抑えていた。

絶え間なく腰をゆらしながら、彼女は甘えるようにあえいで、手を伸ばした。彼の大きくなったものは、指の下で猛々《たけだけ》しく脈打ち、まるで絹の鞘《さや》でおおわれた鉄のように、力強く、なめらかだ。クリスタは、うっとりと快楽に酔いしれる彼のかすれた声を聞

「この妖婦《ようふ》め」男がかすれた声でうめいた。「おまえは男を狂わせる」

彼は茂みを手でおおうと、欲しくてたまらなくなっている甘い割れ目に指を差し入れ、永遠に溶け合ってしまうまで奥深く入りたいと思った。

クリスタはとうとう、この拷問に耐えられなくなり、彼を絹の入り口に導いた。降参したようにうめくと、彼は腰をつかみ、強引に二人の位置を入れ替えた。軽々と彼女を持ち上げ、いったん自分の身体の上で支えてから、そそりたつ大きなものの上にゆっくりとクリスタを下ろし、素早く確実に挿入した。彼の引き締まった腰に跨ると、クリスタは大胆な突きに応えて深々と彼のものを迎え入れた。彼は彼女の動きたいようにさせてくれた。

クリスタは主導権を握りつつも、ゆっくりと緊張が高まっていくのを感じた。彼のあえぎを聞いて、もう引き返せない場所に近づいているのがわかった。荒い呼吸を、彼のあえぐ声に合わせる。そしてロウソクが燃え尽きるように、自分の意志とは裏腹に一気に燃え上がると、粉々になって、一直線に空めがけて昇っていった。クリスタが高みに達したのを見て、彼も自分の欲望を解き放ち、絶頂に全身を貫かれた。

クリスタは自分を抱きしめる彼の両腕にしがみつき、恋人たちだけの、高く遠い楽園からゆっくりと舞い降りながら、ほとんど知らない相手にこれほどまでに感じてしまったことに驚いていた。マークを裏切った後悔の念に心を痛めながらも、この男に愛されるのがあまりに当然なことに思えて、不思議だった。目を閉じて、ボナミ号の上でマークが愛してくれた幸せな夜以来、味わったことがなかった安らかさの中に漂っていた。

夢心地でいるクリスタの耳に、暗闇《くらやみ》の中からマークの声が響いてきた。いつのまにか愛してしまった、皮肉っぽい、低く、かすれた声だった。「可愛いセイレーン、また巡り会うと、言ったはずだろう？　これでもまだ、求め合うのが二人のキスメットじゃないと言うつもりか？」

あまりにも繰り返しマークのことを思っているうちに、魔法で声を呼び出してしまったのだろうか？　それとも、これは砂漠の鷹の声だろうか？　その答えがわかる前に、彼女は眠りに落ちてしまった。

9

上げたテントの垂れ幕から射しこむ日光が、金色の温かな流れとなって頰《ほお》を優しく撫《な》で、クリスタは目を覚ました。横たわったまま、昨夜の出来事を一つ一つ思い出す。砂漠の鷹《たか》に、すなおに身体《からだ》を開き、翻弄《ほんろう》されてしまったが、恥ずかしさも後悔も感じなかった。わたしはなんて女なのだろう？　マークを心の底から愛していながら、見知らぬ男に抱かれてあんなに乱れてしまった。うわさでは、彼は無法者の人殺しだ。襲撃と略奪に無上の喜びを感じる、残虐な砂漠の部族の頭目だったのだ。

クリスタは誰《だれ》かが朝陽を浴びて入り口に立っているのに突然気づいた。「お嬢さん」エリッサは嫉妬《しっと》をこめて冷ややかな笑みを浮かべた。「楽しい夜だった？　わたしたちのご主人様はもの凄《すご》く精力的な恋人でしょ？　あたしなんか彼のベッドにいると、翌朝はぐったりよ。でも言うだけ野暮よね。よかったことくらい、その満足そうな顔でわかるわ」

クリスタはエリッサの大胆な言葉にはっとした。族長《シーク》はもうすでに、この——少女を、自分の寝床に連れこんだのだろうか？　彼女の豊満で官能的な身体は、彼の巧みな愛撫《あいぶ》に、自分と同じようにとろけたのだろうか？　彼の下であえぐおのれの姿を想像して急に顔が火照《ほて》ってきたが、エリッサには気づかれなかった。

「あなたの話は信じられないわ」とがめるように言った。「シークが子供を抱いて喜ぶとは思えないもの」

　クリスタの不用意な言葉にエリッサは怒りだし、クリスタのつややかな髪をつかんでベッドから引きずり下ろそうとした。「あんたなんかただの娼婦《しょうふ》よ！」エリッサは金切り声を上げた。「彼が欲望のはけ口に使う、外国人娼婦のくせに」

　クリスタは見事な裸体を見せつけるように、頭を凛《りん》と上げて、エリッサの手を振りほどくと、嫉妬深い娘に面と向かって言った。「喧嘩《けんか》しにきたのなら、もう下がりなさい。癇癪《かんしゃく》を起こした子供の相手はごめんだわ」

　エリッサはますます腹を立てた。自分は王子の愛人として選ばれたのだという誇りを持っていた。彼の最初の愛人として、あとから選ばれた者たちを統括するのは自分なのだ。

　鬱憤《うっぷん》を晴らさんばかりに、エリッサは思い切り悪態をついた。予期せぬ攻撃に、クリスタはエリッサに押し倒され、怒った猫に長い爪《つめ》で引っかかれたような気分になった。

「いったいなんの騒ぎだ?」シークの副官で、エリッサの父親らしい男の声が響いた。

このあとどうなるか承知しているエリッサは、あわてててひざまずくと、怒っている父親を見上げた。裸のクリスタは恥ずかしそうにベッドに駆け寄り、絹の上掛けで身体を隠した。しかしオマールはそしらぬ様子で、冷ややかに聞き分けのない娘をにらんでいた。

「この外国人女があたしを馬鹿《ばか》にしたのよ、お父様」エリッサは機嫌を伺うように、うなだれて嘘《うそ》をついた。

「言葉遣いに気をつけろ!」オマールが怖い顔をしてにらみつけた。「おまえはご主人様の女性にあれこれ言える立場ではないんだ」

オマールはクリスタをちらっと見、またエリッサに視線を戻すと厳しい目でにらみつけた。「おまえのことはよくわかってる。わがままな上に、いつもわたしがいないから自分が抑えられぬのだ。この異国の女性がおまえを侮辱するわけはない。その嫉妬深さは身の破滅につながるぞ。おまえを罰すればご主人様も喜んでくださるだろう」

「いやよ、お父様、お願い」エリッサは青くなって哀願した。「おっしゃる通り、行儀よくします。ご主人様があたしを愛人にとお望みなら、喜んでそうします」

クリスタはむっとしたが、ほとんど無視された。

「クッションの上に横になれ」オマールが有無を言わさぬ声で命じた。父親に逆らうような愚かな真似《まね》をすれば、もっとひどい目にあう。エリッサはすぐに従った。

「あたしを罰することができるのは、ご主人様だけよ」父親を思いとどまらせようと悪あがきをして言った。

「たしかにな」オマールは苦い顔で言った。「すぐに彼を呼んでこよう」エリッサの努力は大して功を奏さなかった。オマールがテントの垂れ幕まで行って、小声で見張りに伝言したからだ。エリッサの憎たらしい顔つきにクリスタはいらいらした。

十分ほどして、垂れ幕が開き、砂漠の鷹が入ってきた。フードを目深《まぶか》にかぶった彼と目が合い、前夜に二人の間にあったことを思い出し、クリスタは真っ赤になってうつむいてしまった。彼は少しオマールと話をしてから、黒曜石のような瞳《ひとみ》をした不安げなエリッサを、けわしくにらんだ。そのあと、彼はまた視線をクリスタに向けた。

「怪我《けが》は?」すでに彼女が流暢《りゅうちょう》にアラビア語を話すことを知っているので、無愛想なアラビア語でたずねた。ほとんど口もきけず、クリスタはゆっくりと首を振った。

「おまえは何故、命令に従わない?」不機嫌そうにエリッサに言った。「わたしの女の世話をし、彼女が安全なように見張っているのが役目だろう。それなのに、おまえは容赦なく彼女を攻撃し、侮辱したそうだな」

「お……お許しください、ご主人様」エリッサは震える声で言った。「この女がそれほど大事だなんて、どうしてあたしにわかるでしょう?」

クリスタは憤然とした。この傲慢《ごうまん》なシークはクリスタを自分の女と言い放ち、エリッサはクリスタを情婦呼ばわりし続けている。

「わたしの命《めい》に従え、エリッサ。この女性の価値に見合った尊敬の念を見せることだ。判断を下すのはおまえではない。おまえの父親は躾《しつけ》のために罰を与えろと言うが、わたしも賛成だ」

「バスティナードでしょうか、王子?」オマールが言った。

「いやよ、お父様、あれはやめて! おとなしくするわ」エリッサは大声を上げた。その叫びには恐怖がにじんでいた。

「二十回だ」オマールは、ローブの下のベルトに挟んでいる棒に手を伸ばした。

シークは驚いたようにオマールを見た。それは親としてあまりにも厳しすぎると思ったのだ。エリッサはこのところ、扱いにくくなってきたので罰を与えるのは当然としても、オマールは厳しすぎる。彼女のしなやかで均整の取れた身体つきは将来有望そうに見えたが、それでも彼から見ればまだ十五の子供に過ぎない。

彼は止めようとしたが、言うより先に、二十回のバスティナードに怯《おび》えたエリッサがするどい悲鳴を上げはじめた。とっさにクリスタは絹の上掛けを裸の身体に巻き付け、シークの足もとにひれ伏して叫んだ。「だめよ! お願いです! 考え直してください。この子はまだ子供です」

クリスタが自分をかばうのを聞いて、涙ぐんでいたエリッサはふたたび嫉妬にカッとなった。異国女にかばいだてされるいわれはないし、されたくもなかった。そして、まさにそう、吐き捨てようとしたとき、父親の手にしているバスティナードを見て、考え直した。あの恐ろしい棒で二十回も叩《たた》かれるのは耐えられない。

「ごめんなさい、お嬢様」切れ切れにすすり泣いた。「悪気はなかったんです。これからは喜んであなたにお仕えします」すらすらと出てきたこの言葉には何の誠意もなかった。本心では主《あるじ》とこの銀髪の外国人娼婦の仲を裂いてやるつもりだった。ただ次にやるときには、もっと注意深くやらなければ。

シークは微笑し、用ずみになった棒をしまうように言った。「助けてもらったことを、女主人に感謝するんだな」厳しい口調で言った。「さあ行って、食べ物を持ってこい。このお嬢さんはお腹《なか》をすかしているはずだ」

笑いを含んだ声に、空腹の理由を思い出したクリスタは頬を赤く染めた。あわててテントから出ていこうとしたエリッサは、シークにちょこんとお辞儀をしてから出ていった。少女がいなくなると、彼は手を差し出しクリスタを立たせた。オマールに行っていいと言おうとしたが、大男はいつのまにかテントから消えていた。目の前にある会ってから初めて、彼はフードで目を隠さずにクリスタを見ていた。

のは彼の素顔だった。緑！　高価なエメラルドのように明るく鮮やかな緑だ。そう……彼と、同じ色だ。

「マーク！」驚きのあまり、クリスタは我知らず最愛の人の名を叫んでいた。しかし、人生でこれほど確信を持ったことはなかった。どこにいても、あの独特の瞳はわかるはずだ。彼が生きていた！　生きていただけでなく、昨日の夜、彼女をあれほど優しく愛したのだ。

突然、正体を見抜いてしまったクリスタに、シークが何か言おうとしたとき、エリッサが礼儀正しく下を向いて、食べ物のお盆を持って入ってきた。しかしエリッサの心中は、激しい怒りで煮えくり返っていた。自分の主人がこの異国の女を求めていることは、火を見るより明らかだった。初めはクリスタのことを、使い捨ての、行きずりの火遊びの相手ならいいと思っていたが、それが大間違いだったと、気づいてしまったのだ。

シークは両手をクリスタの肩から下ろした。「食べたら入浴しておけ」低い声でさりげなく言った。「話はあとにしよう」そして狭いテントの入り口から、静かに出ていった。

クリスタは、不機嫌なエリッサの用意した、豪勢な食事を堪能した。クスクス、アーモンドのつまった子羊、アーモンド・ペーストの甘いケーキ、数々の新鮮な果物、そして甘いフルーツ・ジュースだ。エリッサが入浴の支度をしている間に、味わいながらもりもり食べた。

クリスタの身体は食事と入浴というありふれた行為に満たされたが、心は激しく乱れていた。マークが生きていたのだ！　すべて失ったと思っていたのに、忽然《こつぜん》と現れ、文字通りアブドゥーラの手から自分を奪い返した。もう二度と、彼の愛を疑ったりしない。チュニスに寄って、両親に無事を知らせたら、きっと一緒にイギリスに帰れるだろう。女は道具で、男は彼らの残酷な主人にすぎない、この忌まわしい国から離れるのだ。

クリスタが風呂桶《ふろおけ》にうっとりともたれていると、マークがテントに入ってきて、泡だらけのスポンジをやたらと忙しそうに振り回しているエリッサを、いたずらっぽい目つきで見た。クリスタは目を閉じていたので、彼がエリッサの手から黙ってスポンジを取り上げて、そっけなく顎《あご》でテントから出ていくよう合図したのに気づかなかった。エリッサがクリスタを怨《うら》みがましい目つきでにらんだが、二人には効き目はなかった。

「ああ……いい気持ちだわ、エリッサ」満足そうにため息をついた。優しい手が突然、湯の中に入ってくると胸から腹をそっと撫で、脚の間の淡い色の茂みを愛撫しはじめた。クリスタは青い目を見開き、白いマントをまとい、緑の瞳を楽しげに輝かせながら、ひざまずいているマークを見た。

「どこでアラビア語を習った？」たずねつつも、もつれた柔らかな茂みを休みなく指で探り、かきわけ、彼を求めている感じやすい秘所を探りあてた。

「カリムの女たちからよ」あえぎながら答えた。

細い指が中に入ってくると、彼女は思わず彼の肩をつかんだ。「バルバロッサからおまえを取り戻したかった」苦しげに言った。「ひどい目にあわせて、すまなかった。楽しくはなかったろうな」二本目の指が滑りこむと、クリスタは無意識のうちに腰を持ち上げていた。

「楽しくはなかったわ。でもあなたが考えているようなことはなかったの。赤髭《あかひげ》はわたしには手も触れなかった」

指が止まると、クリスタは不満げに、うめいた。「奴が……おまえを襲わなかっただと？」

「触《さわ》りもしなかったわ」

「さっき言っていたカリムはどうなんだ？」

「赤髭が、コンスタンティーヌからの返事を待っている間、何週間かセライで彼の女たちと暮らしたの。でも、カリムはわたしを守るように言われていて、手を触れたこともなかったわ」

「奇跡としか思えんな」彼はびっくりしたように言った。「その話もくわしく聞きたいが、まずはこっちが先だ」

素晴らしく巧みな指が、彼女の中で魅惑的なリズムで動き出した。耐えきれぬようにうめいて、かぶっているものも、ヴェールもかなぐり捨て、マークは熱烈な口づけをした。下で巧みに手を動かし続けながら、舌で口の中をまさぐる。クリスタは燃え上がる情熱を抑えきれずに身悶《もだ》え、マークの染み一つない白いフードつきのマントやテントの床に水しぶきをとばした。

さっと、冷たい桶から抱き上げられ、彼の首に両腕をまわしたまま立たされた。背中を愛撫され、クリスタが背をのけぞらせて身体を押しつけると、彼は腰をつかんでぴったりと自分に引き寄せた。

「おまえに夢中だ、セイレーン」かすれた声でうめく。「一晩中愛しても、愛し足りなかった」

激しく口づけをしながら、マークは服を脱ぎ捨てて裸になった。日焼けしていない彼の肌は驚くほど白かった。クリスタの両手を取って、手のひらに交互に口づけする。二人はテントの中で向き合って立っていた。マークはクリスタの腰をつかんで、ゆっくりとひざまずくと、胸、腹、そして魅惑的な金色の丘にキスしていった。唇と舌が優しく押しあてられると、クリスタは急激に突き上げてきた欲望にあえぎ、震えた。

彼の肩にしがみつき、目も眩《くら》むような歓喜の波に襲われ、満たして欲しさに、すすり泣いた。

　クリスタは新たに生まれた快楽を感じながら、彼のものが熱く脈打っているのを見て、自然と手を伸ばし、その雄々《おお》しいものに指をはわせた。指を上下に動かすと、押し寄せる大きな悦楽の波が彼の全身を突き抜けた。それはビロードのようになめらかで、びくともせず、頑丈で硬かった。彼の息づかいが激しくなり、どれほど感じているかがわかった。マークは耐えきれなくなってクリスタにのしかかり、一気に突き入れた。クリスタは全身をふるわせた。二人は野生の獣のように性急に激しく求め合った。彼は獰猛《どうもう》な雄叫《おたけ》びを上げて馬乗りになると、続けざまに激しく突き入れてクリスタを責めたてた。波打つように激しくそこが引き締まり、クリスタが達しそうになっているのを感じながら、マークはおのれの欲望を解き放ち、二人だけの世界へとともに駆けのぼった。大地はゆっくりと回転するのをやめ、クリスタは満足げなため息をもらして、彼のたくましい両腕にしっかりと抱かれている自分に気づいた。「ああ、可愛いセイレーン、おまえは素晴らしい」その声はまだ興奮にかすれていた。

「マーク、わたし……」

「いや、マークではない」彼はおだやかに言い直した。「シーク・アーメドだ。もう王子ではないが、トゥアレグ族が今も限りない忠誠を捧《ささ》げてくれる偉大なシークなんだ。彼らがいれば、そのうちにコンスタンティーヌを取り戻せる」

「アーメド、あなたの人生が滅茶苦茶にされたことは、本当に気の毒だと思っているわ」クリスタがまじめな顔で言った。

「この不幸な重荷は俺《おれ》が一人で背負うべきものだ、クリスタ」アーメドは重々しく言った。「俺はバルバロッサからおまえを守れなかった。奴は……本当に何もしなかったのか？　奴の手下たちにひどい目にあわされたのでは？」

クリスタは首を振った。「前に言ったことは本当よ。赤髭はわたしには触らなかった。それは彼の部下たちも同じよ」

「なぜだ？」信じられぬように聞き返した。「あの男は名うての悪党だ。良心のかけらもなく、殺し、女を犯す男なんだぞ」

「わたしには……わからないけど」クリスタは推測した。「最初はきっと強姦《ごうかん》するつもりでいたのよ。でも説得してやめさせたの。神に感謝してるわ」

アーメドは呆《あき》れたように首を振って笑い出した。「どうやってそんなことができたんだ？　刺《とげ》のあるイギリスのバラめ。バルバロッサがその気になったら、説得などできるとは思えないが」

クリスタはあの自暴自棄になったときのことを思い出して、真っ赤になった。「わたし……指一本でも触れたら、死んでやるって言ったの。本気だったわ」つんと顎を上げてそう付け加えた。

「なるほど、おまえならやりかねない」アーメドは感服したようにうなずいた。「でもきっとそれ以上のことが何かあったに違いない」

「わたしたち……話をしたのよ。いろんなことを。彼がバルバロッサになる前のことかね。たぶん彼も心を動かされたんでしょう。はっきりとはわからないけど。いずれにせよ、わたしには手をつけずに放っておいてくれた。でも彼の善意もそれまでだったわ。解放してはくれなかった。父にも連絡しようとしなかったし。親よりアブドゥーラのほうが身代金をたくさん払うだろうって。たしかにその通りだったわ。赤髭が要求するような財産は父にはないもの」

「アブドゥーラがおまえに手出しすることはない」アーメドが断言した。「おまえは俺のものだからな」

「どうやってわたしの居場所がわかったの？」クリスタは彼の胸を撫でながら訊《き》いた。まだ上気している温かい彼の裸の体を撫でるのが大好きだった。「赤髭に撃たれたあと、あなたはどうなったの？　弾丸が当たったでしょう、この目で血を見たわ。わたし……あなたが溺《おぼ》れたと思っていた」

アーメドの緑の瞳の奥に、優しく神秘的な光が浮かんだ。「この通り、俺はぴんぴんしている。オマールのおかげでな。彼は俺を守ると父に誓った。それをまじめに果たしてくれたんだ。俺が海に落ちた瞬間、オマールは誰にも見られずにそっと舷側《げんそく》から滑り降りて、俺を助けてくれた。胸の傷も治してくれた。重症だったが、弾は急所からはずれていたので、じきによくなったんだ。旅ができるようになるとすぐに、友人がかくまってくれていたアルジェを出発した。オマールのトゥアレグ族はアブドゥーラを憎んでいたから、俺を指導者として迎え、団結した。われわれは、兄を倒すつもりだ」

「わたしのことはどこから知ったの?」クリスタは話をさえぎった。

「今から話す。クリスタ、そうせかさないでくれ。バルバロッサの評判は聞いていたから、君を奴隷として売り払う前に、まずアブドゥーラに話を持ちかけると踏んだんだ。そこでコンスタンティーヌに間諜《かんちょう》を送りこんだ。彼から報告があった。アルジエリアから女を連れたキャラバンが、コンスタンティーヌのアブドゥーラのハーレムに向かったとね。この二つから推測した。歩兵部隊が護衛についてはいたが、トゥアレグ族の敵ではなかった。そういうわけで、君はわたしの腕の中に戻ってきたんだ」

アーメドはおのれの言葉を証明するように、クリスタをぎゅっと抱きしめた。クリスタはうっとりと小さなため息をついた。

「これからどうするの、アーメド?」心配そうに彼を見つめながら聞いた。

「どうって? なぜ? もう一度しようか。もし君が……」そのとき、エリッサが許可も得ずにテントに飛びこんできた。彼女の黒い瞳はハッとしたように、アーメドのたくましい腕に抱かれたクリスタの裸身に釘《くぎ》づけになった。

「ご主人様！　あたし……」

「何のつもりだ！」アーメドは怒鳴《どな》りつけると、クリスタを隠すように絹の上掛けを引っ張り上げた。

「お許しください」エリッサは哀願した。「でも待てなかったんです。父の命令で知らせにきました。部下がたった今、恐ろしい知らせを持ってコンスタンティーヌから戻ってきたと。父がすぐお会いしたいと申しています」とおとなしく頭を下げたが、クリスタは彼女の黒曜石のような瞳が意地悪く光ったのを見逃さなかった。この娘は恋の一幕をぶち壊しにできて喜んでいるのだ。

アーメドは悪態をつくと、クリスタを離して立ち上がった。エリッサが自分の神々しい裸体を、息を飲んで見つめているのもおかまいなしだった。エリッサが彼の男性自身を物欲しげに見つめているのに気づき、クリスタは白い頬を赤らめた。アーメドはしばし考えこんでいたが、自分のゆったりしたズボンと黒いブーツ、白いマントを素早く身につけると、振り返りもせずに出ていった。

アーメドがいなくなったとたん、エリッサは冷たくさげすむような目でクリスタを見た。「彼はずいぶんあっさりしてるのね。あたしと寝たときは、なかなか離れたがらなかったのに」

「お下がり、エリッサ」クリスタは居丈高に命じた。「あなたの助けはいらないわ」

「シーク・アーメドが、あなたなんかなんとも思っていないってことがわからないの？　彼はあなたの白い肌が目新しいだけよ。すぐに飽きるわ。あたしはもう、ご主人様を喜ばせてるし、あなたがいなくなったら、ずーっとお仕えするんだから」

「あなたが――言いたいのは、アーメドは、もうあなたと……」

「あたしは特別な女なのよ」エリッサはずるそうに言った。「ご主人様を喜ばせるためだけに、仕込まれてきたの。彼があたしを抱かないはずがないじゃない？」

「あなたはまだ子供じゃないの！　アーメドだってちゃんと知ってるわ、あなたがまだそんな――」

エリッサは耳障《ざわ》りな笑い声を上げた。「あたしは、部族の女が肉の快楽を知る年齢をとっくに過ぎてるわ。シーク・アーメドは、あたしの素晴らしい技をじかにお確めになったの」エリッサはずる賢く嘘をついた。まだアーメドに抱かれたことはないのだが、彼はもうすぐ自分を抱きたくなるに違いないと思っていた。もしそうでなければ、仲間の笑い物になる前に、自分で問題を解決するつもりだった。

クリスタは啞然《あぜん》とした。アーメドは本当にこの子と寝たのだろうか？　いったい何人が彼とベッドを共にしたのだろう？　でもそんな考えは、すぐに打ち消した。エリッサは嫉妬深い子供にすぎない。その言葉にもほとんど真実味はないのだ。アーメドが直接愛していると言ってくれたわけではないが、彼の行動がその愛を如実に物語っている。もしそれほど求めていないなら、あんなに優しく愛してはくれなかったろう。命がけで自分をアブドゥーラから救い出してくれたのだから、エリッサの嘘に耳を貸す必要はないのだ。

「何を聞いたんだ、イブラヒム？」アーメドは、見るからに疲れきった男の前を行ったり来たりしながらたずねた。ほこりっぽいマントは乾いた荒野をずっと旅してきて汚れきっていた。

「アブドゥーラはキャラバンが略奪されたと聞いて、ただちに歩兵連隊を出発させました」イブラヒムは息も絶え絶えに言った。「一番最初に迎える愛人が、砂漠の鷹にさらわれたと聞いて激怒しています。その女は金貨二百ダカット以上に値すると。とにかく途方もない金額です。砂漠の鷹の情報にも、賞金が懸けられました。賊を捕らえずには戻ってくるなと命じたそうです。シーク・アーメド、申し上げにくいのですが、奴らはすぐ後ろに迫っている。すぐキャンプをたたまないと、あっという間に奴らの餌食《えじき》になってしまう。我々の取るべき道は……」彼の言葉は次第に小さくなって消えてしまった。そわそわして、アーメドと目を合わせようとしない。

「何だと言うんだ？」アーメドがきつく聞いた。

「その異国の女を置いていけば、きっとアブドゥーラの怒りも鎮まるでしょう、だから――」

「だめだ！」アーメドは大声で怒鳴りつけ、震え上がったイブラヒムをにらみつけた。「女は離さない。我々はすぐに出発し、砂漠でキャンプする。もし歩兵隊とまた戦わなければならなくなっても、我々の土地での戦いとなる。おまえはもう下がれ」

イブラヒムは丁重に頭を下げると、彼が怒りを爆発させる前に立ち去った。

「オマール、聞いたか？」アーメドが決してそばから離れない副官に言った。

「みなに伝えますか？」オマールがうながすようにたずねた。

「アブドゥーラの軍隊をここで待っても我々のためにはならない」アーメドは決断した。「砂漠のほうが奴らをまくチャンスがある。すぐにキャンプを解体しろ。一時間以内に出発する」

「女たちは？」

「クリスタはわたしが連れていく」アーメドは昂然《こうぜん》と言った。「エリッサもだ。あれにはクリスタの世話をしてもらう」

オマールはうなずくとさっと踵《きびす》を返し、あわただしく立ち去った。テントを解体し、必要な物資を買いそろえ、男たちを町のあちこちから、特に売春宿から、呼び戻さねばならない。それもすべて一時間以内にだ。

「さあ、お嬢さん、急ぐわよ」エリッサはテントに飛びこんでくるなり言った。ちょうど、ものものしい外の様子を不審に思っていたところだったので、クリスタは仰天した。

「どこへ行くの？」絹のジュラーバとヤシュマックをクリスタに着せ、すっぽりと顔が隠れるように用心深くハイクを留めているエリッサに、たずねた。エリッサも同じようななりをしていたが、まだヴェールをかぶっていなかったので、緊張しているのがわかった。

「あたしたちはご主人様に付き添って砂漠に行くの。一時間以内に出発よ」

「まずアーメドと話さなければ」テントを飛び出したクリスタのあとを、エリッサがあわてて追いかけてきた。

「時間がないのよ」エリッサはクリスタの腕をつかんだ。

「でも彼がどうするつもりなのか、聞かないと」クリスタは青い服の遊牧民の集まりの中から、背の高い白い服の姿を探しながら必死に言った。

「あなたが知る必要はないわ」エリッサはすねたように言った。「あなたは従えばいいのよ。あたしたちはここで待つの。父が馬を連れてくるわ」

と、そのときクリスタは、彼が部下の一人と熱心に話しこんでいるのを見つけた。

飛び出して彼の名前を呼んだが、彼の氷のような視線にあって、途中で立ちすくんでしまった。そして、ひとことの説明もなく、彼はいきなり向きを変えると、大股《おおまた》で行ってしまった。この世界の男の考え方を知らないクリスタには、アーメドが万が一にも女に指図などされたとしたら、笑い物になり、のけ者になるということがまるでわかっていなかった。女を差別している獰猛な部下たちには、彼のクリスタへの献身などわからないだろう。だから彼は、おのれの行動をきちんと申し開きできるまで、他人のふりをせざるを得ないのだ。

アーメドの冷淡な態度を見て、誰よりも喜んだのはエリッサだった。彼はもうこの外国女に飽きたに違いない。そうなれば自分の出番だ。もうすぐ自分が彼のそばに侍《はべ》ることになるだろう、と彼女は上機嫌だった。母親から習ったことを全部、試してみたかった。オマールが馬を二頭引いてやってきたので彼女の空想はさえぎられた。

「時間だ」オマールはそれだけ言うと、クリスタを軽々と抱き上げ、絹の糸でさまざまな形や文様を刺繍《ししゅう》した、美しい赤い鞍《くら》に乗せた。手綱《たづな》を渡し、振り返ってみると、せっかちな少女はもうアラビアの牝馬《めす》に飛び乗っていた。オマールは自分の雄馬に跨ると、二人についてくるように合図した。そして、けたたましい雄叫びを上げながら、サハラの輝く黄砂に向かって疾走していく俊足なラクダに乗った男たちのあとを追った。

アーメドは猛烈なスピードで飛ばし、勇猛な手下たちは必死に彼を追いかけた。オマールと十数人の部下に護衛されたクリスタとエリッサが、やや遅れて続いていた。一行は正午に軽い食事をとるために休憩した。そして夜になって気温が下がりはじめると、二つの砂丘に挟まれた、浅い谷間にキャンプした。アーメドはその晩も、そしてその後砂漠に深くに分け入ってからも、クリスタのもとには姿を見せなかった。

鞍ずれができ、耐えきれないほど退屈し疲れてはいたが、クリスタはいつも砂漠に驚嘆させられていた。それまでは砂漠は、砂しかない乾燥した平らな場所だと思っていたが、それは大間違いだった。

サハラ砂漠は実際には、窪地《くぼち》で区切られた山、峡谷、平野、高地、巨大な切り立った丘と険しい岩山、移動する砂地、森と果樹の生い茂る緑のオアシスから成り立っていた。クリスタはベルベル人のいう砂丘とは、砂の海を意味していることを知った。丘は高さ二十メートルのものがほとんどだが、九十メートルを超えるものまである。

南への旅の途中で、一つの町を支えている巨大なオアシスでキャンプした。リンゴや桃、オレンジ、レモン、イチジク、ザクロ、ブドウが豊富に育っている。水も手に入るので、クリスタは途中で水浴びをする余裕さえあった。

クリスタは早朝の砂漠が、青みがかったくすんだ灰色なのに気づいた。しかし太陽が昇ると、積もった雪のように眩《まぶ》しい白に変わるのだ。夕暮れ時の色は壮観で、白からあざやかなオレンジ、ブルー、アメジスト、そして深い紫へと変わっていく。星が出てくると、空は銀色の薄絹に淡いシフォンを重ねたような、落ち着いた淡い灰色になる。そんな夜にはクリスタは、間に合わせの寝床にしたクッションに一人寂しく横になり、アーメドの手や唇、彼女の中に入ってきていっぱいに満たし、恍惚《こうこつ》の境地に駆り立てていく感触に思い焦がれるのだった。

五日目になると、容赦なく照りつける太陽で、クリスタは頭痛がしてきた。この日の早朝、砂漠は静まり返っていた。そして突風が吹きはじめた。まるで、景色全体が動きはじめたかのようだった。目の前でみるみる形を変えてゆく砂丘は、溶けて、押し流され、動きだした。うなり声を上げる風にあおられた砂は、息つまるような砂塵《さじん》となって舞い上がり、太陽をおおい隠した。そしてぞっとするような現象が起きた。

空はどぎつい青から濁った赤、赤みがかった紫へと変わり、あたりを完全に汚れた色に染め上げた。そして陰鬱《いんうつ》な薄明かりが降りてきて地面をおおい尽くすと、砂丘が持ち上がり崩れ落ちていった。クリスタはみなのあわただしい動きに気がついた。それまでせわしなく行き来していた男たちと動物は、ぴたりと動くのをやめ、彼らの叫び声も強風の中で消えていた。馬に乗ったオマールが薄暗がりの中から幽霊のように彼女の前に現れると、止まれと合図した。

「これは何なの？」不安げにたずねた。

「砂嵐《すなあらし》だ」簡潔な答えだった。「馬を下りろ」彼は馬に乗って立ち去った。クリスタがその姿を見送っていると、エリッサが既に馬から下りて、よろよろしながら風と戦っていることに気づいた。

飛んでくる細かい砂が、激しい霙《みぞれ》のように顔に叩きつけてきて痛いので、クリスタは頭をひっこめた。ヤシュマックの下の肌は紙ヤスリでこすられているみたいだった。ほこりが目や耳、鼻の穴に入りこみ、窒息しそうだ。大地も空も、混乱と音の地獄の中で、無秩序に入り混じっているかのようだった。

突然アーメドが現れると、彼女の肘《ひじ》をつかんで、細い溝に引っ張っていった。そこには、刺すような砂に固く目を閉じた数頭のラクダが、縛られた足を下にして地面にひざまずいていた。アーメドは、素早く彼女を一頭のラクダの後ろに連れていき、うずくまらせた。そしてラクダの荷から毛布を一枚取ってきた。二人で毛布をかぶると、避難用のテントのようになった。

「大丈夫か、クリスタ」喉《のど》ががらがらになり、ほこりを吐き出そうとしてクリスタが咳《せき》をしはじめると、彼は心配そうに聞いた。

「ええ……たぶん」毛布と頑丈なラクダに守られていることに感謝しながら、かすれ声で答えた。「この嵐はずいぶん急にやってきたのね。どのくらい続くの?」

「砂嵐はこういうものなんだ」アーメドはざらついた、しわがれた声で答えた。「俺の腕の中で休むといい。すぐに通り過ぎる」

クリスタは弱々しくため息をつくと、アーメドのたくましい腕の感触を楽しみながら、気持ちを落ち着かせた。だがこの数日を振り返ってみると聞かずにはいられなかった。「ビスクラを出てから、なぜわたしを無視していたの？　わたしはここの人間じゃないのよ、アーメド。チュニスの父のもとへ送ってくれればよかったのに。あれからずいぶん経つから、父はわたしが死んだと思ってるわ」

「俺を信用しろ、クリスタ」アーメドが優しくたしなめた。「おまえを行かせることはできない。二人が一緒になるのはキスメットだからな」

「どうして急にビスクラを出たの？　それに何でそのあとずっとわたしを無視していたの？」つとめて傷ついているのを悟られないようにしたが、アーメドには彼女の気持ちがわかっているようだった。

「アブドゥーラの軍隊がすぐ後ろに迫っていると聞かされたんだ。クリスタは自分の舌を噛《か》み切りたい気持ちだった。すべてを考え合わせると、出発するのが一番だった。おまえをアブドゥーラには渡さない。おまえは俺のものだ」

「あなたの気持ちの表し方って変わってるのね」クリスタは文句を言ったが、その言葉は風のうなる音でほとんどかき消されてしまった。

アーメドはせまくて暗い毛布の下で笑った。「無視されていたと思っていたのか?」軽く冗談めかしてから、ふいにまじめな顔になった。「クリスタ、おまえが俺にとって、どれほど重要な存在か、部下たちに知られたくないんだ。ほとんどの者は忠実だが、トゥアレグ族は獰猛な男たちだ。危険で、残忍で、自尊心もない。俺の決めたことに進んで従うと約束してくれたが、もし優しさや弱さを見せたら、特に、愛人に対する優しさなどを見せたら、一瞬のためらいもなく俺を見捨てるだろう。俺には彼らが必要なんだ、クリスタ。アブドゥーラを倒すためにな。だから時々わざと厳しい態度を見せるのは、彼らの尊敬を失いたくないからなんだ。そのことをわかって許してくれるか?」

クリスタはそれを聞いてすっかり安心し、うなずいた。彼はクリスタをきつく抱きしめた。クリスタが、暗がりの中で顔を見ようと、ヴェールを上げると、唇が重なってきた。ここ何日も、夢に見るしかなかった情熱的なキスだった。ため息をもらし、彼の抱擁にしっとりと身を任せると、彼は両手で自由にマントの中をまさぐり、むき出しのやわらかな乳房を包みこんだ。親指で硬くなった先端を愛撫する。

「アーメド、だめよ! なぜこんなことを?」

「喜ばせたいだけさ、二人が望むような形で一緒になれるまで」かすれた声でささやいた。もしそれができるなら、荒れ狂う嵐の中で、彼女を砂に押し倒していただろう。

「すごく敏感になっているな。俺は我慢するが、おまえを悦《よろこ》ばせたい。さあ、クリスタ。どんなに感じているのか、見せてくれ」

アーメドの刺激的な言葉に励まされ、クリスタは情熱に身を委《ゆだ》ね、溶けた溶岩のようになって、彼の指の動きに合わせて身悶えた。それを見るアーメドの顔に笑みが浮かぶ。激しく唇を求めると、彼の舌は、指の動きにぴったりと重なった。ゆるやかに波打つ海に溺《おぼ》れたようになり、クリスタは身のうちで炸裂《さくれつ》した快感に震えた。彼女に何も与えるものがなくなると、ようやく彼は優しい攻撃を止めて、彼女を腕の中でゆっくりと揺さぶった。

クリスタの身体のうちの嵐がおさまった頃《ころ》には、外の風のうなりも、始まったときと同じように唐突にやんでいた。毛布をかたわらに投げ捨て、アーメドは立ち上がって大気のにおいをかいだ。クリスタは驚いて目をしばたたいた。空気はふたたび、清らかで澄み切っていた。真っ赤な太陽が空に輝き、静寂と完全な沈黙が支配していた。

10

その晩、彼らはサハラ砂漠の奥深くにある小さなオアシスでキャンプした。そこはまるで広大な海のような黄色い荒れ地の真ん中に浮かぶ、緑の島のようだった。輝かしい熱帯雨林のように、ナツメヤシと果物の林が豊かに育っていた。緑の楽園を流れる、透き通った清らかな小川さえあった。クリスタは膝《ひざ》まで水につかって、思い切り喉《のど》を潤した。冷たい水に飛びこんで、熱いマントの下の敏感な肌をひりひりさせている砂を洗い流したかった。

と、一人ではないことに気づき、見上げると、アーメドが優しい目で、クリスタを見下ろしていた。

「来るんだ」と手を差し出した。彼女は何も考えずにその手を取ると、彼についていった。後ろにはエリッサが、アーメドが集めさせた品々の入ったかごを持ち、嫌々従っていた。

「どこへ行くの?」みんなが働いている場所からどんどん離れるので、クリスタは思い切って聞いた。

「男たちはキャンプの設営で手いっぱいだ」アーメドが言った。「昨日の砂嵐《すなあらし》のあとだから、水浴びしたいだろうと思ってね。おまえとエリッサが水浴びできる場所に連れていってやるから、わたしが見張っている間にすませるといい」

クリスタはようやく、近づいてきたエリッサに目を向けた。荷物の重みで息を切らせ、汗をかいて暑そうだった。「あたしは水浴びは歓迎です」エリッサはアーメドを横目でちらっと見て言った。「あとどのくらいあるんです、ご主人様?」

「もうすぐだ、エリッサ」

彼が二人の先に立って茂みをまわると、疲れきったクリスタは目の前に広がる素晴らしい景色に息をのんだ。驚くほど深い青色の小さな池があり、周りには色も形もさまざまな花々が、咲き乱れている。クリスタはすぐにもその冷たさと静けさの中に、身体《からだ》を沈めたくなった。

エリッサは歓声を上げて服を脱ぎ捨てると、ゆったりと伸びをしてから、いらいらするほどゆっくりと水の中に入っていった。この数週間、アーメドに、自分の女らしい魅力を見せつけるチャンスを待ち続けていたので、はりきっていたのだ。クリスタの華奢《きゃしゃ》な肢体は、自分の豊満な曲線と比べると見劣りがする。アーメドにその違いを見て欲しかった。うろたえているクリスタを尻目《しりめ》に、エリッサは彼女の主《あるじ》でありながら、その熱い身体をものにしていない男の前を、恥ずかし気もなく歩いた。

岸辺に座っていたアーメドは、エリッサが浅い水の中で、はしゃぎながら飛び跳ねて、これでもかと身体を見せつけるのを見て、顔をしかめた。彼女はのんきなほど無神経だが、自分の女としての魅力に異常なまでの誇りを持っている。まだまだ子供だと思っていたが、今は性の対象となる成熟した大人の女なのだ。そして官能的な身のこなしと思わせぶりな言動から察するに、それを求めてもいる。彼はその悩ましげな裸体から目をそらし、クリスタを見た。彼女はまだ彫像のように立ったままで、水浴びに加わろうとはしなかった。

「水浴びしたかったんじゃないのか?」彼はたのしそうにたずねた。

「あなたは……そこに座って見張ってるの?」クリスタが恥ずかしそうに口ごもった。

彼の唇が意地悪そうにゆがんだ。「部下に見張らせたほうがよかったか」

怒ったクリスタの首筋が紅く染まった。「後ろを向いていてくれるならいいわ」

「女性の裸がどんなものかぐらい、知っているさ」にやにやしながら言った。「さあ、クリスタ、水浴びするんだ。エリッサは楽しんでるぞ」

「あなたもエリッサを楽しんでるらしいわね」クリスタはぴしゃりと言い返した。

アーメドは吹き出した。「嫉妬《しっと》してるのか、クリスタ?」

「違うわ!」むきになって言い返した。たとえそうだとしても、認める気はなかった。

たしかに彼はやすやすと女たちを手に入れることができる。それに、自分も彼に抱かれてあんなに乱れてしまった！　エリッサも楽しんだのだろうか？　気が滅入ってきたので、クリスタは首を振ってそんな考えを追い払った。

　クリスタにとって、水浴びはとても拒み切れない贅沢《ぜいたく》だった。それに、もっと重要な仕事が待っているのに、わざわざここに連れてきてくれたアーメドには感謝していた。そして、今さら淑女ぶっても仕方がない。

　クリスタは気取らずに上品に服を脱ぎ、最後の一枚の、濃い蜂蜜《はちみつ》色の絹のカフタンも脱ぎ捨てた。そしてゆっくりと水際に歩いていった。

　クリスタが、長く淡い金色の髪のヴェールの他には一糸まとわぬ姿になったのを見て、アーメドは驚き、息をのんだ。暗闇《くらやみ》では何度も見ていたが、沈みかけた夕日の淡い光の輝きの中で、金色と象牙《ぞうげ》色に染まっている裸を見るのは初めてだった。一足ごとに弾んで揺れる白い尻にうっとりし、アーメドはその丸いふくらみを両手でつかみ、自分の身体に引き寄せたいと強く思った。秘所をおおう薄い金色の森に口づけし、快感に我を忘れるまで、思う存分、自分のものを熱く引き締まった場所へ突き入れたかった。だが今はそんなことをしている場合ではない、と厳しく自分に言い聞かせた。

　やはり仕事が優先だ。クリスタにはしばらく待ってもらわなければならない。砂嵐が荒れ狂う中での情熱的な間奏曲は、アーメドの情欲をあおり、容赦なく彼を苦しめた。

透き通った絹のカフタンを着たクリスタは、狭いテントの中を歩きまわっていた。ずっと待っていたのに、池から戻ってもアーメドは来なかった。別れたときの悩ましげな表情を見れば、彼も待ち切れずにいるのはわかっていた。エリッサは自分の望みを、効果的に主人に示して見せた。でも、アーメドがそんな策略にもほとんど揺らがなかったので、クリスタはますます彼が好きになった。

自分がベルベル族の王子を愛しているということ、そして彼がその愛に応えてくれたことが、やっとクリスタの心の中でしっくりと感じられるようになっていた。彼は他の女に見向きもせぬほど、自分のことを愛している。クリスタは自分の身体を抱きしめ、彼に抱かれたときのうれしさと、彼が自分を抱くときの、特別な目の輝きを思い出した。どんな女性でもこれほど愛されていると感じたことはないだろう。

それでも、先刻夕食を運んできたエリッサの言葉は無視することができなかった。少女は足もとの低いテーブルに無造作にお盆を置くと、彼女をじろじろ見ながら満足げにこう言った。「今日は族長《シーク》・アーメドも、すっかりあたしが気に入ったみたい。あたしを見たときの、あのぎらぎらした目つき、見たでしょ！」

「子供じみた空想よ」クリスタはきっぱりと言ったものの、エリッサの裸を見つめていたアーメドの目がきらりと光ったことは否定できなかった。本当にこの子に魅力を感じたのだろうか？「なんとなくあなたを見ていただけよ」

「あたしは愛の技術に長《た》けているのよ」エリッサは自信たっぷりに宣言した。「二日前に十五になったばかりだけど。今夜、アーメドはあたしの身体の素晴らしさを、また味わうのよ。あなたのことなんて、とりあえず味見しただけよ」

「嘘《うそ》よ！」クリスタははっとした。「アーメドはあなたを子供だと思ってるわ。もちろんあなたを見てはいたわよ。男ですもの」と、言いわけがましく付け足した。

「あたしは今夜あの方とベッドを共にするんだから」エリッサは平気で嘘をついた。「アーメドは力のあるシークで、偉大な王子なのよ。たくましくて精力的だから、たくさんの女を喜ばせたいのよ。君主《ベイ》になったら、きっと数え切れないくらい愛人を持たなければ満足できないわ。そうなれば、あなたなんか、セライで低い地位を与えられるに決まってるわ」

エリッサは嘘を並べてあざ笑っているだけだ。めずらしく自信がなくなってきて、クリスタはそう自分に言い聞かせた。少女が行ってしまうと、彼女は、そうなったときのアーメドとの自分の将来をじっくりと冷静に考えてみた。たしかに彼は、言葉と行動で彼女を愛していることを証明していたし、何度となく二人が一緒になる運命だと言った。でもどんな形で？　いつも一緒にいたいとは言うが、はっきり、結婚が無理だと認めていた。一方、自分は彼の愛人になることを拒んでいる。もし彼がそのつもりなら、やめてもらうよう説得しなければならない。アーメドがいくら自分への愛を誓ったとしても、このままでは自分はハーレムの中に閉じこめられて死ぬことになる。自分をどうするつもりなのか、今夜こそ彼の気持ちを確かめようと、クリスタは思った。

夜が更けても、アーメドはまだ現れなかった。クリスタは彼の答えを待ちきれずに、自分の手で解決することにした。素早くジュラーバを着てテントの外に出ると、肌を刺す冷たい夜気に身震いした。それほど用心する必要はなくなっていたので、あたりに見張りは立っていない。前もって見ておいたから、アーメドがどのテントにいるのかはわかっていた。思い切ってそちらをうかがうと、その夜のキャンプは静かで、あたりに人影はなかった。

オマールとまだ話し合いを続けていたアーメドは、遅い時間になってもまだ仕事が片づかず、いらいらしていた。クリスタが待ちわびているのはわかっていたので、早く自由になって彼女を腕に抱きしめたかった。やっとオマールが出ていき、部下たちが一人ずつ床につくと、キャンプは静かになった。ようやく仕事から解放され、自分の楽しみを求める余裕ができたのだ。クリスタのこと、そして夜明けが彼らを引き離すまでの二人の時間を思うと、汗臭いまま恋人のところに行くのは気が引けた。アーメドは洗った服を手に取ると、池に向かった。彼は、小さな人影が暗闇の中から忍び寄ってきたのに気づかなかった。

アーメドが明るい月光を浴びて服を脱ぎ、冷たい水の中に飛びこむのを、エリッサは目を皿のようにして見つめていた。アーメドはクリスタのほっそりした身体を思い浮かべながら、水の冷たさもあって、手短に水浴びをすませた。汚れた服で身体をふくと、身をすくめながら洗った服を着て、肌身離さずにいる三日月刀を、引き締まった腰に革紐《かわひも》で結わえた。そして汚れた服を拾い、キャンプに引き返した。

突然アーメドの首筋の毛が逆立った。すぐ近くに、目には見えない危険がひそんでいる。尾行している者の存在に第六感で気づき、すべての直感が研《と》ぎすまされた。アブドゥーラの手下たちがひそかにオアシスに侵入し、こんなにも近くに潜んでいるのだろうか？　彼は足を止め、右手を刀の柄《え》にかけて、見えない敵が攻撃できる距離まで近づくのを待った。

アーメドが立ち止まったのを見て、エリッサはにんまりすると、彼が茂みに隠れている自分を見ているものと思い、立ち止まった。彼女は今日という夜のために、長い間計画を練ってきていた。アーメドが欲望に満ちた目で自分を見ていたので、すっかり彼が自分を抱くつもりだと思っていた。邪魔者は、あの外国人女だけだ。彼がベイになれば妻の座につける。頭の中ではすべてが計画されていた。でもまず最初に、クリスタから彼を奪わなければならない。一度でも自分と寝れば、白い肌の愛人を抱く気など失せるはずだ。これは、彼をものにするだけでなく、あの外国人の売女《ばいた》を捨てさせる絶好のチャンスだった。

アーメドはその身体の熱を感じるずっと前から、自分のあとからつけてくる足音を聞いていた。振り向きざまに刀を抜き、暗闇の中の人影の喉笛《のどぶえ》に狙《ねら》いをつけ、危うく切り裂くところだった。

エリッサは口を開けて叫ぼうとしたが、仰天のあまり、大きく息を吐き出して、アーメドの足もとに倒れてしまった。片膝をついて、地面に横たわる小さな人の顔をのぞきこみ、アーメドはやっとその正体に気づいて息をのんだ。

「くそっ、アラーよ！」若く無鉄砲な少女を殺しかけたことに気づき、不機嫌そうにつぶやいた。もし直感的に、致命的な一撃を止めていなければ、彼女は死んでいただろう。「わたしにこっそりと忍び寄るとは、何を血迷ってるんだ、エリッサ？」

もちろんエリッサは答えられず、アーメドに優しく揺さぶられても意識を取り戻さなかった。恐怖で気絶したに違いない。彼はそう考えると、彼女のぐったりした身体を抱き上げた。あまりにも若く、多感な彼女を、死ぬほど怖がらせてしまった自分をののしった。でもなぜあとをつけてきたのだろう？　深夜にひそかに出歩いたわけを聞こうと、アーメドは開いた垂れ幕からもれるランプの光を目印に、自分のテントのほうを見やった。

アーメドのたくましい腕の中で息を吹き返したエリッサは一人ほくそ笑むと、ぐったりとしたふりを続けた。完全に意識を取り戻したことも、自分のやわらかな身体に押しつけられた、彼の頑丈な体軀《たいく》をはっきりと感じていることも、黙っていよう。エリッサは、ずる賢くそう考えた。最終的には無理矢理迫らなければならないとしても、まずは誰にも見られず、彼と二人きりになることが絶対条件だ。

アーメドのテントからぼんやりと光がもれているので、クリスタは微笑しながら、床につこうとしている彼がブロンズ色の胸をむき出しにして立っている姿を思い描いた。期待で彼女の足が速くなった。

アーメドのテントに近づいたとき、エリッサはマントをひるがえしている一人の女の姿を目の隅で捉《とら》えた。自分の主人を喜ばせにきたクリスタだ。今夜は、アーメドには外国人女の奉仕は必要ない。うれしそうにほくそ笑んだエリッサは、これ見よがしにアーメドの肩のあたりにすんなりとした両腕を滑らせて、彼の首筋に顔を寄せた。

クリスタは外に出ると漠然と考えた。アーメドは自分を見て驚くだろうか？　歓迎するだろうか？　と、腕に小さなものを抱えたアーメドの大きな身体がどこからともなく現れると、意を決したように大股《おおまた》でテントに入っていくのが見えた。クリスタは、二本の細い腕が彼の首に抱きつき、長い黒髪がたくましい肩の上になびくのを、仰天して見つめていた。

クリスタはみじめさにうちひしがれ、さっと影の中に後ずさった。「エリッサ……」小声でうめくように言った。裏切りの痛みに、心臓が貫かれた。

エリッサは今夜アーメドと寝ると言わなかったか？　嘘だと思った自分が馬鹿《ばか》だったのだ！　エリッサを抱くために、アーメドが彼女のあとを追いかけ、テントに運んできたのだ。なぜこんな、大勢の相手と寝ることを許している——いや、奨励している国の男と恋に落ちてしまったのだろう？　なぜ彼には、言いなりになる女たちが必要なのだろう？　男たちに命令され、何かを強制されたり罰せられたりするような人生はごめんだ。クリスタは、ブライアンと生涯を添い遂げることでさえ、アーメドの愛妾《あいしょう》になるよりはましな気がしてきた。彼女はキッと背を向けると、自分の将来——アーメドのいない将来を考え直そうと自分のテントに逃げ帰った。

エリッサのやわらかい腕が肩に絡みつき、温かい息が首筋をくすぐった瞬間、意識を取り戻していることに気づき、アーメドは彼女を中に運びこんで注意深く立たせた。「大丈夫か？」苦々しい顔で厳しくたずねた。「なぜあんなふうにあとをつけてきた？」

彼の怒りに怯《おび》えながら、エリッサは勇気を振るい起こそうと大きく深呼吸した。今は絶対に恐怖に怯えてなどいる場合ではない。思いを遂げられるかどうかがかかっているのだ。「あたし……あなた様と二人きりになれると思って」観念したようにうつむいて言った。青白い頰《ほお》に長い黒い睫毛《まつげ》が陰を落とし、レースの縁《ふち》取りをした蝶《ちょう》の羽たれた。

「おまえを殺していたかもしれないのだぞ？」

「あの……そこまでは考えていませんでした。お願いです、ご主人様、お怒りにならないで」


「シーク・アーメドと呼べ」アーメドは怒鳴《どな》った。イギリスで暮らしたおかげで、絶対服従を連想させる言葉はいやになっていた。「では今ここで、何がしたかったのか言ってみろ。どのみちわたしがしようとしていたことにはもう間に合わん」

エリッサはひそかにしてやったりとほくそ笑んだ。アーメドは今夜、あの愛人を訪ねる気はもうないのだ。ならば慰めのために自分に乗り換える可能性も十分ある。

「つい最近、あたしが十五になったのをご存知でしたか？」ためらいがちに切り出した。

「もうそんな年になったか？」アーメドは大げさにびっくりして見せ、からかうように言った。「白髪《しらが》はないようだが」

エリッサは赤面すると、彼の機嫌がよいのに乗じて、彼の胸に自分の胸のふくらみが触れるまでそっと近づいた。彼が警戒するように顔をしかめたのを無視して、恥ずかしそうに聞いた。「あたしをごらんになって何もお感じにならないんですか、シーク・アーメド?」

アーメドはさらに気難しい顔になった。「おまえはきれいだ。自分でもわかっているはずだ、エリッサ。何が言いたい?」

「あたし、もう子供じゃありません!」彼女はむきになって怒った。「もう立派な大人です。その目でちゃんとご覧になってから、魅力がないって言ってください」

言うなり彼女はジュラーバを脱ぎ捨て、一糸まとわぬ姿になった。アーメドは当惑し、目の前に誇らしげに晒《さら》された、見事な曲線美と深い谷間をじっと眺めた。ふと、股間《こかん》のものが硬くなってきて、居心地悪そうにみじろぎした。エリッサは彼が反応したのに気づいて、喜んだ。

エリッサの、若く健康で刺激的な肉体に、自分が興奮していないと言えば嘘になるだろう。アーメドはすぐにそう思った。だが、そんな衝動に屈服すれば自分の名誉を汚すことになる。彼女を抱きたいわけではなかったが、意に反して、彼女のすらりとした脚の間の、深い森におおわれた場所から、その上の前に突き出された乳房と、彼の視線を浴びて硬くなった濃いルビー色の乳首を見つめてしまった。アーメドは自制心を振り絞って、その女らしい身体から目をそらした。

「服を着ろ!」厳しい声で命じた。

「シーク・アーメド、あたしが欲しいんでしょう」エリッサは言い張った。「あなたの目が欲しいって言ってます。あたしを抱いて。生まれたときからこの日のために学んできたんです。あなたが寝てるあんな青白い肌の娼婦《しょうふ》より、ずっと満足させてさしあげます。愛してください、シーク・アーメド。あたしの価値を証明させて。あたしがつくられた目的のために使ってください」

クリスタを侮辱する言葉に、ふいにアーメドは、はっとした。身体はエリッサの処女を奪いたがっているかもしれないが、自分はもう身も心もクリスタに捧《ささ》げたのだ。「エリッサ」アーメドは自分の気持ちを、できるだけ優しく説明しようとした。「おまえは美しい女だ。おまえを見れば、どんな男でも欲しがるだろう。それはわたしも同じだ」彼女の目がうれしそうに輝いたのを見て、あわてて言い直した。「でもわたしはおまえの恋人ではない。わたしの気持ちを動かしたのは認めるが、今おまえと寝たら、ただおまえを使うだけのことになってしまう」

エリッサはいぶかしげに顔をしかめた。アーメドはいったい、何を言っているのだろう？　遠いイギリスでこんな変な考え方を学んできたのだろうか？　きっとそこは一人の男に一人の女しか認めない、つまらない国に違いない。「男の人には大勢の女が必要でしょう」彼女は注意深く言った。「男はみんなそうだから、女には決して誠実にはなれない。昔からずっとそうだったって、母が教えてくれました。もしかすると、お父上は、あなたが外国のやり方に染まらないように、この国に残しておくべきだったのかもしれない」

「そうかもしれん」アーメドはしばし考えこんだ。「でもわたしは出ていった。そしてこの国では教えていない教訓を、身体でおぼえた。そのうちにベイになるかもしれないが、ハーレムは作らないだろう」

アーメドはそう言った瞬間に、それまで敢えて口に出さないようにしていたが、それが自分の本当の気持ちだと気づいた。この国の男たちは女をただの欲望のはけ口として扱う。クリスタへの愛が、そんな何世代にも渡る伝統に挑む勇気をくれたのだ。もし彼のやり方が許されるなら、自分の手でそんな耐え難い不公平をやめさせるだろう。クリスタを妻にできたなら、彼女はあらゆる意味で彼の人生を共有することになるはずだ。

頑固なエリッサは、一人の女性を愛し抜き、おのれの身を捧げると言うアーメドの言葉を信じようとはしなかった。彼女は傲慢《ごうまん》にもこう考えていた。ぎりぎり限界まで誘惑すれば、アーメドも前言撤回し、外国にかぶれていた間に身につけた奇妙な習慣も捨てるだろうと。彼女は降参したように声を上げて、アーメドのたくましい身体にぶつかってゆき、両腕を首にまわして抱きついた。

「シーク・アーメド、あたしを女にしてくださらないのですか？　快楽のために、あたしをお使いにならないなら、父が恥をかきます。父はあなた様を信頼して、あたしを預けたんですから」

オマールの気持ちは考えていなかったので、アーメドは思わず考えこんだ。たしかに、エリッサはいつか彼のしとねに侍《はべ》る目的で預けられた。自分の娘をベイに――それが未来のベイであっても――捧げることは名誉とされている。アーメドはそれを考えた上で彼女を引き受けた。小さい頃《ころ》からエリッサは素晴らしい美女になる可能性を持っていた。だから、オマールの贈り物を受け取ることに反対しなかったのだ。彼はできるだけ早く、オマールと話してみようと思った。

「おまえの父親と話して、状況を説明してみることにする、エリッサ」彼は大声で言った。「おまえにぴったりの夫を見つけてやれるかもしれない。もしそうしたければ、ビスクラに帰ってもいい」

「いやです」エリッサは不機嫌そうに口をとがらせて抗議した。「他の人なんて欲しくない。あなたとは比べものにならないわ、偉大なシーク」

「アラーよ、聞き分けのない女たちから俺を救いたまえ」アーメドは渋い顔で、天に向けて祈りの文句をつぶやくと、ジュラーバを拾い、彼女の裸の身体に巻きつけた。

「行くんだ、エリッサ、俺がしびれを切らして、ひっぱたく前にな。おまえのたわごとには、うんざりだ。おまえには男を探してやろう、それもすぐにな。それは約束する。だから、しっかりクリスタの世話をしろ。いずれは夫と幸せに暮らすのに十分な金貨も与えよう」

そしてアーメドは決して優しいとは言えぬ手つきで、彼女をテントの狭い入り口から夜の闇の中へと押しやった。

11

「アーメドって本当にすてきよね」エリッサはうっとりとため息をついた。「強くて、美男子で、男らしくて……」彼女が何を言いたいのか、クリスタにはよくわかっていた。

「彼が幸せにしてくれてよかったわね」いらいらしながら、途中でさえぎった。

「昨夜、アーメドがあたしを抱きたがってると言ったのは、本当だったでしょ。彼は、最高の恋人よ」エリッサは長い漆黒の睫毛《まつげ》の下から、横目でちらっとクリスタを見て、陰険に言った。怒ったご主人様にみじめに追い出されたときに、クリスタがもうテントの外に立っていなかったのを、エリッサはアラーに感謝した。アーメドが自分を拒否したことを、クリスタには知られたくない。アーメドが二股《ふたまた》を掛けていると思わせておけばいいのだ。

「アーメドが何をしようと、誰《だれ》と寝ようとわたしには関係ないわ」クリスタの言葉にはあまり説得力がなかった。

「さあ、いらっしゃい、お嬢様、池に水浴びに行きましょう。明日には出発するって父が言ってました」

アーメドに裏切られたと思いこんだクリスタは、今までで一番みじめな気持ちになり、前日に水浴びした澄んだ池までおとなしくエリッサについていった。彼女には、美しい景色を眺めたり、肌を撫《な》でる冷たくきらめく水の感触に感謝したりする余裕はなかった。エリッサは先に水浴びをすますと、岸辺に立ってもどかしそうに足踏みをした。「まだなんですか、お嬢様？」

「お行きなさい」クリスタはそっけなく答えた。「わたしはあとから行くわ。まだ髪を洗ってないの」エリッサは肩をすくめて、黒く長い髪をいきおいよく振ると、クリスタをほったらかしにして、キャンプに向かって大股《おおまた》で戻っていった。

クリスタは一人きりになれたことを感謝した。彼女を見ると、考えごとが山ほどあったので、エリッサがいないところで考えたかった。アーメドは華奢《きゃしゃ》な自分より、官能的なエリッサの身体《からだ》のほうが好きなのだと考えてしまうからだ。エリッサは見かけも行動も子供ではなかったが、この少女がやっと十五になったばかりだということが忘れられなかった。アーメドの愛は揺らがないと思っていたが、自分よりも若くて女らしい官能的な魅力も、大きな誘惑だということがわかってしまった。

アーメドは岸辺の反対側に立って、うれしそうにクリスタを見守っていたが、ふいに自分のものが痛いほど硬くなり我慢ができなくなってきた。エリッサが一人で池から戻ってきたのを見て、クリスタがまだ残っているに違いないと思い、気がついたら池に向かっていた。昨日の夜、エリッサをテントから追い出したときは、もう夜が更けて遅くなりすぎたので、クリスタの邪魔をしないことにしたのだ。そして今朝は仕事のせいで彼女と会えずにいた。今なら、短気なエリッサもいない。偶然、恋人と一休みする機会ができた。

彼女は腰まで水に入って、頭をのけぞらせ、長い首を弓のように反らし、淡い金の髪から石鹸《せっけん》を洗い流していた。その上半身は、絹のようになめらかで、石こうのように白かった。熟れたサクランボのようにおいしそうな、丸い珊瑚《さんご》色の乳首が彼をそそっている。アーメドは乳首から目を離さずに、窮屈な服を脱ぎはじめた。部下たちには、女性がこの池を使っているからこの場所には近づくな、と厳命してある。彼らに邪魔される心配はない。

憂鬱《ゆううつ》に、もの思いにふけっていたクリスタは、アーメドが音もなく池に滑りこみ、ゆっくりと彼女に向かって泳いできたのに気づかなかった。髪に残った水をしぼり、池から上がろうとしたとたん、水面の下で足をつかまれ、悲鳴を上げた。抗うひまもなく、水の中に引きずりこまれ、口いっぱいに水を飲み、咳《せ》きこみながら必死に浮かび上がったとき、アーメドが大声で笑いながら彼女を空高く持ち上げた。そして自分の身体にこすりつけるようにして、ゆっくりと下に降ろした。

「昨日は寂しかったよ、可愛いセイレーン」かすれた声で言った。

「本当かしら」クリスタは馬鹿《ばか》にしたように言った。

アーメドはたのしげに眉《まゆ》を動かした。「疑ってるのか。本当に会いにいきたかったんだが、しょうがなく、やめたんだ。それに時間が遅すぎた。でも今はここに一緒にいる。おまえが欲しい」

片手が水の下に沈んで、彼女のなめらかな丘に触れたので、クリスタはカッとなって身をよじった。濡《ぬ》れた髪を振りながら、自分にとってどれほど彼の手が刺激的なのか、どんなにエリッサに嫉妬《しっと》しているのか、アーメドにはわかりっこないのだと決めつけた。

「楽しみは他で見つけてください、ご主人様」わざと軽蔑《けいべつ》した口調で言った。

アーメドは不安そうに顔をしかめた。「どうしたんだ、クリスタ？　おまえを怒らせるようなことでもしたか？」

エリッサと一緒にいるところを見たとき、自分も彼のところに行く途中だったとは口が裂けても言えない。彼を思い上がらせるのはごめんだった。

「クリスタ、何をそんなに怒っているんだ？　おまえが必要なんだ。一緒にいられる時間はほとんどない、俺《おれ》を拒まないでくれ」

クリスタは、アーメドが唇を重ね、舌でこじ開けて中に入ってきても挫《くじ》けなかった。しかし、彼の唇が乳首に移動して、嚙《か》んだりなめたりしはじめると、すすりなくような声を上げてしまった。

「欲しいんだろう、クリスタ」アーメドは感情を逆撫《さかな》でするような声で言った。「身体が訴えてるぞ」

「いやよ！」クリスタは乱暴に否定した。「あなたの愛人になんかならないわ！」

アーメドはびっくりし、一瞬たじろいだ。「そういうことだったのか？　ただ利用されていると思ってるんだな？　愛しているんだ、クリスタ。何度でも言う。俺の愛に応えてくれたと思っていたんだが」

「あなたにはその言葉の意味がわかってないのよ」クリスタは憤然と言った。「欲望と愛を混同してるんだわ。どんな女でもあなたの欲求を満足させられるわ、たぶんわたしよりずっと上手にね」

突然、アーメドは怒りを爆発させた。「ああそうだろう。だが今、この瞬間に、俺が欲しいのはおまえだけだ。そしてアラーの名において、俺のものになるのはおまえだ！　クリスタ、おまえは俺にどうして欲しいんだ？　おまえを愛し、アブドゥーラから救い出し、そばに置くために、すべての人間に逆らってきた。おまえは俺のものだ。俺と寝ろと命じなければならないなら、そうするまでだ」

アーメドは我慢とは無縁の男だ。小さい頃《ころ》からどんな気まぐれを言っても丁重に扱われ、ひとこと言えばどんな望みもすぐにかなえられた。彼は怒りで、イギリス育ちのクリスタの自負心と頑固な性格をまったく理解できなくなっていた。どうしても欲しいものを、彼女が拒んだという一点にこだわっていたのだ。

彼の言葉にクリスタはさらに腹を立てた。彼女は執拗《しつよう》な抱擁と麻薬のような口づけから必死に逃がれようとした。「そんな脅しには負けないわ、傲慢《ごうまん》な人ね！」

「脚を開け、クリスタ」アーメドは笑ってはいたが、彼女の突然の抵抗にいらだっていた。水の下で尻《しり》をつかむと少し持ち上げた。それでも従わないので、ついに業《ごう》を煮やすと、太腿《ふともも》を押し広げて自分の腰にあてがい楽々と彼女の中に突き入れた。抑えられていた欲望に全身を揺さぶられ、彼女の抵抗が徐々に弱くなるのを感じて、アーメドの口もとに笑みが浮かんだ。

突き入れ、腰を引き、また突き入れただけで、アーメドの心臓は快感で破裂しそうだった。クリスタのように彼を興奮させた女はいなかった。やわらかな尻をつかんで、ビロードのような温かいひだの中に突き入れながら、つんと立った乳首と半開きになった唇を狂ったように吸う。そして、片手を二人の身体の間に差し入れ、クリスタの快楽の蕾《つぼみ》を探りあてた。クリスタは一気に乱れ、激しくあえぎながら、狂ったようなリズムで腰をまわし、アーメドをさらなる高みへと挑むように駆り立てた。アーメドは、クリスタが絶頂を迎え、頭をのけぞらせ、口をかすかに開き、青い目が濡れたように輝くのを驚嘆して見守っていた。続いて彼も欲望をほとばしらせ、頭が真っ白になった。

気がつくとクリスタは水から抱き上げられ、岸に運ばれて、苔《こけ》の生えた地面に優しく寝かされていた。「まだ言いたいことがあるか、クリスタ？」アーメドは彼女の横に座るとたずねた。

「何の……ことだかわからないわ」クリスタは不機嫌そうに言った。

「君への愛をどうやって証明したらいいんだ？」

他の女と寝ないで！　クリスタは大声でそう叫びたかったが、もちろんそんなことはしなかった。彼をこっそり見張っていたのだと白状して、彼をうぬぼれさせるのはプライドが許さない。彼が生まれ育った文化では、手に入る女なら誰でも性的な満足のために使うのが当たり前で、そのことは奨励されさえしてきたのだ。彼から尊敬を得られずとも、愛が得られればそれで満足だろうか？　クリスタは暗い気持ちで自分自身の胸に問いかけた。アーメドと一緒にいれば、いつか直面する問題だ。

クリスタはようやくこう言った。「わたしを本当に愛しているのなら、他の女の人は必要ないはずでしょう？」

「なぜそんなふうに思うんだ？」緑の瞳《ひとみ》を欲望に曇らせて彼が聞き返した。寝そべって、彼女の胸やウエストを愛撫《あいぶ》していたアーメドは、またも硬くなっていた。「いつだって俺はおまえだけで満足なのに」

嘘《うそ》つき！　クリスタは心の中で叫んだ。「もしわたしを愛してるというのなら、無理強《じ》いはしないはずだわ」

「無理強いだって？」彼は仰天した。「たしかにおまえは最初は少し乗り気じゃなかったが、力づくなんかじゃなかったはずだ。お互いに求め合っていたじゃないか。他の女が君みたいに俺を悦《よろこ》ばせることができると、本気で思ってるのか？」

「い……いいえ」小さな声でつぶやいた。二人が特別に肌が合うことはわかっている。でもそれだけでは、彼がエリッサを抱かない理由にはならない。「でもわたしは、あなたの愛人以上の存在になりたいの、アーメド」

「君は単なる愛人などより、ずっと、ずっと上だ」アーメドは腹を立てて、言った。

「俺の言ったことを聞いていなかったのか？」

「聞いていたわ」クリスタは声を落として言った。でも妻にするとは言わなかったわ！　彼女は心の中で叫んでいた。他の女とは寝ないとも言っていない！

「もう行こう、クリスタ」話はこれで終わりだと言わんばかりにアーメドは言った。

「キャンプに戻るんだ。出発する前にやることが山ほどある。アブドゥーラの兵が近づいている。奴らが我々を見つける前に、サハラのもっと奥に誘いこんでやる」アーメドはクリスタの額《ひたい》に優しく口づけすると、彼女の服を探すために未練たっぷりに立ち上がった。

二人とも服を着ると、アーメドが言った。「これからしばらくは、猛烈に忙しくなる。おまえとの時間はほとんど取れなくなるだろう。だが毎日、片時もおまえのことは忘れないし、いつもおまえを必要としている。それを忘れないでくれ」

あまりにも真剣な口ぶりだったので、クリスタは、エリッサと寝たことは許せないにしても、彼を信じたいという気持ちになっていた。

12

それから何日か、クリスタにとって厳しい旅が続いた。今ではエリッサとテントを共有するのが習慣になっていたが、男たちはラクダの横で丸くなって眠っていた。その夜、クリスタは不安であまり寝つけなかった。横で、エリッサがため息をついて寝返りを打った。アーメドのことや、テントから抜け出して彼と落ち合う情熱的な瞬間を、夢見ているのだろうか？　今夜もまた彼のところに行くのかしら？　クリスタの思いは千々《ちぢ》に乱れた。

突然、外の騒ぎで完全に目が冴《さ》え、緊張した。雷鳴のような蹄《ひづめ》の音がとどろき、同時に、苦しみ悶《もだ》える恐ろしい悲鳴と、警告の叫び声が聞こえた。クリスタが立ち上がってテントの垂れ幕から外をのぞくと、エリッサもはっとしたように起き上がって彼女に寄り添った。クリスタが見たのはまさに地獄のような悲惨な光景だった。

足の速いラクダに跨《また》がった、武装した数十人の男たちがたいまつをかざしながら、三日月刀を振り回し、キャンプの中を走り回り、誰彼《だれかれ》かまわず滅多切りにしている。

「アブドゥーラの歩兵部隊だわ」エリッサが恐怖に目を丸くしてつぶやいた。

神様、なぜこんなことが？　クリスタはまわりで繰り広げられる修羅場を見つめながら考えた。数人のトゥアレグ族がなんとか立ち上がると、勇者の名に恥じぬ激しい戦いを始めた。しかしクリスタの立っている場所からは、トゥアレグ族は数で圧倒されている上に、不意打ちされたため、戦う前から負けていたようなものだ。

「アーメド！　アーメドはどこ？」クリスタは不安になり、月明かりに照らされたキャンプを必死に探した。

「あそこよ！」エリッサが、切り裂かれ血まみれになったマントをまとった男を指さした。殺意をむき出しにした歩兵二人を相手に、果敢に戦う彼を見てクリスタはぞっとした。近くでオマールが、アーメドを助けにいこうとしていたが、彼自身もアブドゥーラの精鋭軍の二人と戦っている。

アーメドは今にも負けそうだった。クリスタは恐怖におののき、立ちすくんだ。しかし、近くで手足を投げ出して死んでいる男の手に刀があるのを見ると、後先考えずにテントから飛び出した。男の手から取った刀は驚くほど重かった。嫌悪をこらえ、刀を引きずりながらアーメドのところまでやってくると、たくましいアーメドの敵を一人は簡単に片づけられるつもりで、刀を両手に持って振り上げた。

しかし、彼女の努力は水の泡になった。重すぎる武器は背後から取り上げられ、羽《は》交《が》い締めにされてしまった。「砂漠の鷹《たか》！」エリッサは、アブドゥーラの部下の前では、アーメドの本当の名前を呼んではいけないことを思い出し、こう叫んだ。

激しく抵抗するクリスタの身体《からだ》を押さえていた大男は、ぎょっとして立ちすくむと、命がけで戦っている相手をまじまじと見た。見ただけではわからないが、怒りに満ちた暗い瞳《ひとみ》、白いマントと威圧的な態度で即座にそれとわかった。これが、彼らが『砂漠の鷹』と呼んでいる男なのだ。自分に恥をかかせ、危うく死をもたらすところだった男だ。有り難いことにアブドゥーラは、ベイである自分を大いに悩ませ、莫大《ばくだい》な財産を奪ったこの砂漠の鷹を捕まえることと引き換えに、彼にもう一度チャンスを与えていた。ハッジ部隊長は、この正体不明の謎《なぞ》の男、砂漠の鷹を追って、部下たちを率い広大な荒野を捜索していたのだ。

「待て！」彼が命じると、即座に二人の男はアーメドを取り囲み、手を止めて横目で部隊長を見た。「その男は我々が探している砂漠の鷹だ。そいつを捕まえろ、でも殺すなよ。アブドゥーラ様はご自分でその楽しみを味わわれるおつもりなのだからな。この男は、わが主《あるじ》の、外国から来た愛人に手をかけ、貴重な資産を強奪した罪で、ゆっくりと苦しみながら死ぬことになる」

あわててこの命令に従った歩兵たちは、アーメドの剣の鋭い切っ先に直面することになった。

「武器を捨てろ、砂漠の鷹よ」ハッジ部隊長がぞんざいに命令した。「女は捕まえた。戦えば、二人とも命を落とすことになるだけだ」

アーメドは以前に遭遇した部隊長をおぼえていた。今と同じように、数週間前、この部隊長の目と鼻の先で、クリスタをキャラバンからさらったのは自分ではなかったか？ そして今度はハッジ部隊長にやり返されるとは。

「利口になれ、砂漠の鷹」ハッジがなだめるように言った。「女に危害は加えぬ。彼女はアブドゥーラ様のところに返される。我々が砂漠の鷹を捕まえたと聞けば、ベイは大喜びなさるだろう」

剣を構えたまま、アーメドは必死に考えを巡らせた。最後まで戦ってもいいが、そう長くはもつまい。さもなければ降参して、自分とクリスタの命を運命に委《ゆだ》ねるしかない。見こみは薄いが、命ある限り、二人とも助かるチャンスはあるはずだ。ただし正体がばれれば、アブドゥーラは、自分とおのれの後継者に領地を残すために、即座に殺せと命ずるだろう。クリスタの哀願を聞いて、アーメドは決心した。

「もうやめて、砂漠の鷹！ お願い！ 死んではだめよ！ あなたを愛してるの！」

「女は傷つけないんだな？」アーメドは苦悩に満ちた表情をし、絶望しきった声で訊《き》いた。「この女は傷つけない」ハッジは請け合った。

「手下たちはどうなる？」

「アブドゥーラが探しているのはおまえだけだ。リーダーがいなければ、彼らは操ることなど簡単だ。彼らの勇敢さに免じて、命ある者は砂漠に置き去りにし、好きにさせてやろう。ラクダ、武器、備品は没収する。生きるか死ぬかはアラーのご意志にかかっている」

アーメドはうなずいた。それ以上は望めなかった。トゥアレグ族はしぶとい。何とか大半が生き残るだろう。三日月刀を投げ捨てると、彼はすぐに捕えられた。

「縛って、しっかり見張っておけ」ハッジがすぐさま命令した。「今夜の仕事でたっぷりと報酬がもらえるはずだ」

ハッジは顔をしかめながら、キャラバンが砂漠の鷹に襲われ、自分の愛妾《あいしょう》が連れ去られたと聞いたときのアブドゥーラの気の狂ったような激昂《げっこう》ぶりを思い出した。わめき散らした挙げ句に発作を起こして床に倒れ、医者に鎮めてもらったのだ。その後、彼は逃亡した族長《シーク》を追跡するために、ハッジ部隊長率いる軍をサハラ砂漠に急行させ、砂漠の鷹かあるいは外国女を捕らえないうちは戻ってくるなと厳命していた。

ハッジはふいに、女が自分の腕の中でもがいているのに気がつくと、驚いたことにまだ倒れずに残っていたテントへと引きずっていった。しかしテントに着く前に、部下の一人がエリッサを抱えて運んできた。彼女の服はずたずたに裂け、裸同然だった。

「こいつは砂漠の鷹の女ですぜ、部隊長、どうします?」ハッジが近づいてくるのを見て、その男が言った。この様子では、彼がすでにエリッサを犯したのは明らかだった。

「我々の任務は、外国女とシークをコンスタンティーヌに連れ帰ることだけだ」ハッジは肩をすくめた。「男たちに与えるなり、他の連中と一緒に砂漠に放り出すなり、好きにしろ」

「奴らも憂さ晴らしができて大喜びですよ」歩兵はにやにやしながら言った。「この、砂漠のシークを捕まえるための旅は長くてしんどかった。戦《いくさ》に興奮して、連中は血と女の身体に飢えてますからね」男は背を向けると、エリッサの上げた苦しげな悲鳴を気にも留めずに、意気揚々と立ち去ろうとした。

「だめよ！」クリスタはなんとか声を振り絞って叫んだ。「その子を連れていかないで！　まだ子供なのよ！」

「子供だと！」ハッジが馬鹿《ばか》にしたようにあざ笑った。「ビスクラじゃあ、これぐらいの娘やもっと若いのが、通りに並ぶ売春宿にいるんだ。気にするな、こいつは死にやしない」

クリスタは今宵《こよい》、エリッサの身に降りかかる、すべての恐ろしいことを思い、絶望的な恐怖に身をすくめていた。エリッサが獣じみた運命を生きることを思うと胸が痛んだ。こんな卑劣な仕打ちはあんまりだ。エリッサのような目にあうのが自分ではないことを神に感謝するしかなかった。

さらにアーメドのことも心配だった。砂漠の盗賊が弟であることをアブドゥーラがひとたび知れば、アーメドの命はないだろう。殺されるためだけに助けられたのだろうか？　うわさでは彼は底意地が悪く、権力に取り憑《つ》かれているという。このベイのことを考えると、ハーレムでどんな目にあうか思い悩まずにはいられない。目立たぬ場所で暮らすか、それとも目立つ場所、つまり彼のベッドで暮らすことになるのだろうか？　クリスタは明け方近くになって、ようやく疲れ果て眠りについた。

近くから聞こえてくる弱々しいすすり泣きに、クリスタはふいに目を覚ました。まだいくらも眠った気がしない。足を引きずるようにして全裸でテントに入ってきたエリッサを見て、クリスタは恐怖に目を見開いた。エリッサはぼろきれのように、クリスタの足もとに崩れ落ちた。彼女の身体は傷だらけで、顔は痛みのせいで蒼白《そうはく》になっていた。

「なんてこと、エリッサ？　何をされたの？」

エリッサは打ちひしがれた目をクリスタに向けると、血の気のない唇からうめきがもれ、無言で訴えかけるように、喉《のど》がひくついた。

「だめよ、話さないで」クリスタはそっとなだめると、近くの水袋に手を伸ばした。まずはエリッサに水を飲ませ、残りの水で身体じゅうにできた紫色の切り傷や痣《あざ》を洗った。太腿《ふともも》の間にこびりついている血を洗い流しているうちに、クリスタの青い瞳に同情の涙があふれてきた。

「ああ、なんてひどいことを！」クリスタはあえぐように言った。

「ひどいですって？」痛みにうちひしがれたエリッサはカッとなって、かすれた声で言った。「そうね、二十人以上の汗臭い男たちに、狂ったように犯される以上にひどいことなんてないわね。それも二、三時間のうちに。もっと長びいたかもしれないけど、あいつら、あたしに死なれたらこれからの夜のお楽しみがなくなるとでも思ったのよ。あんたならどうしてた、お嬢様？」

「とてもあなたみたいに勇敢にはなれないわ、エリッサ」クリスタは喉に何かがつまったみたいに苦しかった。「わたしだったら今頃《いまごろ》とっくに死んでいたわ。あなたは信じられないくらい勇敢な女性よ、エリッサ。あなたを誇りに思うわ」

「誇りに？」エリッサは笑いながら、口惜《くや》しさに涙を流した。クリスタはまじめにうなずいた。

すぐにエリッサが疲れきっていることに気づき、ロープをかけてやりながら言った。

「眠りなさい、エリッサ。二度と奴らに手出しはさせないから」

エリッサには、もし彼らがまた自分を欲しがれば、クリスタに止められないのはわかっていたが、疲れ果てて言い返すこともできずに、そのまま眠りの底に引きずりこまれた。クリスタは、眠りについた彼女をじっと見守りながら、改めてこの少女が示した勇気と不屈の精神に驚嘆した。そして、どうやったらエリッサを守れるかわからないまま一つのことを心に決めた。これからコンスタンティーヌへ向かう長い旅の間、ハッジ部隊長の部下たちには誰《だれ》一人、エリッサに手を触れさせない。

エリッサはほとんど一日中眠っていた。夜明け近くにクリスタが何か食べさせようとしたときに目を覚ましただけだった。ハッジ部隊長は、死体を埋め、一日休んでからコンスタンティーヌに向けて旅立つと、伝えにやってきた。クリスタと話している間、彼はエリッサに目をやったが、その顔にはなんの表情も浮かばなかった。彼は同情心のかけらもない男なのかとクリスタは怖くなった。思い切ってアーメドのことをたずねたが、シークは生きている、アブドゥーラが彼の運命を決めるまでは生きているはずだ、と冷たく答えただけだった。そんな言葉は慰めにはならなかった。

その夜遅く、エリッサは、服を着てテントの中をのろのろと動けるまでに回復していたが、動くたびに痛みが走っているのは、はたから見ても明らかだった。いつ押し倒され、引きずり出されるかという不安を感じながら、テントの垂れ幕を寂しげに見つめていた。あんなことがもう一晩でもあったら、生きてはいられないだろう。そしてとうとう呼び出されたとき、彼女は恐怖のあまり動くことはおろか、何が起こったのかもわからぬようだった。

テントの垂れ幕が荒々しく開き、昨夜エリッサを運んできた無骨な兵士が入ってきた。彼は物欲しげに少女に目をやると欲望をむき出しにして、ゆっくりと近づいてきた。クリスタの後ろで縮こまっていたエリッサは泣きじゃくりはじめた。「約束したでしょう、お嬢様！　二度とこいつらに手出しさせないって。あたし、もう耐えられない」

「連中には手出しなんかさせないわ」クリスタは怒りに満ちた目で男をにらみつけると、エリッサの震える肩を抱いて支えながら言った。

「あんたはどいててくれ」兵士はクリスタを脇《わき》へ押しのけると、エリッサに手を伸ばした。

「やめて！　あなたには情けはないの？　思いやりってものはないの？　この子はもうひどい目にあってるのよ。またあんなひどいことをされたら死んでしまうわ」

「兵士は優しさが売り物じゃねえんだ、お嬢さん」兵士はにやりとした。「欲望を満たしてくれる女がいるのに邪魔されるのも好きじゃねえ。来るんだ」男は険しい口調でエリッサに命じた。「男は待たされるのには慣れてねえんだ。待たせればよけい痛い目にあうだけだぞ」

「お嬢様、お願いです！」エリッサは恐怖に黒い瞳を見開いて必死に救いを求めた。

「彼女は渡さないわ！」クリスタはキッと顔を上げて、強く言い放つと、これまで自分のことを侮辱していた少女を守るために勇敢にも立ち上がった。

彼女のいさましくも空《むな》しい抵抗に見向きもせず、兵士はエリッサをテントから引きずり出した。他に無念さをぶつける先が見つからず、クリスタは突然、思いついたように大声で泣きわめいた。家に死人が出ることを知らせるというバンシーのような悲鳴に、キャンプ中の人間が驚き、ハッジ部隊長がテントに駆けこんできた。

「いったい何の騒ぎだ、ハルーン？」ハッジは兵士を怒鳴《どな》りつけると、クリスタが無傷なのを見てほっとした。

「外国人女には触《さわ》ってません、部隊長」ハルーンはクリスタを横目でにらみつけながら、主張した。「このエリッサって女が欲しいだけです。連中にはまたこいつの奉仕が必要なんで」

「それじゃこの騒ぎは何だ？　さっさとその娼婦《しょうふ》を連れていけ」

「だめよ！」クリスタはエリッサのそばに駆け寄った。「この子はひどい目にあったのよ。これはわたしの……召使いなの、だから放っておいて」

一瞬、ハッジの顔に狼狽《ろうばい》が浮かんだが、肩をすくめながら言った。「この女はすでに部下たちに与えたんだ。今さらどうってことないだろう」

ハッジの答えを、エリッサに関しての許可と受け取ったハルーンはいやらしい目つきで大喜びし、ふたたび彼女をテントから運び出そうとした。エリッサですら部隊長の言葉を、結論とあきらめたらしく、うなだれておとなしくハルーンについていこうとした。彼女はまるで死を前に引かれていく羊のようだった。

「ハッジ部隊長」クリスタは勇気を振り絞って、思い切り居丈高に言った。エリッサの命がかかっているので、捨て身になっていた。「わたしがアブドゥーラのお気に入りになったらどうするつもり？　十分にありえる話でしょう。そうなれば、わたしの召使いが苦痛と虐待を受けたことを理由に、あなたを罰してもらいますからね。部下たちの行動の責任は、あなたにあるはず。わたしの言う通りになれば、あなたは指揮権を剝奪《はくだつ》されてコンスタンティーヌから追放されるでしょうね。今までの努力のすべてをこんなことでふいにしてもいいの？　この子を連れていかせる前にしっかり考えなさい、部隊長」

ハッジ部隊長も馬鹿ではなかった。アブドゥーラが、異国の美しさと勇気を持つ女に夢中になる可能性は大いにある。その女が自ら進んで自分を投げ出せばなおさらのことだ。アブドゥーラは金髪好きで知られているし、この女はとりわけ愛らしい容貌《ようぼう》だ。そのうちにアブドゥーラの寵愛《ちょうあい》を受け、高い地位を得るとしたら、敵にまわすよりは味方にしたほうがいい。彼女の敵意を買うと、不利になるだろう。男たちはハーレムでは満たされるか破滅するかだが、この贅沢《ぜいたく》な場所から逃げ出した女はほとんどいない。

「さあ、部隊長、どうするの?」かすかに声が震えてしまうことにいらだちながら、クリスタは迫った。

渋々根負けし、ハッジは即座に決断を下した。「その娘を放してやれ、ハルーン。女ならビスクラで買える」

「でも部隊長」ハルーンは落胆し、怒りながら言い返した。「さっきの言葉はどうなるんです? その女は所詮《しょせん》娼婦じゃないですか。残酷に扱われるのには慣れっこですよ」

「もういいだろう!」ハッジは荒々しく怒鳴った。「命令を聞いただろう。その娘には手を出すな。行け!」

彼が足音高くテントから出ていくと、ハッジはクリスタのほうを向いて言った。「ベイのお気に入りになったときは、俺《おれ》を思い出してくれよ、お嬢さん。人前で、部下ではなく、あんたの願いを聞き入れたのが、このハッジだったことを忘れないでほしい。俺が報いを求めたときには、感謝の気持ちを示してくれ」

そして、安堵《あんど》に身を震わせているクリスタを残し、彼は出ていった。クリスタはエリッサの命を救ったのだ。

「お嬢様」エリッサはひざまずき、すすり泣いた。「どうやって恩返しすればいいんでしょう? みんなの前で、あなたに逆らってばかりいたあたしの命を救ってくださった。今までのこと、お許しください」

クリスタは決まりが悪くなり、そっとエリッサを立たせた。「何も返さなくていいのよ、エリッサ。そのかわりわたしの友だちになってね。わたしたち、コンスタンティーヌに行くのよ。どんな運命が待っているかわからない。友だちとして一緒に立ち向かいましょう」

「お嬢様、あたしには、あなたに優しくしていただく価値なんかありません」エリッサはすすり泣いた。「あたし……あなたのこと、誤解してました」

「アーメドのことを言ってるのなら、彼があなたを好きになるのも当然だと思うわ。あなたは若いし、とても可愛いんですもの。どんな男だって我慢できないわよ」

「アーメド様は違いました、お嬢様。彼はあたしを軽蔑《けいべつ》して追い払ったんです。彼が欲しいのはあなただけなんです。あなたのこと、心から愛しているんです、お嬢様」

クリスタはうれしさに顔を輝かせた。「それは……本当なの、エリッサ？　わたしがあなたを助けたから、そんなことを言っているのではなくて？」

「本当です、お嬢様。嘘《うそ》だったんです……アーメド様と寝たというのは。彼があなたしか見ないので、あたし、嫉妬《しっと》してたんです」

クリスタは唐突に、アーメドがエリッサをテントに運びこんだ夜のことを思い出した。「でも彼はあなたを抱いて自分のテントに入っていったじゃないの！」

「何もなかったんです」エリッサは恥ずかしそうにうつむくと、彼女を安心させた。

「わざわざ計画したのに、アーメド様はあたしには手を触れようともしなかった。許してください、お嬢様」

「もういいわ、エリッサ」クリスタは微笑《ほほえ》みながら少女を抱きしめた。「それから、わたしをクリスタと呼んでね。わたしもアーメドの愛を疑うべきじゃなかった。今は、手遅れにならないことを願うだけだわ。エリッサ、この先、どうなるかわからないけれど、二人で力を合わせていきましょうね。そうすればアーメドがアブドゥーラの刃《やいば》を逃れる手助けができるかもしれないわ」

「あたしはあなたの召使いです、クリスタ」エリッサが熱心な口調で言った。「それに友だちです。一生懸命、忠実にあなたにお仕えします。あなたに信頼していただけるように何でもいたします」

その後、寝床に入っても寝つけずに、クリスタはアーメドのこと、そして自分の勘違いについて、考えていた。彼のもとへ飛んでいって、彼の愛をはねつけたことをどれほど後悔しているか伝えられればいいのにと、心のうちで嘆いた。いつか、何らかの方法で、自分の愛の強さを証明するときが来るはずだ。その日が来ることを信じて、やがて二人は一緒になるという宿命《キスメット》に期待するしかないのだ。

13

そびえたつコンスタンティーヌの街の城壁は、遠くからでも臨むことができた。銃眼のついた壁に守られ、三方を自然の堀を形作る川で囲まれた、壮大な景色である。四番目の側面は、水域に挟まれた細長い地形となっており、周辺の田園地帯に接している。街そのものが幅三百メートルもある高台の上にある。クリスタのいる場所からも、重なり合った家々が見えるが、その多くは突き出した岩だらけの斜面に支えられ、目も眩《くら》むような断崖《だんがい》に突き出しているので強風で吹き飛ばされそうだ。石灰岩の台座でこの街を支えているのは信じがたい光景だが、実際には何世紀にもわたって維持し続けているのだ。

この驚異の都を、波打つ穀物畑、オリーブの木立、森におおわれた丘がとりまいている。ルメル川が深い峡谷となって街の三つの側面を流れ、天然の岩が都に入る四つの門を形作っている。

照りつけるアフリカの太陽の下で、女たちを後ろに従えたハッジ部隊長を先頭に、一行は石の門の一つをくぐって都に入った。その後ろには四人の武装した護衛が重々しい足取りで続いた。アーメドとは一緒に旅していなかったが、クリスタは彼だけを護衛している幹部たちが、少し後ろにいることを知っていた。

すぐに、断崖に陽を浴びて白く輝く宮殿、寺院、大邸宅、門が見えてきた。彼らは混雑した街の中心部に入ると、さらに上に登ってゆき、しばらくの間、人のあふれる曲がりくねった通りを抜けて、君主《ベイ》の宮殿のあるカスバへ入った。

蛇のように曲がりくねった路地を歩きながら、クリスタは人々が着ている風変わりな服についてエリッサに何気《なにげ》なくたずねてみた。エリッサはあれはたぶん托鉢《たくはつ》をしているマラブーと呼ばれる隠者だと答えた。さらに、極端に小さくて、足の半分しかないような、かかとの高いスリッパを履き、白い絹のヴェールで全身を包んでいる女たちを指さして、あれはユダヤ人だと説明した。コンスタンティーヌにはかなりの人数のユダヤ人が暮らしていた。

それ以上の話をしているひまもなく、クリスタとエリッサは、宮殿の壁の小さな通用門をくぐり、オレンジとレモンの木がたくさん植えられている中庭に出た。真ん中の広場は回廊に取り囲まれ、アーチ形の屋根がさまざまな色の縦溝彫りの柱で支えられていた。クリスタは、ベイと愛人たちが暑い日中、ここで過ごしているのだろうと思った。高い壁が、砂ぼこりと、たった今、横切ってきた狭く、入り組んだ通りの喧《けん》噪《そう》から、この楽園を完全に遮断していた。二人に聞こえるのは、噴水の水しぶきと木々の葉のそよぐ音だけだった。ハッジ部隊長と護衛たちは、中庭に入って彼女たちを置き去りにして行ってしまったので、これから何が起こるのかがわからぬまま、怯《おび》え立ちすくんでいた。

　大理石の円柱の影から、磨かれた黒檀《こくたん》のように肌の黒光りする大男が姿を現した。はちきれそうな顔に切れ目を入れたような目があり、巨大なお腹《なか》を揺すりながら苦しそうにあえいでいる。一歩動くごとに全身が横に揺れて、贅肉《ぜいにく》が大きな胴まわりで波打っている。頭にはターバンのようなものを巻きつけているので、平均より高い背がさらに数センチ高くなっていた。そして風船のようにふくらんだ、ぴかぴかのサテンのパンタロンと、胸と腰がほとんどむき出しになったチョッキという、滑稽《こっけい》ななりをしていた。腰には三日月刀をつるし、裸足だった。

　クリスタとエリッサはぴったりと寄り添っていた。エリッサがひそひそとささやいた。「あれは宦官《かんがん》よ、クリスタ。たぶんハーレムの長ね」

　彼は自分が今、通ってきた扉へ行くように身振りで合図したが、声はひとことも発しなかった。二人がぎょっとしていると、男は怒った顔で首を振り、口を大きく開いて見せた。舌があるべき場所に何もなく、大きな口の中にある赤い割れ目が、笑った口のようだった。

「いやっ！」クリスタは叫んで、口を押さえ、吐き気を必死にこらえた。

「アラーよ、お助けを！」エリッサはそのおぞましい光景から目をそらして言った。

言いたいことを伝えると、男はまたアーチ型の通路へ行くように合図し、二人をそちらへ押しやった。仕方なくクリスタはエリッサの小さな手を握り、一緒にアブドゥーラのハーレムに通じる入り口へと向かった。

二人は、大理石の柱の並ぶ長い廊下を抜け、トルコ絨毯《じゅうたん》が贅沢に敷きつめられ、壁にさまざまな色のタイルが貼《は》られた部屋をいくつか通り過ぎ、カリムのセライにあったのと同じような、ただし大きさが倍もある浴場に入っていった。きらめく青い水をたたえた浴槽の周りには石のベンチがあり、誰《だれ》もいないせいでかえって目立って見えた。コンスタンティーヌほど大きな領地には、アブドゥーラを満足させるような美女が大勢いるに違いないとクリスタは思っていた。ところがハーレムは閑散としていて、もの悲しい気配に包まれている。女たちの嬌声《きょうせい》や、くだらないおしゃべりが廊下に響くこともない。クリスタにはその静けさがかえって不気味だった。

「怖いわ」エリッサがささやいた。「ここは何だかおかしくない？」

「わたしもそう思うわ」クリスタはやっとのことで答えた。

「もしかしたら、アブドゥーラは女が好きな男じゃないのかもしれない」エリッサが藁《わら》にもすがるような口調で言った。「そういう男の人がいるって聞いたことがあるの」

「そうかもしれないけれど」クリスタは疑わしそうに答えた。歩兵部隊の兵士たちの話からすると、アブドゥーラは女を見下しているが、欲望を満たすために定期的に相手をさせているらしかった。

大男の宦官が二人にベンチに座れと、手振りで示した。クリスタは渋々、腰掛けた。好奇心が恐怖に勝って、また彼女らしい勇気がわいてきていた。エリッサもすぐに腰掛けた。すると、男は踵《きびす》を返して、部屋から出ていった。大理石の床を歩く、ぺたぺたという大きな足音がいつまでも聞こえていた。

二人きりになったクリスタとエリッサが、自分たちの運命についてあれこれ思いを巡らせていた頃《ころ》、アーメドは宮廷の中へ乱暴に引き立てられ、アブドゥーラの足もとに投げ出された。自分が治めるはずの国に皮肉にも囚人として連行され、無惨に縄で縛られ、もがいていた。

白いマントは汚れて裂け、辛うじて顔をおおっている青いヴェールだけが残っていた。驚いたことにハッジ部隊長は、彼の正体を隠しているこの一枚の布をはずせと言わなかった。残忍な指揮官は、砂漠の鷹《たか》の正体を暴露することよりも、クリスタをコンスタンティーヌに無事に連れ帰ることで精いっぱいで、あとはこの賊をアブドゥーラの慈悲に委《ゆだ》ねてしまったのだった。

この数日間、乏しい食事と水しか与えられていなかったアーメドは、暗い目で兄を見上げ、懸命に立ち上がろうとした。アブドゥーラは、ここ何ヶ月でかなりの財産を失う原因となった相手をにらみつけた。アブドゥーラが首を縦に振ると、二人の男が進み出て、アーメドの縛られた手首を引っぱって立たせた。縄がきつく食いこんだ。

「なるほど、おまえが砂漠の鷹か」アブドゥーラが馬鹿《ばか》にしたように笑った。「捕まるのは時間の問題だった。わが軍隊は精鋭ぞろいだし、ハッジ部隊長には、おまえを捕まえたい特別な理由があったのだからな」

アーメドは黙って苦々しい顔で自分の兄をにらんでいた。アブドゥーラは意に介さず、先を続けた。「わが愛妾《あいしょう》も戻ってきたし、おまえの手下は砂漠で全滅した。何か釈明したいことはあるのか、鷹よ？　なぜわがキャラバンだけを狙《ねら》った？　おまえは何者だ、何かおまえに恨まれるようなことをわたしがしたのか？　何か言え！　拷問と死を与える前に、おまえの答えを聞かせてもらおう」

「自分の弟もわからないのか、アブドゥーラ？」アーメドは縛られている縄を引っ張りながら怒鳴《どな》った。

「アーメド！」アブドゥーラはぎょっとして、兵士に合図し、アーメドのヴェールをはぎ取らせた。「バルバロッサはおまえが死んだと言った。捕まるとわかっていながら、わたしをあざ笑い、襲うために戻ってきたのか。ハッジ部隊長にはこの功績を称え、十分な褒美《ほうび》を取らせよう。今はおまえだけでなく、おまえの女もわたしの手中にあるんだからな」

「もしクリスタを傷つけたら、俺《おれ》は……」

「どうすると言うのだ?」アブドゥーラは大声で笑い出した。「まだ会っていないが、おまえが大事にしていたというからには楽しめそうだ。どうだ、アーメド、その女にたっぷり仕込んでやったのか? 情熱的で、しかも従順なのか?」

「人でなしめ!」アーメドは叫んだ。「俺はクリスタを愛している、もし彼女を傷つけたら、この手でおまえを殺してやる」

「傷つける? そんなことはしないとも。その女と寝るときはおまえにも見せてやろう。そやつがどんな反応するのか、比べてみるのも面白かろう?」

「彼女は解放してやってくれ、アブドゥーラ。俺のことは好きにしていい、でもクリスタは自由にしてやってくれ」

「おまえに取引する権利などない。それにその女がどれほど素晴らしいか、この目で確かめたいからな。二百ダカットの価値が本当にあるのか?」

「俺はまだ死んではいないぞ、アブドゥーラ」アーメドが毒づいた。「おまえはそのうちに自分の罪の代償を払うことになる。おまえが母にしたことは決して忘れない。

クリスタに何をするつもりなのかもな」

「馬鹿め！　おまえの母は父をたぶらかし、おまえを跡継ぎに指名させた外国人情婦ではないか」

アーメドは激怒して、兵士の手を振り切ってアブドゥーラに飛びかかり、床に殴り倒した。アーメドがブーツで蹴《け》ろうとした瞬間、近くにいた護衛がとっさに刀の広い面で彼を打ちすえた。アーメドは小さくうめくと、鉛の彫像のようにばったりと倒れた。

「連れていけ」ようやくアブドゥーラは立ち上がり、命令した。「目を覚ましたら、鞭《むち》で十回叩《たた》け。それからハッジを呼んでこい。名誉を挽回《ばんかい》した部隊長にふさわしい褒美を与えよう」


クリスタとエリッサが自分たちの境遇についてあれこれ考えながら、ひそひそと話し合っているうちに、いつのまにか長い時間が経っていた。何時間も待たされたような気分になってきた頃、ゆったりとしたジュラーバを着た人影が、後ろの扉から入ってきた。うつむいている二人を、一瞬じっと見つめてから、静かに近づいた。

「失礼いたします、お嬢様」その人物は恥ずかしそうに微笑《ほほえ》みながらクリスタに言った。「ベイのアブドゥーラ様から、あなた様にお仕えするように言われて来ました」

弱々しい女の声にクリスタは驚いて振り返り、青い目を輝かせた。「レノア！ あ
あ、よかった、あなただったのね」
「この人を知ってるの？」二人が英語を話しているのに気づいて、エリッサが羨《うらや》まし
そうに聞いた。
「レノアよ、わたしと同じ国の生まれなの」クリスタはアラビア語で説明した。「ア
ブドゥーラがアルジェからの長旅に、召使いとしてつけてくれたのよ。でもキャラバ
ンが襲われたときに離ればなれになってしまって」今度はレノアに向かって言った。
「無事でよかったわ。友だちのエリッサにわかるように、これからはアラビア語で話
しましょうね」
レノアが頭を下げた。「あなたにお任せします、お嬢様」
「頭を上げて、レノア、それからわたしのことはクリスタと呼んで、お願いよ」レノ
アはわかったというように微笑んだが何も言わなかった。「これからわたしたちがど
うなるのか、あなたは知っていて？」
「あたしは命令されたことしか存じません、クリスタ」レノアはすまなそうに言った。
「アブドゥーラ様のところにお連れする前に、あなた方をおもてなしするように言わ
れました」
「さっき中庭にいた大男は誰？」エリッサがおそるおそるたずねた。

レノアはやつれた顔に笑みを浮かべた。目と唇のまわりに細い皺《しわ》がはっきり見える。

「フェドアはハーレムを仕切っている宦官の頭《かしら》です。とても恐ろしく見えますが、命令に従えば面倒なことにはなりません」

「あの舌は……どうしたの？」エリッツサは思わずたずねた。

レノアは難しい表情をして言った。「それはあたしからは言えません。お願いですから、これ以上お訊《き》きにならないで」レノアがひどく狼狽《ろうばい》したので、クリスタとエリッツサはぽかんと口を開けて彼女を見つめた。

「フェドアのことはいいから、なぜこのハーレムにはわたしたちの他に誰もいないのか、そのくらいは話してちょうだい。この広さなら、もっと大勢の女が楽に住めそうなのに」クリスタは低い声で言った。

「クリスタ、あたし……」レノアの灰色の瞳《ひとみ》は、心をそのまま映しているかのように、涙でぼんやりとかすんでいた。同情？　それとも、哀れみだろうか？　何であれ、彼女はやっとのことで、低い声で、悲しい過去の記憶に声を震わせながら話しはじめた。

「セリム様が突然、亡くなられて、アブドゥーラ様が権力を握ってから最初に命じたのは、女主人のエミリー様を殺すことでした」

「エミリー？」

「アーメド王子の母君で、セリム様が愛しておられた方です。アブドゥーラ様は、エミリー様の大きな力を恐れていた。もし生かしておけば、息子の支持者を集めるに違いないと目敏《めざと》く見抜いたのです。彼の命令で、エミリー様は捕えられ、街の城壁から外の堀に投げ落とされてしまいました。アーメド様の弟のヤジド様は、同じ目にあう寸前に脱出されました。セリム様のハーレムにいた女たちは街の売春宿に売られました。あなた様がアブドゥーラ様の最初の愛人です。おそらく、他の女たちもすぐにやってくるでしょう。今でも、仲介人たちが若く美しい処女を求めて田舎を探しまわっています」

「でもわたしはそのどちらにもあてはまらないわ！」アブドゥーラの残忍な行いを知って、クリスタはぞっとした。

「それはそうかもしれませんが、アブドゥーラ様にとって、あなたは同じぐらい価値があるんです。あなた様のことを聞いたとたん、アブドゥーラ様は興味津々でしたから」レノアは考え深げに言った。

「どういうこと？」クリスタが好奇心に駆られて訊き返した。

「アーメド様があなたを愛しているからです。海賊赤髭《あかひげ》も、アーメド様はあなたのことをとても大切にしていると言っていました。アブドゥーラ様は弟を妬《ねた》んで、アーメド様のものなら何でも自分のものにするか、壊してしまいたいのです。だからあなたは連れてこられた。おまけにあなたが素晴らしい美女なのも知っています。バルバロッサからあなたのことを聞いただけで夢中におなりでした。そして王子を捕らえた今、あの方は、あなたが自分に服従するところを見せ、王子をあざ笑うおつもりなんです。つまり、あなたを思いのままにし、いたぶることで、王子をもっと苦しめようと考えているんです」

「なんですって！」レノアの話に愕然《がくぜん》として、クリスタはうめいた。「それじゃアブドゥーラはアーメドと砂漠の鷹が同一人物だと知っているのね。もしやと思っていたのに……それでアブドゥーラは彼に何かしたの？　お願いよ、レノア、知っていることを教えて」

「クリスタ、あたしが知っているのはうわさだけなんです。たしか、アブドゥーラ様はアーメド王子の正体を知り、宮廷のどこかに監禁したとか。アーメド様のことをどうするつもりなのか、誰にももらしていないんです。でもきっといいことではありません。彼は憎しみのかたまりになっていますから」

クリスタは言葉を失った。白い頬《ほお》に失望の涙が流れた。アーメドを助けることはできないのだろうか？　暗澹《あんたん》たる思いに沈みながら、クリスタは考えた。未来には何が待っているのだろう？　アブドゥーラに玩具《おもちゃ》にされたあげく、飽きられ、売春宿に売られるのだろうか？　もしそうなら、アーメドと一緒に死ぬほうがましだ。アーメドに優しく抱かれ、悦《よろこ》びを知ってしまった今となっては、他の男に触られることなど、考えただけでもぞっとする。

「泣かないで、クリスタ」エリッサがぎこちなく肩をさすりながら、言った。「みんなでどうしたらいいか考えましょうよ。考えなくちゃいけないのよ」だがそんな励ましは何の役にも立たなかった。この窮地から抜け出すのは奇跡に等しい。

与えられた部屋は広く、風通しがよかったが、家具のたぐいは何もなく、色とりどりのクッションが積み上げられたソファが一つと、ピンクの薄い壁掛けがかかっているだけだった。先ほどの美しい中庭に面した、高いアーチ型の窓にも、同じ薄いカーテンがかかっている。冷たい大理石の床には、鮮やかな濃淡で鳥と花を織り上げた敷物が、あちこちに置かれている。壁は金と空色の優雅な模様のタイル張りだ。クリスタの心とは裏腹に、部屋はおだやかに静まりかえっていた。

レノアと話してから、クリスタは丁重に服を脱がされ浴場で水浴びをしたあと、驚くほど熟練した召使いにマッサージをしてもらった。汚れた服はもう片づけられたため、代わりに置いてあった、真珠とアメジストがちりばめられた金の帯がついた、淡い紫色のパンタロンをはいた。それよりもやや濃い紫色のボレロにも宝石がちりばめられていたが、お腹と胸はほとんど隠れなかった。クリスタは、腰まである淡いヴェールのような髪を、そのまま垂らしていた。エリッサも、やや地味だが似たような服を着ていた。その後、食事を与えられ、部屋に戻ることを許された。エリッサの小さな部屋は召使いにふさわしくクリスタの部屋のすぐ近くにあった。レノアは申しわけなさそうに、アブドゥーラに呼び出される前に休むようにとクリスタに勧めた。このあと、おぞましい化け物のような男に会うというのに、眠れるわけがなかった。

あっけなく、そのときが来た。だが迎えに来たのはレノアではなく、舌のない口を開けて、にやにや笑っているフェドアだった。クリスタは手招きされ、彼についていったが、耳の中で心臓の鼓動がどきどきと聞こえていた。廊下をいくつも通って、寝室らしき大きな部屋に連れていかれた。フェドアのほうを振り返ったときには、すでに彼の姿は消え、扉は固く閉じられていた。あとを追いかけたが、扉の外には、石像のような宦官が、足をふんばり、太い両腕を分厚い胸の上で組んで、恐ろしい形相をして立ちはだかっていた。宦官はクリスタを部屋に押し戻すと、ばたんと扉を閉めた。

「逃げられはせぬ」あざ笑うような声がした。「弟の情婦に会えるのを楽しみにしていたぞ」

クリスタは振り返って、仄暗《ほのぐら》い部屋の中を見まわした。

窓のカーテンの後ろから出て来た男は、その姿には似つかわしくない、奇妙な歩き方をしていた。ぱっと見たところは、優しげな顔をしており、想像していたような吸血鬼や冷血漢の顔とはかけ離れている。アーメドより一つか二つ年上で、背は同じくらいだが、それほどたくましくはない。黒髪で褐色の肌をしている純粋なベルベル人で、ハンサムの部類に入るだろう。鼻梁《びりょう》は高く、目は黒曜石のようだ。しかしその目には本性が見え隠れしていた。冷たい目にはなんの深みも感情のかけらもなく、いぶかしげにクリスタを見つめている顔には、ほとんど表情というものがなかった。さらに、うすくこわばった唇が、ハンサムな顔を台無しにしていた。

「話せないほど脅えているのか?」アブドゥーラがうわべだけは優しげにたずねた。「アラビア語が話せるそうだな。フランス語のほうがよければそれでもいい、わたしもフランス語なら得意だ」

「アラビア語でいいわ」と、クリスタはむっつりと答えた。

「その態度をどうにかしなくてはならんな」アブドゥーラは冷笑を浮かべた。「これからはご主人様と呼べ」それでも彼は前に出ようとせず、ためらいながら部屋の反対側に立っていた。

クリスタは黙っていた。へたに怒って、服従を迫る厳しい男を激怒させるより、そのほうが賢いと思ったのだ。

「一回りしてみろ」彼は有無を言わさぬ調子で命じた。「ゆっくりとだ。弟が何に命をかけたのか、見たい」

クリスタがつんと顔を上げて回ると、アブドゥーラは黒い目を輝かせた。「こっちへ来い」とすぐ前の場所を指さした。クリスタは渋々前に出ると、彼が指した場所から少し離れたところに立った。

彼は手を伸ばして髪に触れ、絹のような髪がゆっくりと指の間を滑り落ちるのを確かめてから、なめらかな頬を撫《な》でた。クリスタがすくむと、目の奥で怒りの火花が散った。親指と人差し指でむんずと顎《あご》をつかみ、無理やり顔を上げさせた。

「触られるのがいやか？」顔を引きつらせてたずねた。「弟のほうがよかったのか？」

「そうよ！」クリスタが我を忘れて叫んだ。「顔を見るだけで虫酸《むしず》が走るわ。アーメドのほうが好きに決まってるわ。彼に何をしたの？」

「イギリスの美女には刺《とげ》があるんだな」アブドゥーラは自分が彼女の気持ちに火を付けたことに満足して、にやりとした。クリスタは以前イギリスで、アーメドが同じことを言ったのを思い出してたじろいだ。

「おまえの砂漠の族長《シーク》はまだ生きている。どれだけ長生きできるかは、おまえ次第だ」

「彼は……無事なの？」

「生きていると言っただろう。そんなに奴を愛しているのか？」

「命がけで」

「ご立派な弟も、おまえと同じ気持ちだと言うのか？」

「そう信じているわ」

「素晴らしい！」アブドゥーラはうれしそうに笑った。「どうすれば奴を一番苦しめられるか考えていたんだ。おまえを使えば、それができるとやっとわかったよ。わたしは父の第一子なのに、のけ者にされてきた。奴の母は父の妾《めかけ》だった。わたしの母はベルベル人の王女だったのに、父が跡継ぎに選んだのはアーメドだった。今度こそアーメドが苦しむ番だ」

「殺す気なの?」

「殺すなどと誰が言った? 死よりもずっと辛《つら》い目にあわせてやるさ」アブドゥーラはそう言いながら、ゆっくりとクリスタのまわりを歩きはじめた。また身体《からだ》を揺らしながら歩いている。不思議に思い、足もとを見たとたん、息が止まりそうになった。

「これでわかっただろう」アブドゥーラは不気味な笑みを浮かべた。「弟はこの足のことを話さなかったのか?」一見、どこも悪くないように見えたが、曲がった足だけが男としての完璧《かんぺき》さを損ねていた。

「お気の毒に……」クリスタはあえぐように言った。

「やめろ」アブドゥーラがぴしりと言った。「哀れみは受けぬ。おまえからも、弟からもだ。出産のときの事故が原因で足が不自由になり、わたしは跡継ぎにはふさわしくないと判断されたのだ。この足のせいで、わたしはひどい目にあってきた。父には、傷ものの子など無用だったのだ」

アブドゥーラが言ったことは半分は真実だった。セリムは最終的にアーメドを選ぶ前に、長男の性格について深く考えた。アーメドが最愛の女性の息子であることももちろん理由の一つだったが、アブドゥーラがセリムの理想とはかけ離れていたことこそが跡継ぎに選ばれなかった理由だった。子供の頃からアブドゥーラには、単なる子供の悪ふざけとして片づけられない、残酷なところがあった。しかしアブドゥーラには、そんなことはまったく理解できなかった。軽蔑《けいべつ》されているのは、身体の欠陥のせいだと思いこんでいたのだ。彼は長年、弟から権力を奪い取るための策略を、慎重に、かつ飽くことなく、練り続けていた。そしてついに、生まれてこのかた喉《のど》から手が出るほど欲しかった王座を手に入れたのだ。

気が狂っているとしか思えないわ。クリスタは彼を怒らせまいとして、うなだれたまま立ちすくんでいた。耐えるのよ、そうおのれに言い聞かせた。恐れを見せてはだめ。生きるのよ、クリスタ、この狂った男から解放される日のために、生き続けるのよ。

「名前はクリスタ・ホートンだな。弟と寝たのが初めてだったのか？」

あからさまな問いに怒りを感じたが、唇が震えただけで言葉が出てこなかった。

「どうなんだ？」

クリスタはようやくうなずいた。「はい」

「はい、だけか?」

一瞬、考えてからむっつりと付け足した。「はい、ご主人様」

「服を脱げ」

「えっ?」

「アラビア語はわかるんだろう。すぐに従わないと、護衛にやらせるぞ」ずるそうに笑った。「バスティナードのことは聞いたことがあるな?」クリスタが蒼白《そうはく》になったのを見て、彼は言った。「そうか、知ってるんだな。フェドアが得意なんだ。叩くのに優しさは必要ないからな。彼を呼ぶか?」

「いいえ……ご主人様」クリスタは怒りをこらえてそう答えると、ゆっくりとささやかな服を脱ぎはじめた。数分後には、銀色の髪のヴェール以外は何も身につけずに、アブドゥーラの前に立っていた。

そのまわりを足を引きずりながら一周したアブドゥーラは、満足げに小さな低いうめき声をもらした。「とても美しい、クリスタ・ホートン」欲望を抑えた、張りつめた声で言った。「弟がおまえを欲しがるのも無理はない。すぐにその白い脚の間で、我を忘れ、弟が耽溺《たんでき》した天国を見つけることとしよう」ところが驚いたことにアブドゥーラは、意外な行動に出た。クリスタが脱ぎ捨てた服を拾って手渡すと、服を着ろと命じたのだ。

　クリスタは少しばかりの衣装を抱きしめ、扉に向かって哀願するような目を向けた。

「もう行ってよろしいですか……ご主人様」

「おまえの恋人に会いたくないのか？」

　意外な提案に、クリスタは疑わしげにアブドゥーラを見つめた。「アーメドに会わせてくださるのですか？」

「おまえが望むならな。ただ……条件がある」

「条件？」いい条件ではないことは、よくわかっていた。それでも彼に会って、無事かどうか自分の目で確かめられるのなら、どんなことでもする覚悟だった。

「会わせてもよいが、何があっても、口をきいたり、合図したりすることは許さない。わたしが何を言っても、何をしても、従うのだ。フェドアもいるが、もしおまえが口をきけば、その場でアーメドを殺せと命じてある」

「なんて冷酷な人なの？」クリスタが叫んだ。アブドゥーラのにやけた顔を叩きたくて手がうずうずした。

「事故のせいで不具になったわたしを軽蔑した父は、冷酷ではないのか？　人生は残酷なものだ。思い通りになどならないということが、すぐおまえにもわかるだろう。さあ、従うのか、それとも弟のことは忘れるのか？　奴の命はおまえにかかってるんだぞ」

「忘れはしないわ！　だから命令に従うわ！」クリスタは一瞬、怒りのあまり、自分がこの狂人の手中にあることを忘れていた。軽率な言葉の代償は大きかった。

アブドゥーラは手を大きく広げて、クリスタの頰を思いきり、はり倒した。クリスタは彼の足もとにくずおれた。「アーメドを笑い物にしてやれるのでなければ、おまえのような生意気な奴は城壁から投げ捨てさせるところだ。ゆっくり休んでおけ、夜は容赦しないからな。でもまず最初にやることがある。みんなで弟に会いにいくことにしよう」

唇ににじんだ血を拭《ぬぐ》い、クリスタはゆっくり立ち上がった。話は無理でも、アブドゥーラが言葉通り会わせてくれるよう祈りながら、彼に従って部屋を出た。

フェドアがあとからついてきた。アブドゥーラは先頭に立って宮廷を出ると、もう暗くなって誰もいない中庭を横切り、反対側の扉を通って、長い廊下に出た。壁には一定の間隔でたいまつが灯《とも》されている。ようやく、外からかんぬきのかかった頑丈な木の扉の前で止まった。フェドアは重いかんぬきを持ち上げ、クリスタを小突いて、暗い室内に入らせた。

「俺を殺すつもりなら――」彼の声が聞こえた。「早くやれ。さもないとネズミに楽しみを横取りされるぞ。奴らもなかなか獰猛《どうもう》だからな」苦痛のせいで耳障《ざわ》りな声になっていたが、気高さと誇りは失われていなかった。アブドゥーラは怒って歯ぎしりをした。

「たいまつだ、フェドア！」鋭い口調で命じた。

すぐにあたりが明るくなり、ぞっとするような光景が、細かいところまではっきりと見えてきた。それはクリスタが想像していたような風通しの悪い小さな独房ではなく、壁際に大きな竹の檻《おり》が二つ置かれた、がらんとした大広間だった。アーメドは檻の中で、立ち上がることもできない狭い空間にうずくまっていた。クリスタが最後に見たときと同じ、血だらけのマントを着ていた。みじろぎすると、背中からずたずたになった布がぶら下がっているのが見える。つい最近、激しく鞭打たれたのだ。クリスタが小さなあえぎ声を上げると、アーメドが苦悩に満ちた目を上げた。

「くそっ！」呆然《ぼうぜん》と自分を見つめているクリスタを見て、アーメドは兄をののしった。

「なぜクリスタを連れてきた？」

「自分の女が大事にされているところを見たら、喜ぶだろうと思ってね。彼女はじつに素晴らしい、すっかり楽しませてもらってるよ」アブドゥーラがいやらしい笑みを浮かべた。

「クリスタ、怪我《けが》は？」アーメドが心配そうにたずねた。クリスタは黙って、目で応えようとした。「クリスタ、お願いだ、答えてくれ。奴に何をされた？」

アブドゥーラは暗い笑みを浮かべた。「おまえではきっと物足りなかったんだろう。わたしの愛技はなかなかのものだからな。わが部屋で楽しい午後を過ごさせてもらったよ。おかげでおまえが夢中になったわけがよくわかった。クリスタ、こっちへ来い」

クリスタはすぐによろめくようにアブドゥーラのそばに近づいた。アブドゥーラはボレロの縁《ふち》をめくり上げて胸をむき出しにした。そしてアーメドの顔を見つめながら、反応を確かめるように、ゆっくりと乳房を弄《もてあそ》びはじめた。

「可愛いだろう、アーメド？　こんなに白くて柔らかいぞ」指で乳首を撫で、立ってきたのを見て、うれしそうに笑った。「ほんの少しわたしがかまってやっただけで、こんなに反応がよくなった」

アブドゥーラがクリスタの身体を愛しげに撫でているのを見て、アーメドは心の底から低いうなり声を上げた。「人間のくずめ！」

「弟よ、心が痛むほどに何かを求める気持ちがどんなものか、これでわかっただろう。自分のものを誰かに奪われるのは、辛いだろう？　おまえの情婦をここで抱くこともできるが、マントを汚したくない。そのうち、おまえをわたしの部屋に連れてきて見せてやろう」アーメドが、檻をゆすっているのを見て、アブドゥーラは悪魔のように笑った。

「クリスタ！」アーメドは叫んだ。「なぜ黙っている？　何をされた」緑の瞳に浮かぶ苦悩は見えるに耐えず、クリスタはうなだれた。後悔と絶望の涙が、白い頬を濡《ぬ》らした。

「おまえの女はなかなか楽しませてくれるよ、弟よ。それに夜更けにはまだ早い。悪いがそろそろ行かなくてはな。見ての通り、クリスタはこの続きがしたいらしい」クリスタはその間もずっと乳房を弄ばれていたが、アーメドのためにじっと耐えていた。

「くそっ、アブドゥーラ、もうやめてくれ！」アーメドは哀願した。クリスタが残忍な兄に弄ばれているのを見て、誇りはすべて消え失せていた。「家族のもとに帰してやってくれ。育ちのいい彼女に、おまえみたいな奴の相手はできない」

「ちゃんとしているさ、アーメド」思わせぶりに微笑みながら言った。「おやすみ、弟よ。楽しい夢を見てくれ。わたしの夢ほど楽しくはないだろうがな」

　クリスタは頭を上げると、彼への愛のありったけを伝えようと、青い目にわずかに力をこめて、アーメドを見つめた。「クリスタ！」苦しげな声にクリスタは思わず答えようとした。危うくアーメドは死ぬところだった。フェドアがベルトから三日月刀を抜いて飛び出した。驚愕《きようがく》したクリスタは即座に背を向け、黙ってアブドゥーラのあとを追いかけた。アーメドのかすれた声が、いつまでも耳の中に響いていた。

　アブドゥーラは、アーメドの目の前で、クリスタの柔らかく豊かな乳房を愛撫《あいぶ》したせいで、すぐにもこの銀髪の女を抱きたくなっていた。寝室で存分に奉仕させ、その素晴らしさを味わいたかった。父親の愛妾たちをあんなに急いで処分しなければよかったと思ったこともあったが、忌まわしい過去を思い出させるものは何も欲しくなかった。どちらにしろ、もうすぐどんな欲求でも満たしてくれる女が手に入るはずだ。これまでは、目に留まった召使いに手当たり次第にベッドの相手をさせていた。そしてこれからはこの誇り高い美女が欲望を満たしてくれるのだ。

アブドゥーラと二人きりになった瞬間、クリスタには自分がどうなるか、はっきりわかっていた。強姦《ごうかん》され、あらゆる気まぐれな命令に従わされるのだ。しかも一度ではなく、彼がその気になればいつでもだ。このハーレムの人数の少なさからいっても、たびたび相手をすることになるだろう。嫌悪感で口の中に苦いものがこみ上げてきた。きっと激しく抵抗せずにはいられないとクリスタは思った。

アブドゥーラはクリスタの長い髪をそっと撫で、胸を愛撫した。しばらく乳首をいじってから、ウエストへ、そして脚の間の柔らかな丘へと手を滑らせた。クリスタはおぞましさにくらくらし、言葉にならないうめきをもらした。片方の乳首を吸われ、無骨な指が彼女の熱い部分をまさぐりだすと、胸がむかむかして、我慢できなくなった。突然、クリスタは吐いてしまった。

彼女の本質の奥底に眠っていたものが、屈辱的な行為を強《し》いられたせいで外に飛び出したのだ。饐《す》えた、鼻をつく臭いとともに、クリスタの戻したものが、アブドゥーラの染み一つない純白のマントと、目が飛び出るほど高価な絨毯を汚した。アブドゥーラが恐ろしい悲鳴を上げたが、嘔吐《おうと》は止まらなかった。

クリスタは知らなかったのだが、アブドゥーラはある病いを恐れていた。彼の母は、激しい衰弱を伴う奇妙な病いに冒されていたのだ。子供だった彼は、自分が愛したたった一人の母が、死の直前、生き生きした美女から醜く老いさらばえた姿に変わっていくのをその目で見ていた。彼はずっとおのれの容貌《ようぼう》に強いうぬぼれを持っており、不自由な足を除いて、見てくれだけが心の拠り所だったのだ。

アブドゥーラは今、クリスタが目の前で嘔吐し、しかも自分の身体の上に吐いたのを見て震え上がり、激しい嫌悪感に襲われて彼女を突き飛ばした。

「売女《ばいた》め！」狂ったようにわめいた。「なぜ病気だと言わなかった？ フェドア！」異様な恐怖に駆られ、狂ったように大声で怒鳴った。「この女を俺の見えないところへ連れていけ！ よくなるまでレノアに面倒を見させろ。さあ、行けっ！」ますます逆上し、金切り声を上げた。

アブドゥーラは、完全に常軌を逸していた。狂ったように汚れた服を引きちぎると、入浴の準備を命じ、部屋を隅々まで消毒させるために召使いたちを呼び集めた。黒曜石のような目はひどく怯《おび》えたようにクリスタをにらみつけていた。クリスタはこの忌まわしい男のそばから離れられるのが、たまらなくうれしかった。

14

幸い、具合がよくなるまで一週間の休みが与えられた。おかげでその間、アブドゥーラの忌まわしい歓心を買わずにすみ、クリスタはこの奇跡的ななりゆきを神に感謝した。しかしアーメドのことは別だった。彼のみじめな様子に心が痛み、いつも心配だった。思い出すのは最後に見た、あの立ち上がることも横になることもできない狭い檻《おり》の中で、ぼろぼろの服を着たまま、傷つき、血を流していた姿だった。髪は汚れて束になり、ろくな食事も与えられていないようだ。もとの傲慢《ごうまん》で誇り高い彼の姿とはほど遠かった。雄のアラビア馬に跨《またが》り、おのれのものだと信じる過酷な大地からまさに生まれたのだと言わんばかりに、砂漠を走りまわっていた、あの頃《ころ》とは――。

あの檻は、昔の残酷な習わしの名残だとレノアから聞き、クリスタはあきれかえった。君主《ベイ》は、息子たちのしつけのために、幼いうちから檻に入れていたというのだ。

クリスタのたった一つの慰めは、エリッサがそばにいることだった。二人はすっかり親友になり、実現できないことだと思いつつも、毎日、脱走のことばかり考えて過ごしていた。

ある週末、とうとうアブドゥーラから呼び出しがかかった。その晩、レノアは申しわけなさそうに、彼の寝室に行くようにクリスタに言った。クリスタは入浴し、マッサージを受け、香油を擦りこまれ、香水を振りかけられて、目と同じ薄い青の、透き通った絹のカフタンを着せられた。うわべは落ち着いていたが、内心はおぞましさでいっぱいで、今にも吐きそうだった。またアブドゥーラに向かって吐いたら、彼はどうするだろう？ フェドアが迎えにきたのでクリスタは我に返った。

アブドゥーラは、へその見える白いカフタンを着、寝椅子《ねいす》の枕《まくら》によりかかっていた。長い裾《すそ》で不自由な足を用心深く隠しているので、見たところは男性的な魅力を損ねるものは何もない——ただその冷たい無表情な目を除いては。

「おまえはすこぶる健康で、病気は治ったと聞いた」うわべは優しい声で彼は言った。「レノアが言うには、旅の疲れで具合が悪くなっただけらしいから、医者は呼ばなかった。この土地の気候と習慣に慣れていない外国人ゆえ、おまえのその……軽卒なふるまいは許してやる。ようやく、おまえを当初の目的のために使うときが来た。今頃はアーメドも、毎晩、おまえがわたしに犯されているところを想像して、発狂寸前だろう。その腹がわたしの子種でふくらんだのを見せつけてやるまでは、死なぬ程度に生かしておくつもりだ。どんなに時間がかかってもな」

　クリスタの顔が恐怖におののくのを見て、アブドゥーラは薄い唇を満足げにゆがめた。

「あなたは堕落しておかしくなってるんだわ」クリスタは恐怖で声を引きつらせ、あえぎながら言った。

　アブドゥーラは陰険な笑みを浮かべた。「おそらくはな。でも優しくもなれる。おまえは金の糸のような髪をしているな」クリスタの髪を指で梳《す》きながら言った。「わたしは女の扱いに関しては経験豊富だ。その気になればおまえを悦《よろこ》ばせることもできるし、容赦なく犯すこともできる。どちらがいい？」

「おとなしく服従はしないわ」クリスタは言い返した。

「それじゃ、覚悟を決めるんだな」言うなりアブドゥーラはクリスタに飛びかかった。脚が不自由なのにもかかわらず、彼は驚くほど力強く、機敏だった。クリスタは抱き上げられ、ソファに投げ出され、一度弾んでから、固いクッションに押さえつけられた。絹のカフタンはあっという間に引き裂かれ、冷酷に熱くそそりたつものが、秘所を探っているのを感じた。

　急にクリスタの腹が痙攣《けいれん》した。いったんおさまったように見えたが、何の前触れもなしに嘔吐《おうと》が始まった。不快な臭いを撒《ま》き散らし、止まらなくなった。アブドゥーラは反射的に飛び退き、狂ったように叫んだ。

「この淫売《いんばい》、あばずれ！　またしてもやったな！　弟に抱かれたときも、吐いたというのか？」クリスタはまだ胃を痙攣させせて吐き続けていたので返事などできなかった。「フェドアッ！」アブドゥーラが金切り声を上げた。「このあばずれを連れていけ！　医者を呼んで診せるんだ。もしどこも悪くなければ、バスティナードだ。二十回も叩《たた》けば十分だろう。いざとなったら、わたしが自分でこの悪いくせを直してやる」

フェドアは裸のクリスタに毛布をかぶせると、大きな肩に担ぎ、部屋から運び出した。クリスタが狭いベッドに乱暴に投げ下ろされると、すぐにエリッサが飛んできて、顔を清め、胃を落ち着かせるためにさっぱりした飲み物を持ってきた。

「どうしたの、クリスタ？　ずいぶん早かったのね。アブドゥーラに……ひどいことをされたの？」

クリスタは不安と喜びが入り混じったような気持ちで首を横に振った。二度もアブドゥーラに向かって嘔吐してしまうとは、自分でも信じられなかった。殺されずにすんだのは、アーメドをいたぶる特別な計画のためだとわかっていた。

「エリッサ、またやってしまったの」取り乱しながらも、ほっとしたように言った。「触《さわ》られたとたん、吐いてしまったのよ。アブドゥーラはかんかんだったわ。わからないけど、何か恐ろしい病気かもしれない」

「自分の身を守る唯一の方法を、身体《からだ》が勝手に見つけたのよ」クリスタの体調を案じて、エリッサが慰めるように言った。「アブドゥーラはどうするかしら？　二度も彼の計画をだめにしたのよ」

「医者に診せるって言っていたわ。そのあとはバスティナードよ。二十回」クリスタが身震いすると、エリッサは同情のうめき声を上げた。

すぐに医者が小走りにやってきて、エリッサを外に追い出した。サイード医師は、長年セリムに仕えていた分別と思いやりのある老人だった。彼が豊富な治療の知識を持っていることを知り、アブドゥーラは抜け目なくこの老学者を雇っておいたのだった。じつのところ、サイード医師は、新しいベイにはなんの親しみも感じていなかったが、黙っておのれの役目を手際よくこなしていた。医師は思春期の頃のアーメド王子をよく知っていたので、内心彼に同情していた。そして治療させて欲しいと申し出たのだが、アブドゥーラは即座に拒否した。それでも黙って見ていることができず、アーメドに近づくため、ひそかに見張りを買収したサイードは、その惨憺《さんたん》たるありさまを見て愕然《がくぜん》とした。彼にできるのは、苦痛を和らげるために、たくさんの傷を手当てし、痛み止めの水薬の小瓶《こびん》を置いていくことだけだった。

心優しい医師は、クリスタのことを聞いて、心を痛め、どうしたら助けられるだろうかと思い悩んだ。自分のことはどうでもいいと思っていた。もう年老いていたし、死ぬのは怖くなかった。医師は、ベイが愛人としとねを共にしようとしたとき——実際には二度だったが——恐ろしいことが起こったと聞かされていた。それで病気の兆候はないか診察しろと命じられたのだ。残忍なアブドゥーラの毒牙《どくが》にかかるよりは、むしろ病気になるほうがましだろうと、彼は思った。

クリスタはサイード医師の前に座って、診察についての説明を聞きながら、彼を用心深く見つめていた。クリスタはうなずいて同意はしたものの、老医師が内診に続いて、いささか立ち入った質問を始めると、ひどくとまどった。質問が終わり、彼はおだやかにクリスタを見つめた。クリスタはまだ頰《ほお》を紅潮させていた。

「大したことはありません」しばらくして、老医師が言った。「命に別状はありません。アブドゥーラ様が触れたときに吐き気がしたのは、強い嫌悪感のためでしょう。病気の兆候も見つかりません」

この診察結果を知ったら、アブドゥーラはどうするだろう。クリスタは恐ろしさに身震いした。「あの下劣な手で触れられるのは我慢できません」

医師はしばらくクリスタを見つめていたが、一つの決断を下した。「わしをあなたの味方と考えてもらいたい」小さな声で打ち明けた。「あなたをアブドゥーラ様から守る方法をずっと考えておりました。もしもあなたが同意してくださるなら、の話ですが」

クリスタは優しい医師をいぶかしげに見つめた。「なぜ？　どうして助けたいとおっしゃるの？」

「わしはセリム様をお慕いし、尊敬申し上げておりました。あの方が生きていれば、アブドゥーラにこんな真似《まね》をさせはしなかったでしょう。あなたはアーメド様を愛していらっしゃるのですね？」

クリスタはおもむろにうなずいた。「ええ、心から」

彼のさらなる問いは本来なら怒ってしかるべきものだったが、クリスタは我慢した。

「あなたはアーメド様の愛人でいらした？」

「あの、わたし……わたしたちは……恋人同士でした」

「驚かれるかもしれませんが、同意してくださるなら、アブドゥーラ様の淫《みだ》らな目的から一時的に逃れることは可能です」

「一時的に？」

「長くても数ヶ月でしょうな。でも、あなたの家族に身代金を請求するよう、わしがあの方を説得するのには十分でしょう。話を最後まで聞いてくれますかな？」

他にどんな選択肢があるだろう？　クリスタは憂鬱《ゆううつ》に考えこんだ。とりあえず、アブドゥーラを出し抜くためには、一時的にせよ、この老医師の提案に同意するよりしかたなかった。なんであれ、あさましい欲望の餌食《えじき》になるよりはましだ。

クリスタはようやく口を開いた。「話してください、先生。この身を守り、アーメドを助けるためなら何でもします」

「いいでしょう、お嬢さん。この計画でアーメド様を助けることはできませぬが、害にはならないのは確かです。ご存じのように、アブドゥーラは何であれ、病気というものを異常なほど恐れている。わしの言いたいことがわかりますかな？」

眉根《まゆね》を寄せてクリスタは答えた。「ええ……たぶん。わたしが恐ろしい病気にかかっていると言うんですか？」

「それぐらい、簡単にすめばいいのだが。もしわしがそう言えば、アブドゥーラはすぐその診断が正しいかどうか、他の医師に確かめさせるでしょう」

「では、どうするんです？」

「あなたさえよければ、妊娠していると言うつもりです」クリスタが驚いたので、医師は一瞬ためらったが、すぐに先を続けた。「妊娠ならば自然で健康な状態だ。アブドゥーラもそれぐらいならばわしの言うことを信じるでしょう」

「でもわたしが身ごもってはいないと彼に知れたらどうなるんです？　簡単にだませるとは思えません」

「しばらくは怒り散らすでしょうな。でもアブドゥーラのことならよくわかっています。きっとあの方は、すぐ自分に都合のいいように利用しようとするでしょう。わたしが、あなたにはベッドでの安静が必要だと言えば、あの方も興味を失うでしょう。それにもう二度もあなたが嘔吐するところを見ているから、伝染病患者のように遠ざけるはずだ」

「もし本当のことがばれてしまったら？　そのときはどうするんです？　ご自分の命が惜しくはないんですか？」

サイード医師はこのところだいぶ弱ってきた肩をすくめた。「わしは老い先短い年寄りです。それに、アブドゥーラは身代金を受け取るという提案をきっと気に入るでしょう。確信しております。あなたが他の男の子供を身ごもっている間は、相手をさせようとはしませんよ。うまく服で隠せば、大丈夫でしょう」

「でもアーメドは？　自分だけが助かって、アーメドはアブドゥーラに渡してしまえとおっしゃるんですか？」

医師のやつれた顔に苦悩がにじんだ。「王子のためにもできるだけのことはするつもりです。でも奇跡は期待しないでください。こと、アーメド様にかけては、アブドゥーラ様も執念深くていらっしゃる。アーメド様とは親しくさせていただいておりましたから、彼があなたをあの方から助けたい気持ちはよくわかります。アーメド様のためにも、ぜひともわしに同意していただきたい」

少しの間、じっと考え抜いた末に、クリスタは何も言わずに従うことにした。「先生の言う通りにします」

「では誰《だれ》にも言わぬと約束してください。当然ながら、このことはわしとあなただけの秘密です」

「でもエリッサなら……」

「だめです。ひとことの失言が命取りになる。同意してくれますね？」

「他に道がないのなら、サイード先生、そうしましょう」

「今なんと言った？」アブドゥーラは険悪な顔で医師をにらみつけ、詰問した。「嘘《うそ》をつけば鞭《むち》打ちの刑だぞ！」

「確かでございます、アブドゥーラ様」サイードは頭《こうべ》を低く垂れて言った。「クリスタは妊娠しております」

「あのあばずれが、弟の子を孕《はら》んでるだと。本当に確かなのだな？　いつ生まれる？」

「長年この仕事をしておりますが、いつになるかははっきりとは申せません。数週間前に妊娠したばかりでございますので」

「下がれ！　一人で考える」アブドゥーラは乱暴に命じた。サイードは、アブドゥーラのためにアラーへの信仰を称える言葉をとなえながら、そっと部屋から立ち去った。

アブドゥーラはぎくしゃくと行ったり来たりしながら、この新しい展開から考えられる、すべての結果を慎重に考えた。サイードの医学的な知識があれば、堕胎することは簡単だろう。しかしそれは賢い選択だろうか？　二人とも殺してしまえと命じることもできる。でもそれでは、せっかくの楽しみが続かない。クリスタを使ってアーメドの苦しみを少しでも長引かせるには、今殺すのはつまらない。

突然、完璧《かんぺき》な解決策が浮かんだ。この事態を利用すればいいのだ。自分はなんと頭がいいのだろう。アーメドをあざ笑い、苦しめるためには、うまくだまして嘘を信じこませるのが一番いい方法ではないか？

「おまえの女の腹が、わたしの子種でふくらむまでに大した時間はかかるまい」アブドゥーラは残酷に言った。この前アーメドと会ってから二週間近くが経っていた。「毎晩、あの女を耕しているが、一度ですまぬこともよくあるし、わたしの種が有効なことは証明ずみだからな。父の愛人たちに子供を二人生ませて、売春宿に売り払ってやったのさ。あの女の腹が風船のようになったら、見せてやろう」

アーメドは憎悪をむき出しにして、兄をにらみつけた。飢えて死にそうだったが、あまり鞭で叩かれることはなかった。することといえばネズミを追い払うぐらいで、あまりの退屈さに発狂寸前でもあった。なんとか感情と理性を保っていたのは、クリスタへの想いがあったからだ。クリスタが無理矢理アブドゥーラに犯され、じっと耐えている姿が浮かんでくる。妊娠だと？　アラーよ、お守りを！　アーメドは心の中で祈った。なぜ愛するクリスタがこんな恐ろしい目にあわなければならないのか？

「何も言うことはないのか、アーメド？」アブドゥーラはからかうように言った。

「それともあの売女《ばいた》のことはもう忘れたのか？」

「クリスタへの愛を疑っても無駄だ」アーメドは歯ぎしりし、激しく言い返した。

「おまえには何としてでも、その卑劣な行為の代償をたっぷりと払わせてやる。父上も墓の中でおまえの見下げ果てた行為を嘆いてるはずだ」

アブドゥーラは頭をのけぞらせ、涙を流して笑い転げた。染み一つない袖《そで》で涙をふくと、したたるような憎しみをこめて言った。「われわれの尊敬する父上を墓場に送りこんだのは、このわたしさ。そしておまえの母、あのあばずれもあとを追わせたんだ」衝撃的な発言を残し、彼は背を向けて立ち去った。アーメドの悲痛なうめきがそのあとに続いた。

この拷問はそれから二ヶ月間、毎日のように繰り返され、アーメドを徐々に狂わせていった。アブドゥーラは弟が耐えられなくなった時点で退却したが、翌日にはまた言葉で拷問を続けた。

妊娠したと嘘をついたことで、クリスタは厳しい罰がくだされるに違いないと思っていた。しかし何も起こらなかったので、かすかな希望を抱きはじめた。たぶんサイード医師の言った通り、ベイは自分のことを忘れてしまったのだろう。時々、医師に会って、彼がクリスタのために精力的に動いてくれていることを聞いた。アブドゥーラはクリスタの親に手紙を書き、身代金を請求することをなかば承諾していた。

忠実なレノアとエリッサのおかげで、クリスタは何不自由なく生活していた。アブドゥーラから丁重に世話するよう命じられているのだろう。クリスタは贅沢《ぜいたく》な食事をお腹《なか》いっぱい食べ、きちんと身の回りの世話もされ、すっかり甘やかされて元気になっていた。唯一、気になるのは、二人の友だち、特にエリッサをだましていることだった。しかしサイード医師を信頼していたし、彼を危ない立場に追いこんだり、ましては命が危なくなるような目にあわせる気にはなれなかった。この嘘は誰にも気づかれぬままだった。でもいつまで続ければいいのだろう?

クリスタ自身が置かれている環境はずいぶん楽になったが、相変わらずアーメドのことが心配だった。頼みの綱のレノアから、アーメドはまだ生きていて、檻から小さな独房に移され、少しは自由に動きまわれるようになったと聞いた。あんなみじめでひどい状態では死んでしまうと、サイード医師がアブドゥーラに忠言したおかげだった。アブドゥーラはまだアーメドを殺す気にはなっていなかったので、彼の言葉を受け入れ、以前の部屋よりいくらかましな、だが決して快適とはいえない部屋へ移すよう命じたのだった。

ある日、アブドゥーラが部屋の入り口に立って、自分の身体をじろじろ見つめているのに気づき、クリスタは仰天した。「サイード医師は経過は順調だと言っていた」彼は冷やかすようにいった。

クリスタは用心深くうなずいた。「わたしをどうするおつもりなのです？」

「教えるわけにはいかぬ」アブドゥーラはクリスタのカフタンの下のほっそりした身体を探るように見つめた。「それを脱げ」

「いや！　できないわ！」クリスタははっとして息をのんだ。「今はだめです」

「おまえを抱こうというのではない」彼は鋭く言うと、うんざりしたように唇をゆがめた。「おまえは別の目的に使うことにした。そのうちに説明してやろう。今はおまえの腹で育っている弟の子供を見たいだけだ。裸になれ」

怒ったアブドゥーラがどんなに残酷か思い出し、クリスタはおずおずと言う通りにした。たった一枚の服を脱ぐと、丸めて自分の足もとに落とした。アブドゥーラは彼女を見つめ、眉をひそめていぶかしげな顔になった。「やせすぎだな。食べておらぬのか？　召使いが好物を用意していないなら、罰してやらねばならん。そんな腹で、おまえが身ごもっているとアーメドが信じると思うのか？」

「うちの家系は、みんなこうなんです」クリスタは慎重に答えた。「これでも赤ん坊は見かけよりずっと大きくなっているんです」アブドゥーラがその答えをゆっくりと吟味している間、クリスタは息を殺していた。ようやくアブドゥーラが納得したので、クリスタはかすれたため息をついた。

「服を着ろ」女の裸には飽き飽きしたかのように、命令した。「今のおまえにはそそられない。もっと床上手で、若くて美しい女たちがいるからな」

それは事実だった。ここ二ヶ月、ほぼ毎日のように少女たちが連れてこられていた。全員が、主人を悦ばせるための処女だった。クリスタとエリッサは、彼女たちとは関わらないように、二人だけで過ごしていた。少女たちがクリスタや彼女のハーレムでの地位に興味を持ったとしても、まだ若く経験が浅いため、質問をしてくることはなかった。

クリスタはアブドゥーラが出ていくのを待っていたが、彼の態度がどこかおかしいのに気づいた。それでも、アブドゥーラの企みを秘めた目つきにまでは、気づかなかった。「またアーメドに会いたいか?」

クリスタは驚いて、全身に緊張が走り、立ちすくんだ。「よろしいのですか?」弱々しく、聞き返した。

「別にかまわぬ。アーメドと一緒にいられるのも、もうしばらくの間だ。わたしはおまえが思っているよりずっと情け深いんだぞ。奴に別れの挨拶《あいさつ》をさせてやろう」

「いつから他人の気持ちを思いやるようになられたんです?」クリスタは冷ややかに言った。

アブドゥーラはクリスタをにらみつけ、命じた。「おまえはむろん前と同じ条件を守らなければいけない。わたしの言うことにすべて従い、命令がなければ口をきくな」

「それはあんまりですわ! どうしてそんな残酷なことがおできになりますの?」以前、返事を拒んだときの、アーメドの打ちひしがれた目をクリスタははっきりと思い出した。同じ条件で会うのと、まったく会わないのとでは、どちらが彼を傷つけることになるだろう? クリスタは考えこんだ。しかしすぐに結論は出た。アーメドにもう一度会おう。ふいに、さっきのアブドゥーラの言葉がよみがえった。「アーメドと一緒にいられるのも、もうしばらくとは、どういうことです? まさか彼を殺すおつもりですか?」

「おまえとアーメドをどうするつもりかは、そのうちに教えてやる。わたしに従うか? 前と同じように、おまえが約束を破ったときに備えて、フェドアをそばに立たせておくぞ」

どうしよう。アーメドに会っても話すことも触れることもできないなんて、拷問と同じだわ。クリスタは悩んだ。でもまったく会えないなんて、もっと耐えられない。

クリスタは真剣な顔でうなずいた。「おっしゃる通りにします」彼があまりにも満足げな笑みを浮かべたので、不安に胸が締めつけられた。アブドゥーラのような男が何を考えているかは察しがつく。たぶん偽りの妊娠を利用する気なのだ。

「ではついてこい、さっさと片づけよう」

アブドゥーラはいくつもの回廊と中庭を抜けて、檻があったのとは違う棟に入っていった。ぶ厚い扉の前で立ち止まると、意味ありげにクリスタを見た。「ふむ、おまえに話をさせたほうがよさそうだな」クリスタは一瞬、驚きと喜びで頬を紅潮させた。

だがアブドゥーラは言った。「ただし、わたしの命令にはすべて従うのだ」

「なぜそんなことを?」クリスタは言い返した。「どっちにしても、アーメドを殺すおつもりなんでしょう」

「それは違う。奴を殺す気はまったくない。いいか、わたしはそんな人でなしではないぞ」

「でもおっしゃったでしょう、アーメドとはもうすぐ……」

「もうそう長くはアーメドと一緒にはいられないと言ったんだ。殺すとは言っていない。わたしの気持ちが変わるとしたら、おまえがわたしの命令を拒んだときだけだ。そのときはアーメドはその場で死ぬことになる」

「そんなこと、信じられません」

「おまえには選択の余地はない」

「言う通りにすれば、彼の命を助けてくださるのですか？」

「そうだ」

「彼を釈放してくださるの？」クリスタはすがりつくようにたずねた。

アブドゥーラがあまりにもずる賢い顔つきになったので、クリスタははっとした。

「嘘だわ！　拷問して牢《ろう》の中で衰弱死させるつもりなのね。わたしにはアーメドの気持ちがわかる、そんなことになるなら彼は死を選ぶわ」

「すぐにわかるはずだ」アブドゥーラはしばらく考えてから、冷たく言い放った。

「しかし、殺しもせぬし、拷問もしない。それは保証してやる。明日になれば奴はいなくなるんだからな」

クリスタはどういう意味なのだろうと、アブドゥーラをじっと見つめた。いくら考えても、アブドゥーラに従う以外に選択の余地はない。ほんのわずかであっても、たとえ何を命令されても、アーメドが生き残る可能性を捨て去ることはできない。クリスタがうなずくと、アブドゥーラは厚い扉に近づき、かんぬきを外側から外し、錆《さ》びた蝶番《ちょうつがい》のついた扉をいきおいよく開けた。アーメドは部屋の隅に座り、脚の間に頭を垂れて、両手で頭を抱えこむようにしていた。扉がさっと開くと、顔を少し上げ、不慣れな明るさに目をしばたたいた。と、その緑の目が、憎しみと反抗を宿してエメラルドの炎のように燃え上がった。

「俺《おれ》をいたぶるために今日は何を持ってきた、アブドゥーラ?」アーメドはかすれ声で、苦々しげに言った。「こんなことはもう終わりにしよう」

「なぜだ、わたしのささやかな楽しみをとりあげるというのか?」アブドゥーラは冷笑した。「それにわたしの復讐《ふくしゅう》も?」

ようやくアーメドは、アブドゥーラの後にクリスタがいるのに気づいた。「クリスタ! 本当にクリスタなのか? 君が元気だとわかっただけでも、俺はうれしい」

「アーメド!」彼がぎこちなく立ち上がり大きく腕を広げたのを見て、その腕の中に飛びこみたい衝動と戦いながら、クリスタは叫んだ。しかしアブドゥーラをちらっと見て、うかつには動けないと思った。

「おまえもわたしの愛人に会いたかっただろう。最後に別れの挨拶をさせてやろうと思ってね」アブドゥーラはクリスタに向かって大げさに手招きをした。「わたしはそれほど血も涙もない人間ではないぞ。実際、おまえが女にひれ伏す日が来ようとは夢にも思わなかったよ、アーメド。いつだって、おまえはとんでもなく傲慢だったからな」

アーメドには「別れ」という言葉以外、聞こえなかった。兄のよこしまな心のどこかに、ほんのわずかでも人間の心が残っていたのだろうか？「クリスタを親元へ送り返すのか？」だが、期待のこもった彼の言葉は、アブドゥーラの返答で叩きつぶされた。

「なぜわたしがお気に入りを手放すと思うんだ？」わざとびっくりしたように言った。「こんなに楽しませてもらっているのに？　それにこの女が妊娠しやすいのは証明ずみだ。すでにわたしの子を身ごもっているんだからな」

「まさか！　嘘だ、嘘に決まっている！」アーメドは怒鳴《どな》った。

アブドゥーラは答えの代わりに、ゆっくりと後ろを向いて両手を伸ばし、クリスタをわがもの顔に抱き寄せた。アーメドは喉《のど》の奥から動物のようなうなり声を上げて飛びかかろうとしたが、両手でアブドゥーラの首をつかもうとした瞬間、片方の足首につないである短い鎖がぴんと張りつめて、がっくりと膝《ひざ》をついてしまった。アーメドは打ちひしがれ、あえぎながら、汚物が散乱した床をこぶしで叩いた。

「クリスタ」悲しげに震える声で、懇願した。「嘘だと言ってくれ。お願いだ、クリスタ、奴は嘘をついてるんだろう」

「教えてやれ」アブドゥーラはクリスタの柔らかい肌に指を食いこませると、命じた。「弟を安心させ、苦しみから解放してやれ」

クリスタは黙っていた。アブドゥーラがたくらんでいる途方もなく残酷な仕打ちに気がついて気が遠くなった。狂人よりたちが悪い。フェドアがアブドゥーラの命令を待ちかまえているのが目に入った。とっさにこの恐ろしい罠《わな》に気づき、クリスタは自分のせいでどれほど彼が傷ついても、命を救えるのならかまわないと思った。

「本当よ、アーメド」にわかにしんと静まりかえった部屋で、クリスタは不安げに弱々しくささやいた。

「もっと大きな声で」アブドゥーラが怒鳴った。

「ああ、あなたには慈悲の心はないの?」クリスタは叫んだ。「本当よ! これでいいでしょう?」

アーメドの青ざめていた顔から完全に血の気が引き、がっくりと首をうなだれた。アーメドはこれほどまでの敗北感を味わったことはなかった。生きる意味も一気に色あせたかのようだった。しかしクリスタを責めはせず、無理矢理犯された結果なのだと考えたのは、彼の優しさだった。彼が口を開いたとき、その言葉は乾いて、まったく感情が消えていた。彼にはもう何一つ残されていないのだ。

「あきらめるな、クリスタ、おまえのせいじゃない。アブドゥーラはいつか自分のした悪行の報いを受ける。こいつが俺の復讐から逃れる唯一つの方法は、俺を殺すことだ。そうでなければ、いつか、おまえの名誉を汚した奴に復讐してやる」

「殺すだって?」アブドゥーラは陰険に笑った。「さっきも言ったが、クリスタをここに連れてきたのは、おまえに別れの挨拶をさせるためさ」

「おまえの言葉は気休めにもならん」アーメドはうっすらと笑った。「俺の人生を終わらせる気がないのなら、他の罰を考えついたんだろうな」

「わたしの弟だけあって、さすがに察しが早い」アブドゥーラはすっかり悦に入ってにやりとした。「殺すのは簡単すぎる。わたしが考えたのは、もっと絶妙な罰だ。おまえたちが自由になりたいのはわかっている。この罰はおまえにとって死よりもずっと悲惨なはずだ。明日、夜明けとともに、ハッジ部隊長と五十人の歩兵部隊がおまえをアルジェに連れていく。そこでおまえを奴隷としてスペイン人に売り払う。考えてみろ。これからおまえはどこか植民地の金鉱で穴を掘って暮らすんだ。でも怖がることはないぞ、アーメド、ぞっとするような場所では長生きする奴はあまりいないらしいからな。おまえの苦しみもきっとすぐに終わるだろうよ」

「おのれ！　この残虐な野蛮人め！　俺がおとなしく奴隷の身に甘んじるとでも思うのか？　逃げ出してやるから、待っていろ。そしてクリスタのもとへ戻ってくるからな」

「時間の無駄だ、アーメド、万一おまえが自由の身になれたとしても、クリスタと一緒にはなれぬ。彼女のような女は自分の子を残していくようなことはしないだろう。もちろん、クリスタが子供を連れて出てゆけるほど、ここの警備は甘くはない」

アーメドは不安げにクリスタを見つめた。クリスタがアブドゥーラの子供を愛する？　答えの代わりに、ねじれるような鋭い痛みに襲われて腹を押さえた。その子供は、半分はクリスタの子だ。むろんその子を愛するに決まっている。その子を置き去りにするようなことはしないだろう。

「おい、おまえの気持ちをアーメドに言ってやれ」アブドゥーラが命じた。

クリスタは唇を舌で湿らせると、悲しげなまなざしをアーメドに向けた。だましたくはなかったが、命を救うためには仕方ない。「わたしは……自分の子を置いて逃げたりしないわ、アーメド」彼以外の男の子供を宿すくらいなら死んだほうがいい、とは言わなかった。

みじめさに打ちひしがれ、嫉妬《しっと》で気も狂わんばかりになったアーメドは、クリスタを奪い返すことに生き甲斐《がい》を見いだすしかなかった。「逃げ出して必ずおまえのところに戻ってくる、クリスタ」彼は虚しい約束をした。「信じてくれ。おまえの子を見捨てはしない」

「だめよ！」クリスタは取り乱して叫んだ。どんな理由でもここへ戻ってくれば、死ぬことになる。

「この女の言うことを聞け、アーメド。奇跡的にスペイン人の手から逃げられたとしても、コンスタンティーヌには死が待っているだけだ。クリスタはわたしを楽しませている間は安全さ。彼女の息子はコンスタンティーヌの支配者になれるんだぞ。もし女なら、遊牧民の族長《シーク》の寝床に侍《はべ》るよう仕込まれるだろう」クリスタが小さな悲嘆の声を上げたが、無視された。

「クリスタの子づくりの能力が証明された以上、毎年、一人ずつ産んでもらうつもりだ。九人か十人も産めば、美貌《びぼう》も衰えるだろうから、もう使い道はなくなる。その頃には海岸通りの売春宿にでも行ってもらおう。あるいは――」と、ずるがしこく付け加えた。「自由の身にしてやるかもしれないな」

「ここから出ていけば俺がクリスタを忘れるとでも思うのか？」アーメドが軽蔑《けいべつ》したように言った。

「そうならないことを祈る」アブドゥーラは答えた。「さもないとわたしの復讐の楽しみが半減する。ずっとクリスタのことを忘れずにいてもらいたいものだ。せいぜいこの女がわたしの魅力にめろめろになっているところを想像して、寿命をすり減らせばいい。彼女がわたしの子を産むたびに、地獄の苦しみを味わうのだ。父がおまえをえこひいきするたびにわたしが苦しんだようにな」

鎖のせいでアブドゥーラの喉に手が届かず、アーメドは怒りを爆発させ逆上して狂ったように暴れはじめた。しかしそんなことをしても無駄だった。アブドゥーラがフエドアに向かって顎《あご》をしゃくっただけで、彼の大きなこぶしがアーメドを黙らせてしまった。クリスタはアーメドに駆け寄ろうとしたが、アブドゥーラの手にさえぎられ、悔しさに涙が頬をつたった。

「いつまでもそんな態度でいるなら、痛い目にあうだけだぞ」アブドゥーラはじっと動かなくなったアーメドを見つめながら、冷たく言った。「簡単に死んでもらってはわたしの計画が台無しだ。おまえには奴隷として苦しみながら、長生きしてもらわねばな。何年かは誇りと生への執着を捨てずにいるだろうが、そのうちにだんだん衰弱し、生きた屍《しかばね》になるだろう。そしてついには自由になりたいがために死を望むようになる」

「ありえないわ！」憎しみのこもった表情をして、クリスタは叫んだ。「彼を簡単に殺せると思ったら大間違いよ」

「まだわかっていないようだな、クリスタ」アブドゥーラは自分の狡猾《こうかつ》さに満足しながら、言い返した。「奴が破滅するかどうかはおまえ次第だ。アーメドがおまえを愛しているとわかった瞬間に、奴の最終的な破滅は時間の問題になったのだ。その官能的な肉体こそが完璧な武器になったというわけだ」

15

何があったのか、すべてエリッサに話したあと、クリスタは突然振りかかった苦難にすっかりうちひしがれ、次から次へとあふれる涙で白い頰《ほお》を濡《ぬ》らした。嘘《うそ》をつき、アブドゥーラの言葉をアーメドに信じこませ、苦しませてしまった。でも本当のことを言えば、今頃《いまごろ》は愛しい彼の命はなかっただろう。少なくとも、嘘をつくことで、奇跡が起きるわずかな可能性は残った。彼はきっと自分で自由になる方法を見つけ出すに違いない。クリスタをあてにするくらい、危険で馬鹿《ばか》げたことはないと、彼もわかったはずだ。そう、信じたかった。もう一度、彼に会うことができたとしても、決してコンスタンティーヌに戻ってきたりしないよう説得するつもりだった。たとえ奇跡が起きて、スペイン人のもとから逃げ出せたとしても。

自分はきっとアブドゥーラが言った通りになるだろう。でもすべての希望を捨てたくはなかった。辛抱強く、そのときが来るのを待つのだ。そして、アブドゥーラがまったく予期せぬときに……。

「クリスタ、もう寝てる？」エリッサが部屋に飛びこんでくるなり、黒い目をきらきらさせて言った。

「寝てないわ、エリッサ」クリスタは濡れた頰をこすり、悲しげに言った。「眠れないの、アブドゥーラがアーメドをどうするつもりなのか知ってしまったから。わたしは彼をもっと不幸にするような真似《まね》をしてしまったんですもの」

「泣いちゃだめよ、クリスタ。お腹《なか》の赤ちゃんによくないわ」

クリスタは罪悪感に頰を赤らめた。サイード医師が何と言おうと、友だちになったエリッサに、これ以上自分が子供を宿しているなどという嘘はつけなかった。それは正しいことではない。「エリッサ、もう嘘はつけないわ」クリスタは白状した。「本当は妊娠なんてしてないの。アブドゥーラの相手をせずにすむように、サイード先生が考えてくださった嘘がうまくいっただけなのよ。でもアブドゥーラもすぐに気づくはずよ。先生がわたしを、身代金と引き替えに家族のもとに帰すようアブドゥーラを説得してくれれば別だけれど」

エリッサはびっくりして目を丸くした。「ええっ……あたし、ちっとも気づかなかったわ。もちろん、やせすぎだなとは思ったけど。サイード先生があなたの代わりにアブドゥーラを説得してるの？」

「そうなの……彼がうまくやってくれるよう祈るしかないわ、それもなるべく早くにね。でもそれまでこのお芝居は続けなきゃいけないの。他の人には気づかれていないんだし」

「あたしのことなら信用して」エリッッサは言った。「前向きに考えましょうよ。サイード先生は経験が豊富で賢い人だから、自分が何をすべきかわかっているはずよ。それに――」エリッサはにやりとした。「いいことがあるのよ」エリッサの興奮した様子に、クリスタははっとした。

「何か聞いたの、エリッサ？　まさかアーメドのこと？」

「あのね、聞いたんじゃなくて……クリスタ、アーメド様が連れていかれる前に会いたくない？」

「ああ――！　エリッサ、冗談でしょう。本当にそんなことができるの？」

「見張りを買収したのよ」エリッサはもじもじしながら、自分のサンダルのつま先を見つめた。

「何を使ったの？　値打ちのあるものなんか持っていないでしょう。わたしだって持ってないし。どうやってそんなことが……ああ、あなた、まさか！」エリッサが自分のために犠牲にしたものに気がついて、涙があふれてきた。「そんなこと、絶対に頼めないことだったのに」

「もうすんだことよ、クリスタ」エリッサは静かに言った。「そんなにひどくはされなかったわ。歩兵部隊に捕まったときみたいには……」と言葉を濁した。「真夜中すぎに迎えにくるわ。みんな寝静まっているはずだし、あなたが中庭を通るなんて誰《だれ》も思わないわよ。ラシッドがあたしたちを待ってるわ、でもアーメド様に会えるのは一時間だけですって」

「ラシッド?」

「歩兵よ、あたしが……買収した」

「ごめんなさい、エリッサ」

「言ったでしょ、そんなにひどくなかったって」エリッサは繰り返した。「しばらく休んでいてね、クリスタ。時間になったら迎えにくるわ」

黒いマントを着たクリスタは、闇《やみ》の中から一歩踏み出すと、アーメドの閉じこめられている建物の前で立ち止まった。クリスタとエリッサは、中庭を巡回している二人の見張りの目をなんとかごまかすことができたものの、クリスタには、アーメドと二人きりで会うのは不可能なことのように感じられた。辛《つら》い結論だったが、アーメドには、しばらくアブドゥーラの子を身ごもっていると信じさせておこうと、クリスタは思っていた。もし真実を知ったら、アーメドは何としてでもコンスタンティーヌに戻ってこようとするだろう。それでは彼の命が危ない。彼を死に追いやってまで生き続けることなど、クリスタにはできなかった。エリッサは、このチャンスをものにするために大きな代償を払ってくれたのだ。クリスタはたった一時間で、自分のことを忘れるよう、アーメドを説得するつもりだった。彼の命は、この説得にかかっているのだ。

突然、目の前に人影が現れた。エリッサの切迫したささやきに、神経がぴりぴりした。「ラシッドよ。彼が入れてくれるわ。忘れないで、一時間よ」

ラシッドがエリッサに目配せして扉を開けたので、クリスタは静かに中に滑りこんだ。かんぬきの閉まる音で、アーメドは悪夢から引き戻された。高い場所にある窓の格子から射しこむ月の光が、汚れた部屋の中をぼんやりと照らしている。

「明日、出発する俺《おれ》を苦しめるために、アブドゥーラがおまえの幻を送りこんだのか？」何かに取り憑《つ》かれたような、虚ろで乾いた声に、クリスタは心が引き裂かれそうだった。「だが、もうどうだっていい。奴はもう最悪のことをやってしまったんだからな。あとは殺されるだけだ。いっそ早く殺してくれ」

「アーメド」クリスタの優しい声が彼をさらに絶望のどん底に突き落とした。

「アラーよ、助けてくれ！」アーメドは嗚咽《おえつ》をもらし、叫んだ。「あっちへ行け！これは新しい拷問か？　それとも俺は夢を見てるのか？」

「夢じゃないわ、アーメド。最後にもう一度だけ、あなたに会いたかったの」

「クリスタ！」うめきながら、いきなり飛び起きた。「どうやって……？」

「エリッサが手引きしてくれたの」クリスタは彼を抱きしめた。

「エリッサがコンスタンティーヌにいるのか？」

「ずっと一緒だったのよ。それにわたしたち、親友になったの。彼女がいてくれることを神に感謝してるわ」

アーメドは喉《のど》の奥から動物のような低いうなり声をもらし、クリスタの唇を奪うと、乱暴にクリスタを押し倒し、驚くほどゆっくりと唇を触れ合わせた。優しく、甘く、せつない口づけにクリスタは打ち震え、これが最後になるだろうと思いながら、心をこめて応えた。心の中では、時を刻む音が大きく鳴り響き、二人が一緒にいられる時間があまりにも限られていることをひしひしと感じていた。

「時間があまりないわ、アーメド。お願い、よく聞いて」クリスタはあえぎながら哀願した。

「その前に言っておきたいんだ。こんなことになったのは……決して君のせいじゃない」アーメドがさえぎるように言った。「アブドゥーラは正気じゃない。ひどいことをされなかったか？　俺は決して許さない、もしも奴が……」

「傷つけられたりしなかったわ。本当よ、アーメド」

「そうか、たぶんそこまではしないと思っていたが」彼は押し黙った。「アブドゥーラは美しいものを見る目だけは持っていた。でも今はそんなことはどうでもいい。君を愛したい。明日、離ればなれになっても君を思い出せるように」

「アーメド、そうしたいのはやまやまだけど……」

「お腹の子が心配なのか？」彼女のなかで育っているアブドゥーラの子のことに触れるのは辛かったが、アーメドは自分ではない男が彼女の身体《からだ》に刻印を残したのだと信じこんでいた。

「違うの！」クリスタは彼の不安を和らげようとして言った。「そのことじゃないの。話したいことが山ほどあるわ、それにわたしたち、もうすぐ離ればなれになるのよ……もしかすると永遠に」

「やめろ、クリスタ」アーメドはつぶやいた。「二人がいつか一緒になれると信じるんだ。どんなに大きな障害も、高い壁も越えてみせる。一緒にいられるわずかな時間を無意味な言葉で台無しにしないでくれ。愛を確かめたいんだ。俺たちがずっと、恋焦がれていたやり方で」

アーメドは、サイード医師の命令で毎日取り替えられていた藁《わら》の寝床に、彼女をそっと横たえると、震える手で服を脱がせた。あまりに久しぶりなので、初めて女性に触れる未経験の少年のような気持ちになっていた。淡い月の光がクリスタの身体を金色に染めあげ、髪は銀色に輝いていた。乳房は手のひらにおさまりきらないほど大きく、優しく乳首にキスするにつれて、それがとがってくるのを舌の先で感じた。

アーメドはウエストに沿って口づけしていったが、本当は妊娠していない腹の上で、胸が張り裂けそうになり、一瞬、身体をこわばらせた。クリスタはまだほっそりとしていて、子供がいるとは信じられなかった。しかし、兄が自分の愛する女を犯したと思うと、怒りのあまり心が砕け散りそうだった。

クリスタは、彼が突然凍りついたのに気づき、嫌われたと誤解して起き上がろうとした。

「違うんだ、クリスタ。怒ってはいない。アブドゥーラに対してなんだ。奴がしたことを思うと、殺してやりたくなる」

真実を打ち明けてしまいたい衝動を必死に抑え、クリスタは唇を重ねると、言葉では伝えられない思いをこめて、彼の悲しみを癒《いや》そうとした。彼は両手で、尻《しり》のふくらみと太腿《ふともも》の間の柔らかな肌を愛撫《あいぶ》した。続いて唇が下りてゆき、熱い炎のような口づけが、クリスタを燃え上がらせた。

脚を撫《な》で上げ、指が太腿の合わせ目にある淡い森の下の、やわらかく温かい場所にたどり着いた。指はさらに下りてゆき、唇がそれに続いた。クリスタは身体をこわばらせ、優しく入ってきた唇の感触に、かすかに声を上げた。

アーメドは両手で尻をつかみ、舌で彼女自身を探りあて、むさぼり吸いながら、高まる欲情にくぐもったうめき声をもらした。クリスタは背中をのけぞらせて身悶《もだ》えした。歓喜にあえぐかすかな声が、彼をさらに駆り立てた。優しく、熱烈な彼の舌の動きがクリスタを気も狂わんばかりにした。身体の芯《しん》の、深い場所でわななきが起こり、クリスタは鮮烈な恍惚《こうこつ》感に飲みこまれた。アーメドはわななきがおさまるまで愛撫をやめなかった。

「これだ、可愛いセイレーン」アーメドは息を荒げながら言った。「君は最高だ。アブドゥーラのときもこんなふうにいい声で泣いたのか？」嫉妬《しっと》を露《あら》わにした自分に腹が立ったが、アーメドはどうしても知りたかった。だがクリスタが他の男に抱かれてどう反応するかなど、知る必要があるのか？　なぜこんな卑屈な真似をする？

「あなただけよ、アーメド」クリスタは認めた。「わたしをこんなにしてしまうのは、あなただけ」

「アラーよ」アーメドはうめき、ずきずきと脈打つ硬いものを、絹の鞘《さや》におさめたい欲求に駆られ、腰を持ち上げて彼女の中に深く押し入った。クリスタは腰を突き上げ、アーメドの裸の身体にぴったりと抱きついて、初めて彼が服を脱ぎ捨てていることに気づいた。深い湿ったひだが彼のものを迎え入れ、包みこみ、巧みに締め上げると、アーメドは激しい快感にうなった。

「もし明日死んだとしても、俺は幸せだ」あえぐように言うと、ぎりぎりまで腰を引き、ふたたび深く突き入れた。

そして優しく腰を揺すり上げながら、半開きになったクリスタの唇を吸い、歯をなぞり、ふっくらした唇の味に酔いしれた。またたく間に燃え上がった欲望の炎に飲みこまれて、恍惚となったクリスタは、小さく歓喜の声を上げた。

突然、アーメドは自分を抑えきれなくなり、野獣のように荒々しくのしかかって、頭が真っ白になるまで激しく腰を打ちつけた。理性も常識も現在も未来も、すべてが消え失せた。彼の中で荒れ狂う激しい嵐《あらし》が巻き起こり、身震いするような歓喜の渦が砕け散り、そしてあふれた。クリスタは、繰り返される激しい動きに、どこまでも昇りつめ、ふたたび、苦痛にも似た絶頂を迎えた。その崇高な痛みを、クリスタは喜びとともに迎え入れた。

クリスタはゆっくりと呼吸を整えながら、アーメドとの時間が早くも終わりに近づいているのに、まだ少しも思いを伝えていないことに気づいた。だが口を開いたとたん、アーメドが優しい口づけでふさいでしまった。「希望を捨てるな。必ず君のもとへ帰る道を見つける」

「だめよ、アーメド、それだけは！」彼が信じられないというように額《ひたい》に皺《しわ》を寄せたので、あわてて言い直した。「どんなにそうして欲しくても、あなたはコンスタンティーヌに戻ってきてはいけないの」

「馬鹿な。連れていかれたら君のことを忘れてしまうとでも思ってるのか？」

「スペイン人の奴隷になったら、わたしの心配どころか、生き延びるだけでも精いっぱいのはずだわ。アブドゥーラはわたしには何もしないわ。今のところはね。そうする理由がないんですもの。約束して、アーメド。なんとか逃げ出せたとしても、コンスタンティーヌには戻ってこないって」

「気でも狂ったのか？」アーメドは驚いて叫んだ。「いつかおまえをアブドゥーラから奪い返す、その望みがあるから俺は正気でいられるんだ」

挫折《ざせつ》感に歯を食いしばりながら、クリスタは激しく首を振った。「違う、違うの！　わたしのせいであなたに死んで欲しくないの！　ここを出たら、振り返らないで。それがあなたのためよ。生きるのよ、アーメド。そして安全なイギリスに逃げて。あなたのお祖父《じい》様が迎えてくださるわ。新しい人生を始めるのよ。わたしのことは忘れて。もしアブドゥーラの気がすんで解放されたら、わたしは家族のところへ戻ってブライアンと結婚するわ」嘘よ、嘘！　ブライアンと結婚できるはずがない。

クリスタが心情を吐露してしまうと、今度はアーメドが言い返す番だった。彼は激しく叫んだ。「おまえのいない人生などありえない。そんなに簡単に俺のことを忘れられるのか？」

「決して忘れないわ。死ぬまで愛し続けるわ。わたしはあなたに、あなたの人生を返したいの、わかる？　あなたがわたしのところに舞い戻ってきたら、せっかくの苦労が水の泡になる。あなたはあなた自身の人生を歩んでちょうだい、アーメド。わたしも自分で道を選ぶわ。あなたがわたしに誓った、二人の未来のことはなかったことにしましょう。わたしがもう少し賢かったら、たとえ一緒になれても未来なんかないと、最初から気がついていたはずなのに」

「おまえは自分が何を言っているのかわかっていないんだ！」アーメドが憤慨して怒鳴りつけた。「兄に妊娠させられたせいで、傷ついて混乱しているだけだ」

「そうよ、そうなの」クリスタは藁にもすがる思いで、即座にうなずいた。「わたしの子供はたとえ一人でも二人でも残してはいけないわ。父親が誰で、どんなふうに妊娠させられたのだとしてもね。だから、こんな話をしても、もう無駄よ。約束して、アーメド。もしスペイン人から逃げることができたら、自分のことだけを考えて、わたしのことは忘れて」

アーメドは沈黙した。

「アーメド、お願い、さっき約束したでしょう！　時間がないわ、この部屋を出る前にもう一度抱いて。その約束を果たして！」

クリスタがあまりにも動転しているので、アーメドは気が確かなのかと不安になった。そして、たとえ嘘でもここはうなずいておこうと思った。それにもう一度抱いてと言われた瞬間に、彼のものはまた硬くなり、ずきずきと大きくなりはじめていた。アーメドの答えを聞いて、クリスタは今にも泣き出しそうになった。「約束する」いくつかの感情がせめぎ合うように彼女の顔をよぎったが、一番強かったのは安堵《あんど》感だった。

アーメドは彼女の腰を抱えて高く持ち上げると、ゆっくりと自分の上に跨《また》がらせた。クリスタは喜びにすすり泣きをもらしながら、大の字になったアーメドの上に、身体を沈め、引き締まった肩の筋肉にしがみついた。豊かな乳房を彼の唇にこすりつけると、硬く敏感になった乳首を激しく吸われ、幾度もため息をもらした。アーメドはクリスタが激しく身をわななかせて頂点に達するよう、ゆっくりと愛したかったが、激しい欲望にせき立てられて我慢できなくなっていた。二人はあっという間に昇りつめ、誰にも邪魔されない世界へと飛翔《ひしょう》した。

エリッサの哀願するようなささやきが二人を厳しい現実に引き戻した。「クリスタ、もう行かなくては。時間切れよ、もし見つかればラシッドが危ないわ」

「行くわ」クリスタはは うようにしてカフタンを拾うと、弱々しく答えた。弱気になって真実を話してしまいそうなのが怖くて、あえてアーメドを見ずに、素早く服を着た。もし妊娠しているのを少しでも疑われてしまったら、スペイン人から逃げ出したが最後、彼はなんとしてでもコンスタンティーヌに戻ってきてしまうだろう。それに彼が脱出しないとは考えられなかった。

クリスタは振り返り、彼の力強い顔の輪郭と目鼻立ち、引き締まった身体の線を記憶に刻みつけ、無駄とはわかっていても、思い出が一生続くように祈った。

「クリスタ！」切迫した声がクリスタの思いをさえぎった。「お願い、急いで！」

クリスタはアーメドの腕の中に飛びこむと、つかの間、唇をむさぼり合い抱きしめ合った。「約束を忘れないでね」顔を寄せてささやいた。そして彼女は出ていった。逢瀬《おうせ》のあとの、感触と匂《にお》いだけを残して。

扉から滑り出たクリスタには、悲嘆に暮れるアーメドの言葉は届かなかった。「俺が死ぬ日こそ、おまえを忘れる日だ！　たとえ死んでも、おまえの思い出は永遠に俺を追いかけてくるだろう。二人はまた巡り会うんだ、クリスタ、それが宿命《キスメット》なんだ」


意気消沈し、放心状態のまま、クリスタはけだるげにベッドに横たわっていた。アーメドに会ったあと、無事に部屋まで戻ってはきたが、深紅の光線が東の空を染めだした今、もう彼がいないことはわかっていた。まるで心臓をナイフでえぐりとられたみたいだった。残っているのは彼との愛の記憶だけだ。エリッサですら日ごとに滅入っていくクリスタを励ますことはできなかった。

一週間ほどして、アブドゥーラから呼び出されたとき、クリスタは今までよりもっと恐ろしい目にあうことも覚悟していた。何かの拍子に嘘がばれたのではないか？　愛する人たちから遠く離れ、みじめに死んでゆくのだろうか？　最悪の事態に備えて、クリスタはゆったりとしたマントに身を包み、フェドアの後ろについて接見室らしい部屋に入っていった。ほっそりした肩をいからせて、その部屋に足を踏み入れた瞬間、胸の鼓動が大きくなり、後ろで閉まる扉の音も聞こえなかった。

ほっとしたことに、アブドゥーラの姿はどこにもなかった。だが一人きりだと思ったのもつかの間、西洋の服を着た、背の高いやせた男が中庭から姿を現した。彼は中庭で待っていたらしかった。逆光で一瞬誰かわからなかったが、ゆっくりと近づいてくるにつれて、見おぼえのある顔だとわかった。

「ブライアン！　本当にあなたなの？」

「クリスタ、やっと君を見つけたよ！」ブライアン・ケントは、探るように茶色の目を、マントで隠れている細い身体にさっと走らせた。一段と美しくなったが、何かが変わった。ある意味では大人びたとも言えるが、それが目をみはるような元々の美貌をさらに高めていた。

銀色の入ったトルコブルーのゆったりとしたカフタンを着て、淡い金髪を腰まで垂らした彼女の美しさにブライアンは胸を打たれた。君主《ベィ》はすでに彼女を自分のものにしてしまったのだろうか？　ブライアンは苦々しく考えた。男ならこんなチャンスを見逃すはずはない。彼女の姿はあまりにも刺激的だ。ベイは男としての正常な欲求の持ち主であり、多くの女の身体を好きなだけ漁ってきたと聞いている。クリスタは何ヶ月も彼の捕虜だったのだ。残念ながら処女だとはとても思えない。

「ブライアン、どうやってわたしの居所がわかったの？」クリスタはうれしくなって思わず彼の腕の中に飛びこんでいった。一番必要としていたときにブライアンに会えたのは、祈りが通じたようなものだ。元いた世界で親しかった人間に会えたうれしさのあまり、喜びに震え、クリスタは笑い泣きしていた。

「知らなかったのかい？」ブライアンは不思議そうにたずねた。「君の釈放について父上が交渉していたことは、ベイ・アブドゥーラから聞いてるだろう。君を無事帰してもらうための身代金はかなり高かったから、用意するのにしばらく時間がかかったんだよ」

「ちっとも……知らなかったわ」クリスタはブライアンの胸にすがりついたまま、つぶやいた。すべてのことが大きな衝撃だった。サイード医師が尽力してくれたに違いない。そのことに気がついて、クリスタはこみ上げてきた喜びを嚙《か》みしめた。あの親切で慈悲深い老人に一生感謝しよう。

「体の調子はどうなんだい、クリスタ？」ブライアンが心配そうに聞いた。「ベイに何かされなかったかい？　彼は君が無傷で元気だと言っていたけど」

彼が探るような目つきで見ていることに気づき、クリスタは言った。「元気よ、ブライアン。アブドゥーラは残酷だけど、ひどいことはしなかったわ。お父様はどこ？　どうして来てくれなかったの？　元気なんでしょう？」

「父上は元気だよ、クリスタ」ブライアンがすぐに答えた。「ただ、母上の具合がよくないんだ。君が海賊にさらわれたと聞いてからずっとね。それで父上は、母上のことをメイドに任せきりにもできなかったので、代わりに僕が行くと申し出たのさ。母上のことと、アブドゥーラと交渉するためにコンスタンティーヌに飛んでいきたい気持ちとの板挟みになって悩んでいらしたよ。一番大事なのは、母上の世話をすることだと説得して、ようやく同意してくれたんだ」

クリスタは母親の病気のことを知ってすすり泣いた。ブライアンはぎこちなく彼女の肩を叩《たた》いた。「お母様はどこが悪いの、ブライアン、あなた知ってるんでしょう？」

「君のことが心配で、高熱が続いて衰弱してしまったんだ。父上も悲嘆に暮れていたよ。君が元気で、しかももう一度会えるとは夢にも思っていなかったからね。母上は、アブドゥーラから連絡が来てからは徐々に回復してきたんだ。まだ体が弱っていて休息は必要だけど、最後に会ったときにはだいぶよくなっていたよ」

「よかったわ」クリスタはほっと息をついた。「わたしは自由の身になって、あなた

いたくなかった。「今よ！　今すぐ出ていきたいの！」


と一緒にここから出られるの？」

「そうだよ、明日の朝、出発しよう」

「いや！」クリスタは不安になって叫んだ。アブドゥーラの宮殿にはたとえ一分でもいたくなかった。「今よ！　今すぐ出ていきたいの！」

　ブライアンは驚きを隠せなかった。きっとアブドゥーラのハーレムに囚われの身となって悲惨な体験をしたせいで、心労のあまり緊張の糸が切れそうになっているのだとしか考えられなかった。もしかして、あの優男《やさおとこ》に強姦《ごうかん》されたからか？　彼女のような繊細な神経の持ち主なら、発狂してしまうだろうとブライアンは思った。そんな辱《はずかし》めを受けたら自殺しても不思議ではない。

　しかしチュニスからの旅は長く、暑かった。一日か二日、休みたかったし、疲れを癒すために、アブドゥーラは気前よく愛人を一人与えてくれていた。しかしクリスタの真剣な表情を見て、ブライアンは、自分の楽しみよりも、彼女の機嫌を取ることを優先することにした。

「わかったよ、クリスタ」ブライアンは少しがっかりしながら同意した。「身代金はもう渡したから、いつ出発しようとアブドゥーラも気にしないだろう。ここで待っているから、荷物をまとめてくるといい」

　目を輝かせて、駆け出そうとしたクリスタは、急にいい考えを思いついて、くるりと振り返った。「エリッサがいなくては出発できないわ」

「いったい誰なんだ、エリッサって?」ブライアンがじれったそうにたずねた。

「召使い……いいえ、友だちなの。あの娘《こ》はアブドゥーラの役には立たないし、ここに置いてはいけないわ」クリスタは頑固に言った。

「いいかい、クリスタ」ブライアンは辛抱強く、しかし必死に彼女をなだめた。「ここから出られるだけで十分じゃないか? これまでに生きてハーレムから出られた女性はめったにいないんだよ。エリッサのことなんか忘れたらいい。新しいメイドを雇えばいいんだ」

「いやよ、エリッサを置き去りにはできないわ、ブライアン。絶対に!」決意に満ちた目で、挑むように顎《あご》を上げたクリスタを見て、ブライアンは舌打ちした。頑《かたく》なに肩をそびやかしている姿を見れば、その召使いを手放す気がないことはよくわかった。彼女に欠点があるとしたら、それは独立心が強く、こうと決めたら曲げないことだと、やっと思い出した。

「君の勝ちだ、クリスタ」彼は渋々譲歩した。「アブドゥーラに話してみよう。君の言う通りなら、エリッサが出ていくことには反対しないはずだ」

「ありがとう、ブライアン」クリスタは甘えたように言うと、トルコブルーと銀色のカフタンをひるがえして駆けていった。

このことを聞いたエリッサは、クリスタのためにも自分のためにも大喜びした。窮地から、アラーが助けてくださったのだ。

「チュニスに向かうの？　クリスタ」わずかな持ち物をまとめながら興奮したようにたずねる。

クリスタはもの思いに沈み、黙りこんでいた。それからようやく口を開いた。「ブライアンは言わなかったけど、そうだと思うわ」

「その人、誰なの？」エリッサが好奇心に駆られてたずねた。

「わたしの婚約者よ」クリスタは説明した。「父の代わりにアブドゥーラと交渉しに来たの」

「その男と結婚するの？　あたしはてっきり……ねえ、アーメド様はどうするのよ？　愛し合ってるんでしょう」

「今も、これからもアーメドのことは愛し続けるわ、でもわたしたちは絶対一緒にはなれないの」クリスタはうつろな声で言った。「わたしたちが……一緒になるという約束はなかったことにしたの。もし生き延びることができたら、わたしなしで自分の人生を歩んでくれるようにって頼んだわ」

「ずいぶん強いのね、クリスタ。でも人生ってそんなに単純にはいかないわよ。アーメド様のことを本当に忘れられるの？」

「絶対に無理よ！　釈放されるとわかっていたら、アーメドにわたしのことを忘れてくれなんて言わなかったわ。でも、もう遅すぎる。スペイン人の手から逃げ出して、安全なイギリスに行くよう祈るしかないのよ」

「あなた自身はどうなの？　彼のことを深く愛してるんでしょう？」

「わたし……わからない。アーメドのいない人生なんて想像もできない。二人が一緒になるキスメットなら、それに賭《か》けてみるわ」クリスタは気丈にそう言ったものの、自分がどこまで本気なのかはわからなかった。

もう一つクリスタが心配しているのは、レノアのことだった。この年取った女性とすっかり打ち解けていたし、エリッサも同じだった。クリスタの幸運をレノアもとても喜んだが、少し悲しそうな顔をしていたのは、彼女がまだ奴隷の身だからだとクリスタは思った。今ではレノアはアブドゥーラが大急ぎで集めさせた大勢の若い女性たちの女官長として、ハーレムには欠かせない存在となっていた。

二人がわずかな身のまわりの物を柳で編んだトランクにつめ終わると、レノアがブライアンの待つ部屋まで二人についてきた。涙ながらに別れを惜しみ、自分の仕事に戻ろうとしたレノアは、クリスタがブライアンに質問しているのを耳にした。「ブライアン、これからわたしたち、チュニスに行くの？」レノアは扉の外で聞き耳を立てた。

「いや、クリスタ、君の父上と慎重に相談した結果、すぐにイギリスに向かうのが一番いいだろうという結論に落ち着いたんだ。チュニスでは、辛い生活を思い出させるものが多すぎると思ってね。キャラバンでアルジェまで行き、そこからイギリス行きの最初の船の切符を買うつもりだ。イギリスに着いたら、君のご家族が合流するまで、僕の叔母のところにいればいい」

「父と母もチュニスを離れるの？」

「母上の健康のことがあるからね。それに父上はロンドンである役職につくという話が持ち上がっているんだ。僕もチュニスでの仕事が一段落したら帰国して、やっと結婚できるというわけだ。休暇も取るつもりだし、父上のおかげで、故郷に近い職場に転任できそうなんだよ。君にも気に入ってもらえるといいけど……」

ブライアンが自分と結婚する気をなくしている可能性を考えていたクリスタは、びっくりして言葉を失い、彼を見つめた。

「そんな約束、もういいのよ、ブライアン」やっとのことでこう言った。「わたしと結婚したくなくなって当然ですもの」自分が彼とは結婚できないのだとは言わなかった。

「クリスタ、僕に話していないことでもあるのかい？」アブドゥーラのハーレムでのことを切り出すなら今だと思い、ブライアンはたずねた。「何があったとしても、僕はかまわないよ」

「いいえ、何もないわ！」クリスタはアーメドへの気持ちや二人が分かち合った愛についで話すつもりはなかった。それはあまりにも大切なものだったし、あの特別な愛の思い出について話すのは、相手がブライアンだろうと誰だろうとあまりにも辛すぎた。きっと時が経てば……。

「イギリスに戻るのがいいかもしれないわね、ブライアン」用心深く、クリスタは言った。「父は正しいわ。わたしも早く帰りたい。ここではいろいろと、辛い思いをしたから、バルバリアから離れれば離れるほど楽になれるかもしれない」

「きっと賛成すると思っていたよ。アルジェ行きの手配はすべて整っているんだ。あとは我々が便乗するキャラバンの商人と話をつけるだけだ。僕たちはもうすぐ結婚するし、そうすれば、すべてうまくいくよ」

クリスタは陰鬱《いんうつ》な表情をして見せたが、ブライアンの気持ちは変わらないようだった。彼はクリスタがまだ自分と結婚したがっているに違いないし、海賊たちに陵辱されたのも間違いないだろうと考えた。そうでないとしても、アブドゥーラに犯されたのは確実だ。クリスタのような傷ものを引き受けるのだから、彼女は運がいいと、こっそり思った。処女であろうとなかろうと、まだ美しく魅力的だ。おまけに今では男をベッドの中で悦《よろこ》ばせる技をたっぷりと仕込まれ、愛技にも精通しているだろう。ブライアンが切望する出世を実現するだけの十分な財産があることは言うまでもない。それに彼女の父親も、ブライアンがこんな不名誉な娘と結婚することに感謝して、一生、恩に着るはずだ。ウェズリー卿《きょう》は国王にも影響力を持っているから、彼が進言してくれれば、外交団の一員として将来も約束される。そうした利益がある以上、傷ものだろうとかまわない。

クリスタはいささか動転し、ブライアンをじっと見つめた。薄茶色の髪、茶色の目、広い肩、ハンサムではあるが、アーメドと比べると見劣りがする。なぜか彼の笑顔には誠実さが感じられなかった。結婚したいというのは嘘ではなさそうだし、気のせいなのかもしれない。でも、本当の恋人であるアーメド以外の人間と、婚約などしていいのだろうか？　ブライアンとはおそらく一緒にやっていけるだろうが、思いやりと情熱のない結婚生活になるだろう。

「ブライアン、本当にまだ結婚してくださるつもりなの？」クリスタはできるだけ控えめに聞いた。

「もちろんだ」彼は真剣に叫んだが、真剣すぎるようにも思えた。「クリスタ、僕は気にしてなんかいないよ、たとえ君が……つまり、君がどんな目にあったのかはわかってるつもりだ。それほど僕もうぶじゃないからね」

クリスタは唇を嚙みしめた。彼は自分が略奪者たちに強姦されたと決めつけている。

そして殊勝にもそのことを見逃してくれようというのだ。「少し考えてみるわ、ブライアン。でもまだ結婚できるかどうかわからない」

「何を馬鹿なことを」ブライアンはあわてて言った。「言っただろう、休暇も取ってある。二、三ヶ月もすれば僕もロンドンに戻るし、君のご両親だってそうだ。僕たちは予定通り結婚する。父上が進言してくだされば、イタリアかフランスへ赴任することだってできるんだよ」彼はこの思いつきに夢中になった。彼自身、バルバリアにはなんの愛着も持っていなかったし、クリスタもそうに違いないと思っていたのだ。

ブライアンはクリスタが黙っているので、巧みに話をそらして先を続けた。「アブドゥーラはすぐに出発していいと言ってくれたよ。たぶんわかっていたんだろうけど、エリッサを連れていくことも許可してくれた」

この会話を聞いたあと、レノアはこっそり自分の小部屋に戻り、素早く荷造りし、中庭の扉を抜けてハーレムを抜け出した。彼女は単なる召使いなので、自由に出入りができ、誰かに呼び止められることも疑われることもなかった。レノアは塀の横でクリスタたちが宮殿から出てくるのを待っていた。そして、見つからないように一定の距離を取りながら、混み合った狭い路地をこっそりとついていった。

しばらくして、古都の城壁にたどり着くと、ブライアンは、前もって旅のことを交渉してあった商人と値段について言い争いを始めた。ブライアンが目を離しているすきに、レノアは近くのオリーブの木陰で待っていたクリスタに近づいた。

「お嬢様」レノアは声をひそめて言った。レノアはヤシュマックをすっぽりかぶっていたので、クリスタは、はじめ誰かわからなかったが、やっとその声で気がついた。

「レノア！　ここで何をしてるの？」

「一緒に連れていっていただきたいんです、クリスタ様。もう一度イギリスを見たいんです。ずっと以前に、アーメドのお母様のエミリー様と行ったことがありますが、戻るときに、彼女にお仕えするために自分からついてまいりました。あの方を心からお慕いしていたんです。でも今はエミリー様も亡くなられて、ここには何もない」

「アブドゥーラは？」クリスタはおそるおそる聞いた。「あなたがいないのに気づいたら、絶対に歩兵部隊にあとを追わせるはずだわ。どこへ行ったのか、わかるはずですもの」

「それがそうじゃないんですよ。なぜかおわかりですか？　アブドゥーラはあなたがチュニスに行くと思ってますが、そうではないんでしょう？　アルジェに行かれると聞きました。あたしがいなくなったと誰かが報告するまで、しばらく時間がかかるでしょうし、もしアブドゥーラが誰かに追わせるとしても、チュニスへの道を探すでしょう。その頃《ころ》にはアルジェへの道のりの半分は進んでいるはずです」

「連れていきましょうよ、クリスタ」この年取った女性に好意を持っていたエリッサが促した。

「ええ、そうね」クリスタはアブドゥーラを出し抜いてやれると思い、にやりとした。「慈悲のかけらもない、あの残酷なアブドゥーラの手から、誰か一人でも助けられるのはうれしいわ」

「ブライアンは?」エリッサが聞いた。「承知するかしら?」

「たぶん怒るでしょうね。ブライアンの交渉がすんだら、個人的に商人と話をつけてみるわ。出発してしばらくは、レノアのことは秘密よ」

「これを受け取ってください、クリスタ様」レノアはずっしりと重い金貨の入った革袋を差し出した。「エミリー様はとても寛大な方でしたので、くださったものはすべて貯めておいたんです。キャラバンにもう一人加われば、商人はきっとその分を請求してきます。必要なだけお使いください。決して後悔はしません、クリスタ様。わたしは残された日々を、あなたに忠実にお仕えするつもりです」

この金貨でレノアの分の料金も支払うことができ、彼女が言ったように、誰にも邪魔されず旅ができた。ブライアンはクリスタの予想通り、三人の女性が結託していたことを知ると完全に腹を立てた。でももうすんでしまったことなので、彼にはどうすることもできなかった。

数週間かけてアルジェに到着すると、運良く港には、イギリスの一本マストの帆船、ヴァリアント・ヴォイジャー号が、出帆を目前に控えて錨《いかり》を下ろしていた。クリスタはよろめくように急いで甲板を昇って自分の船室に飛びこんだ。ブライアンは、別れの間際、クリスタの頰にキスをし、数ヶ月したらできるだけ早く自分も行くと約束するのが精いっぱいだった。

16

クリスタたちがコンスタンティーヌをあわただしく出発する二週間前——神経質なウィロー・ラングトリー夫人は不潔なにおいと光景にうんざりしながら、波止場をずんずん歩いていた。彼女はアルジェが大嫌いだったので、この野蛮な場所から出発できるのがうれしくてたまらなかった。夫人は、ボナミ号が海賊に襲われ、マークが姿を消してからも、そのままアルジェへの旅を続けていた。ありがたいことに、二隻のフランス船が海賊船を追い払い、ボナミ号の被害も、なんとか港にたどり着ける程度ですんだ。マークがまだ生きていると知ったのはアルジェでだった。重傷だったが、フランス船に救助され、アルジェに運ばれたという。つかめた消息はそれだけだったので、その後どうなったのかいつも気にかけていた。

ラングトリー夫人の後ろには、地元の人夫が、荷物をたくさん積んだロバをひいて従っていた。すぐ前にはイギリスのフリゲート艦、ライオン・ハート号が停泊している。彼女は足を早めた。

「馬鹿《ばか》なロバート、こんな異教徒の国に来いなんて言い張るんだから」小さな声でつぶやいた。「おまけにあの人は悪魔に命を奪われ、あたくしは一人で自分の身を守るはめになってしまって」

ロバート・ラングトリーがアルジェに着いたときに、よもや結核で死ぬとは誰《だれ》も予想もしなかった。そのときは、彼もひどい風邪を引いたくらいに考えていた。しかし、しばらくしてその「風邪」がひどくなり、ようやくベルベル人の医者にかかってみると、末期の結核だという診断がくだされたのだ。その頃《ころ》、ラングトリー夫人はすでにアルジェに向かっていた。そして到着してから何ヶ月か、死の床にあるロバートを看病して過ごすことになったのだ。生まれつき病気に対する嫌悪感が強かった彼女は、アルジェの外国人居留区に住むイギリスとフランスの移民たちと友だちになり、不幸に見舞われた夫とできるだけ関わらないようにしていた。

ラングトリー夫人は鎖を引きずる音で我に返った。奴隷として一生を送る不幸な人間が、手かせ足かせをはめられ、足を引きずっている姿が目に入ってきた。港に停泊している、古ぼけたスペインの輸送船の一つに乗せられるのだろう。ラングトリー夫人は脇《わき》によけて、小さな集団を先に行かせようとした。男が五人。重い鎖を引きずって、目が見えぬようによろよろしている男の両脇を、軍服姿の四人の兵士が固めている。兵士の一人が時折、残酷にも刀の先でこの奴隷を小突いて急がせている。

ラングトリー夫人はじっとその奴隷を見つめた。かつては素晴らしい肉体をしていたに違いない。もし健康状態さえよければ、きわめて優れた若者だろうと思われた。にわかに興味をそそられ、この若者の頭のてっぺんからつま先まで、じろじろと真剣に観察しはじめた。

ゆるいパンタロンをはき、裸の上半身は、灼熱《しゃくねつ》の太陽にさらされ赤銅《しゃくどう》色に日焼けしている。裸足で、腫《は》れ上がった足首は、鎖でこすられ血がにじんでいる。両手も同じように前でつながれている。首にはめられた太い金属の輪につないだ鎖を、先頭にいる歩兵部隊の士官が引っ張っている。いったいこの男は何の罪で、こんなひどい扱いを受けることになったのだろう。恐ろしい犯罪者なのだろうか？

下を向いているので顔はよく見えない。突然、彼女は驚愕《きょうがく》し、すべての感覚が麻痺《まひ》したように凍りついた。なぜこの男に見おぼえがあるのだろう？ 長いもつれた髪は、土ぼこりにまみれ、黒っぽく輝いている。髭《ひげ》だらけのするどくこけた頬《ほお》、青白い肌とは対照的に、浅黒く日焼けした胴体。素人目にも、ひどい病気にかかっているように見えた。時々、血の気のない唇から低い弱々しいうめき声がもれ、真っ赤な顔には汗が玉のように吹き出ている。ラングトリー夫人は突然震えだした。そしてその奴隷がそばにやってきて、苦悩に満ちた緑の目と目が合った瞬間、ラングトリー夫人は息をのんだ。

最初はまさかと思い、仰天して叫んだ。「マーク！」彼は明らかに病気で、残酷な虐待を受けたせいで、ぞっとするほどやせこけてはいたが、あの鮮やかな緑の瞳《ひとみ》は見間違えるはずがない。たった数ヶ月の間に、どうしてここまで変わってしまったのだろう？　彼女のうちに言葉にならない怒りがこみ上げてきた。かつてイギリスで付き合っていた彼が、半年後に、こんな抜け殻になっているとは。ラングトリー夫人は勲章に値するような勇気もなければ、善行を積むタイプでもなかったが、マーク・キャリントンを奴隷のまま見捨てておくことはできなかった。彼はあまりにも具合が悪そうで、きちんと治療をしなければ、今にも死んでしまいそうだった。

兵士に小突かれ、マークはよろよろと進んだが、目は虚ろで血走っていた。「待って！」ラングトリー夫人が叫んだが、彼の目は変わらず、何が起きているのかもわからぬ様子だった。「止まりなさい！」ラングトリー夫人はようやくおぼえた数少ないアラビア語で、もう一度叫んだ。

振り返ったハッジ部隊長は、感情をむき出しにしているあつかましい外国人の女を見て、顔をしかめたが、ふと興味をそそられ、立ち止まって、用件を聞こうと待ちかまえた。

「わたしに何か話したいことがあるか？」ハッジ部隊長は、たどたどしい英語でたずねた。ハッジは以前、セリムが歩兵部隊に近代的な訓練するためにイギリス人を雇ったときに、多少英語をかじったことがあったのだ。

「この男をどこに連れていくの？」ラングトリー夫人は、歩兵が英語が話せるようなので、ありがたいことだと思った。

「この男は奴隷だ。彼の運命はあなたが心配することではない」

「あたくしはこの男を知ってるの」ラングトリー夫人はマークを指さして言った。「彼が何をしでかして、こんな運命になったのか教えてちょうだい」

「この奴隷、アーメドはコンスタンティーヌの偉大な君主《ベイ》アブドゥーラ様の敵だ。スペイン人のガレー船に乗って働くのが彼の運命だ。主人がそう決めたから、わたしはその命令に従っているだけだ」

「だめよ！」ラングトリー夫人は力強く抗議した。「病気なのがわからないの？　見てごらんなさい。目は熱病で真っ赤で、身体《からだ》は震えてるじゃないの。鎖でオールにつながれたら一週間ともたないわ。ひどい栄養失調みたいだし、治療が必要よ」

「奥方、この男の健康状態はわたしには関係ない」ハッジが冷淡に言った。「命令には従わなければならない。そうでないと、罰せられる。この奴隷が長く生きることをアブドゥーラ様は望んでいない」ハッジはいらいらしたように部下たちを手招きした。

「待ちなさい！」ラングトリー夫人はやけくそになって叫んだ。特に勇ましいわけでも慈悲深いわけでもない。でも心のどこか深いところにある何かが、このままマークがスペイン人のガレー船の上で不名誉な死を遂げるのを許さなかった。「この人を売って。スペイン人の倍出すわ」

ハッジ部隊長は値踏みをするようにラングトリー夫人を横目で見ながら、考えた。ひと財産をものにして、しかもアブドゥーラへの義務を果たす方法を考えつき、ずる賢い笑いを浮かべた。「アブドゥーラ様はこの奴隷に特別の恨みを持っていて、アルジェリアの土地から追い払いたいのだ」と、どん欲さをちらつかせながら言った。この夫人が条件を飲まない限り、取引はなしだ。だが彼女はよくわかっていた。

「あたくしは夕方の満潮時にイギリスに向けて出帆するわ」ラングトリー夫人はハッジの条件付きの提案を察して言った。

「しかし、奥方」ハッジはわざと不安そうにためらってみせた。「わたしだけなら承知してもいいんだが……」あいまいな表情で部下たちを見やった。「他の連中のことも考えないといけない。この取引のことをアブドゥーラ様が知ったら、我々の命はないも同然だ」

ラングトリー夫人は、この男は見かけほど馬鹿ではないらしいと感じた。「この人はあたくしが引き取るわ。あなたの奴隷のマークを今すぐ、あたくしの乗るライオン・ハート号に乗せる。それから」強い口調で付け加えた。「ガレー船の奴隷の値段の、三倍出すわ。儲《もう》けはあなたたちで分ければいい」

ハッジは考えるふりをしながら、慎重にどう答えるべきか必死で考えた。この夫人の気前のいい申し出を受け入れるとするなら、アーメドの代わりに波止場をうろついている物乞いを拾ってスペイン人の船長に売りつければいい。アブドゥーラに渡す領収書は簡単に手に入る。部下たちにも、儲けの一部を分けてやればいい。他にも、儲けた金にもってこいの使い道がある。市場にいた十三歳かそこらの若い女の子を父親から買おうと思っていたところだった。二人目の若い妻は、一番目の妻を助けるだろうし、夜は刺激的な相手になるだろう。

「彼をアルジェから離れた場所に連れていくと、約束するか？」

「ええ」ラングトリー夫人はうなずき、マークをちらっと見て、彼がこの奇跡的な脱出について理解しているのかどうか危ぶんだ。彼の虚ろな目はまっすぐ前を見つめているだけで、身体を揺すりながらなんとか立ってはいたが、みじめに肩を落としていた。彼は倒れる寸前に見えたが、たしかにその通りだったのだ。

「それでは奥方、元気《いい》なガレー船の奴隷一人の、三倍の値で手を打とう」ハッジはマークを鎖から解放する値段を申し出た。ラングトリー夫人はぎくりとしたが、あえて反論はしなかった。マークを自由にするためなら、喜んで財産を投げ出すつもりだった。

夫人は、近くで荷物と一緒に辛抱強く待っていた人夫に合図し、ロバの背中から小さな飾り箱を下ろして彼女の前に置かせた。小物入れから鍵《かぎ》を取り出し、箱を開いて重い袋を取り出した。ダカット金貨を数えてハッジの手のひらにのせた。

要求通りの金額が自分の巾着《きんちゃく》におさまると、ハッジは素早くマークの手首、足首、首の鎖を外し、それを部下たちに向かって放った。彼女の気が変わらぬうちに、ハッジは会釈《えしゃく》をして、大声で部下を呼び集め、そそくさと人ごみの中に消えていった。

何週間も絶望のうちにつながれていた重い鎖からふいに解放され、マークは降ってわいた自由の意味がわからぬかのように、鎖のない手を握りしめていた。

「マーク!」ラングトリー夫人は目に涙を浮かべながら叫んだ。「どうしたの、あたくしがわからないの? ウィローよ、あなたは自由なのよ! 聞こえてるの? 自由なのよ! あなたを故郷のイギリスに連れていくのよ」

苦痛に満ちた緑の瞳が一瞬光ったが、それもすぐに消え、虚ろな表情に戻り、彼女はがっかりした。ほんの一瞬でも気がついてくれれば——と、祈るように思った。しかし、ひとかけらの知性も熱病のどんよりしたヴェールに隠され見えなかった。ふいにマークは倒れそうになった。ラングトリー夫人があわてて駆け寄り彼の腰を支えなかったらそのまま倒れていただろう。その大きな身体はとても支えきれそうになく、ラングトリー夫人はマークの下でよろめきながら、助けを求めてあちこち見まわした。

人夫がまだロバの手綱《たづな》を握っていたので、ラングトリー夫人は叫んだ。「助けなさいよ！」

しかし人夫は、頑《かたく》なに拒んだ。どうみても熱病で頭がおかしくなっているとしか思えない男と、関わり合いになりたくないのだ。この国では熱病でよく人が死ぬので、彼が怯《おび》えるのも当然だった。

「弱虫！」ラングトリー夫人は馬鹿にしたように叫んだ。だが、ここでは、誰もが彼らを敬遠するはずだ。夫人は少し離れた場所に錨《いかり》を下ろしているライオン・ハート号をすがるように見上げ、思い切ってマークを残してイギリス人乗組員に助けを求めに行こうかと悩んだ。彼らなら、助けが必要な同国人に少しは同情してくれるだろう。

もう支えきれず、衰弱したマークの下で目眩《めまい》を起こしそうだった。と、近くで男の声がし、ラングトリー夫人はほっとして泣き出しそうになった。「手をお貸ししましょうか？」歩兵部隊の隊長よりは、ずっと流暢《りゅうちょう》な英語だった。このあたりの慣習に従って、バヌースというフードつきのマントを着ていて目の他は隠れていたので、どんな人間なのかはわからない。

「友人の具合が悪いんです。あのライオン・ハート号に乗らなければいけないの。彼もそこでならきちんと治療を受けられるわ」

「わたしが彼をお運びしましょう、奥様」男は両腕でマークを丁重に、しかし軽々と抱き上げた。彼女はようやくこの男がとてつもない大男だと気づき、一瞬、どきりとした。だが、彼がとても気遣いながらマークを運んでいるのに気づいて安心した。「船長がすぐに納得してくれればいいんですけど」ラングトリー夫人はその男に頼むと、後ろの人夫を手招きした。「急いでね」

オマールはうなずいた。彼はこのアーメドのかつての恋人に対して、初めて深く感謝した。ラングトリー夫人は、世俗的な快楽を追い求める、浅はかで欲の深い人種だと思っていた。ところが、何はともあれアーメドを死よりもひどい運命から救い出してくれたのだ。

アブドゥーラの歩兵部隊に砂漠に置き去りにされ、一時は死を覚悟したオマールは、見事に生き延びたのだった。食料も水も武器もなしに放り出された彼とわずかな民《たみ》は、フェズからのキャラバンに辛うじて助けられたのだった。ある心優しいユダヤ人の商人が、やせ衰えた彼らが元気になるまで、ビスクラに置いてくれた。数週間後、すっかり回復したオマールは、アーメド、クリスタ、エリッサがどうなったのか確かめようとコンスタンティーヌに向かった。

ある酒場で偶然、特別な奴隷の警護をしているラシッドという若い兵に出会った。オマールの思った通り、酒を飲ませると、この若い男は黒い瞳の美少女と寝るかわりに、彼女の女主人とその恋人だった男が、一時間だけ会えるようにしてやったのだと喋《しゃべ》った。その男は翌日アルジェに連行され、スペイン人の奴隷船に売られるはずだという。オマールはその奴隷のあとをひそかにつけていたのだった。アーメドがスペイン人の奴隷になる！　そんなことは許されないことだ。

アーメドなら、奴隷の苦役に甘んじて生きるくらいなら死を選ぶだろう。オマールは焦った。ラシッドが言うには、アーメドはハッジ部隊長に連行されアルジェに運ばれる前にアブドゥーラにひどく痛めつけられたという。クリスタとエリッサについては、ほとんどわからなかった。彼はその晩以来、二人を見ていなかったからだ。

オマールは数日間の遅れに焦りつつも、首尾よく一頭のラクダと備品を値切って手に入れ、アルジェにいる王子を追いかけた。息子のように愛していたアーメドを、見捨てることなど絶対にできなかった。アーメドがスペイン船に乗せられてしまう前にアルジェに着いて、船の名を探り出し、彼を救い出すつもりだったのだ。

狂ったようにラクダを飛ばし、ハッジ部隊長より一日だけ遅れてアルジェに入った。手遅れかもしれないと心配しながら急いで波止場に直行し、停泊しているスペイン船を探した。そこで思いがけなく、淑女らしからぬ態度で、ハッジ部隊長と押し問答をしていたラングトリー夫人と出くわしたのだ。まさに幸運としかいいようがなかった。

最初オマールは、重い鎖につながれ、誇り高き貴族というよりは物乞いに等しいありさまで、うなだれ、たたずんでいたその人が、アーメドだとは気づかなかった。交渉が成立し、ラングトリー夫人がぐったりしたアーメドの重みにつぶされそうになっているのを見て、ようやく姿を現して、援助を申し出たのだった。

アーメドを両腕にそっと抱き上げ、その青ざめた顔と、かなりの筋肉がなくなっているのに気づいて愕然《がくぜん》とした。あばら骨は飛び出し、頬はげっそりとやせこけている。オマールは残酷なアブドゥーラと、コンスタンティーヌからアルジェへの道中、ほとんど手当てらしい手当てをしなかったハッジを小声で呪《のろ》った。「彼をイギリスに連れていくのはいいことですよ。奥様」

オマールの大きな声に、ラングトリー夫人は飛び上がりそうになった。この男はマークを知っているのだろうか？　声に聞きおぼえがあるような気がした。でも何か質問しようとしたとき、船長がライオン・ハート号のタラップに腹立たしげに立っているのに気づいた。「ラングトリー夫人」船長は、アラブ人の大男の腕に抱かれ、ぐったりとしている意識不明の男をじろじろ見つめながら、冷ややかに挨拶《あいさつ》した。「これはいったいどういうことですかな？」

ラングトリー夫人は船長をなんとかなだめようと、深呼吸を一つした。マークの命がかかっている以上彼の理解は絶対に必要だった。「デクスター船長、この方は未来のマルボロ公爵、マーク・キャリントンです。ほんの少し前に、スペイン船の奴隷として鎖につながれて連れていかれそうになっているのを見つけたんです。彼を連れてきたのが欲の深い男でなければ、幸運にも彼を釈放してもらうことはできませんでしたわ」

「なんですと!」デクスター船長は動揺を隠しきれなかった。「キャリントン公爵のような身分の方が、なぜこんな目に? まさか、イギリス人が奴隷になるなど」急に疑わしげな目つきになり、厳しい口調で詰問した。「たしかに本人なんでしょうね、ラングトリー夫人?」

「本人ですとも!」ラングトリー夫人は断固とした口調で言った。「マーク・キャリントンとわたしは……つまり……イギリスで古い馴染《なじ》みでしたのよ」

デクスター船長は長い眉毛《まゆげ》をつり上げて言った。「あなたを信じましょう、ラングトリー夫人。彼はどこか悪いんですか? 病気のようだが」

「熱があるんです。それに虐待され、栄養失調になっているのも確かね。二、三週間の休養と適切な処置を取れば、見違えるように健康になるはずよ」

「熱がある?」この恐ろしい言葉を、デクスターは不安そうに繰り返した。「申しわけありませんが、ラングトリー夫人、わたしは乗客と乗組員のことを考えなければいけません。彼がどんな身分だろうと、病気に感染している危険性がある人の乗船を認めるわけにはいきません」

ラングトリー夫人はがっかりした。が、この事態を見事に乗り切った。「でもデクスター船長、あたくしの義理の父はイギリスでは有力者です。イングランド王国の貴族として国王の信頼を得ています。マーク・キャリントンの乗船を拒否すれば、あなたはある日突然、職を失うかもしれなくてよ。あなたにも奥さんと子供さんがいらっしゃるんでしょう?」そして優しく、こう続けた。「それにもちろんマルボロ公爵もお怒りになるでしょうね。自分の孫が異国で置き去りにされて死んだと知ったら、どう思われるかしら?」

デクスター船長には顔を赤らめるだけの良識があった。どれだけ罰せられても乗組員と乗客が第一なのだが、この状況では妥協せざるを得なかった。「キャリントン様は乗船できますが、船の医師の診断を受けて、この熱病が伝染性でないという確認だけは取らせていただきたい」

マークを看病する人手が欲しかったラングトリー夫人は、すぐにうなずいた。「その医者をわたしの船室によこしてちょうだい。マークはそこで診てもらいます」オマールに大事な荷物を持ってついてくるように言い、ラングトリー夫人は、この異例の取り決めに反論する時間を与えずに、あきれている船長の横をさっとすり抜けた。

オマールはラングトリー夫人の広い船室の真ん中に置かれたベッドの上に、アーメドをそっと下ろした。医師の判断を聞くまでそこにいたかったが、夫人が金貨を一枚、手に押しつけてきて、すぐに外に追い立てられた。出ていくしかなかったが、船から降りず、すぐに一等航海士を探した。

しばらくしてスタンレー医師がやってきて、ただちにラングトリー夫人に出ていくよう顎《あご》をしゃくって示し、患者の診察を始めた。医師は、迅速かつ効率的に作業を進めた。一度ドアを開けて冷たい水とタオルを頼み、そのすぐあとで、大声で熱湯を持ってこさせただけだった。一時間後、疲れきった様子で船室から出てきた医師は、後ろ手にドアを静かに閉め、まくり上げていた袖《そで》を下ろした。

「それで?」デクスター船長が手短に聞いた。「この男は伝染病ですか?」

「キャリントン氏はマラリアにかかったらしい」医者は歯切れよく伝えた。「かなりの重症だ。それにこの数週間、治療らしい治療を受けていないようだな。伝染はしない。時間と適切な治療があればよくなるだろう。それじゃ失礼するよ。他にも仕事があるんでね」

「先生、待ってください!」ラングトリー夫人は彼の肩を捕まえて頼みこんだ。「どんな手当てが必要なんです? まだあたくしのこともわからないし、ひとことも口をきかないんです。いつになったら意識を取り戻すんでしょう?」

夫人の真剣な様子にスタンレー医師は、事務的な態度を和らげた。「水を飲ませなさい。それから、また熱が出たら冷たい水を浴びさせるように。キニーネを煎《せん》じておきますから、飲ませてください。それでだいぶ楽になるはずです。あとはとにかく安静にしてください。二、三日で意識を取り戻すでしょう。あなたにタイミングよく助けられて、彼は一生、感謝するはずです。あなたがいなければ死んでいたでしょう」医師は船長に向かってうなずくと立ち去った。

「今のスタンレー先生の言葉で十分です」デクスター船長がラングトリー夫人に伝えた。「キャリントン氏のためにもう一つ部屋を用意しましょう」

「その必要はないわ、船長」夫人は言った。「あたくしの船室に空《あ》いてる場所がたっぷりあるじゃないの」

「ラングトリー夫人！」船長は仰天してたしなめた。「それは道徳に反します。世間体というものを考えてください。あなたは最近、未亡人になられたばかりだ。この痛ましい時期は特に非難されやすいのですから」

「それでもマークにはあたくしの船室を共用してもらいます」ラングトリー夫人は強気に主張した。「優秀な医師が、常に看病するのが必要だと言ったでしょう。あたくしが自分の意志で看病する以上、その理由や評判について、とやかく言われる筋合いはないわ」

彼女の理屈にやりこめられた船長は、渋々同意した。実際のところ、この旅は人手不足で、イギリス人貴族の世話をさせる人間を探す余裕はなかった。船長は額《ひたい》に深い皺《しわ》を寄せてみせながらも、不承不承、同意した。

「クリスタ！」マークの苦悩に満ちた叫び声で、ラングトリー夫人は目を覚ました。彼はベッドの上でのたうちまわっている。

この名を叫んだのは初めてではなかった。ラングトリー夫人は不愉快そうにその美しい顔をゆがめた。クリスタ・ホートンを最後に見たのは、彼女が海賊に運ばれていったときだった。マークはどこで、どうやって彼女を見つけたのだろう？　意識を取り戻すまでは、想像してみるほかなかった。

ラングトリー夫人は、献身的にマークの世話をし、優秀な看護人として腕を振るった。彼はうわごとを言いながら親切な看護を拒んだが、それでも食べ物と飲み物を無理矢理、喉《のど》に流しこんだ。二日後、スタンレー医師が様子を見にやってきた。彼の満足げな表情が、マークの著しい回復を示していた。

マークは目を開け、青みがかった灰色の霧の向こうに見えてきた姿に、瞬きをした。コップが乾いた唇に当てられると、むさぼるように飲みはじめたが、すぐに咳《せ》きこんで顔をしかめ、残っていた苦い飲み物を押しやった。

「全部飲みなさい、マーク、これで熱病が治ると先生がおっしゃってるのよ」

「クリスタ？」かすむ目にいらだちながらマークがたずねた。

「ウィローよ、マーク。ウィロー・ラングトリー」

「ウィロー？」意識がはっきりしてきて名前と顔が一致するまでに数分かかった。視力もだんだん回復し、心配そうに自分を見下ろしている顔を見分けられるようになっていた。「ここはどこだ？」

「ライオン・ハート号に乗ってイギリスに向かっているのよ」

彼は油断なくあたりを見まわし、狭苦しい船室の中だということぐらいは気づいていた。穏やかな波のうねりと船のきしむ音が聞こえる。ラングトリー夫人は真実を言っているらしい。「なぜだ？」マークは思い出そうとして眉をしかめながら聞いた。

「何もおぼえていないの？」マークは首を横に振った。「話がわかる状態なのかしら」ラングトリー夫人は、彼の手が震えていることや、瞳孔《どうこう》が開きすぎているのには、気づいていないふりをしようと思った。

「頼む」マークは言った。「何が起こったのか、知りたい」

ラングトリー夫人はできるだけ手短に、どうやって、どんな状態の彼を見つけたのか説明した。最後に、彼を自由にするために、勇敢にも取引したことと、乗船を認めさせるために船長を説得したことを伝えた。

「大きな借りができたな」マークはラングトリー夫人を見直して、かすれた声でつぶやいた。「どうすれば恩返しできる？　金は返せる。そんなもので男一人の命は償えないが」これだけの言葉を口にしただけで消耗しきってしまったマークは、ラングトリー夫人の返事を聞く前に眠りに落ちてしまった。

「そのうちにわかるわ、マーク」ラングトリー夫人は額を優しく撫《な》でながらつぶやいた。「はっきり言えば、唯一のご褒美《ほうび》はマルボロ公爵夫人になることだけれど」

その日からマークは徐々に回復しはじめた。翌日、ラングトリー夫人に、自分がアブドゥーラの捕虜になり監禁され、スペイン人の植民地で奴隷として一生送るためにアルジェに送り出された顛末《てんまつ》を説明した。クリスタのことに触れなかったのは、彼女を失った痛みと悲しみがまだあまりにも生々しく残っていたからだ。ラングトリー夫人は、夫が亡くなるまでのことを話し、偶然、ライオン・ハート号に乗るために波止場にいて彼を見つけたのだと説明した。

「もうすぐ故郷のイギリスに帰れるのよ、マーク。コンスタンティーヌとアブドゥーラのことは忘れなさい。あなたが帰ってきたらお祖父《じい》様が大喜びするわ」

「アブドゥーラを忘れろ？　まさか！　親があんなことをされたんだぞ？　何としてでも、いつか地獄に突き落としてやる！」激烈な口調でそう言ったとき、彼はクリスタのことを考えていた。いつになったら体力が戻り、コンスタンティーヌにとって返して、愛する女性を救い出せるのだろうかと。

ふいにマークは、クリスタに対してしてしまった、守るつもりのない約束を思い出した。死期が早まっても、アブドゥーラのような男に奴隷として仕えるよりは、クリスタから離れたほうがまだよかったのだ。クリスタへの愛やアルジェに戻る決心については心の中にしまいこみ、ラングトリー夫人には話さなかった。

翌日、マークは高熱が下がり、もう発熱することもなくなったので、体力をつけようと部屋の中を歩きはじめた。しかし病気と数週間の束縛、度重なる肉体的、精神的な打撃や栄養不足などが重なって体力の消耗が激しく、回復には思ったより長い時間がかかりそうだった。

イギリスの海岸線が見えはじめたころ、マークにとってうれしい、ある出来事が起きた。医師から新鮮な空気の中で少し散歩するよう勧められ、狭苦しい船室と、お節介なラングトリー夫人の看病に辟易《へきえき》としていたマークは、喜んでその指示に従った。ラングトリー夫人に命の借りがあることは、アラーもご存じだが、回復してきた今、四六時中そばでそわそわしている彼女がうっとうしくなっていたのだ。とはいえ、その恩義があまりにも大きいので、自分からやめてくれとは言えなかった。

そして、この散歩には単なる運動以上の大きな収穫があった。何気なく索具《さくぐ》を見上げたとき、ロープの上で働いている男にうっすらと見おぼえがあるような気がした。上半身裸の大男はその図体には似合わぬ機敏さで働いていた。その男を見つめていると、彼は甲板に降りてきて、最後の数フィートを猫のようにさっと飛び降りた。マークに向き直ったとたん、満面の笑みを浮かべた男を見て、マークは仰天した。

「オマール！」マークは弾むような足取りで近づいてきた大男に向かって叫んだ。

「アラーに栄光を！　元気なおまえに会えてどれだけうれしいか、わかるか？」

「わたしがあなたにお会いできたうれしさと同じくらいでしょう」オマールは笑って軽口を叩《たた》いた。「まだ顔色も悪いし、やせすぎですが、すぐ元気になられるでしょう。アラーがわたしの祈りに応えてくださったのです。ラングトリー夫人はしっかり世話をしてくれているようですね」

「彼女がタイミングよく助けてくれなければ、俺《おれ》は死んでいた」マークは思い切ってたずねた。「それより、おまえはなぜライオン・ハート号に乗ることになった？」

オマールはマークの命を救うために果たした小さな役割と、ふたたび王子に仕えたいという強い願望を伝えた。「一等航海士の仕事があると聞いてすぐに申し出たのです。あなたのおそばであなたを守り、父君の願いをかなえたいのです」

「ありがとう、オマール」マークは心から言った。「本当に一緒にイギリスに戻りたいのか？　おまえの部族の者たちはどうするんだ？」

「アブドゥーラの軍隊にほぼ全滅させられてしまいました。生き残った者たちは、他の部族を頼っていきました。もうわたしには必要ない。あなたはわたしの王子です。わたしの運命はあなたとともにある。父君にそう誓いました。だからあなたが必要としてくださる限り、おそばにいます」

「おまえの熱意には頭が下がる、オマール」マークの目は熱くなった。「時間があるときゆっくり話そう。話したいことが山ほどある」

「お待ちください……アーメド王子。クリスタやエリッサは？　二人のことをまだお話しいただいていませんが」

マークの傷ついた顔を見て、オマールは後悔した。「今は……やめておく、オマール。今は待つしかない。最後に会ったときは、二人とも元気だった。これで気休めになるか。こんなことを言うとアラーの罰が当たるかもしれないが、クリスタは死んだほうがよかったんだ」マークはそれきり口をつぐむと、踵《きびす》を返し、考えこむオマールの前から立ち去った。

17

ラングトリー夫人は、マークが病気であることに対して、いらいらしはじめていた。彼に抱かれたかったが、衰弱している彼の様子を見ると、満足させてもらえそうもないのは明らかだった。毎晩、一人で簡易ベッドに横になると、元のたくましい身体《からだ》に戻ったマークのことをうっとりと思い描いた。彼がいかに優しく、思いやりがあり、ベッドでも素晴らしく相性のいい恋人だったかを、ことこまかに思い出していた。彼は自分に大きな借りがある。そう考えて、暗闇《くらやみ》の中で満足そうに微笑《ほほえ》んだ。マークのような身分の男なら借りを返そうとするのが当然だ。

マークもラングトリー夫人に借りがあることはわかっていた。二人の船員が、なんとかしてラングトリー夫人をものにできないかと話しているのを聞いて、ますます自覚するようになっていた。

「医者が船長に言ってたよ。自分で評判を落としたいのなら放っとくしかないって」

「キャリントンもおおかた回復したんだから、別の部屋を頼むんじゃないか?」二人目の船員が言った。「あの女を満足させられるほど元気なのかね」

一人目の男が訳知り顔をして言った。「キャリントンは彼女と結婚するつもりじゃないか？　ラングトリー公爵の未亡人は相当の金持ちらしいぜ」二人が立ち去ったあとも、マークはしばらく考えこんでいた。

この話を立ち聞きする前までは、ラングトリー夫人の部屋にいることの意味は考えていなかった。最初のうちは完全看護が必要だったし、ラングトリー夫人のしてくれたことに感謝していた。だが自分で歩け、自分にふさわしい待遇を要求できるようになってからも同じ部屋にいたせいで、彼女の評判に傷をつけたとは、うっかり気づかなかったのだ。もうイギリスが見えているのに、船長に自分の船室を用意させる意味はあまりない。だがそれでラングトリー夫人の評判が元に戻るなら、すぐにそうしようと思った。

ラングトリー夫人と結婚するつもりは毛頭なかった。クリスタを永遠に失うことになっても、他の女性と一生を送る気にはまだなれなかった。

病気のせいで青ざめ、足取りもおぼつかないまま、独占欲の強いラングトリー夫人に腕を取られて、マークはタラップを降り、イギリスの土を踏んだ。この港を離れてからまだ一年半だったが、尊敬する祖父と過ごした幸福な日々が懐かしかった。一瞬、別れたときに健康とはお世辞にも言えなかった公爵のことを思い出し、不安になった。ともかくあの年老いた紳士に会えるだけでうれしかった。クリスタへの未練は別にして、唯一の心残りは、いたずらっ子だが気の利く弟のヤジドが、まだ行方不明のままだったことだ。アブドゥーラの手の届かない安全な場所にいることを祈るばかりだ。

「マーク、すぐにマルボロ邸に戻って爵位を継がなくてはいけないの？」ラングトリー夫人が不機嫌そうに唇をとがらせた。「一緒にロンドンに残りなさいよ。もう一つ邸《やしき》があるの。あたくしはただの看護人より、もっとずっと大切な存在になりたいの。ロンドンでも田舎と同じぐらい療養できるわ」彼女は、マークが身の回りのことができるようになって他の船室に移りたいと言い出したことに、まだ腹を立てていた。

マークはすぐにラングトリー夫人の意図を察して言った。「早く祖父に会いたいんだ、ウィロー。それに以前の状態に戻るまでには、まだ何週間か、かかるはずだ。病人の相手は退屈するだろう」

「あたくしのこと、忘れないでね、マーク」彼女は抜け目なく言った。

「忘れる？　何を言うんだ？　そんなことはありえないよ」マークは以前のように目を輝かせて、冗談めかした。「本当だ、ウィロー」それからまじめな顔になった。「君は友だち以上の存在だ。ここまで世話になるとは。俺《おれ》にできることがあったら、何でも言ってくれ。むろん君のことは忘れない。ロンドンに戻ったら、必ず最初に連絡する」

とたんに、ラングトリー夫人は怒りをおさめて明るい笑顔になった。マークの病気の回復にはまだ時間がかかることも、アルジェリアで数ヶ月過ごし、マークの看病に数週間かけてきた自分が、このまま田舎に引っこむ気になれないことも十分わかっていた。それに、片づけなければいけない差し迫った用事もあった。死んだ夫の家族を訪問し、義理を果たさなければならないのだ。ラングトリー家に対する敬愛の念などなかったが、上流社会の常識に逆らう勇気はなかった。遺産の件も、ロバートの両親に会わなければいけない理由の一つだった。ラングトリー夫人は、自分に正当な権利があるものを受け取ったのだということを、はっきりさせるつもりだった。

ラングトリー夫人は、マークの身代金を払ったために一文無しになってしまっていたが、彼は祖父から金を借りて必ず返すと約束してくれた。富への欲望が性的欲求と同じくらい強いラングトリー夫人は、内心、マルボロ公爵夫人になる日を夢見ていた。しかし、そのときが来るまで、少なくともマークとまたベッドをともにするまでは、そのことをマークに気づかれないようにしなければと思っていた。

マークは、ラングトリー夫人の別れのキスにこめられた熱意には気づかなかった。だが、危ういところで命を助けてもらい、懸命に看護してもらったことに対して、どのようにしたら報いることができるだろうかと考えていた。別邸に向かう彼女をほっったように見送り、オマールが合流するのを待った。二人でロンドンの雑踏を離れ、祖父の領地を訪ねる予定だった。そこでは予想もしなかったような運命がマークを待っていた。

クリスタはレノアとエリッサを後ろに従えてタラップを降りた。愛する祖国、ロンドンの景色や喧噪《けんそう》をすっかり忘れていたレノアの目には涙があふれていた。クリスタのおかげで奴隷から解放され、レノアはすっかりクリスタを敬愛するようになっていた。

エリッサは巨大な街と奇妙な住民たちを見て黒い目をまん丸にしていた。誰《だれ》もがゆっくりしている自分の国とは違って、道行く人はみな急いでいる。もっと不思議なのは女性たちが顔をかくさず堂々と歩いていることだった。クリスタから、ヴェールで顔をかくさずに人前に出るのは当たり前のことだと聞き、エリッサは自分も真似《まね》をしてみたが、楽になるどころか、罪悪感を感じる始末だった。

クリスタは冷たい秋風に冬の訪れを感じていた。震える身体を外套《がいとう》でくるむと、すぐにエリッサとレノアも真似をして、冷たい風から身を守った。ブライアンにもらった金貨数枚で、クリスタは三人とわずかな荷物のために四輪馬車を雇い、叔母の住所を御者に渡した。誰一人としてまともな格好をしていない三人が旅に疲れ果てて現れたら、叔母は卒倒するだろうか？　唯一の慰めは、父親がクリスタのためにブライアンに預けた信用状だった。思いやりのある父は、クリスタが叔母に迷惑をかけず、イギリス滞在中、好きなものを買えるよう計らってくれたのだ。

馬車が叔母の住む通りを曲がると、クリスタは親と同じくらい大好きな叔母に会うのが待ち切れなくなってきた。叔母の屋敷の近くまで来ると、何か騒ぎが起きていることに気づいた。正面の通りに鞄《かばん》をいくつも積んだ馬車が停《と》まっている。よくよく見たが、馬車の扉に紋章がついていたことまではわからなかった。一組の男女が屋敷から出てきて、急いで馬車に向かっていった。二人は、クリスタがびっくりして、馬車から不思議そうに見ているのに気づかない。

「メアリー叔母様！」クリスタは、上品な恰幅《かっぷく》のいい銀髪の男性に支えられながら、馬車に乗ろうとしている小柄な女性に向かって叫んだ。

振り返ったメアリー・スチュワートははっとした。男性がしっかりと、太ったお尻《しり》を支えなければ、倒れていただろう。「クリスタ！　あなたなの？　ここで何をしてるの？　チュニスにいるはずじゃなかったの？」あまりの衝撃に、自分が急いでいることも忘れてしまった。

「そうよ、わたし……帰ってきたの、メアリー叔母様。それで、お屋敷に泊めてもらいたいのだけれど」クリスタはためらいつつ言った。「父から手紙が届きませんでした？」

「もちろん、あなたならいつだって大歓迎よ」メアリーは心をこめて言った。「でもあなたがロンドンを離れる何ヶ月も前から、ウェズリー卿《きょう》から手紙は来てないわ。何かあったのかしら？」メアリーはクリスタの前までやってきた。銀髪の男性は威厳のある額《ひたい》にいぶかしげに皺《しわ》を寄せ、後ろについていた。

「メアリー」彼が優しくうながした。「もう行かなければ、船に乗り遅れる」

「お出かけですの？」クリスタががっかりしたようにたずねた。

「あら、そうだったわ」メアリーは迷っているようだった。「あなたが来るとわかってたらねえ……。あなたがいない間、いろんなことがあったのよ。わたしはチャールズと出会って……」隣にいる男性に優しく笑いかけた。「お互いひと目惚《ぼ》れだったの。それで、年を考えて、すぐに結婚することにしたのよ。これから、チャールズと新婚旅行に出かけるところだったの。スペインに行って、それから、一、二年は外国で暮らすつもりなの」

「チャールズ・ホワイトロー卿です」メアリーの隣にいた男性が、満面に笑みを浮かべて言った。「求婚から結婚まで、まるで嵐《あらし》のようでした。初めて彼女を見た瞬間、心を奪われてしまったんです。男やもめになって何年にもなるが、子供もいないし、寂しさをまぎらわす相手もいなくてね」

「そうよね」メアリーが茶色の目で夫を優しく見つめながら言った。彼女は今までずっと独り身で、チャールズと出会うまでは、年を取りすぎたとあきらめていたのだ。「チャールズはパーティには滅多に出ないし、ケント州の領地から離れることもなかったの。ジョードン家の舞踏会で出会えたのは神様のお導きよ」

「本当によかったわね、メアリー叔母様」クリスタはこぼれる涙を拭《ぬぐ》いながら言った。「それにあなたも、チャールズ卿。これから大旅行に出発ですのね」

「その通り」チャールズ卿は急に先を急がなければならないことを思い出して、うなずいた。「急がないと……」と、メアリーに向き直った。「間に合わなくなる。もちろん、姪御《めいご》さんが来たことだし、中止にしてもいいがね」

チャールズがあまりに残念そうなので、クリスタは反対した。「だめよ！　わたしのせいで予定を変えないでください。新婚旅行の邪魔はしたくありませんわ」

一瞬、メアリーは迷ったが、チャールズが言った。「忘れたのかい、メアリー？　この家は今はおまえの姪のものじゃないか」

「どういうことでしょう？」びっくりしてクリスタはたずねた。

「あら、あら。このあわただしさとあなたに会えた驚きで頭が混乱しちゃったわ。これからはケント州にあるチャールズの家がわたしの家になるの。それに、たまにロンドンに来るときも彼の別邸を使うから、この家はあなたに譲ることにしたのよ、クリスタ」メアリーは息を切らせながら説明した。「細かいことは全部、弁護士に任せてあるから、彼と相談してちょうだい。それから、あなたを遺産の受取人にしておいたから、そのこともね」

「わたしを?」クリスタは叔母の思いやりに感激して、大きな声で言った。「お礼のしようもありませんわ」

「ケント州にもぜひ訪ねておいでなさい」チャールズが微笑んで言った。

「もちろん伺いますわ」クリスタはこの年配の紳士がすぐに好きになっていた。

「でも……あなた一人残していくのも気がひけるわねえ。あなたにはちゃんとした付き添いが必要だけれど、召使いたちにはひまを出してしまったし、どうしましょう?」メアリーは今にも泣き出しそうになって言った。

クリスタはにっこりして、馬車の扉を開けると、エリッサとレノアを手招きした。「ごらんになって、わたしは一人じゃありませんの。こちらはレノア」年上の女性を指さした。「わたしの身の回りのことは彼女が完璧《かんぺき》にやってくれます。そしてこちらがエリッサ、わたしの召使い兼お友だちよ。お父様とお母様が来るまで、三人でうまくやっていけますわ」

メアリーはほっとしたようにチャールズを見上げた。「ねえ……そういうことなら、大丈夫かしらね?」彼女はチャールズとの海外旅行をずっと楽しみにしていたのだ。

チャールズはクリスタをじっくりと観察し、さらにエリッサとレノアにその視線を移した。そして、言った。「メアリー、クリスタは信頼できるお嬢さんらしい。君のご兄弟がこのお嬢さんを彼女たちと旅行に出すくらい信用しているのなら、我々は喜んでクリスタの好意に甘えるとしようじゃないか。この家はすでにクリスタのものだから、好きにしてもらえばいい。われわれは旅行に行っても差し支えないだろう。それで君のご両親はいつ着くのかね?」彼はクリスタに訊《き》いた。「すぐにでも来るということだったようだが?」

「ええ、もうすぐですわ。たぶんこちらへ向かっている途中だと思います」クリスタは、母親の病気のことは、心配性の叔母には伏せておくことにした。「父がイギリスである役職につくことになって、わたしは……先に着いていたかったんです」

「あら、そういえば、あなた、結婚は?」メアリーが口を挟んだ。「あなたとブライアンはチュニスで結婚するんじゃなかったの?」

「父の急な転勤で、しばらく延期したんです。叔母様、わたしなら大丈夫よ、本当に。ぜひ計画通り旅行にお出かけになって。家族が来るまで自分のことくらいできるわ」

「そうね……本当に大丈夫なのね?」メアリーは完全には納得できないらしかった。

「大丈夫よ」クリスタが念を押すように繰り返した。

「すまない、クリスタ、そろそろ行かなくては」チャールズ卿がそわそわと割って入った。

メアリーは両腕でクリスタを抱きしめた。「あなたが来ることがわかっていたらねえ」姪への義務と夫への愛の板挟みになりながら、メアリーは謝った。そしてチャールズに馬車が待っているとせかされ、クリスタから手を離すと、その手に家の鍵《かぎ》を握らせた。

「ロンドンのどこの店でもつけがきくよ」チャールズが肩越しに言った。「大事な叔母さんを連れ出すんだから、つけにしておいてくれたほうが、こちらの気が楽だ。家を改装するなり、召使いを雇うなり、好きなようにしなさい。金額は気にしないでいいぞ!」そして彼はメアリーを抱き上げて馬車の中に押しこんだ。彼と、窓から身を乗り出し投げキスをしている叔母を乗せた場所は、すごいスピードで走り去った。

「運命って不思議ね」エリッサは、クリスタのものとなった無人の邸を見上げながら言った。

クリスタは疲労困憊《こんぱい》していた。アーメドがどうなったのか、不安と苦悩を抱えたままの長い旅がようやく終わり、疲れ果て、心は沈みこんでいた。

「疲れていらっしゃるんですわ」レノアはきびきびと言うと、クリスタを正面玄関へと連れていった。数週間前、彼女はクリスタの妊娠についての真実をきかされていたが、今もなおヒナを守る親鳥のようにふるまっていた。「お邸には食べるものが何もありませんから、エリッサがあなたをお世話している間に、市場で買い物をしてきます」

三人でよくよく話し合った結果、しばらく他の召使いは雇わないことになった。住んでいるのはクリスタ一人だけなので、レノアが台所を、エリッサが残りの雑用をすることになった。食事はすべて台所でとり、夕方になると全員集まって思い出話に耽《ふけ》って過ごしたが、クリスタも過ぎた日のことばかり考えていてもいいことがないと徐々に気づきはじめた。

彼女たちは信用状を使って、ここでの暮らしにふさわしい衣装を買い整え、戸棚を食料でいっぱいにした。クリスタは、叔母の法的な相続人になるための書類にサインをしに弁護士のもとを訪ねた以外は、ほとんど外出もせず、邸と庭で過ごしていた。英語を話せるレノアが買い物をしている間は、エリッサがなんとかクリスタの憂鬱《ゆううつ》を紛らわそうとしたが、クリスタの気が晴れることはなかった。

夜になると、なめらかな茶色の背中に鞭《むち》の傷を背負いながら、深く息苦しい炭坑の穴の中で奴隷として働くアーメドが登場する悪夢にうなされた。彼はまだ生きているのだろうか？　もしそうなら、アブドゥーラから自分を奪い返すなどという馬鹿《ばか》げた目的のためにコンスタンティーヌに戻ることなどないよう、懸命に祈るしかなかった。もしまた捕まれば、アブドゥーラも間違いなく彼を殺すだろう。

何週間かして、クリスタの父親から手紙が届いた。母親の具合が少し悪化したため出発が遅れているが、もうすぐ行くという。父親は、メアリーが、再会を待ちわびているクリスタの面倒を見てくれているものと思っている。同封されていた妹と弟からの手紙を読んで、くだらないいたずらや彼らの顔を思い出し、クリスタは涙を流した。ブライアンからの手紙も同封されていた。

その中でブライアンは、すぐにでもクリスタを花嫁に迎えると繰り返し約束していた。正直なところクリスタは、ブライアンのことはどうでもよかった。彼女の心はアーメドへの思いと愛でいっぱいで、他の男が入る余地などなかったのだ。夜な夜なクリスタは、アーメドの胸にすがり、彼が教えてくれた心ときめくようなやり方で、彼の愛のすべてを感じている自分を想像した。彼の手と唇の感触にはっとして目が覚めることもあったが、独りぼっちであることを思い知らされ、すすり泣いてしまうのだった。すすり泣きを聞きつけて、エリッサが飛んでくることもあった。そんなときエリッサは、クリスタの背中を優しくさすり、なぐさめ、温めたミルクを飲ませて眠らせてくれるのだった。

ある日、クリスタは窮地に陥ることとなった。ブライアン・ケントがやってきたのだ。まったく予期していなかったわけではないが、一番最初に会いたかった家族より先に彼が来たのはショックだった。

「とても会いたかったよ、クリスタ」ブライアンは情熱をこめてそう言ったが、クリスタには妙に堅苦しく思えてしまった。

ブライアンは、彼女のほっそりした身体を見つめ、暗い過去があるとはいえ、とても美しいと今さらながら感嘆せざるを得なかった。彼が最初にひかれたのは、その魅惑的な美貌《びぼう》だった。ブライアンは、彼女を抱けたらどんなに素晴らしいだろうか、彼女を捕まえた奴らはどんなテクニックを教えこんだのだろうか、ロンドンに戻ってきてから恋人は作ったのだろうか……と、とりとめもなく考えていた。ロンドンに戻ってきてからのことを考えた彼は、思わず顔をしかめた。心ならずも乱暴されたことは見逃すとしても、クリスタ自身が進んで恋人と付き合っていたりしたら、到底我慢できない。もしそんなうわさ話が広まりでもしたら、クラブをまわって酒と博打《ばくち》に明け暮れてしまうだろうとブライアンは思った。

「ブライアン！」スカートの下でクリスタの脚はがくがくしていた。「わたし……あなたが、こんなに早く来るなんて思っていなかったわ」

「すぐ行くって言ったじゃないか」

「ええ、そうよね」クリスタは言葉が見つからず、口ごもった。渋々、ブライアンを迎え入れると、彼がソファの彼女の隣に腰掛けたので、思わず顔が赤くなった。

クリスタに、数ヶ月前に自分のプロポーズを承知したときのことを思い出させたくて、ブライアンは笑顔をつくった。どんな女でも自分に魅力を感じるはずだとブライアンは思っていた。「婚約者なんだからもう少し温かく出迎えてくれてもいいんじゃないかな」自分たちの関係を思い出させるつもりで、愛情をこめて冗談を言った。クリスタは仕方なく、笑って彼の頰《ほお》に軽くキスをした。しかしブライアンはおざなりのキス以上のものを求めていた。もはや彼女は内気な処女ではないのだ。熟練した娼婦《しょうふ》のような経験をしてきたのだから、きっと自分に抱かれたがっているに違いない。それに今は情熱が芽生えているはずだ。そう思ったブライアンはクリスタを引き寄せ、きつく抱きしめると唇を奪い、強引に舌をねじこもうとした。クリスタが驚きのあまり声もなく身体を硬くしていると、ブライアンはクリスタの尻を両手でつかみ、撫《な》でさすりはじめた。クリスタはブライアンの胸を押しやって、望んでいない愛情から逃れようとした。

ブライアンはふいに身体を離し、眉根《まゆね》を寄せてじっとクリスタを見つめた。こんなにあからさまに抵抗されるとは思っていなかったため、さまざまな思いが頭の中を駆けめぐった。婚約者である自分には、もっと進んで身を預けてくれてもいいのではないか。どうすべきだろう。謝るべきだろうか？　それとも彼女が処女ではないことなど、こっちだって承知しているのだとわからせるために、強引に抱いてしまうべきだろうか？　後者を選択しそうになったとき、ふと、ウェズリー卿の変わらぬ娘への愛情を考えて、ブライアンは思いとどまった。自分が昇進するためには、ウェズリー卿の進言が必要だ。無事に結婚するまでは、ウェズリー卿が娘を大事にしている通りに、自分もクリスタを大事にすべきかもしれない。妻は、夫を満足させるためになんでもするべきだと行動でわからせるのは、結婚してからでいい。

「ごめん、クリスタ」ブライアンは口先だけで謝った。「あまり長いこと離れていたから、いざ会えたら、とても……がまんできなくなって。でも、婚約者同士なんだから、もっと情熱的に愛し合っても、いいんじゃないかな」

クリスタはキッと相手をにらみつけ、彼が次に何を言い出すのかと身構えた。ブライアンは言った。「君に伝言があるんだ」

「伝言？」クリスタはとっさに興味を引かれてたずねた。

「君のご家族は、僕たちの結婚式に間に合うようにロンドンにいらっしゃるそうだ。医者がやっと母上の旅行を許可してくれたそうだよ。みんなが来るまで式は挙げないと約束してるからね。あまり遅くなるのはいやだけど、そういうことになっているんだ。どんな式にするか計画する時間も必要だし。豪華にやりたいんだよ、クリスタ。君の叔母さんにも手伝ってもらえるだろうね」

クリスタは真っ赤になった。自分がロンドンに着いたその日に、メアリー叔母様が新婚の夫と長い新婚旅行に出かけてしまったことは、あえてブライアンには言わなかったのだ。しかし、隠しておいてもすぐにわかることだ。「実は、メアリー叔母様はイギリスにはいないの」

「なんだって？　君はここに一人で住んでるのかい？」

「もちろん、違うわ。レノアとエリッサがいるもの」

「父上も、君が自分で自分の身を守るはめになると知っていたら、帰国に賛成はなさらなかっただろうね。でも、もう君には僕がいる。幸せにしてあげたいんだ。結婚したら、ちゃんと君の面倒を見るよ」

クリスタは笑い出しそうになるのをこらえた。彼がいなかったこの何ヶ月か、自分がどうやって暮らしてきたと思っているのだろう？　自分はもう誰かに守ってもらうような子供ではない。そして、この数ヶ月で同じ年頃《としごろ》のどんな女性よりも、ずっとさまざまな体験をしてきた。ブライアンに面倒を見てもらう必要など、まったくないのだ。

「ブライアン……」クリスタはあわてて言った。彼女は唐突に、自分が他の人を愛していることをブライアンに黙ってはいられないこと、そして、彼とは結婚できないのだということを悟った。「これ以上、準備を進める前に、知っておいていただきたいことがあるの。あなたにとって愉快な話とは言えないけれど」

自分が抜け目のない人間だという自信を持っているブライアンは、クリスタが何を言おうとしているのか、わかっているつもりでいた。海賊やアブドゥーラに彼女が何をされたかぐらい、自分に想像がつかないとでも思っているのだろうか？　そんなことは問題ではないということを、なんとかして彼女にわからせなければ。すでにウェズリー卿とは、クリスタの受けた災難についても話し合い、無傷で逃げ出すのは無理だっただろうということで、意見が一致していた。ブライアンは苦々しく思いつつも、ウェズリー卿に対しては、自分の気持ちに変わりはなく、結婚式は予定通り挙げるつもりだと言ったのだ。人のいいウェズリー卿は、すぐに国王に直接連絡を取って、ブライアンの将来について相談してくれた。これで自分の将来は、最短時間で頂点に立てることが確約されたも同然だった。ずっと欲しかった富と権力がもうすぐ手にはいるのだ。

「何も言う必要はないよ、クリスタ」ブライアンは心得顔で言った。

「ブライアン……知ってるの？」

「知らないとでも思ってるのかい？　バルバリアに長く住んでいれば、海賊船に捕まった美女たちが奴隷市場に売られるまで、どんな目にあうかぐらいわかるさ。君があの恐ろしい悪党たちの餌食《えじき》にならずに逃げ出したとは考えにくいが、もし奇跡的にそうだとしても、君主《ベイ》は君をものにしたに違いない。だから僕はもう、君が処女ではないことに目をつぶるよ」彼は寛大そうに言った。「これで解決だ。もう話し合うことはないだろう」

クリスタは驚きのあまりしばらく口がきけなかった。自分が強姦《ごうかん》されたとブライアンが考えるのも無理はない！　父や母もたぶん同じような勘違いをして、心を痛めているだろう。処女ではないのは確かだが、ボナミ号が海賊に襲われるずっと前に、自分から進んで純潔を捧《ささ》げたのだ。もうすぐ結婚できると思いこんでいるブライアンの誤解を解くなら今だ、とクリスタは思った。

「そうではないの、ブライアン」クリスタは辛抱強く言った。「わたし、あなたを愛していないの。他に好きな人がいた……いるのよ」

ブライアンは怒りで真っ赤になった。「他の人？　アブドゥーラ？　まさか奴じゃないだろうな？」

「違うわ、アブドゥーラじゃないわ。ボナミ号で出会った人に恋をしたの」ブライアンには、マークの名前やその他のことを教える必要はない。

「君が愛したというそいつは今どこにいるんだ？　なぜ一緒じゃないんだ？　とても信じられないね。そいつは君を愛してなんかいないに違いない。そうでなければここに一緒にいるはずじゃないか」

「わたしと同じように、スペインの荘園で奴隷として働くために売られてしまったの」

「それでは彼を失ったも同然じゃないか」ブライアンが言った。「それに彼は、君の過去について僕ほど寛大じゃないかもしれない。たいていの男は妻が処女であることを望むものだ」

「わたしは自分で彼に純潔を捧げたのよ」

「なんだって！」彼の頭に一気に血が上った。「僕との婚約中に、そんなことをしていたのか？」ブライアンはわめいた。クリスタは、ようやく彼をあきらめさせることができたと思いながらうなずいたが、実際はそうではなかった。

「君の恋人は奴隷になったら死ぬしかない。スペイン人から逃げ出せた人間はほとんどいないことは君も知ってるはずだ。僕はまだ君の婚約者だ、結婚したら僕だけを喜ばせてもらうよ。父上の考え通りに僕たちは結婚するんだ。そろそろ行くよ。行きつけのクラブで落ち着きたいんでね。明日、また来る。僕たちは、お互いが必要なんだ。それに、君の評判からすると、この縁談を断ったら、もう結婚できる可能性はないに等しい。僕としては、人生のゴールにたどり着くために、お父上の援助が必要だしね」

クリスタは、出ていくブライアンの背中を呆然《ぼうぜん》と見送った。彼はこれからの人生をすべて計画していたらしい。他の男を愛し、純潔を失ったとクリスタが告白したにもかかわらず、ブライアンは頑固に結婚するといって譲らない。そしてついに、彼女を必要としている一番の理由が愛情ではないことさえ認めた。お父様やお母様は、自分が彼と結婚することを本当に望んでいるのだろうか？　ただ世間体を気にして、ブライアン以外の男から縁談はないだろうと思っているのではないだろうか？　約束を守って、ブライアンの妻になるべきなのかもしれない、と彼女は暗い気持ちで考えた。これ以上、両親の重荷にはなりたくなかった。

身も心もアーメドだけを愛している。でも、二人が再会できるとは思えない。彼に対しても、自分のことは忘れて一人で生きて欲しいと言った、いや懇願してしまった。自分こそ、そのアドバイスに従う勇気があるだろうか？

エリッサがそっとそばに来た。「あの人と結婚する気なの？」心配そうにたずねる。

「わからないわ」クリスタは正直に言った。「道は一つしかないように思えるけれど」

「でもそれが正しいの？　アーメドがもし……」

「アーメドには二度と会えないかもしれないということを、受け入れる覚悟もできているわ。奴隷としての環境から逃げ出せても、彼は必ずコンスタンティーヌに戻り、アブドゥーラからあの国を取り返そうとするに違いないわ。そうなったら、成し遂げられるか、死ぬか、どちらかしかないもの。コンスタンティーヌの支配者になるのが彼の運命。彼の人生にはわたしの居場所はないの。彼がイギリス人の血を引いてはいても、わたしたちはあまりにもかけ離れているわ」エリッサが眉をひそめているのに気づき、クリスタはにらんだ。「あなたはブライアンが嫌いなのね」

エリッサは肩をすくめて目を伏せた。クリスタの気持ちが理解できなかったが、それは心にしまっておくことにした。「あなたには幸せになってもらいたいの。わたしはあなたのことが心配なだけ」

「あなたとレノアがいてくれるじゃないの。これからも何があっても一緒よ」クリスタはなだめるように言った。

「わかってるわ」エリッサは唇をとがらせた。「でも、まだよくわからない――」

「もういいわ、エリッサ」この話をこれ以上するのがいやになり、クリスタはエリッサを叱《しか》りつけた。「決めるまでには何週間もあるわ。たぶんその間にブライアンも、わたしと一緒の人生を歩みたくないことに気がつくはずよ。でも、両親がこの結婚を当てにしているから、がっかりさせたくないような気もするの。最近、娘らしいこともしてないし」

エリッサは、仕方なく部屋を出ていった。ブライアン・ケントにはどこか好きになれない、信頼できないところがある。エリッサは、自分が何をしようとしているのか早くクリスタが気づけばいいのに、と思った。

18

クリスタは細長い鏡の前でゆっくりとまわり、自分の姿を入念に確認した。何歳も年を取ったような気がしていたが、鏡に映った姿は一年前とほとんど変わっていない。胸は丸く、上を向いて張りがあるし、対照的にウエストはくびれている。ほっそりとした腰と長くすんなりした脚が、魅惑的な美しさと女らしさを強調している。

よくよく見たが、顔と髪も完璧《かんぺき》だ。この日のために、カールして大きくふくらませた淡い金髪は、形のいい頭の上に、優雅に結い上げられていた。ロンドンでも最高級の仕立て屋から、今日届いたばかりのドレスの生地は、ラベンダー色の絹だ。アンダースカートは淡いピンクと濃い紫で、ひだ飾りのついたスカートをたくし上げて、小さなスミレの花束で留めてあるのがすてきだった。美しい肩は露《あら》わにし、両腕に小さな袖《そで》だけつけている。一番きれいに見えるようにしたいと思って決めたドレスだったが、実際、魅惑的かつ官能的だった。

二週間前、ブライアンから、ピーター・トレントン卿《きょう》主催の、新マルボロ公爵を祝う舞踏会の招待券を手に入れたと聞いて、クリスタは仰天した。マークがイギリスを離れてから老公爵が亡くなったと聞いていたのに、孫が行方不明の今、誰《だれ》が跡継ぎになるのだろう。誰か親戚《しんせき》でもいたのだろうか。

クリスタは最初、ブライアンの誘いを断った。ベルベル人の王子、マーク・キャリントンと出会い、恋に落ちたのも、トレントン卿の舞踏会だったからだ。それでもブライアンになだめすかされ、渋々承知した。ブライアンは、行きつけのクラブでピーター・トレントン卿に会い、身分違いにもかかわらず、招待券をまんまと一枚手に入れたのだという。そして、クリスタ・ホートンと婚約していることも口走ったらしい。彼はウェズリー・ホートン卿の義理の息子としての、輝かしい自分の未来に有頂天になっていた。クリスタの評判が地に落ちている今、もう自分と結婚するしかないと説き伏せるだけで夢が実現する、と彼は思っていた。

クリスタはそんなブライアンに調子を合わせ、最新流行の服をまとってふたたび社交界に返り咲くために、仕立て屋に出かけていき、このラベンダー色の絹を選んだ。帰国してからすっかり世捨て人のような暮らしをしていたため、久しぶりに人前に出ると思うと、わくわくした。結局のところ、アルジェで何があったかなんて、誰も知らないのだ。それを知る誰かが、現れない限りは……いや、そのことを考えるのはやめよう。今夜は。

二週間前、ブライアンに社交界に乗り出そうと説得されるまで、エリッサとレノアにしか会わない毎日だった。腹立たしいことに、ブライアンはいくら否定しても、すぐにも結婚する気でいたし、クリスタのことを婚約者だと言いふらしていた。

クリスタは、ブライアンの到着を告げる荒々しいドアの音で我に返った。鏡をちらっと見てから、静かに部屋を出た。階段の下で待っていたブライアンは、もったいぶった顔で、クリスタのドレスの深い襟《えり》ぐりからのぞいている柔らかそうなふくらみを見つめた。

「すばらしい」ブライアンは手を取って指先にキスし、手のひらに口づけを浴びせた。クリスタはぞっとし、そのことに自分でも驚いた。震えだしそうになるのをこらえて、あわてて手を引っこめた。

彼は、クリスタの高い頬骨《ほおぼね》とすっと通った首筋の、繊細な色合いに見とれていた。これほど美しい彼女を見ると、結婚するまであと何週間も待てそうになかった。どうせ処女ではないのだから、いやとは言うまい……。クリスタの新しい紫のベルベットのマントを持ってエリッサが玄関に入ってきたため、彼は妄想から引き戻された。ブライアンはエリッサのことを、これまではちょっと可愛いぐらいにしか思っていなかった。しかし、新しくあつらえた最新流行の服を着て、長い黒髪をほっそりした腰まで垂らしているエリッサを見て、突然、彼女にもクリスタ同様、人をはっとさせるような魅力があることに気づいた。ふと、心の奥によこしまな思いが浮かんだ。イギリスでは、エリッサの保護者はクリスタだけだ。クリスタが結婚して、エリッサが一人になったら、すぐに男たちの餌食《えじき》になるだろう。結婚後もクリスタに仕えることを許してやったら、感激するだろうか？　夜の相手をするぐらい？

「もう少し待ってくださる？」クリスタに言われ、ようやくブライアンはエリッサの南国的な美しさに対する思いを頭から追い払った。

「何か言ったかい？」あわてて聞き返した。

「二階に忘れ物をしたみたいなの、すぐ取ってくるわ」クリスタはブライアンが何を考えていたのだろうと不思議に思いながら答えた。

「急いでくれよ、クリスタ」ブライアンは穏やかに微笑《ほほえ》んで、二階へ行くクリスタを見送った。するとエリッサが部屋から顔を出し、クリスタを引き留めようとしているのが見えた。「おまえと話がしたい、エリッサ」こう切り出すと、エリッサはびっくりした。

「なんでしょう、旦那様《だんなさま》」エリッサは英語で答えた。クリスタのおかげで、英語もすっかり上手くなっていた。ブライアンの前に立ちながら、会うたびに彼のことが嫌いになるのはなぜだろうとエリッサは思った。今、彼の図々しい態度とにやけた顔を見て、好きになれない理由がわかったような気もしていた。

「おまえはいくつだ、エリッサ?」

「十六です」エリッサはおとなしく答えた。

「そんなに若かったのか? それにしてもきれいだ」

エリッサは顔をしかめ、この人はいったい何を考えているのだろうと思った。答えはすぐにわかった。「僕たちが結婚したら、引き続きクリスタのために働いて欲しい。感謝してくれよ。クリスタはおまえがかわいくてしょうがないらしいからな。そのほうが僕も楽しいし、クリスタの好きにさせるつもりだ」そして露骨にこう付け加えた。

「おまえが僕のことも楽しませてくれるならね」

エリッサはそしらぬふりで、無邪気を装って答えた。「全力をつくします」

「おまえが全力をつくすと、すごいだろうな」ぎゅっと腕をつかまれ、エリッサは顔をしかめた。「とぼけるなよ」エリッサがわざとぽかんと彼を見上げていると、ブライアンが言った。「おまえが純真な生娘《きむすめ》のはずはない。その媚《こ》びた顔つきや目つきを見れば、年齢以上の経験があることぐらいわかるさ。おまえならきっと僕を楽しませてくれるだろう。たっぷりとな、エリッサ」

エリッサは真っ青になった。ブライアンは想像以上にひどい奴だ。クリスタと結婚後、自分と寝るつもりだとは。幸いクリスタはまだ結婚を承知していない。こっそりこのことを教えれば、クリスタはブライアンとの結婚をやめるだろう。

「驚いたのか？」ブライアンはにやにやした。「僕のほうこそ、おまえがこんなに……感じやすいのに驚いたよ。クリスタにはできるだけ早く子供を産んでもらおう、その後、おまえのその魅力的な身体《からだ》が必要になる。おまえが僕に感謝しないわけがないよな」

階段からクリスタの足音が聞こえたので、エリッサはいやらしい手を振り払い、つかまれていた腕をさすった。彼はクリスタに向かって、にっこりした。エリッサはさっさと逃げ出した。クリスタはブライアン・ケントの本性に気づいているのだろうか。もし気づいていなければ、幻滅する日が来るに違いない、とエリッサは思った。

ピーター・トレントン卿が開いた豪華な宴《うたげ》には、イギリス貴族の大半が集まっていた。国王陛下がお出ましになるとまでささやかれた。クリスタは最初の三十分ぐらい、叔母の友だち、前回ロンドンで知り合った人々、父親の古い友人たちに挨拶《あいさつ》しながら、ブライアンと腕を組んで部屋の中を静かに歩いていた。身分的にかけ離れた世界からやってきたブライアンを紹介すると、彼はすぐに自分がクリスタの婚約者であることを吹聴した。クリスタは、彼の言葉づかいとあつかましい態度にはらはらしたが、へたにたしなめて騒ぎになるよりは放っておこうと思った。さらに、解決しなければならない悩みで頭がいっぱいだった。両親がブライアンとの結婚を望んでいるなら、クリスタはかなえてあげたいという気がしていた。誘拐されたことでひどく悲しませてしまったから、彼女が落ち着けばきっと両親は喜ぶだろう。

しばらくしてクリスタは、ブライアンがどこで何をしているのだろうと考えながら、化粧室の鏡の前で化粧を直していた。帰り際らしい二人の人物の会話が耳に入ってきた。

「この結婚の発表は形だけなんですって。夏が終わる前に結婚するらしいわよ」痩《や》せた金髪の女性が言った。

「この目で見るまで信じないわ」色っぽいブルネットの女性が受け流した。「でも、彼女ったら、とっても鼻高々よね、きっとうまくやるわね」

「ここのところ、べったりですもの」金髪の女性がうらやましそうにため息をついた。

「あの方は美男子だし、神秘的よね」

「彼女に命を救われて、その恩に縛られてるってうわさよ」

「結婚するくらい感謝してるってこと?」金髪が目を丸くして言った。「彼女、よっぽどあちらがいいのかしら?」

二人は笑いながら出ていった。誰の話かはっきりわからなかったが、いやな予感がした。

一方、マークは退屈そうに部屋の隅に立っていた。赤い髪に合わせた深紅のドレスを身につけたウィロー・ラングトリーが、彼と腕を組んでいた。マークの肌は、日焼けがさめて白かった。彼に最近何があったのかは誰も知らない。死にかけたことや、彼を救うためにラングトリー夫人がしたことなども、知っているのは、ごくわずかな親友たちだけだった。ただ、ラングトリー夫人は、知り合いにはいろいろと話していた。マーク・キャリントンが、奴隷として売られそうになったが危機一髪のところで解放されたこと、そして、それは自分が奇跡的に救い出したからということなど。ラングトリー夫人は、もうすぐ自分が新公爵夫人になるとほのめかすことも忘れなかった。

若きマルボロ公爵は、たった今紹介された、彼より少し年下の図々しい若者にうんざりしていた。明らかに上流階級の出ではなさそうだが、貴族の婚約者がいて、お偉方の知り合いがいるとのことだ。彼の婚約者に会いたくもないし、きっと彼同様、退屈な女性に違いないと思った。

「彼女に会ってやっていただけませんか、公爵」ブライアンはクリスタが舞踏室に入ってきたのを見て、たずねた。

マークはブライアン・ケントという名前に心当たりがなかった。クリスタの婚約者がブライアンだったとぼんやり思い出したが、苗字《みょうじ》を聞くのは初めてで、ブライアンという名前はどこにでもあるため、ぴんとこなかったのだ。

マラリアがよくなるのに一冬かかってしまった。帰国はしたものの、愛する祖父は亡くなっており、回復の助けにはならなかった。しかし、マルボロ公爵の館で彼を待っていたのは、老公爵の死の痛みを忘れるくらいのうれしい驚きだった。そのときの衝撃を思い出すと、今でも笑みが浮かんでくる……。

「マークったら」ラングトリー夫人がつついた。「ケントさんが婚約者に会ってくれないかって、おっしゃってるわよ。何をぼんやりしてるの?」

マークははっとした。その女性が現れるずっと前から、マークはひしひしとその存在を感じていた。滑るように近づいてくるラベンダー色の絹をまとった幻想的な姿に、命よりも強い不思議な力で目が吸い寄せられた。本物のはずがない! マークはまばたきした。彼女は何千マイルも離れた場所にいるはずだ。それでも、これほどはっきり見えるほど、自分はクリスタに恋焦がれているのだろうか。

たしかに、今までも彼女を思い出し、その姿がちらついたことはあったが、これほどはっきり見えたことはなかった。まるで豪華な衣装をまとった、夢の国の妖精《ようせい》の王女のようだ。夢なら醒《さ》めないでくれ、とマークは思った。

クリスタは金色の睫毛《まつげ》を蝶《ちょう》の羽根のようにしばたたき、啞然《あぜん》とした。アーメド! 彼がここにいるなんて、ありえないわ! クリスタは彼の官能的な魅力に吸い寄せられ、夢心地で進み出た。息が止まりそうだ。あまり必死に祈ったせいで、絶望の淵《ふち》から彼の幻を呼び出してしまったのだろうか。

違うわ！　あの凛々《りり》しい顔、引き締まった身体、高い頰《ほお》、ふっくらとした唇は見間違えようがない。強い眉《まゆ》の下の緑の瞳《ひとみ》と上品で優雅な鼻が、彼の鷹《たか》のような鋭さを際だたせている。

緊張のあまり震えながら、クリスタは思わず喜びの声を上げた。近くにいた客がいぶかしげにクリスタを見たが、彼女にはアーメドしか見えていなかった。いや、マークだ。彼はもう、砂漠の族長《シーク》ではなく、マルボロ公爵なのだ。

彼は今、手の届きそうな距離にいた。足がすくんで震えていたが、野性的で気高い、浅黒い顔に、胸が熱くなった。クリスタは無意識に手を伸ばした。愛のこもったまなざしが自分に向けられているものと勘違いしたブライアンがその手をつかんだ。

「ああ、ようやく来ましたよ、公爵」ブライアンは得意げに、クリスタのほっそりした腰に手をまわした。「こちらが、僕の……」

「マーク！」クリスタは、彼の母親がつけたイギリスの名前を呼んだ。自分にのしかかっていた重たい記憶を押しのけて、まぶしい現実の世界に踏み出そうとしている気分だった。

「クリスタ……」言葉というよりも愛撫《あいぶ》に等しいその響きに、ラングトリー夫人は嫉《しっ》妬《と》をおぼえた。

「知り合いなのか?」ブライアンはふいに用心深くなって、クリスタにたずねた。

「知りすぎてるぐらいだわね」ラングトリー夫人がいまいましそうにつぶやいた。

「わたしたち……ボナミ号でお会いしたの」クリスタは必死に冷静さを装った。

「それじゃあ、ご存じなんですか……?」ブライアンは口ごもった。昇進の邪魔になるので、クリスタの不名誉な過去は隠しておきたかったのだ。

「あたくしも彼も、存じてましてよ」ラングトリー夫人が意地悪く言った。「彼女が海賊船に乗るところを見ましたもの。あたくしもボナミ号に乗っていたんです。ご存じかしら、彼女、ほとんど抵抗しなかったのよ」

「ウィロー!」マークが鋭くたしなめた。「ホートン嬢のことはよく存じています、ミスター・ケント。婚約者とおっしゃいましたね? 以前、聞いたような気がします」

ラングトリー夫人は馬鹿《ばか》にしたような態度をとったが、マークの怒りを怖れて黙っていた。そして、むっつりとしたまま、クリスタが帰国するまでに味わった屈辱について思いを巡らした。クリスタがそのままアルジェにいればよかったのに。クリスタを見たときの、マークの目の輝き——。昔の彼は自分をあんなふうに愛してくれたのに。

唯一の慰めは、クリスタが男たちに陵辱されて、もう公爵夫人にはふさわしくないという点だった。大丈夫！　あたくしがマークと結婚し、公爵夫人になるのを邪魔するものは、誰もいない。ラングトリー夫人はそう祈った。

「行きましょう、マーク、踊りたいの」ラングトリー夫人は甘えた口調でいって、彼の腕を引っ張った。

口惜《くや》しいが断ることもできず、マークは顔をしかめるしかなかった。クリスタがなぜイギリスにいるのか、一緒にいる男はなぜクリスタを婚約者と呼んでいるのか、アブドゥーラはどうしてクリスタを解放したのかなど、訊《き》きたいことが山ほどあった。マークはふと、クリスタの腹が平らなのに気づいた。アブドゥーラの子はどうなったんだろう？

マークの考えていることに気づいたクリスタは、心をかき乱され、彼のそばから逃げ出したいと思った。さもないと、ブライアンとラングトリー夫人の前で泣き崩れてしまうだろう。さっき二人の女性が話していたのは、彼らのことだったのだ。ラングトリー夫人とマークはもう婚約したか、これからするところなのだ。自分に、彼の新しい人生を邪魔する権利はない。すべてが変わってしまった今、ここに一緒にいる意味もない。二人は別の人生を歩みはじめたのだ。

なんとかしてこの動揺から立ち直るには、逃げ場が必要だった。クリスタはヒステリックな声で言った。「わたしも踊りたいわ、ブライアン。久しぶりの舞踏会ですもの」

クリスタの言葉で、疑いの気持ちをひとまずおさめたブライアンは、笑いながら答えた。「いいとも。マルボロ公爵のお邪魔をしてはいけない。とにかく踊ろう」

マークは二人が行ってしまったあと、むっつりとしていた。「マーク、どうしてそんな怖い顔をしてるの?」ラングトリー夫人がすねたように言った。「あんなやせっぽちなんか、どうでもいいじゃない。あんな女、バルバリア中の海賊に滅茶苦茶にされればよかったのに」

「なんてことを言うんだ、ウィロー、何にも知らないくせに」マークは憤然とした。「クリスタがどんな目にあったか知りもせず、そんなことを言う権利はない。思いやりの気持ちというものがないのか?」

ラングトリー夫人はしどろもどろになった。田舎者のブライアン・ケントと婚約しているものの、クリスタ・ホートンはまだ強力なライバルだ。「ごめんなさい、マーク」内心では彼女の野望を邪魔するクリスタに腹を立てながら、ラングトリー夫人はおとなしく謝った。「踊りましょう。腕を回してちょうだい」

マークはまたしてもいらいらした。最近、ウィローはなんとかして彼と寝ようと、ことあるごとに迫ってくる。これまでは我慢していたが、いつまで誘惑に逆らえるかは、アラーにしかわからない。彼も所詮《しょせん》、男だ。クリスタとコンスタンティーヌで愛を確かめ合ってから、他の女性には触れていない。

この数週間はマークにとって地獄だった。時間をかけて、ゆっくりと療養し、ようやく回復し、アルジェに行く船を雇うためにロンドンに来た——彼女に命を捧《ささ》げているると、クリスタにはっきり伝えたかった。弱り果てていたときにしてしまった、軽率な約束のことをずっと考え続け、どうしてもそのジレンマから抜け出せずにいたのだ。

たしかに、ラングトリー夫人は、クリスタを失った痛みと孤独を和らげてくれた。彼女がプロポーズを辛抱強く待っているのはわかっていたし、結婚してもいいとほのめかしたときもあった。だが、ブルーベルの花のような瞳をした、銀髪の妖精クリスタが現れた今、他の女性と結婚できるだろうか？　たとえクリスタとこのまま永遠に別れることになっても、ラングトリー夫人が命の恩人でも、結婚などできない。アブドゥーラのハーレムから彼女を救い出すことばかり考えて、他のことなど考えられなかった。だが今、奇跡が起きて、すぐにも抱きしめられる場所にクリスタがいるのだ。

ラングトリー夫人の誘いを断る口実が思いつかず、マークはラングトリー夫人の手をとり、彼女の引き締まった身体になんとか魅力が感じられないものかと、じろじろと見つめた。もしブライアン・ケントがそのつもりなら、クリスタはもうすぐ彼の花嫁になるのだ。なぜあんな男と結婚できるんだ？　マークは動揺していたが、しばらくして、クリスタは自分がどうやって奴隷の身から逃げ出してロンドンに帰ってきたかを知らないことに気がついた。きっと二度と会えないと思い、なんとかして滅茶苦茶にされた人生を元に戻そうとしたのだろう。でももうブライアン・ケントに守ってもらう必要はないのだ。マークは今夜のうちに、彼女が自分のものだとはっきりさせようと思った。

クリスタは、ダンスフロアに出たとたんにマークの姿を見失ってしまった。クリスタは、マルボロ公爵との過去について根掘り葉掘りたずねるブライアンの相手をするしかなかった。ブライアンの疑いは簡単に晴れると思ったが、感情が昂《たかぶ》っているときに問いつめられて急に疲れてしまい、ダンスが終わるやいなや、ブライアンにパンチのグラスを持ってきて欲しいと頼んだ。人がたむろしているテーブルのまわりでブライアンが手間取っている間に、外へ出て気を落ち着かせたかったのだ。

マークは相変わらずしつこくラングトリー夫人につきまとわれていたが、人ごみの中からハンサムな弟が出てきたのを見つけて、目を輝かせ、「アレン!」と大喜びで迎えた。そう、マルボロ邸でマークを待っていたのは、二度と会えないかもしれないと思っていた弟のヤジドだったのだ。彼もまたマークと同じくアレンというイギリスでの名を持っていた。

「ウィローが踊りたいと言うんだが、思ったよりも体調がよくなくてね。ちょっと一休みするから、相手をしてやってくれないか」

アレンは不思議そうな顔をしたが、マークがこっそり目配せすると、すぐに了解した。マークはラングトリー夫人のわがままにうんざりして、しばらく逃げ出したいのだろうと解釈した。

マークは、クリスタが横のドアから出ていったのを見ていて、追いかけたかったのだ。二人で話さなければいけないこと、彼女に打ち明けたいことが山ほどあった。アレンはきっとこの状況を理解して、しばらくラングトリー夫人の相手をしてくれるだろう。マークはピーターを呼び止め、ブライアン・ケントを少なくとも一時間、足止めしてくれと頼んでから、外の闇《やみ》の中に出ていった。

マークは、悲しそうに暗闇を見つめているクリスタを見つけた。ほんの数ヶ月前、迷路の前で初めて出会い——そして、キスしたときのことを思い浮かべているかのようだ。あのときからマークには、彼女が自分の宿命《キスメット》だとわかっていたのだ。

マークは、気づかれないようにそっと近づいて、いきなりクリスタを鋼《はがね》のような両手で抱きしめ、固く引き締まった身体に引き寄せた。そっとうなじに口づけし、彼女独特の香りを吸いこむと、欲情が突き上げてきた。彼女に会うとすべての情熱が爆発し、燃え上がってしまう。

「クリスタ」マークは桜色の貝殻のような耳にささやいた。「奇跡がおまえを運んできてくれた。俺《おれ》はもう二度と運命を呪《のろ》ったりはしないよ」

クリスタは抱きしめられ、感じやすいうなじの肌に触れられた瞬間、マークの腕であり唇だとすぐにわかった。彼に抱かれると、いつも男性的な匂《にお》いがする。石鹸《せっけん》とタバコ、さまざまな香料、それに彼自身の官能的な匂いが混ざったものだ。クリスタはゆっくりと振り返り、彼の抱擁に身を任せた。月の光の下で目が合った瞬間、そのエメラルド・グリーンの深みの中へ引きこまれてしまった。

「アーメド……いえ、マーク……わたし……」

唇をふさがれ、言葉が途切れた。クリスタはキスをしている間、温かく優しい、しかも情熱的な彼の腕に抱かれる感触を思い出していた。二人の思いは、身体を超えて、魂で一つになった。彼こそが彼女を女にした男だ。彼は愛し方を教えてくれた。自分の感じていることを表現し、自分から愛を求めることを教えてくれた男だった。

彼の愛撫は素晴らしい拷問だった。彼がこんなにも近くにいる。クリスタは、肌の触れ合う感触と匂いにうっとりとし、つかの間、現実も忘れ、安らかなマークの腕の中に自分がいること以外、何もわからなくなった。

「愛しいクリスタ、話がある」ようやく唇を離して、言った。「おいで」マークはクリスタの手をつかむと、誰にも邪魔されない迷路の中へ入っていった。黙ってついていくと、彼はベンチの前まで来て、クリスタを横に座らせた。クリスタはごくりと唾《つば》を飲みこみ、大胆な誘惑を秘めた緑の目を見つめた。

「マーク」その名前は温かく、甘かった。

「クリスタ、離れていた間、俺がどんな思いでいたかわかるか？　いつも、おまえがアブドゥーラのベッドに横たわる姿が頭に浮かんできた。赤ん坊のことを考えると、失意のどん底に突き落とされた。この数週間、身体に受けた傷よりもひどい苦しみに悶《もだ》えながら、病で寝こんでいたんだ」

マークはふいに赤ん坊のことを思い出し、クリスタの平らなお腹《なか》を見た。もう相当大きくなっていてもいい頃だが。「子供はどうした？　流産したのか？」

クリスタはようやく真実を話せるときが来たのだと思い、緊張した。「マーク、赤ん坊なんていないのよ。最初からいなかったの。妊娠したというのは、アブドゥーラの相手をしなくてすむように、サイード先生が考えた作戦だったの」

マークは驚いて顔をしかめた。「わからないな。アブドゥーラは一度もおまえを……どうしてだ？　アブドゥーラらしくもない」

「こういうことなの」クリスタはゆっくりと言った。「簡単なことよ。アブドゥーラに触られるたびに、気分が悪くなって、彼の身体の上に吐いてしまったの」

「奴に吐き気がしたのか？」アブドゥーラがあらゆる病気を毛嫌いしているのを知っているマークは笑い出した。「そりゃ見物《みもの》だったな！　アラーが救いの手を差し伸べてくれたんだ」

「そうかもしれないわ」クリスタは認めた。「それも一度だけじゃなかったから、アブドゥーラが、サイード先生に診させたの。先生はいい人で、アブドゥーラのことが好きじゃないのね。アブドゥーラの相手をせずにすむ方法をわたしに教えてくれたから、それに従ったの。先生はアブドゥーラに、わたしが妊娠していると話した。だから、彼とは寝ていないの。妊娠しているとすると、あなたの子に間違いない。わたしが吐いたせいでアブドゥーラは激怒したわ。特に、サイード先生がわたしのつわりがひどくて、吐き気がずっと続くだろうと言ったときにはね。先生の予想通り、アブドゥーラはすぐにわたしのことをあきらめたの」

「君のお父上は君を取り戻すためにコンスタンティーヌに行ったのか？　イギリスに戻る前に君をチュニスに連れていったのはお父上か？」

「いいえ、父は来なかったの。母が病気だったから、ブライアンが代わりに来たのよ」

「それで奴はロンドンに戻ってから、ずっと君にべったりなんだな」マークは口惜しそうに口を固く結んだ。

「違うのよ。父はわたしがバルバリアのことと、悲しい思い出をできるだけ早く忘れられるようにと気遣ってくれたの。だからブライアンがアルジェにわたしを連れていって、イギリス行きの旅の予約をしたの。それから彼はチュニスに戻ったわ。ロンドンに来たのは最近よ」

「それで、おまえはあの婚約者殿と結婚するつもりなのか?」

「両親はそれを望んでいるわ」

「だめだ! そんなことは許さない。おまえは俺を愛してる。俺たちは一緒になるべきだ」

クリスタは言い返せず真っ赤になった。その代わりにこう答えた。「あなた、病気だったんですってね。どうやってスペイン人から逃げて、イギリスに来たの?」

「脱出できたのも、今こうして生きているのも、ウィローのおかげなんだ」マークは、ラングトリー夫人がどうやって病気の自分を見つけ、看病し、自由にしてくれたかを話した。「マラリアで苦しんでいたときに、彼女が世話をしてくれ、看病してくれた。イギリスに連れてきてくれたのも彼女だ。病気が治るまでに何ヶ月もかかったから、あれには大きな借りができてしまった」

クリスタはラングトリー夫人とマークのつながりの深さを思い知り、憂鬱《ゆううつ》になった。クリスタがまた彼の人生を乱さなければ、そのまま彼女と結婚していただろう。「そういえば……あなた、彼女と婚約するって聞いたけれど」クリスタは慎重にそう言った。

「否定はしない」マークは燃えるような目でクリスタを見つめた。「でもそれはウィロー自身がまいたうわさ話だ。だが俺は人生をやり直す前に、もう一度コンスタンティーヌに行くつもりなんだ」

「戻る気なの？」クリスタはぎょっとした。「死ぬかもしれないのに？」

「そうだ。絶対にな。アブドゥーラが手にしているものは、本当はすべて俺のものだったのだと考えると胸が引き裂かれそうなんだ。俺が愛し、守っていたものを滅茶苦茶にしたあいつに、思い知らせてやりたいんだ」

「あなたがコンスタンティーヌに行かなくてよかったと思ってるわ。アブドゥーラのことは忘れて。イギリスで生きていくべきよ」

「いいや、クリスタ。俺は必ず戻ってみせる。奴は、俺の親を殺した。その罪から逃れることはできない。奴は母だけではなく、父の死にも関わっていたんだ」

クリスタは落胆した。マークが復讐《ふくしゆう》にこだわっている限り、二人に未来はない。せっかくふたたび会えたのに、また彼を失うなんて耐えられない。クリスタは、思いとどまらせることができればいいのにと思った。

「あなたがそう決めたのなら、マーク、幸運を祈ってるわ」クリスタは寂しそうに言った。

「これでもう会えなくなるみたいな言い方だな」マークは責めるような口調で言った。

「あなたはわたしと違う道を生きていくのよ」クリスタは投げやりに言った。「たぶん命の恩人のラングトリー夫人と一緒にね。わたしの未来は……ブライアンと一緒なんだわ」嘘《うそ》をついた。「わたしはもうすぐ彼と結婚することになっているから」

「だめだ！　俺たちは一緒になるんだ！　ウィローも、俺には感謝の気持ちしかないことはわかっている。愛などないと知っているんだ。おまえはどうなんだ？　ブライアンを愛してると本気で言えるのか？」

「彼のことは……好きよ」クリスタはどっちつかずの返事をした。「わたしたちが婚約したのは、あなたに会うずっと前よ。親はこの縁談に乗り気だったし……わたしには、親の望みをかなえる義務があるの」

「義務だって？」マークが怖い顔をして怒鳴《どな》りつけた。「おまえは俺のものだ。嘘だと言うなら、今ここでわからせてやる」

19

マークはクリスタの顎《あご》をぐいと持ち上げ、顔を上に向けると、深いブルーの瞳《ひとみ》をじっとのぞきこんだ。クリスタが何も答えずにいると、いきなり唇を奪い、降伏を要求するかのように激しく口づけをした。奥まで舌を差しこまれ、クリスタは心とは裏腹に、あえいでいた。膝《ひざ》の上に抱き上げられると、欲情に駆られた彼のものが、薄い絹の下から固く突き上げてくるのを感じた。

「これが欲しくないのか?」マークがささやき、胸のふくらみを執拗《しつよう》に愛撫《あいぶ》すると、乳首が欲望に負けて固くなってきた。「二人は一緒になる運命なんだ。アラーが引き会わせてくれた以上、もう何も心配はいらない」

「以前とは違うのよ、マーク」クリスタは言い張った。「いろんなことが変わってしまった。わたしたち自身も前とは違うわ。ラングトリー夫人のことだって——。彼女への借りはそう簡単に返せないでしょう? それにブライアンも」

「ウィローのことは忘れろ!」マークはカッとなって言った。「おまえは俺《おれ》のものだ。

絶対に離さない。ウィローとブライアンなどどうでもいい」

マークは彼女が何か言い返す前に、襟《えり》ぐりの深い胴着を引き下げて、胸をむき出しにした。冷たい夜の空気に触れた乳首が、クリスタの意志に反して、彼の燃えるような視線を感じて立ちあがった。バラの蕾《つぼみ》が硬くなると、マークはうれしそうに笑った。彼女は情熱の固まりだ。この優しい、勝ち気な妖精《ようせい》は女そのものだ。絶対に離すものか。マークは誇らしげにそう誓った。

魔法のような指で震える乳房を撫《な》でられ、身体《からだ》の芯《しん》が熱くなり、クリスタはたちまち燃え上がった炎に飲みこまれそうになった。濡《ぬ》れた舌で乳首をなめられ、吸われ、甘く嚙《か》まれたとたん、身体の中心がずきずきとうずきはじめた。情熱の渦の中に落ちそうになり、マークの肩にすがりついた。

「マーク、だめ！　ここではいや……」ラングトリー夫人やブライアンがやってくるかもしれない。

マークはクリスタの哀願を無視して、指先でドレスをまくり上げた。彼の手にそっと内股《うちまた》を撫で上げられ、その手が脚の間の濡れて熱いひだに触れると、クリスタは思わず声を上げた。とろけるような愛撫に上りつめそうになった瞬間、熱くなった身体を弄《もてあそ》んでいた魔法の指が止まった。

「感じて欲しいんだ、クリスタ」マークが耳もとでささやいた。「さあ、恥じらうことはない。おまえが感じると俺もうれしい」

愛撫を待ちこがれていた泉に、彼の指が踊るように突き入れられると、クリスタは激しい快感に襲われた。思わず上げそうになった敗北の叫びが、マークの唇でふさがれ、震えながらクリスタは息をとめた。クリスタの様子に燃え上がったマークは、欲情に駆られズボンを脱ぎ捨てた。彼女を抱き上げ膝の上に乗せると、硬いもので柔らかな入り口を探った。――と、突然、土を踏みしめて近づいてくる足音に、二人はあわてて離れた。

「マーク、どこなの?」すねた声が聞こえた。

「くそっ!」マークは苦々しげに吐き捨てると、クリスタを横に押しのけ、あわてて身繕いし、彼女が服を着るのを手伝った。

「マークったら!」ラングトリー夫人がいらいらしたような声で繰り返した。「いるのはわかってるのよ。アレンの話なんか信用するもんですか。あなた、一人なの?」

「返事はあなたがして」クリスタはため息をついた。「どう説明するの、あなたの……ウィローさんに」

「説明などいらん」マークが不機嫌そうに答えた。あと少しで、この何ヶ月かずっと夢にまで見た愛する女を完全に自分のものにできたのに。夢は無惨に砕け、残されたのは狂おしい欲望だけだった。クリスタは自分のものだ。力づくでもブライアンとの結婚などありえないとわからせるつもりだった。

マークはクリスタの腕をつかむと、曲がりくねった迷路を抜けていった。クリスタにしか満たすことのできない欲求をこらえる彼の顔は怒りで紅潮していた。入り口にたどり着くと、ラングトリー夫人は一人ではないことがわかった。ラングトリー夫人の横に立っていたハンサムな青年は、亡霊でも見ているかのようにクリスタをじっと見つめていた。

「ごめんなさい、マーク」青年は肩をすくめた。「努力はしたんだけど……」

「いいんだ、アレン」マークはうなずきながら彼の肩に手を置いた。そして、マークを独り占めしていたのがクリスタだと知って、渋い顔をしているラングトリー夫人を無視して、言った。「クリスタ、弟のアレンだ。こちらはミス・クリスタ・ホートン」

「ヤジドね！」クリスタは目を丸くして言った。「わたし、てっきり……」

「アレンです」青年は礼儀正しく訂正した。「これは母がつけてくれた名前です。実は兄がイギリスを発《た》った頃《ころ》、僕はこちらに来たんです。ご存じなかったでしょう。そのときはまだ公爵もお元気でした」

「ここでアレンに出迎えられるとは思いもしなかった」マークが口を挟んだ。その口調には弟への愛がこもっていた。「二度と会えないと思っていたからな」

「でもどうして……？」

「アレンに話してもらいましょうよ」会話についていけずにいたラングトリー夫人が出し抜けに口を挟んだ。「マークったらずっと雲隠れしていたんですもの。彼はわたしのエスコート役なんですから、これからの時間は独り占めさせていただくわね」

不愉快そうに顔をしかめはしたが、マークはラングトリー夫人に腕を取らせ、邸《やしき》に向かって歩きはじめた。無視すれば、実際、彼女のエスコート役としてこの舞踏会に来ている以上、マナーに反する。マークは後ろを振り返り、一瞬、すまなそうな顔をしたが、クリスタには、次に会うときは満足させてやると言っているように見えた。

「クリスタを無事に邸まで送り届けてくれ、アレン」

クリスタは、誘いこまれるように邸の明かりに向かって歩いていく二人を見送っていたが、すぐにラングトリー夫人の泣きごとが聞こえてきた。「あの女と迷路の中で何をしてたの？　彼女の正体がばれたら、もう人前に顔なんか出せなくなるわよ」マークが何か言い返したが、ラングトリー夫人のあざけるような声で聞こえなかった。

アレンは淡い月明かりの中で、クリスタの頰《ほお》が赤くなるのを見て、ラングトリー夫人の首をへし折りたいと思った。もちろんマークとクリスタのことはよくわかっていた。マークの長い療養生活中ずっと一緒にいた彼は、繰り返し、二人の悲劇的な恋の顚末《てんまつ》を聞かされていたからだ。

「ウィローのことは気にしないで、クリスタ」アレンが同情するように言った。「嫉《しっ》

ってますから」

妬《と》深い上に意地悪な人なんですよ。僕には、兄が愛しているのはあなただけだとわか

「あなた……わたしたちのことご存じなの？」

「ええ。僕たち、仲がいいんです。長かった闘病生活の間に、あなたのことはみんな聞いています」

クリスタは、兄にそっくりなアレンの緑の瞳を見つめた。実際、彼はマークによく似ていた。鞭《むち》のようにしなやかな長身、気高い表情。灰色がかった黒い髪だけが、マークの輝くような髪とは違っていた。

「クリスタ、兄への愛を恥じる必要はありません。愛を否定してはいけませんよ」

「あなたにはわからないのよ、アレン」クリスタが説明しようとした。「わたしたちはもう前とは違うのだと、マークに話していたところなの。今では、他の人たちのことも考えなくてはいけないから。ラングトリー夫人は彼の命を救ったから……彼の妻になるつもりなんでしょう？」

「兄がウィローと結婚すると言ったんですか？」

アレンが怒ったようにたずねた。

「はっきりとは聞いていないわ」クリスタは口ごもった。「でもみんなそううわさしているし、二人はきっと一緒になるんでしょうね」

「あなたはそう思っているかもしれませんが、僕も、マークもそうは思ってませんよ。兄はあなたを愛している。身体の調子が元に戻らないのに、コンスタンティーヌに飛んで行こうとする兄を、どれだけ苦労して引き留めたと思ってるんです？　そのときアブドゥーラに対決していれば命はなかったんだ」

「わたしがアブドゥーラに捕まっていたことも知ってるの？」

「さっき言ったでしょう、マークから何もかも聞きました。全部ね」アレンはじっとクリスタを見つめた。

「そう……」クリスタはつぶやいた。となると、マークは彼女が妊娠したという話もしたに違いない。アブドゥーラの妾《めかけ》となった女を追いかけようとする兄を、アレンが止めるのも無理はない。真実を打ち明けるかどうかは彼女次第だったが、結局、クリスタはマークにまかせることにして、さりげなく話をそらした。「アレン、あなたはどうしてロンドンに来たの？　どうやってアブドゥーラから逃げることができたの？」

「父の死後、国を奪わんとするアブドゥーラの陰謀を知った大宰相が、連絡してきたんです。その頃、僕はトゥアレグ族と砂漠で暮らしていました。すぐに街に戻り、母を安全な場所に匿《かくま》おうとしたんですが、手遅れだった。すでに母はアブドゥーラに殺されていたんです」

彼が声を震わせると、クリスタは彼の腕にそっと触れた。アレンは咳払《せきばら》いして先を続けた。「マークがいないのに復讐《ふくしゅう》するのは無謀だとわかっていた。それで、マークがまだイギリスにいるはずだと思い、コンスタンティーヌを脱出したんです。ところが僕がイギリスに着くより先に、大宰相のメッセージが兄に届き、兄は出発したあとでした。ありがたいことにイギリスに来たとき、老公爵は健在でした。しばらくして公爵は、爵位と領地をマークに譲って、亡くなりました」

「それからずっとイギリスに？」

「マークがどこにいるのかまったくわからなくて。しばらく待っていれば、きっと連絡があるだろうと思ったんです。大宰相はもちろん僕の居場所を知っていましたが、アルジェを離れてすぐに彼も殺されたと、マークから聞きました。アブドゥーラは父を思い出させるものをすべて消したんです」

やっと邸に戻ってくると、舞踏会のざわめきが伝わってきた。ブライアンも現れた。「そこに行ってたんだ、クリスタ？」彼は不安そうにアレンを見て、たずねた。「そこらじゅう探したよ」

「心配しないで、ブライアン。表で新鮮な空気を吸ってただけよ」クリスタは言いわけした。「それに公爵の弟さんが優しく相手をしてくださったわ。アレン卿《きょう》にはもうお目にかかっていて？」

ブライアンは媚《こ》びるような笑みを浮かべると、婚約者のそばにいる若い男に視線を移した。「まだお目もじさせていただいていませんね、わたしはブライアン・ケント、ホートン嬢の婚約者です」

アレンはうなずきながら、なぜクリスタはこんなやぼったい田舎者と婚約したのだろうと呆《あき》れていた。「ケントさん、ホートンさん、会えてうれしかったです」クリスタを見つめる彼の緑色の瞳が、婚約者に対する印象を物語っていた。

それからクリスタは、マークとラングトリー夫人が、親友か恋人同士のように話をしているのをちらちらと見ながら、踊り、笑い、礼儀正しく返事をして過ごした。突然、アレンがやってきて、パンチより強い酒はいかがですか、とブライアンを書斎に誘った。光栄にも公爵の弟と二人きりになれるうれしさに目を輝かせ、ブライアンは即座に承知し、クリスタを残して立ち去った。

彼らがいなくなったとたん、クリスタはたくましい手につかまれ、ダンスフロアに連れ出されていた。見上げると、マークがいたずらっぽく笑いながらクリスタを見下ろしている。「あなたにしては、ずいぶんこそこそしてるのね」クリスタはうれしいのを隠して、マークを責めた。

「あいつはおまえを愛していない、クリスタ」マークが思い切ったように言った。「おまえの幸せのことなど考えずに捨てる男だ。奴はおまえを自分の出世のために利用していているだけだ」マークは、人を見る目と、人が恋しているかどうかを見抜く能力には自信を持っていた。どう見ても、ブライアン・ケントは恋に酔いしれているようには見えなかった。

「あなたにはわからないのよ」クリスタがすぐに言い返した。否定はできないが、ブライアンが自分のことをあまり考えていないのを認めるのは辛《つら》かった。

「いや、おまえだって彼を愛してはいない」

「マーク、わたしを惑わさないで。わたしはあなたにはふさわしくないわ。もし少しでも……わたしの過去がもれたら、社交界にはいられなくなってしまう。それに、そのうちあなたはコンスタンティーヌに戻って――」

「クリスタ、君と結婚できるなら、イギリスに残ってもいいかもしれない……」マークの告白を聞いてクリスタはびっくりした。

「うそよ、マーク。アブドゥーラに復讐し、国を取り戻すまで、あなたは絶対に満足するはずがないわ」

「そうかもしれんな」マークはなんとなくすまなそうに言った。「だがそうだとしても、君を俺の唯一の妻として迎えられるよう、法律を変えるつもりでいる」

「それができるのなら、お父上がもっと前にそうしていたはずよ」

「父のやり方は古かったんだ。俺がその力さえ取り戻したら、変えてみせる。クリスタ、おまえが必要なんだ。絶対に離さない。ブライアンなんかどうでもいい」

二人は低い声で話していたが、マークの最後の言葉が、近くで踊りの相手を捕まえようとしていたラングトリー夫人の耳に入った。マークとクリスタはお互いに夢中で、ラングトリー夫人が浮かべたずる賢い笑みには気づかなかった。ラングトリー夫人はクリスタを社交界から追い出し、ロンドンに楽しいゴシップを振りまく方法を即座に思いついていた。クリスタがつまはじきになれば、マークも彼女がいかに妻にふさわしくなかったか思い知るだろう。ラングトリー夫人はにんまりとし、つま先立ちになり、踊りの相手にクリスタの悪口を耳打ちした。相手はラングトリー夫人の話をひとことも聞きもらすまいとして耳を傾けていた。

「マーク、お願い、そんなふうにわたしを見ないで。みんな変に思ってるわ」クリスタが泣きそうな声で言った。

マークは目を上げ、自分たちが注目を浴びているのに気づいた。めずらしくダンスフロアの外側にいる人たちも二人を見つめている。「気にするな！」とマークは言い、ラングトリー夫人と一緒にいる客のグループがみな軽蔑《けいべつ》するような目でクリスタを見ていることに、彼女が気づかないよう祈っていた。ラングトリー夫人は、マークから聞いた、コンスタンティーヌでクリスタが囚われの身となっていた事実を、故意にばらしたのだろうか？　彼はすぐクリスタの気をそらそうとした。「今はどこに住んでいるんだ？」

「叔母の家よ。叔母が再婚したので、家を譲ってくれたの。メアリー叔母様は新しいご主人と新婚旅行に出かけたわ」

「じゃ、そこに一人でいるのか？　君とメイドだけで？」ブライアン・ケントが自分の愛する女に自由に近づけると思うと、マークは腹が立った。

「エリッサとレノアも一緒よ」

「レノア？　母の召使いだったレノアか？」クリスタはうなずいた。「それにエリッサだと。あの小娘をロンドンに連れてきたのか？」

クリスタはむっとした。「彼女は変わったわ、マーク。昔の彼女とは違うの。前にも話したわよね、わたしたち友だちになったの。エリッサは、あなたと離ればなれになってから、ずっとひどい目にあいながらもわたしを慰めてくれたのよ」

マークは不思議そうに首をかしげたが、クリスタがそう言うならエリッサにもう一度チャンスを与えようという気になっていた。「エリッサが無事だと知ったらオマールも喜ぶだろう。頑固な父親だが、いつも娘のことを心配していたんだ」

「オマールもここにいるの？」

「ウィローがアルジェで俺を自由にしてくれた直後に、現れたんだ。彼は俺たちが乗る船に仕事を見つけて一緒にイギリスまで来た。それからずっとそばにいる」

急に音楽がやんだ。二人は周囲の好奇の目を意識しながらフロアをあとにした。クリスタはブライアンの姿が見えないことに気つき、ラングトリー夫人がマークに近づいてきたのを見て、すぐに化粧室に逃げこんだ。

鏡を見ながら髪を直していたクリスタは、すぐあとから入ってきた、宝石で飾った二人の年長の夫人が、馬鹿《ばか》にしきったような冷たい目で自分のことを見ていることに気がつかなかった。

「マルボロ公爵のお祝いの席に、トレントン卿があんな女を招待なさるなんてね」一人の女性が軽蔑したような視線をクリスタに投げつけた。

「想像できまして？　自分から進んで海賊の情婦になったんですってよ」二人はクリスタがそこにいないかのように話していた。「トレントン卿は何を考えていらっしゃるのかしら？　それに彼女の婚約者。あんな世間体の悪い女と結婚するなんて気が知れないわ。いったい何人の海賊と寝たのかしら？」二人目の女性が上品に肩を震わせた。

「誰《だれ》かがちゃんと言ってさしあげなくちゃ。マルボロ公爵が踊っていらっしゃるところを見ましたけど、彼女に夢中みたいだったわ。彼女の正体がわかれば、あの方だってあんな恥さらしな女とはきっぱり縁をお切りになるわよね」

自分たちの用がすむと、女たちはスカートの裾《すそ》を持ち上げ、動転しているクリスタの横をすり抜けて意気揚々と化粧室を出ていった。

「ひどいわ」クリスタは顔を両手でおおって泣き出した。「誰がそんなことを……」

その時、ふっと答えが浮かんできた。こんな根も葉もないうわさ話を広めるのはラングトリー夫人しかいない。嫉妬に狂った彼女が強引に真実をゆがめて、クリスタの評判をずたずたにしたに違いない。

安全な場所に逃げ出すことしか思いつかず、クリスタは舞踏会の会場に戻ると、軽蔑のまなざしと冷酷な言葉に傷つきながら、ブライアンを必死に探した。幸いにも、ラングトリー夫人が広めた意地悪な醜聞を知らずに、ブライアンがアレンと一緒に戻って来たのを見つけて、ほっと胸を撫で下ろした。

クリスタは彼のそばに走っていき、頼んだ。「ブライアン、帰りたいの。今すぐ！お願い」

「今すぐ帰るだって？」ブライアンが馬鹿みたいに繰り返した。「こんなに楽しいのに」

「お願いよ、ブライアン、わたし……ちょっと具合が悪くて」

「そういうことなら、帰ろう」彼は渋々承知した。

アレンはマークを探しに行きつつ、二人が出ていくのを不思議そうに見送った。クリスタの帰りを早めるようなことが起きたのだとしたら、それが何なのか確かめるつもりだった。

翌日、クリスタは遅い時間になってもまだベッドの中にいた。起き上がって一日を始める気にはとてもなれなかったのだ。昨夜は最悪だった。マークと会えたことは夢のようだったが、ラングトリー夫人がマークの人生に深く関わっているのを知って、失意のどん底に突き落とされてしまった。クリスタの評判を傷つけるためならどんなチャンスも見逃さない、ラングトリー夫人の異常な嫉妬心にもっと早くに気づくべきだった。夫人がクリスタに人前で恥をかかせてあざ笑いたかったのならば、昨晩のことは大成功だった。

「クリスタ、具合でも悪いの？」クリスタはエリッサが部屋に入ってきたのにも気づかなかった。「こんなに遅くまで寝てるなんて、めずらしいわね。昨夜、ずいぶん早く帰ってきたのに。楽しくなかったの？」

「知らないほうがいいわ」クリスタは化粧室にいた二人の女性の言葉を思い出しながらうめいた。

「どうしたの？　ブライアンが何か……」

「ブライアンは何もしなかったわ、エリッサ。座ってちょうだい、これから話すことはあなたにとっても、ショックでしょうから」クリスタはクッションをふくらませ、エリッサを横に座らせた。

「アーメドはイギリスで無事に暮らしていたの」

「アーメド王子が生きていたの？」エリッサが唖然《あぜん》として叫んだ。「どうしてわかったの？　そうか」合点がいったというようにうなずいた。「パーティで会ったのね。新しいマルボロ公爵ってアーメドだったのね！」

「そうなのよ」クリスタがこわばった笑みを浮かべた。「昨日の夕方、目が合った瞬間、わたしがどれほど驚いたか、想像もできないでしょう？」

「彼も驚いたでしょうねえ」エリッサが苦笑した。「彼と二人きりで話せたの？」

「ええ」クリスタは考えこみながらため息をついた。「それがね、スペイン人に売られそうになったマークを救い出したのは、ラングトリー夫人という人でね。彼女は、彼の愛人だったことがある人なの。彼女が病気だったアーメドをイギリスに連れて帰ったのよ」

「そうだったの」どう答えていいかわからないというように、エリッサは言った。「アーメドには妊娠したふりをしていたってことは話したの？」

「彼は今、マークと呼ばれてるの。マークにはすべて話したわ。幸い彼はわかってくれて、怒りはしなかった。でもそんなことで何も変わらないのよ。わたしなしで生きていって、と言うしかないの。わたしみたいな汚れた女の居場所なんて、彼の未来にはないのよ」

「クリスタ、何を言い出すのよ？　馬鹿げてるわ」

「話はまだこれだけじゃないの」

「まだあるの？」

「マークの自由を買い取ったウィロー・ラングトリー夫人は、赤髭《あかひげ》が襲撃してきたときに、ボナミ号に乗っていたの。わたしが拉致《らち》されたあと、何があったのかなんて何も知らないくせに、意地の悪いうわさを流したの。舞踏会に来た客みんなに……わたしが自分から進んで海賊たちの相手をしたって、言いふらしたのよ。もちろんうわさはあっという間に広まったわ。すぐにわたしはのけ者になって、憎しみと軽蔑の目で見られた。ラングトリー夫人の目的が、わたしの評判を傷つけて、マークにふさわしくない女性であるとみんなに思わせるように仕向けることにあったのなら、大成功だったというわけ。もっと早くにあそこから逃げ出せばよかった」

「最低ね！」エリッサが吐き捨てるように言った。「その女の汚い悪口を無視していたマークはえらいわ。本当のことを知っている数少ない人間の一人だもの」

「マークは今や公爵なのよ、エリッサ。わたしと結婚すれば、彼の名声と上流社会での地位に傷がつくわ。でもアレンもわたしの悩みを理解してくれたの」

「アレン？」

「そうだ、あなたは知らなかったのよね。マークの弟ヤジドはイギリスに来ていて、今はアレンと呼ばれてるの。マークがイギリスを出発した頃に、こっちに着いたんですって。ずっと心配していた弟が無事に見つかってマークもほっとしたはずよ。それから、もう一つ」クリスタはうれしそうに目を輝かせた。「オマールもマークと一緒なの」

「お父様が？　イギリスで元気にしているの？」エリッサは幸せでいっぱいになった。

「アブドゥーラの部下たちに砂漠に置き去りにされて、もうだめかと思ってたのに」

「あなたのお父様はそう簡単に殺されるような人じゃないわ」クリスタは何度となく彼のマークへの献身ぶりを目《ま》の当たりにしていた。

「早くレノアに教えなくっちゃ、アーメド……じゃなかった、マークと父のことをね。きっと喜ぶわ」エリッサはふいにいやなことを思い出したように顔を曇らせた。「クリスタ、ブライアンのことはどうするの？　すぐに結婚したがってるんでしょ？」

「わからないの」クリスタはじっと考えこんだ。「わたしには考える時間が必要だわ。両親が一番喜ぶようにしたいし……」

「あなた自身は？　自分の幸せのことはどうでもいいの？」

クリスタは首を横に振った。「わたしのことはどうでもいいの」

「そんな。マークはあなたを愛してるんでしょ？　そうに決まってる」

「わたしも彼を愛してるわ。でもいろいろなことが複雑に絡み合っていて、簡単には元に戻れないのよ。マークがいつわたしを捨てて、アブドゥーラと戦うためにコンスタンティーヌに行ってしまうかもわからないし。怖いのよ、エリッサ。自分に正直に生きるのが怖いの。今度彼を失ったら、わたし、生きてはいられないわ」

20

翌日の午後、マークが玄関に現れたのを見て、クリスタは動揺を隠せなかった。驚いたことに弟のアレンも一緒だった。マークは無表情のまま、すごい勢いで邸《やしき》の中に入ってきた。

「マーク、どうしたの？」

「話があると言っただろう」マークはアレンを見やって、付け足した。「エリッサと父親を会わせてやろうと思って、アレンを一緒に連れてきた。エリッサを呼んでもらえないか？」

「オマールはどこ？」クリスタが不思議そうにたずねた。

マークは日に焼けた顔に白い歯を見せて笑った。「邪魔をされたくないんだ、俺《おれ》たちが……話している間はな。レノアも一緒に行かせよう。二人を呼んでくれるのか？　それとも俺が呼ぼうか？」

クリスタは憮然《ぶぜん》とした。「ここはわたしの家よ、それに——」

「エリッサ！」マークが叫んだ。「レノア！」

クリスタは助けを求めるようにアレンを見たが、彼はクリスタの無言の頼みを面白そうに眺めているだけだった。

エリッサはすぐに飛んできた。「アーメド王子」以前、彼にあつかましく迫って怒りを買ったことを思い出して、恥ずかしそうに出迎えた。

「クリスタにすっかり気に入られたらしいな、エリッサ。マークと呼んでくれ、イギリスではそう呼ばれている」彼は冷ややかに言った。この少女に好意を抱いていないのは明らかだった。「弟のアレンだ。彼がおまえを父親のところに案内する。レノアも一緒に行かせよう」

主人の命令には即座に答えるよう長年仕込まれてきたエリッサは、黙ってうなずいた。エリッサはマークの弟に目を奪われ、黒い濃い睫毛《まつげ》を伏せて、恥ずかしそうにアレンを見つめた。マークと同じくらいハンサムだわ、とエリッサは思った。浅黒い顔に輝く緑の瞳《ひとみ》。彼女はすっかりアレンに夢中になっていた。

アレンもエリッサと同じくらい彼女に魅了されていた。クリスタの次に、エリッサは美人だ。上品な顔の輪郭、ゆたかな赤い唇。高い頰骨《ほおぼね》が異国情緒たっぷりで、謎《なぞ》めいた少女に見える。なめらかな絹のような肌は淡い金色に輝き、黒髪がくびれたウエストから丸いお尻《しり》のあたりにかかっている。アレンは、小柄なエリッサの形のいい乳房を見て目を輝かせた。クリスタとマークも互いのことに気がいっていて、アレンがこの美しいベルベル人の少女に夢中になっていることには気づいていなかった。

「いやなら行かなくてもいいのよ、エリッサ」クリスタが心配して言った。「召使いへの命令じゃないんだから」

「父に会いたいわ、クリスタ」エリッサがアレンを見つめながら、恥ずかしそうに言った。「レノアを呼んできます」

その瞬間、エプロンで両手をふきながらレノアが飛んできた。「お呼びになりました？」彼女はマークとアレンを見て目を輝かせると、まずマークと、それからアレンと抱き合った。二人の母親のエミリー夫人は、召使いのレノアにすっかり頼り切りで子育てをしたため、二人は小さい頃《ころ》、レノアにとてもなついていたのだ。レノアは急に、二人がもう子供ではないことを思い出し、恥ずかしそうに後ろに下がった。

しかしマークもアレンも、レノアが感激のあまりとった行動を、まったく気にしていなかった。母親にとても尽くしてくれて、子供だった自分たちの面倒をよく見てくれた彼女が大好きだったからだ。エレンが、アレンとエリッサについてくるように言われてすぐさま従ったので、クリスタはいらいらした。マークに私生活を邪魔されたくなかったし、彼が当たり前のように友だちに命令するのも気に入らなかった。でもアレンがすぐに二人を外に連れていってしまったので、マークに反発したところで、何もいいことはなさそうだった。クリスタに挨拶《あいさつ》したあと、意味ありげに兄を見たアレンの様子を見て、クリスタは怒りで真っ赤になった。彼の言いたいことはすぐわかった。好むと好まざるとに関わらず、すぐクリスタはマークと二人きりになるのだ。マークは、彼女の腕をつかみ、有無を言わせずに玄関口から居間へと連れていき、ゆっくりと後ろ手にドアを閉めた。彼はクリスタのほうへ向き直り、たずねた。「どうして昨夜、突然帰ってしまったんだ?」

顎《あご》を上げてクリスタは答えた。「あんなひどいことを言われて我慢できなかったのよ。なぜあんなうわさが流されたと思うの? ブライアンじゃないわ。彼はわたしの汚らわしい過去を誰《だれ》かに知られることを恐れてるもの。あなた、誰かに話したの?」

「何だって? クリスタ、なぜ俺がそんな真似《まね》を!」マークが仰天して怒鳴《どな》った。

「わたしのことを知ってる人がもう一人いるわ。ボナミ号で何が起こったか知っている人が」

「ウィローを疑っているのか——そうなんだな。でも彼女がそんなことをするとは思えない。たしかに自分の思い通りにならないと……手がつけられなくなることは確かだが、君の醜聞を広めるなど言語道断だ」

「自分の思い通りにしなければ気がすまないのよ。彼女はあなたからプロポーズされるのを待ってるんだわ、そうでしょう?」クリスタはむきになって言った。

マークは真っ赤になった。「そうじゃないかとは思っている、でもまさか本気だとは……」

「そうね。でも、ラングトリー夫人は公爵夫人になることについては本気よ」クリスタは乱暴にマークの言葉をさえぎった。

「彼女は命の恩人なんだ、クリスタ。簡単に無視はできない。それに、こんな話をしても何の役にも立たないじゃないか。ウィローの話をしたかったわけじゃないんだ、俺たち二人のことを話したい」

「わたしたちなんて言えないのよ、マーク。あなたとわたしはもう、違う道を歩き出したの。ラングトリー夫人はあなたと結婚したがっていて、それを邪魔する権利はわたしにはないわ」

「俺が愛してるのはおまえなんだ、クリスタ。二人が分かち合った愛をもう忘れたのか？　おまえ以外の女とは寝るつもりはない」

「忘れてなんか……」クリスタはあえぐように言い、燃えるような緑のまなざしに魂を貫かれ、全身の力が抜けていくのを感じていた。

「思い出させたほうがいいようだな」マークはクリスタの無駄な抵抗に腹を立てて言った。

マークは彼女の頬にかかっている巻き毛に触れ、指先でそっと唇を撫《な》でた。風に吹かれた落ち葉のように、彼女の決意は粉々になった。頬から顎への曲線をなぞられると、クリスタの背筋《せすじ》に熱い快感が走った。

熱くたくましい手がしばらくの間、鎖骨の上を愛撫《あいぶ》し、むき出しの腕を円を描くようになぞって、官能的な合図を送った。クリスタには到底それを無視することはできなかった。

マークは乱暴に彼女を引き寄せて、ぎゅっと抱きしめた。「クリスタ」誘惑するようにささやく。「おまえが欲しくてたまらないんだ」

彼の喉元《のど》に顔を埋めて、男らしい匂《にお》いを吸いこんだとたん、クリスタは他の誰とも付き合えないと思い知った。クリスタは彼に高められた情熱の渦に身を任せると、両手を彼の首にまわした。マークは両手で、なめらかにふくらんだ尻をつかんで、腰をぎゅっとクリスタの下腹部に押しつけた。

「あのコンスタンティーヌの薄暗い独房の中で愛し合ってから、誰とも寝ていない」マークはクリスタのなめらかな身体《からだ》の曲線と自分の身体とをぴったりと合わせて、うめいた。

クリスタは驚いて身体を引いた。本当だろうか？　そんなはずはない。彼の欲望をすべて満たそうとする、ラングトリー夫人のような女がそばにいたではないか。「でも……ラングトリー夫人がいたでしょう？」

マークは首を振った。「初めのうちは病気で寝こんでいた。それからも……俺にはできなかった。アラーに誓って、クリスタ、おまえとの愛の喜びを知ったあとで、他の女にひかれるはずがないだろう？　誘惑されたことは何度もあった。そのことはアラーもご存じだが、他の女ではだめなんだ」

「わたしが戻ってきて、あなたの人生を混乱させせなければ、ラングトリー夫人と結婚していたはずよ」クリスタが責めるように言った。

「それはどうかな。それよりも結婚をやめて、マルボロ公爵の地位と財産をアレンに継がせていた可能性のほうが高いだろうな」

こらえきれなくなり、マークは出し抜けにクリスタを抱きしめて唇を奪った。舌で唇の輪郭をなぞり、その柔らかな感触を存分に味わう。クリスタは我を忘れて口づけに夢中になり、彼の舌を迎え入れた。

マークはぴったりとクリスタを抱きしめたまま、素早く指先でドレスの留め具を探った。辛抱強くボタンを一つずつ外して、ドレスを一枚ずつ脱がすと、衣装がすべて足もとに落ちて山のようになった。指先に彼の裸の肌の温かい感触を感じたクリスタはうれしくなった。二人は胸、腰、太腿《ふともも》、そして唇をぴったりと重ねたまま厚い絨《じゅう》毯《たん》の上に倒れこんだ。

彼の唇が、気が狂いそうなほどゆっくりと近づいて、頬、細い顎、白い喉を通って、熱い感触を残しながら、硬くなった乳首の上で止まった。舌の先が、感じやすい固い蕾《つぼみ》を愛撫する。温かい唇の感触で全身が熱くなり、彼の両手が絹のような腹の上を踊るように滑り下り、太腿の上に乗せられた。

自分が感じているのと同じくらい彼を喜ばせたくて、クリスタの小さな手はじらすようにゆっくりと動いた。指の下で、彼の広い背中に沿った筋肉が緊張して震え、引き締まった尻のふくらみに沿って愛撫するとびくりとした。その手をゆっくりと前に移動させ、硬くなったものを握ると、マークは腰を突き出して、歓喜の声を上げた。

彼がクリスタの手をつかんで引き離したので、クリスタは驚いた。「クリスタ、それ以上したら、我慢できなくなる。ずっと誰ともしていなかったから、たっぷりおまえを悦《よろこ》ばせたいんだ」彼は笑いながら言った。

クリスタが彼の意図に気づくより先に、マークは身体を下にずらし、濡《ぬ》れたベルベットのようなへそに刺激的なキスをした。クリスタはあえぎながら腰を突き上げた。唇はさらに下におりていった。マークは彼女の脚を自分の肩に乗せて、股間《こかん》に顔を寄せた。

クリスタの全身を熱い情熱の炎が駆け抜けた。彼の唇が濡れたひだに触れ、小さな芽を弄《もてあそ》びはじめると強烈な快感が花開いた。彼が舌と指を駆使して快感を昂《たか》めると、クリスタは首を激しく横に振って、身悶《もだ》えした。彼が両手を伸ばして尻をつかんだ瞬間、クリスタは燃えるような陶酔感に全身を貫かれた。まるで無数の小さな火の粉になってはじけ、ひとひらずつ、ゆっくりと地上に舞い降りるようだった。マークはその様子を愛情のこもった目で見つめていた。

「おまえが感じているところを見るのが好きなんだ」マークは彼女の耳たぶを吸いながらささやいた。「中に入って、きつく締めつけられたい。望みはそれだけだ。おまえの中に突き入れて、一緒に天国に行きたいんだ」

大きくなり、ずきずきしているものが絹のひだの間に入ってくると、クリスタは声を上げた。マークはかすれた声でうめきながら、死ぬほど恋い焦がれていたクリスタの中にいる自分を感じ、これはアラーの意志に違いないと思った。両手を彼女の背中にまわし、さらに深く突き入れると、先端から全身に快感が走った。クリスタは金色の鞘《さや》で彼を包みこみながら、さらに熱い奥へと導くと、彼は狂ったように早く動きはじめた。

激しいリズムで愛を確かめ合いながら、クリスタは自分の中で彼がますます大きくなるのを感じた。マークの野性的な欲望で火がつき、何もかも焼き尽くすような熱い炎がクリスタを包みこんだ。マークはクリスタがこのまま死んでしまいたいと思うほど、繰り返し激しく突き上げた。クリスタは高い山の頂上に昇りつめ、妖精《ようせい》のように歌いながら、宇宙へ舞い上がっていった。

同時にマークの引き締まった身体が震えだし、彼が誘った高みから降りてくるクリスタに、合流しようと舞い上がっていった。ぴったりと抱き合ったまま、クリスタは彼のきらきらする瞳を見つめた。クリスタの激しい反応を抑え、操るマークの巧みさに感動していた。たった数分間で二度も達したのに、クリスタはもっと欲しくなっていた。

「これでも二人が一緒になるのが宿命《キスメット》だとわからないのか？」マークが自信たっぷりに言った。「ブライアン・ケントはこれほどおまえを満足させられるか？」

クリスタは無言で首を振った。何も否定できなかったし、したいとも思わなかった。クリスタはマークがまだ自分の中で、固く、力強く脈動しているままなのに気づいて、急に目を輝かせた。「マーク！」興奮であえぐように言った。「あなたは……まだ、その……満足できてないんでしょう……？」頬がバラ色に染まった。

「おかしいか？」彼は優しく笑った。「ずっとしていなかったんだ、クリスタ、それに君は前よりもきれいになったから」愛情のこもった目をちらっと彼女に向けて、言った。「君の身体はどこも素晴らしいよ」マークに親しみをこめて腰を撫でられ、クリスタは震えた。

「この胸が好きだ。それに脚も長くてしなやかだ。腰には簡単に両手をまわせる。君は最高だよ。もう一度したいんだ。いいね」

「わたしには選べないんでしょう?」クリスタはやわらかく言い返した。
「決めるのは君じゃない」マークは自分の言葉に満足して笑った。そしてゆっくりと腰を前に突き出した。大胆な欲情の証《あかし》を突きつけられ、ふたたび血が熱くなり、クリスタは青い瞳を輝かせた。「君のここは熱くて、濡れていて、最高だ」マークは、彼女のやわらかいひだを突きながらうめいた。官能的な言葉に火を付けられ、クリスタは腰を上げて彼を迎え入れた。

情熱に火がつき、彼が今にも暴走しそうになっているのを感じて、クリスタは両脚を震わせた。マークはクリスタの脚がこわばり、身体が細かく痙攣《けいれん》しているのを感じた。もうすぐ達するのだ。クリスタが上げた高い叫びは、マークの口でふさがれた。最後まで彼に翻弄《ほんろう》し尽くされたクリスタは恍惚《こうこつ》となった。そしてマークも星空に舞い上がり、それから先のことは何もわからなくなった。

「クリスタ、二度とブライアン・ケントと結婚するなどと言わないでくれ、いいな?」着替え終わってソファに一緒に座ると、マークが怖い顔で言った。

クリスタは膝の上で両手を揉《も》みしぼりながら、うなずいた。「そうするつもりはないし、わたし、彼にはまだ……」
「わかっている、クリスタ」マークが口元に優しい笑みを浮かべて言った。

「でも、マーク、わたしはあなたにはふさわしくないわ」クリスタは頑固に言い張った。「あのうわさを聞いたでしょう。野火みたいに広がってるわ。あなたは公爵で、わたしは……」

「俺がなんとかする、クリスタ。ブライアンには結婚できないと言えばいいんだ。あとは任せてくれ」

「マーク、アブドゥーラのことだけど」クリスタは控えめに切り出した。「あなた、イギリスに残って満足なの？　アブドゥーラに復讐《ふくしゅう》しようとしてるんじゃないの？　そして、死んでしまうんじゃないの？　わたし、二度とあなたを失いたくない」

マークは顔を上げて、遠くを見つめたが、すぐに表情を和らげた。「長いこと留守にはしない。クリスタ、それくらいわかるだろう？　でも、アブドゥーラが両親にしたことは忘れない。国のためではない。復讐なんだ。アラーのお守りがある限り、必ずやり遂げてみせる」

クリスタが何か言おうとしたとき、正面のドアが開いて、話し声が聞こえてきた。アレンとエリッサ、レノアが帰ってきたのだ。クリスタが何か大事なことを言いかけたのに気づき、マークはささやいた。「あとで話そう」居間のドアがコツコツと小さく鳴った。

「彼ってすてきだわ」男たちが行ってしまうと、エリッサがため息をついた。

「誰が？」まだマークのことを考えていたクリスタはびっくりしたように聞いた。

「あなたのお父様？」

「いやね」エリッサがくすくす笑った。「そりゃあ、お父様もすてきだし、レノアもそう思ってるみたいだけれど。アレンよ。お兄様に負けないくらいハンサムだわ」ため息をつく彼女を、クリスタは微笑《ほほえ》ましく見つめた。

「それほどお熱なところを見ると、あの青年に恋してるのね。わたしの勘が合っていれば、恋してるのはあなた一人じゃないかもしれないわよ」

エリッサの黒い目が輝いた。「マークとはどうだったの？　意見の食い違いはなんとかなった？」

「ええ……何とかね」頬を赤らめて、肩をすくめた。「でもほとんど時間がなくて」

「時間がない？　あたしたち、何時間も出かけていたのに。あなたたちったら……なんだ、そうなのね」エリッサはにやにやした。「それですべて丸くおさまったのね。ブライアンは？」

「彼とは結婚できないわ。マークと結婚できなくても、ブライアンとは一緒にはならない、もちろん他の誰ともね」

「よかった」エリッサが言った。「ブライアン・ケントはあなたには似合わないわ」

エリッサは先日のブライアンの不埒《ふらち》なふるまいを、やはりクリスタに話そうと決意した。「そのうちマークはコンスタンティーヌに帰ってしまうの？　絶対にイギリスに残るべきだってアレンは言ってたけど」

「わたしも、そのことがすごく心配だわ」クリスタは力なくこたえた。

「やめてくれ、ウィロー、君を傷つけたくはないが、俺がどれだけクリスタを愛しているか、わかってるだろう」ラングトリー夫人の豪奢《ごうしゃ》な居間で、彼女と向き合い、マークは長い指で髪をかき上げながら、切り出した。

「よくそんなことが言えるわね、マーク」侮辱されたラングトリー夫人は言い返した。「クリスタはあなたにふさわしくないわ。聞いたところでは清純とはほど遠いし、結婚すればあなたが傷つくだけよ」ラングトリー夫人は巧みにほのめかした。「あなたには大きな貸しがあるわ。あたくしがいなければ、あなたは海の底で朽ち果てていたのよ」

マークは赤くなった。ラングトリー夫人にできた大きな借りには頭が痛かった。結婚以外なら、望むものはなんでも与えるつもりだった。ようやく、こう言った。「俺たちはうまくはいかないよ。君を愛してはいないし、結婚すると言ったおぼえもない。そう口走ったこともあるかもしれないが、以前のことに責任は持てない。結婚以外のことなら何でも言ってくれ」

「あたくしの望みは結婚だけよ、マーク」ラングトリー夫人が誘いこむような笑みを浮かべた。「昔二人でどんなに楽しんだか忘れてしまったの？　あの魔法を二人でよみがえらせてみせるわ」

そう言いながらラングトリー夫人はじりじりとマークに近づいて、高く盛り上がった胸を彼の胸にこすりつけた。だが反応がないことに戸惑《とまど》い、ラングトリー夫人は彼のたくましい身体に抱きつくと、その気になっていないときでさえ、彼のものが元気にズボンを突き上げているのを知ってうれしくなった。マークのベッドでのテクニックは、誰とも比較にならなかった。彼を手に入れるためなら、どんな口実でも使うつもりだ。あれだけのことをしたのに、お返しは単なる感謝の気持ちだけだなんて。

「すまないが、ウィロー」固い決意を崩さずに、マークは答えた。「クリスタのことはあきらめない。君のせいじゃない、誰のせいでもないんだ。借りは必ず返す。でも結婚のことは別だ」

「クリスタの婚約者はどうなるのよ？」ラングトリー夫人はずる賢くたずねた。「彼はあなたたちの関係を知ってるの？　そんなに簡単に彼女のことをあきらめるかしら？」

「奴は彼女を愛してなどいない」マークは厳しい声で言った。「クリスタと結婚するのは、彼女の父親を自分の成功のために利用したいからだ」

「それじゃ、さよならってことね？」

「君のことはいつまでも友人だと思ってる、ウィロー。もし何か俺に……」

「もういいわ」ラングトリー夫人は鼻であしらった。「頼みたいことがあったら、いつでもあなたに頼むわよ。ありがたいこと。でもあたくしがして欲しいことはお断りだって言うのね。出ていって、マーク。正気に戻って、間違いに気づくまで帰ってこないで。あなたが正気になるのを、ここで待ってるわ」

マークは、ラングトリー夫人をなだめるのに失敗し、肩をすくめて出ていった。以前に自分が、彼女の魅惑的な身体に耽溺《たんでき》したことを思い出すのは辛《つら》かった。ラングトリー夫人は怒りにまかせて、近くにあった途方もない値打ちものの水晶の花瓶を、閉じたドアにむかって投げつけた。それで少し気がすむと、ラングトリー夫人はマークが愛していると言った女に、どんな手を使って仕返ししてやろうかと、必死に考えを巡らせはじめた。

病気で死にかけていたマークにつきっきりで何日も昼夜を分かたず看病していたとき、耳にしたうわごとを思い出した。そのときは気にもとめなかったが、今になってその意味がだいぶわかってきた。ラングトリー夫人はとうとう、自分を幸せにしてくれる唯一の男を奪った銀髪の牝狐《めぎつね》を追い払う作戦を思いついた。

その日遅く、ラングトリー夫人は、不満そうなエリッサに居間に案内され、クリスタと向き合った。

「こんにちは、ラングトリー夫人」クリスタは用心深く挨拶した。「エリッサから聞きましたが、わたしと話をなさりたいそうね」

「あたくしの前で純真ぶるのはやめてちょうだい、クリスタ」ラングトリー夫人は炎のような赤い髪をかき上げた。「あなた、高望みしすぎなんじゃなくて？　公爵をまんまと罠《わな》にはめた手並みは、ただの外交官の娘にしては上出来だわ。マークが生きて帰ってきたとたんに、ブライアン・ケントみたいな能無しを捨てるなんて、さすがね。でも、マークを傷つけても平気なの？」

クリスタは血相を変えた。「傷つけてなんかいないわ。彼のことを愛してるし、あなただって、彼がわたしを愛してることは知ってるはずよ」

「愛ですって！　色仕掛けで落としたくせに。あなたにはコンスタンティーヌがお似合いよ。アブドゥーラもさぞやご満足だったんでしょうよ。あの君主《ベイ》に売られる前に、いったい何人の海賊と寝たの？」

「何ですって！　なぜあなたが……アブドゥーラのことを知ってるの？　マークが何か話したの？」

「忘れたの？　あたくしはマークが熱病でうなされてうわごとを言うのを、昼も夜も聞かされてたのよ」ラングトリー夫人が得意げに行った。「冷静なときには話してくれないことでも、うわごとで聞かせてくれたのよ。ベイの子はイギリスに連れてきたの？」ラングトリー夫人は抜け目なくたずねた。

「それは……誤解なの」クリスタは落胆したように口ごもった。

「いいえ」ラングトリー夫人は言った。「もしマークとどうしても結婚すると言うなら、あんたがバルバリアの海賊の情婦だっただけじゃなくて、コンスタンティーヌのベイの愛人だったこともロンドン中に言いふらしてやるわ。上流社会には二度と戻れなくってよ。あなたと結婚するような馬鹿《ばか》な真似《まね》をすれば、マークも同じ運命よ」彼女は一息ついて、言葉を探した。クリスタがすぐさえぎった。

「子供なんかいないわ」そう言ってラングトリー夫人の反応をうかがったが、無駄だった。「最初からいなかったのよ。長い話よ、ラングトリー夫人、退屈なだけ。でもこれだけは言っておくわ。わたしはアブドゥーラの子供も、誰の子供も産んでいませんん」

「信じられないわ」ラングトリー夫人が馬鹿にしたように言った。「誰だって信じやしないわ。どうせコンスタンティーヌに置いてきたんでしょう？　それか、もう死んだか。でもあたくしはあなたがベイの子を身ごもったと確信してるわ。マークもそう。うわさが広まったらマークはどうするかしら？　それにあなたのご両親も」

クリスタは愕然《がくぜん》とした。ラングトリー夫人はなぜこんなことを？　もちろん嫉妬《しっと》のせいだ。なんとしてでもマークの愛を手に入れたいからに違いない。恐ろしいアブドゥーラの相手をしなくてすむようについた嘘《うそ》に、自分はまだつきまとわれている。この脅しを無視したらどうなるだろう？

「あなたもまじめに考えてるみたいね」ラングトリー夫人はほくそ笑んだ。「そのほうが賢いわよ。それに、マークはあたくしに恩を感じているし、彼には名誉や誇りもある。彼は気づいてないかもしれないけれど、あたくしは彼に対して影響力がある。あの借りを返してもらわない限り、あたくしは彼を自由にできるの」

「あなたがマークの命を助けたことは知っているわ。でも彼はあなたのものじゃない。あなたが嘘を言いふらすのをマークが黙って見ていると思う？」

「嘘？　そうじゃないでしょう」ラングトリー夫人は不敵な笑みを浮かべた。「アブドゥーラの奴隷だったくせに。彼のハーレムにいたんじゃなかったの？」

クリスタはラングトリー夫人の言葉を否定しきれず、真っ赤になった。「わたしにどうしろと言うの、ラングトリー夫人？」クリスタは歯を食いしばって言った。「そうよ、アブドゥーラの奴隷だったわ！　彼のハーレムに住んでたわ。でも彼とは寝ていないし、彼の子を身ごもったこともないわ。ああ、あなたってなんて残酷な人なの！」

ラングトリー夫人は怒りを含んだ笑い声を上げた。「残酷、そうかもしれないわ」

彼女はあっさり認めた。「そして、現実的でもあるのよ。あなたは絶対に公爵夫人にはなれそうもない。あたくしこそ、その役目にふさわしいわ。あなた、マークに愛していないと言って、消えてちょうだい。ミスター・ケントと結婚するなり、好きにすればいいわ。でもあたくしたちには近づかないで」

「いやだと言ったら？」クリスタが喧嘩腰《けんかごし》で言った。

「ロンドン中の笑い物にしてやるわ。不名誉なうわさがたちまち広まって、恥ずかしくて人前に出られなくなるわよ。マークのことはあたくしに任せなさい。彼の楽しませ方はよくわかってるわ」

「あなたはおかしいわ！　そんなことはさせない。わたしを傷つけるために何をしようと、マークが守ってくれるわ」ラングトリー夫人が嘘と陰謀で自分を追い払おうとしているなら許せない。自分はずっと耐えてきたのだから、もう幸せになるチャンスをつかんでもいいはずだ。

「言っておくけど、彼がなんと思っていようと、マークはあたくしを優先するに決まっているの」クリスタの頑固さに負けてラングトリー夫人が言った。「あたくしのほうが、あなたなんかよりずっとマークの人生に影響力があるってことを、どうしておわかりにならないの？」

「言葉なんて意味がないわ」クリスタが憤然と顔を上げた。「それを証明できるの？」

「わかったわ」ラングトリー夫人は内心ほくそ笑んで言った。「もしあたくしが証明したら、マークは解放していただくわよ」

クリスタはたじろいだ。いったいラングトリー夫人は何を考えているのだろう。夫人は自分の自慢話をしただけだ。マークにとって一番大切なのは、愛する女性ただ一人のはずだ。でももし、万が一、ラングトリー夫人の言うことが正しかったら？　もしマークがラングトリー夫人への恩義を第一に考えたら、どうすればいい？　サイード医師が思いついた嘘がこんな結果になるとわかっていたら、絶対に同意しなかったのに。

「マークに一番ふさわしいのがあなただと証明できるなら、あなたのお話を考えてみてもいいわ」

「あたくしが聞きたかったのはそれだけよ」ラングトリー夫人は不敵な笑みを浮かべた。

「お見送りはけっこう。出口はわかってるわ」絹の竜巻のように身をひるがえし、ジャスミンの香りを残してラングトリー夫人はクリスタの前から立ち去った。

翌日、さっそくブライアンがやってきた。その面会は決して楽しいものではなかった。ラングトリー夫人の流した醜聞を聞いたブライアンは、イギリスまで汚らわしい評判を引きずってきた彼女と結婚することに疑問を持ちはじめていた。もう彼女は出世の役には立たない。ウェズリー卿《きょう》の力をもってしても、娘の悪評は抑えられないだろう。それでもまだもやもやしていることがあった。その選択を、自分がするのではないことが悔しかったのだ。自分がどんな結論を出しても、クリスタはもう自分を夫として受け入れはしない。

「ごめんなさい、ブライアン。でも、あなたのことは愛していないの」クリスタはあまり彼を落胆させたくないと思いながら言った。ブライアンはその言葉で少しほっとしたので、心配は無用だったが。ブライアンはそれを宣言したのが自分ではないことに、少々プライドを傷つけられただけだった。「わたし、別の人と結婚するわ」

「何だって?」ブライアンはむっとしたようにたずねた。「誰と? いつそんなことになったんだ?」

「その……マルボロ公爵よ。ずっと愛していたの。前に話したのは、彼のことだったの。マークが現れなくても、あなたとは絶対に結婚できなかったでしょうけど」

「マルボロ公爵? ただの知り合いじゃなかったのか?」

「友だち以上よ」クリスタは頬を染めて認めた。「ずっと恋人同士だったの。マークが結婚を申し込んできて、断れなくて」

「二日前に会ったばかりで、そんなことになったのか?」ブライアンがびっくりして聞いた。

「細かいことは言えないけれど、ブライアン、一晩でそうなったわけじゃないのよ」

「僕が公爵だったら、君の態度も変わっていたんだろうな」ブライアンが苦々しげに言った。

「ブライアン、ひどいわ！」クリスタは怒って言った。「わたしはマークを愛してるのよ。出会った瞬間に、恋に落ちたの。運命のいたずらで、ずっと離ればなれになっていたけれど、やっとまた巡り会えたのよ」

「なるほど、でも僕はそんなにがっかりしてないよ」ブライアンは言った。「まあ、娼婦《しょうふ》を妻にするのも悪くないと思っていたけどな。どうせ公爵は、ベイ以外にも大勢いる君の恋人の一人なんだろう。それに、傷ものをもらうのは僕の趣味じゃないんでね」

クリスタははっとして、喉元に手をあてた。「よくそんなことが言えるわね！　わたしのことはどうでもよかったのね？」

「君のお父上が仕事の役に立つと思っただけさ」ブライアンは皮肉たっぷりに言ってのけた。「でも、もう頼まれたって、君を貰《もら》う気にはなれないね」

「出ていって、ブライアン！」クリスタは鋭く言った。ラングトリー夫人とやり合ったあとで、ブライアンと喧嘩する元気はなかった。

「ああ、今出ていくとも、クリスタ」彼は笑いながら帽子をかぶった。「君のその……華やかな過去が仇《あだ》になって、突然、公爵に捨てられても、僕が助けるなんて思わないで欲しい」彼は狡猾《こうかつ》につけ足した。「君のメイドがこの大安売りのおまけについてきてくれるなら話は別だけどね。君たち二人とベッドにいれば、一生退屈はしないだろう」

「出ていって！　あなたって最低よ！」クリスタはようやくブライアンの本心に気づいて、叫んだ。ブライアンはおどけたお辞儀をすると、くすくす笑いながら出ていった。

クリスタは椅子《いす》にへたりこんだ。これでブライアンと一生添い遂げるという重荷から解放されて本当にありがたかった。彼がこれほど計算高い男だったとなぜ気づかなかったのだろう？　両親だって、このことを知っていたら、この婚約にはまず同意しなかったはずだ。

ふいに、前日の思いがけないラングトリー夫人の訪問を思い出して、新たな不安に襲われた。ラングトリー夫人は自分の力をどうやって証明するつもりなのだろう？　彼女にそんなことができるはずがない。クリスタはそう自分に言い聞かせるしかなかった。自分を愛してくれているマークを信じるしかないのだ。

21

祖父の遺産に関する差し迫った用事に追われ、マークはラングトリー夫人がクリスタのもとを訪問したその日の夜更けまで、クリスタに会いに行くことはできなかった。忙しく動きまわりながらも、一日中、クリスタのことばかり考えていた。ぎゅっと締めつけてくる濡《ぬ》れたベルベットの、あの感触や彼女の匂《にお》い。彼女こそ自分にふさわしい。彼女を愛している！　他の女を愛することなど考えられないほど愛している。あの美しい顔を見つめているだけで、勇気がわいてくるのだ。

「マーク、ああ、マーク！」クリスタは待ち構えている彼の両腕の中へ飛びこんでいった。「会いたかったわ」

マークは思わず微笑して、いたずらっぽく言った。「今日という日が終わらないかと思ったよ。弁護士と何度も相談し、署名しなければいけない書類も山のようにあった。その間じゅうずっと、おまえをこの腕に抱いて、愛したいと思っていた。君がそばにいない間は、ずっと拷問みたいなものだった」

「わたしもよ、マーク」クリスタが震える声で答えた。「この二日間で、人生が一変してしまったわ」

「ブライアンと話したのか？」クリスタはうなずいた。「どんな反応をしていた？」

クリスタは憮然《ぶぜん》として言った。「がっかりしてるようには見えなかったわ」

マークは不思議そうに彼女を見つめてたずねた。「どういう意味だ？」

「ブライアンのことはもういいの、マーク。彼のことは話したくない。ひとことで言えば、彼はもうわたしの人生の一部ではないし、彼もわたしに捨てられてがっかりしていないってこと。もうすぐ両親がイギリスに来るけれど、説明すればきっとわかってくれるわ」

「エリッサはどうした？」マークがあたりを見回しながら聞いた。

「アレンと一緒よ」クリスタが微笑《ほほえ》んだ。「弟さんは彼女と気が合うみたい」

「自分が何をしているのか、わかっていることを祈るよ」彼はあいまいに言った。

「レノアはどこだ？」

「もう休んだわ」

「それじゃ二人きりってことだな。クリスタ、君を抱きたい。一日中、ずっとこの瞬間を待ち焦がれていたんだ」彼は誘うように微笑みかけた。

すぐさまクリスタの瞳《ひとみ》に官能の炎が燃え上がった。クリスタは指で彼の額《ひたい》の皺《しわ》をなぞり、頬《ほお》の真ん中にあるえくぼから、笑ったときにできる顎《あご》のくっきりした割れ目まで指をはわせた。クリスタはマークのウェーブのかかったさわやかな髪、濃い睫毛《まつげ》に縁《ふち》取られた欲望に燃える緑の瞳を見てくらくらした。彼と同じようにクリスタも彼が欲しかった。そのメッセージを伝えるのに言葉はいらない。

「そんな目で見ないでくれ、可愛いセイレーン。床の上に君を押し倒したくなる」マークはかすれた声でささやくと、クリスタをたくましい身体《からだ》に引き寄せた。抱擁に身を委《ゆだ》ね、クリスタは彼の震える唇の温かい感触を味わった。

彼は夢中でクリスタの唇をむさぼりながら、両手で身体をまさぐった。服の下から彼の心臓の鼓動が伝わってくる。心地よい痛みがみぞおちから太腿《ふともも》の付け根へ突き抜け、クリスタはマークの燃えるような欲望に負けないほどの激しさで彼が欲しくなった。

「さあ、クリスタ」クリスタは息も止まりそうになりながら、すぐにうなずいた。彼の手を強く握って寝室に連れていこうとしたが、マークがベッドにいるところをレノアかエリッサに見られるかもしれないと思った。

突然、ドアを叩《たた》く大きな音が二人の逃避行の邪魔をした。マークは抑え切れない情熱と二人だけの時間を侵害され、怒りが入り混じった声でうめいた。

「エリッサか？」うんざりしたようにたずねる。

「そうじゃないわ。彼女は鍵《かぎ》を持ってるもの」ドアを叩く音が止まらないので、クリスタはいらいらして見にいこうとした。

「出るな」全身に不吉な予感が走り、マークは止めた。

クリスタは立ち止まりかけたが、それでも二人を呼ぶ声が閉じたドアの向こうから聞こえてきた。

「マーク！　クリスタ！　いるのはわかってるのよ。お願い、ドアを開けて。緊急の用事なの」

「ウィローか！」マークがうめいた。「いったい何の用なんだ？」

「マーク、お願い、あなたの助けがいるの」

この言葉はたしかに効き目があった。マークはすぐに応えた。「彼女を入れてやってくれ、クリスタ。ここまで追いかけてくるとはよほど困っているんだろう」

ラングトリー夫人の招かれざる訪問に戸惑《とまど》いつつも、クリスタは従った。ドアが開いたとたん、ラングトリー夫人が飛びついてきたので、マークは彼女の豊満な身体を支えるはめになった。マークはすまなそうにクリスタを見やると、ラングトリー夫人を横に立たせた。「何の真似《まね》だ、ウィロー？」

「どうしても助けてもらいたいの、マーク」

「夜のこんな時間に？　どうやって俺《おれ》の居場所がわかった？」

「別邸に行ったのよ。しばらく説明して、オマールがやっと居場所を教えてくれたの」

「わかった、ウィロー。ここまで追いかけてくるほど大事なことって何だ?」

「二人で話したいわ」ラングトリー夫人はちらりとクリスタを見て言った。

「クリスタに隠しごとをするつもりはない」マークが礼儀正しく、しかしやや見下した調子で言った。

　ラングトリー夫人は肩をすくめた。「仕方ないわね。ロバートの父が、あたくしの遺産を取り上げようとしてるって話したでしょ?」マークはうなずいた。「あの悪賢い男はロバートに跡継ぎがいないものだから、祖母が彼に残したお金とコーンウェルの土地は、ロバートの弟が継ぐべきだって言うの。マーク、あたくしにはあの土地が必要なの。あたくしのお金は全部あそこから来てるのよ。あの収入がなくなったら、一文無しになるわ。ラングトリー一家は前からあたくしのことを嫌ってるの」

「俺にどうしろと言うんだ、ウィロー?」

「頼れる人は他にいないのよ、マーク。あたくしのために立ち上がってくれる人が。一週間以内にコーンウェルで公聴会が開かれるという通知が今日、来たの。あなたが助けてくれないと、何もかも失ってしまうわ。それに、あたくしがこんな窮地に立たされた責任が、あなたにないとは言えないでしょ」

ラングトリー夫人の言い分にも一理あるとわかっていたマークは、いつのまにか眉《み》間《けん》に皺を寄せていた。ラングトリー夫人が夫が不在の間にマークと付き合いだしたことを知ったあと、ラングトリー家は彼女のことをいやがりだしたのだから。「法律的な知識はないんだ、ウィロー。俺に何をしろと言うんだ？」

「一緒にコーンウェルに来て。この戦いの助っ人として」

「コーンウェルに知り合いの弁護士がいる。学校時代の友人だ。彼に手紙を書こう、それから……」

「やめてよ！」ラングトリー夫人が憎々しげにマークをにらみつけた。「それじゃだめなの。あなたが必要なのよ、マーク。あたくしがあなたにしてあげたことをもう忘れたの？」

クリスタは怒りで息がつまりそうだった。ラングトリー夫人は彼を承知させようとしてマークの自尊心に訴えているのだ。クリスタはだまされなかった。すぐに彼女のずる賢さに気づいたのだ。もちろんマークは彼女の罠《わな》に簡単にはまるほど愚かではない。でも本当にそうだろうか？　マークの返事にクリスタは驚いた。

「いつ出発するんだ、ウィロー？」

「今よ！　今すぐ！　時間がないのよ。ロンドンからコーンウェルまでは長い道のりだから」

「馬車で待っていてくれ。クリスタと二人で話がしたい」

「いいわよ」ラングトリー夫人は勝ち誇ったような笑みを浮かべた。「変なときにお邪魔してごめんなさいね、マーク」うわべは謝ったが、彼女の目は満足そうに輝いていた。

「いいんだ、ウィロー。外で待っていてくれ、頼む」ラングトリー夫人がドアを閉めたとたん、マークはクリスタを抱きしめた。「断れないんだ、クリスタ。ウィローがいなければ、今俺はここでこうしていない」

「お願い、行かないで、マーク」クリスタは涙を浮かべて懇願した。「あの人は信用できないわ。わたしたちを引き離すためなら何でもやる気なのよ」ラングトリー夫人がつい最近訪ねてきたことをわざと黙っていたのは、愛以外に、彼の決断に影響を与えたくなかったからだ。

「俺だって行きたくない。この気持ちをわかってくれるだろう？　他に方法がない。ウィローへの借りのことがすっきりしたら、自由になれる。彼女を怖がることはないよ。待っていてくれ。戻ってきたらすぐに結婚しよう。一緒になるのが俺たちの宿命《キスメット》なのだから」

「マーク、行かないで……いいえ、無理にとは言わないわ。もうこれっきりにしましょう」

「もう行くよ、クリスタ」マークは彼女の弱々しい哀願を振り切って、はっきりと言った。恩と愛の板挟みになって苦しんだが彼は恩を選んだ。ウィローのためにしてやれるのは、彼女の問題を解決してやることだ。そのあとで残りの人生をクリスタに捧《ささ》げればいいのだ。

「できるだけ早く戻ってくる。愛している。待っていてくれるね?」

「ええ……」クリスタはラングトリー夫人が自信満々だったのを思い出した。自分にマークと別れるという無謀な約束を強《し》いたばかりか、赤い髪の女はまんまと彼を味方に誘いこんでしまったのだ。彼女は苦々しい気持ちだった。ラングトリー夫人は一瞬で、マークの心がどちらにあるのか証明してみせたのだ。

「怒っているのはわかっている、クリスタ……」

ドアが開いてラングトリー夫人が顔を出した。「なんでこんなに待たせるの? マーク」

彼女がしびれを切らす寸前に、マークはクリスタの耳もとにささやいた。「一週間、長くても二週間で戻るよ。アレンにここで君の相手をさせよう」そしてクリスタに激しく口づけすると、呆然《ぼうぜん》として震えている彼女を残して去っていった。

「大丈夫よ、マークの相手はあたくしがするわ」ラングトリー夫人が肩越しに捨て台詞《ぜりふ》を吐いた。

「でしょうね」クリスタが嚙《か》みつくと、ドアがばたんと閉まった。二人にはもう扉に寄りかかっているクリスタの姿も見えず、胸の張り裂けるようなすすり泣きも聞こえなかった。

マークが留守の間、アレンが頻繁にやってくるようになると、クリスタには、彼とエリッサが単にお互いに夢中になっているだけではないことがわかってきた。エリッサが、アレンに自分の過去を打ち明けたけれど、彼は自分をますます好きになってくれたと、恥ずかしそうに告白したときも驚きはしなかった。マークがこのことを喜ぶかどうかはわからないが、アレンが自分で自分の道を選ぶ年頃《としごろ》になっていることは確かだった。

おまけにレノアまでがオマールを好きだと言いはじめ、事態はさらに複雑になった。自分とマークの関係は危機に瀕《ひん》している。このあとすべてがどうなるのか、クリスタは想像したくもなかった。いやでもラングトリー夫人の言ったことを考えてしまう。マークの愛を疑ってはいなかったが、二人の将来を根底から揺るがす彼の作った借りが気がかりだった。もめごとの種のラングトリー夫人とこれからずっとマークが一緒だなんて。マークの帰りが遅れ、いつになるかわからないというアレンの言葉を聞き、彼女の苦悩はますます深まった。予定が変わった理由はわからなかった。マークが直接、手紙を書いていたこともクリスタは知らなかったのだ。

マークが出ていった瞬間、彼女の人生は土台から崩れてしまった。クリスタは今、神経質そうに両手で帽子をねじっている眼鏡の男の向かい側に座り、もの思いに沈んでいた。彼が叔母の弁護士、サイラス・ファーゲイトであることは、会ったとき、すぐにわかった。彼の告げた悲惨な知らせに、クリスタの青い目から涙があふれた。

「残念です、ホートン様。こんな痛ましい事態になるとは」小柄な男は嘆いてみせた。「でもあなたが唯一の、叔母上の遺産相続人ですから、叔母上と新しいご夫君が亡くなられたことをお伝えしないわけにはいきません」

「事故にあったのね」クリスタは泣き出したいのを必死にこらえた。

「ええ、イタリアでした。狭い山道で馬車が深い谷に落ちてしまったそうです。悲劇としか言いようがありません」

「でも叔母には財産と呼べるようなものはなかったはずですわ」クリスタが不思議そうにたずねた。「安楽に暮らしていましたけど、決して裕福とは言えませんでした。でも、叔母はわたしを相続人にしていたんですのよね？　どうしてかしら？」

「説明いたしましょう。ホートン様」弁護士は急に事務的な口調になった。「いいですか、あなたの叔母様の夫、チャールズ卿《きょう》は、叔母様が亡くなる数日前にお亡くなりになりました。彼は即死でしたが、あなたの叔母様は亡くなるまで数日間持ちこたえたのです。チャールズ卿の遺言によると、彼が死亡した場合、彼の所有するものはすべてあなたの叔母様のものになります。一方、あなたの叔母様は唯一の相続人としてあなたを指名していました。チャールズ卿が先に亡くなったので、すべてはあなたのものになったんです」

「でも、チャールズ卿の跡継ぎは?」クリスタにはすべてが信じられなかった。

「いません。数年前に流行《はや》った疫病で家族のほとんどを亡くされたのです。彼に遺産を要求する遠い親戚《しんせき》すらいません。ですから、お嬢様は叔母様を通じて、莫大《ばくだい》な財産を手に入れたということですよ。叔母様に感謝なさるべきことです」

「わたし……何と言ったらいいのか」

「ここに、金銭、証券、投資先、そして土地と不動産のリストがあります。南フランスにはお城もお持ちでしたから、そのうちに訪ねてごらんなさい」

クリスタは慎重に書類を手に取ると、意味がよくわからない文字の羅列をながめた。

「わたし……あとで読んでおきます」クリスタは動揺して言った。「ゆっくり考えたいの」

「ご自由に、ホートン様」ファーゲイトが言った。「これからも喜んで、あなたのお役に立ちたいと思っておりますよ。あなたの叔母様はわたしを信頼して、いろいろなことを任せてくださいました。姪御《めいご》様にも同じように相談に乗るつもりでおりますから」

「お願いするわ、ファーゲイトさん。叔母があなたを頼っていたのは知っていますから。あとで手紙を書くわ。でも、わたくしはしばらく叔母の喪に服します」

「承知いたしました」弁護士は丁重にうなずいた。「もう一つ。あなたの父上から通知がありました。もうすぐイギリスに到着されるそうです。お父上にも、あなたの財産のリストを送っておきました。お着きになったら、きっとお父様が投資の手助けをしてくださるでしょう」

「ありがとう。本当に助かったわ、ファーゲイトさん。あなたのご好意に感謝します」

その後、クリスタは部屋で一人になり、あの優しかった叔母がどれだけ自分を愛してくれていたかを思い出しながら、突然の死を悼《いた》んだ。チャールズ卿との結婚生活が短かったことは気の毒だったが、二人で一緒に過ごせた数ヶ月間は幸せだったに違いない。

翌日、ふたたびショックなことが起きた。領地のコーンウェルにいるラングトリー夫人からの手紙が御者の手で届けられたのだ。手紙には簡潔に「あたくしが望む限り、マークはここに残ります。他にも証拠が必要かしら？　あたくしたちが戻ったときに、あなたが消えていなければ、国じゅうがあなたをつまはじきにするようにしてやるわ」署名はなかったが、その必要もなかった。

ドアのそばにたたずんだまま、クリスタは手紙をぎゅっと握りつぶし、怒りを鎮めようとした。そして、日が経つにつれて、マークが愛してもいないラングトリー夫人に翻弄《ほんろう》されていることがわかってきた。その晩、アレンがエリッサをたずねてきたとき、彼女はじっくりと彼に問いただした。

「マークから何か連絡はない？」

アレンは真っ赤になった。兄がラングトリー夫人と出かけてしまい、クリスタを悲しませていることが恥ずかしかったのだ。ラングトリー夫人を知って間もなかったが、彼女が底意地の悪い人間であることには気がついていた。ラングトリー夫人がマークをものにしたがっていることははっきりしている。しかも兄がどんなにクリスタを愛していても、ラングトリー夫人の頑固さは変わらないのだ。

「戻るのが遅れそうだという手紙が来てからは、何も」

クリスタは白い小さな歯を嚙みしめた。「もう……帰ってもいい頃じゃないかしら」

「いいかい、クリスタ、マークはあなたを愛してるんだ」アレンは勇敢に主張した。

「ウィローへの借りは、あなたへの気持ちとはまったく関係ない」

「そう信じられたらいいんだけど」クリスタは目を潤ませながら言った。「でもマークがいないと、毎日、新しい疑問がわいてきてしまって」

「クリスタ、僕は絶対……」

「違うのよ、アレン。彼のために言いわけはしないで。マークがわたしを愛していることはわかっているわ。でもラングトリー夫人の力は見くびれない。ラングトリー夫人がわたしたちの邪魔をする限り、わたしたちの本当の幸せは見つからないのよ。彼女はわたしたちの結婚を邪魔する気だし、今の時点では彼女のほうが有利に思えるわ」

「ウィローが何か言ってきたの？」アレンが鋭くたずねた。

エリッサが現れたので、クリスタは答えずにすんだ。エリッサが入ってきたとたん、アレンは彼女に夢中になった。クリスタはこのすきに、静かに部屋を出た。考えなければならないことが山のようにあった。

ブライアンは玄関口によりかかって片手をステッキの握りに置き、もう片方で手紙を持っていた。ノックをしたら、クリスタ自身が出てきたのに驚いたが、すぐに冷静さを取り戻した。クリスタは驚いて扉に隠れようとした。揺れている胸を見つめ、彼女はなんてきれいなんだ、とブライアンは思った。もう後の祭りだったが、あっさり彼女に逃げられたことが今さらながら口惜《くや》しかった。彼女が莫大な遺産を受け取ったと聞けば、なおさらだ。もし彼女を取り戻す方法があるなら、躊躇《ちゅうちょ》なく実行するだろう。

「ここで何をしてるの？　ブライアン」クリスタは冷ややかににらみつけながら言った。最後に会ったときの無礼な言葉は忘れていなかった。

「お父上からの手紙が仕事の書類に紛れこんでいたんだ。僕の名前もあったから自分で届けにきたのさ」部屋に入ることを許されてもいないのに、ブライアンは中に入ってドアを閉めた。

「読んだの？」クリスタは彼の手から手紙をひったくった。

「もちろん。僕の名前が封筒に書いてあるんだからね。君のお父上は僕たちがまだ結婚すると思ってるんだ」

手紙にちらっと目を通しただけで、クリスタはがっかりしてため息をついた。「わたしたちは南フランスでメアリー叔母様のことを知った。マルセイユに着いたあと、お母さんの健康状態が悪化したので、クリスタがチャールズ卿から相続した城に直接向かうことにする――そうね、フランスを旅するより、海峡を船で渡るほうが安全ですものね」クリスタは憂鬱《ゆううつ》そうに言った。

「そうなんだ」ブライアンがほくそ笑んだ。「その城で僕たちに結婚式を挙げさせたいそうだよ」

「すぐに手紙を書くわ」クリスタは元気のない声で言った。「二人に会えると本当に楽しみにしてたのに」

「公爵は？　最近、見かけないな。誰《だれ》も会ってないらしいが。もう君に飽きたのかい？　ウィロー・ラングトリーとコーンウェルに行ったそうじゃないか。駆け落ちしたってうわさもある」

もちろんラングトリー夫人なら、マークがクリスタから逃げ出したように見せかけることもできるだろう。クリスタは苦々しくそう考えた。ラングトリー夫人と駆け落ちしたということになれば、マークのクリスタへの気持ちなどその程度だということも、みなに知れ渡ることになる。

「マークがラングトリー夫人とコーンウェルに行ったのは、まったくもって仕事のためよ」ブライアンの馬鹿《ばか》にしたような口ぶりに腹を立て、彼女はきつい口調で答えた。「他にも何か言いたいことがあるの？」我慢しきれなくなって言った。「なければ、帰ってちょうだい」

ブライアンは冷ややかな顔つきをして彼女を見つめた。クリスタをあきらめた件は、ちょっと早まったかもしれない。クリスタのせいで、この数週間で公爵の高い評価ががた落ちになったことは明らかだった。そうでなければ、ラングトリー夫人と駆け落ちするわけがないのだから。

「ご両親に会いに、フランスへ行くのかい？」ブライアンが帰りたくなさそうに聞いた。

「ええ……たぶん」彼女はふたたび考えこんだ。

「もしそうなら連絡してくれ」ブライアンはさも大事なことのようにクリスタに伝えた。「旅行の準備は僕がしてあげてもいい。君のお父上の高い地位を考えれば、君と召使いの旅費は公費でまかなえると思うよ」

「考えておくわ、ブライアン」クリスタが冷たく言った。

彼女が態度を和らげそうにないので、ブライアンは打ち明けた。「許して欲しいと思っている、クリスタ。ずいぶんひどいことを言ってしまった。でも、あのときは腹が立っていただけなんだ。ちゃんと理由があることは君もわかってくれるだろう？僕がその気になる前に、最初から愛していないと言ってくれればよかったんだ。でも今は、何もかも水に流して、僕は絶対に君と結婚するつもりだ。許すと言ってくれ、クリスタ、お願いだ」ブライアンはこびるような笑みを浮かべた。

「わかったから、ブライアン」クリスタは小さくため息をついた。何としてでも彼を追い払って、一人で手紙を読みたかった。

「何か手伝えることがあったら知らせてくれ」

「はい、はい、知らせます。お願い、もう行って、ブライアン。疲れてるの」

ブライアンはしばらくドアの外にたたずんで、この信じられないような幸運にほくそ笑んだ。自分は、すべてを失ったわけではないかもしれない。欲しいだけの金が手に入って、さらに富につきものの社会的な立場を手に入れれば、楽しいに違いない。クリスタが他の男たちの腕に抱かれている姿を想像しなければ、彼女と寝ることだってきっとできる。それにあの小柄な娼婦《しょうふ》、エリッサもいる……。

マークから連絡がないまま、さらに二週間が過ぎた。クリスタは考え抜いた末、自分にはラングトリー夫人より価値がないのだという痛ましい結論にたどり着いた。もし彼が本当に自分を愛しているのなら、手紙を書く時間くらいは作るに決まっている。少なくとも、どうしてこんなに遅れたかは説明してくれたっていいはずだ。彼が沈黙している理由ははっきりしているように思えた。ラングトリー夫人は、望んでいる報いを手にしたのだ。もしこの疑いが真実だとしたら、クリスタがすべきことは明らかだと思われた。

ここのところ、彼女は朝起きるたびに吐き気に襲われ、寝室用便器に駆け寄ることが続いていた。それだけでなく、月経も来ていない。心配になってエリッサに相談すると、以前アブドゥーラについた嘘《うそ》が真実になったのだとわかった。彼女はマークの子供を身ごもったのだ。三ヶ月前、愛し合ったあのときに身ごもったに違いない。時が経つにつれて、そのことはますますはっきりしてきた。マークに頼れない今、

いって両親に会ってもらうつもりだったが、こうなっては一人で行くしかなかった。本当はマークを連れていって両親に会ってもらうつもりだったが、こうなっては一人で行くしかなかった。自分の進むべき道は一つしかなかった。フランスへ行って、両親に会うのだ。

じっくり考えた結果、クリスタはブライアンの申し出をのんで、ブライアンはキング・ヘンリー号を彼に委ねてみようと決心した。彼女の望み通り、ブライアンは、フランス行きの旅に乗る三人の女性のために部屋を予約してくれた。ブライアンは、フランス行きの旅の手配を自分に託したことを、クリスタがマルボロ公爵にひとことも言わなかったことが内心うれしくてしかたなかった。ブライアンが自分のために別の船室をキング・ヘンリー号に用意していたと知っていたら、彼女は激怒しただろう。しかし彼は、出発の日時と自分の馬車で迎えにいくということしか言わなかった。

クリスタの妊娠を知って、エリッサはうれしい悲鳴を上げた。レノアも喜びを抑えきれない様子だった。レノアは、エミリー公爵夫人の孫を早く抱きたいと願っていた。しかしクリスタがフランスに船旅をするつもりだと知ると、二人はがっかりし、マークが戻るまでイギリスに残るべきだと言い張った。クリスタはマークが六週間も戻ってこないこと、何も連絡がないことを理由に、頑《かたく》なに拒んだ。母親の体調がずっと心配だったので、両親に会いたいという気持ちも強かった。クリスタがエリッサかレノアのどちらか、あるいは二人とも、イギリスに残ってもいいとほのめかすと、二人は激しく反発した。エリッサはアレンと恋に落ちていたが、クリスタが今までしてくれたことを簡単には忘れられなかった。レノアも同じ気持ちだったので、とにかく荷造りを始めることにした。

ほっそりした顎に髭《ひげ》を生やし、馬に乗ったマークは服を泥だらけにして猛スピードで田園を駆け抜けた。オマールもそれほど遅れは取っていない。前日、アレンから、至急帰れとの伝言を受け取ったのだ。アレンは、マークを味方に引き入れようとしている女性のために、自分自身の気持ちを無視していると言って兄を責めた。クリスタに何度か手紙を書いたものの、返事がないので、弟の厳しい言葉が身にしみていた。ラングトリー夫人は、御者がきっと返事を持ってくるだろうから待ったほうがいいと言って引き留めたが、何も返事がないのでマークは直接帰ることにしたのだ。

ラングトリー夫人の土地絡みの公聴会があれほど遅れなければ、とマークは怒りを嚙みしめた。考えてみると、あらゆる状況が不自然だった。まず、友人の弁護士が休暇でフランスに行っていたので、他の弁護士をラングトリー夫人の代理人として立てなければならなかった。正直なところ、この男のことは好きになれなかった。仕事に文句のつけどころはなかったが、どうも信用はできない人物に思えた。その男は、公聴会がなぜこんなに遅れているのかとたずねると、ありとあらゆる口実を持ち出して逃げ回ってばかりいた。

マークはロンドンの郊外を疾走しながら、コーンウェルにいる間、ラングトリー夫人が誘惑してきたことを苦々しく思い出した。念のため、彼女の邸《やしき》を出て、近くの宿屋に泊まっていたが、それでも彼女は毎日ほとんど彼にべったりで、命の恩人に十分な償いをして欲しいと繰り返した。ラングトリー夫人にすれば、一文無しで捨てられることは死ぬに等しかった。

クリスタがなぜ返事をくれないのか、マークは幾度となく考えた。手紙のことはアレンにも話していないようだった。アレンの手紙を受け取って呆然《ぼうぜん》としたが、深刻な文面を見て、すぐにロンドンに戻ることを決意した。ウィローにはもううんざりだ。この何週間かで彼女への借りは、返したようなものだった。

自分の別邸に近づいてくるとマークは不安になった。クリスタは元気なのだろうか。アレンはなぜ、あんな意味のわからない、彼を怒らせるような手紙で呼び出したのだろう？ クリスタはなぜ返事をくれなかったのだろう？ でも、もうすぐだ。もうすぐ、すべて明らかになる。すぐにこの両腕にほっそりした彼女の身体を抱きしめ、愛していると言うことができる。彼女が疑うはずはないじゃないか。マークが疲労困憊《こんぱい》して、家の前に馬を止めると、意外なことにさっとドアが開いた。

「マーク！ よかった、やっと戻ってきたんだね！」アレンは、泥だらけで、顎に無精髭を生やし、ぼんやりした目をしている兄を見て、大喜びした。「何日間も、着替えもしなかったみたいに見えるよ。でも、僕の手紙を読んでくれたんだね」

「その通りだ。何日も寝てないし、服もそのままだ。手紙を受け取ったあと、鞍《くら》に付けたバッグに最低限のものをつめこんで、馬も途中で借りたんだ。どうした、アレン？　なぜクリスタは俺の手紙に返事をくれなかったのか、おまえ何か知っているか？」

「彼女に手紙を書いただって？」

「一度や二度じゃないぞ」

「クリスタは手紙が来たとはひとことも言っていなかった」アレンは考えながら言った。「実を言うと、毎日のように兄上から伝言はないかってクリスタに訊《き》かれたんだよ。たぶんクリスタのところに手紙は届いていないと思う」

「手紙はウィローに預けたんだ。御者に託していたようだが、信用できそうな男だった」アレンはあまりにも世間知らずな兄を見つめて唖然《あぜん》とした。

「出かけるところだったのか？」マークは弟のしゃれた格好を見てたずねた。

「エリッサに会いにね」恋する若者はにやりとして、答えた。

「髭を剃《そ》って、風呂《ふろ》に入り、着替える時間をくれ。すぐに行く。一緒に真相を確かめよう」

「了解」マークに続いてアレンが邸に入ると、オマールがすぐ追いついてきた。アレンはふと言った。「そういえばラングトリー夫人の公聴会はどうなったの？　ずいぶん時間がかかってるけど」

マークはいまいましそうに言った。「まだ始まってもいないんだ。俺には彼女の手をとって慰めるくらいしかできなかった。有能な連中に任せてきたから、すぐにまとまるだろう」

「ラングトリー夫人はどうしてた？」

「泣きわめいてたよ。自分を見捨てる気かってね。だが何週間も一緒にいてやったんだ、借り以上のものは返せたと思う。残りの人生はクリスタに捧《ささ》げるつもりだ」

「やっと正気に戻ったんだね」

彼らを乗せた馬車は一時間と経たぬうちに、クリスタの家の前に到着した。御者のオマールはぐったりしていた。二人の男たちは玄関のドアに向かった。オマールはレノアが台所でくつろいでいるだろうと思い、裏にまわった。アレンとマークがドアの前に着くと同時に、ブライアン・ケントと鉢合わせした。

「どうしたんです、公爵」ブライアンが横柄《おうへい》に言った。「こんなところでお目にかかるとは」

マークは不審そうに眉毛《まゆげ》をつり上げた。「同じ言葉を君に返したいね、ケント。クリスタから我々のことを聞いていないのか。君にはもう彼女を訪ねる理由はないはずだ」

「あなたはラングトリー夫人とコーンウェルにいると聞いていましたが」ブライアンはマークの言葉を無視して冷やかした。

「見ての通り、帰ってきた」マークは冷ややかに告げた。「いったいクリスタに何の用だ?」彼の緑の目が氷のように光ったのを見て、ブライアンは思わずあとずさりした。「何の用だ」マークがいらいらしながら、促した。

ブライアンはおどおどしながら言った。「我々のフランス行きの準備が全部整ったと、クリスタに知らせに来たんです」

「何だって?」アレンとマークが同時に叫んだ。

アレンはマークを見た。「僕は何も知らなかったんだ、兄さん。こいつは絶対に嘘をついてる。なぜクリスタが彼と一緒にフランスに行かなくちゃならないんだ?」

「その通りだ」マークは怒りを爆発させまいと必死にこらえていた。「すぐに確かめる、アレン」彼は弟に向き直って言った。「ミスター・ケントがご自分のクラブに無事行けるようにお送りしろ」

「僕は一人では……」ブライアンは途中で口ごもった。マークの怒りに燃える表情を見て、攻撃前の鷹《たか》を思い出したブライアンは、餌食《えじき》になる前に自分から飛び出していった。

22

けたたましいノックの音に、エリッサはアレンが来たのだと思い、玄関へ飛んでいった。好きな男には会いたかったが、今クリスタはアレン以上にエリッサのことを必要としている。しかもエリッサは内心、自分がアレンにはふさわしくないとも思っていた。アレンはそんなことはないと言うが、王族の生まれの彼とは住む世界が違う。人生の分岐点は実にさまざまだ。今別れるのが一番いいのかもしれない。会えば会うほど、彼が妻を迎えるときに辛《つら》くなるだろう。悲しい気持ちで玄関に出たエリッサは、アレンではなく、マークが立っているのを見て仰天した。

「マーク様、お帰りになったんですね！　アラーに感謝します！　クリスタが喜ぶわ」

マークは目の前の少女を見て、以前、砂漠で彼を誘惑しようとしたときに比べて、ずっと親しみやすくなったように感じた。今ではクリスタの親友だし、弟はこの少女を気に入っている。

「クリスタはどこだ？」マークが中に入ってたずねた。

エリッサは両手を揉《も》み合わせながら、階段をちらっと見て言った。「呼んでまいります。休んでいるんです」彼女はすぐに行こうとした。

「待て！」マークは有無を言わさぬ口調で言った。「自分で行く」

びっくりして立ちすくんだエリッサは、大きく目を見開いて、マークがゆっくりと階段を昇っていくのを見守っていた。クリスタは一日中、具合が悪く、ほとんど寝室用便器にしがみついている状態だ。クリスタはそんな姿をマークに見せたくないだろうし、赤ちゃんのことをマークに話したいのかどうかも、さだかではなかった。

当惑したエリッサは先手を打つことにした。「ねえ、マーク様、あたしが先に行ったほうがいいと思います」

マークは冷たい目でにらみつけた。「俺《おれ》が行ってはいけない理由でもあるのか？」

「い、いえ……」彼女は言葉につまってしまった。

「それじゃ、ここでアレンを待っていろ。そろそろ来るはずだ」マークは怒ったように答えると、階段を昇りはじめた。「どっちがクリスタの部屋だ？」

マークを止められないと知って、エリッサはこう答えた。「左側の一つ目のドアです」

マークはドアの前に立つと、ノックをしようか、黙って入ろうか考えてから、軽くノックした。

「どうぞ、エリッサ」エリッサが夕食を運んできたのだと思って、クリスタが答えた。食べ物のことを考えただけで吐き気がし、クリスタは便器の上にかがむと、全身を震わせながら胃の中が空《から》になるまで吐いた。

聞こえてくる音に不安になりながら部屋に入ったマークは、その光景に十年、寿命が縮まりそうになった。やっと胃が空になったクリスタは、青白い顔をして、ベッドに横になっていた。

「クリスタ、病気なのか？　それで手紙の返事をくれなかったのか？　知っていたらすぐ帰ったのに。君が病気だと知らせなかったのはアレンの怠慢だな」

クリスタは声を絞り出した。「手紙なんて受け取ってないわ、マーク。来れば返事は書いたわ。どうしてこんなに帰るのが遅くなったの？」責めるようにたずねた。

「クリスタ、誤解だ。手紙は書いた。いつから具合が悪いんだ？　医者には診せたのか？」

「なんでもないの。ちょっとお腹《なか》を壊しただけ。医者に診せるほどじゃないわ」

マークはおかしいと思ったが、それ以上問いつめようがなかった。慎重にベッドの端に腰を下ろして、青ざめた顔を見つめているうちに、急に、一緒にイギリスを離れるつもりだというブライアン・ケントの言葉を思い出した。

「間に合ってよかった。なぜケントとフランスに行くなんて馬鹿《ばか》な真似《まね》をするんだ？　俺には理解できないよ、クリスタ。待っているとと約束してくれたじゃないか」
「いつまで待てばよかったの？」クリスタは言い返した。
「全部、手紙に書いた」
「手紙なんて来なかったわ」
「言ったはずだ。ウィローは、御者が直接、君に手渡すと請け合ったんだぞ」マーク
は食い下がった。
「ラングトリー夫人が？」クリスタはあきれたように言った。「あなたはいつになっ
たら彼女がどんな人間かわかるの？　わたしたちを引き離すためなら、何でもする人
なのよ」
　マークは顔をしかめた。「たしかにウィローは強引だ、でも何にも恐れる必要はな
いだろう。彼女には俺が愛してるのは君だけとわかってるんだ。ウィローは……」マ
ークはようやく、ウィローが嘘《うそ》をつき、クリスタへの手紙を握りつぶしたのだと気が
ついて、躊躇《ちゆうちよ》した。「クリスタ、ウィローのことは忘れろ。彼女のことはどうでもい
い。ブライアン・ケントのことを話してくれ。彼と行くというのは本当なのか？」
　マークの言葉は、クリスタにはラングトリー夫人のしでかしたことを許しているよ
うにしか聞こえなかった。「あなたが信じたいように信じればいいわ、でもブライア
ンと一緒に行く気はないから」クリスタは憤慨して言い返した。ラングトリー夫人の

ことを話し合う気がない彼に、なぜ説明する必要があるだろう？

「ケントはそう思っていない」

「勘違いしてるのよ。ブライアンはわたしのためにフランスまでの船を取ってくれただけよ。両親が叔母の城にいるの。今はわたしの城だけど。母の病気がよくなってイギリスに来られるようになるまで静養してるのよ」

「フランスに城があるのか？」

クリスタはうなずき、イタリアで叔母に起きた悲劇と、彼女が相続した財産のことを話した。

「なぜ俺を待てなかったんだ？　喜んでフランスに君を連れていったのに」マークは不満そうに言った。「ケントに頼る必要などないだろう」彼の言葉は嫉妬《しっと》のせいで思ったより冷淡に響いた。彼女を助けるべきなのは、ブライアン・ケントではなく自分なのだ。

「あなたが本当に帰ってくるかどうか、わからなかったから」クリスタはあいまいに答えた。

「でも俺は手紙を……いや、そのことはもういい。帰ってきたんだから、一緒に行こう。君の両親にも会いたい。母上のことは心配だな……叔母さんのことも気の毒だった」遅まきながらマークはそう言った。

「マーク、わたし……」クリスタは何を言おうとしたのかも忘れて、真っ青になり便器に飛びついた。

「クリスタ、すぐに医者を呼んで来る!」

「マーク、違うの! わたし、あなたがラングトリー夫人のことをはっきりさせるまで、話したくなかったの。あまりにも長い間帰ってこなかったから……あなたのこと、疑いはじめていて」

「何の話だ、クリスタ? 意味がわからないよ。なぜ俺を疑うんだ? それが君の病気と何の関係があるんだ」

「マーク、わたし、妊娠してるの。お医者にはまだ診せていないけど、たぶん間違いないわ」

「妊娠!」マークは喜びで全身が熱くなったが、ふと不吉な考えが頭をかすめ、感激は疑いへと変わってしまった。もしクリスタが自分の子を身ごもったのなら、なぜケントと一緒に行こうとしたのだろう? マークは後先考えずに疑いを口に出した。それは口にしてはいけない言葉だった。

「俺の子供なのか? それとも留守の間に、ケントと寝たのか?」

クリスタは今耳にしたことが信じられなかった。なぜマークは、自分がほかの男と関係を持つなどと思うのだろう? ふたりの愛は宿命《キスメット》だと言ったのはマークではないか。意を決して告げた妊娠の事実に対するマークの言葉にクリスタは絶望した。悲しみが抑えようのない怒りとなり、心の底からわき上がってきた。

「マーク、なんてことを言うの。ひどすぎるわ！　もうあなたの愛なんて信じられない。本気でわたしのことを愛してるなら、そんなふうに考えないはずよ。帰って、一人にして。あなたなんかもう必要ない。子供は自分で育てるわ」

「クリスタ、俺には知る権利がある。奴の子供でもないのに、なぜケントと逃げ出そうとするんだ？」

「わたしの話を何も聞いてないのね？　あなたの考えなんかどうでもいいわ。あなたがどう思おうと、わたしはフランスに行くわ、一人でね。ブライアンとも行かないし、あなたとも絶対に行かない。ラングトリー夫人のところに帰って。王族のあなたには彼女がお似合いよ。叔母のおかげで、わたしと子供が生活していけるくらいのお金はできたわ。人生をややこしくする男なんか必要ないのよ」

マークの繊細な神経がついに切れた。「その答えからすると、まだ子供の父親が誰《だれ》なのか言うつもりはないようだな。この前愛し合ったとき、妊娠してるとわかってたんじゃないか？」自分がひどいことを言っているのに気づき、マークは動揺した。いつかこの短気が破滅の原因になると、アレンに言われたことを思い出した。

「いい加減にして！」クリスタは、ベッドから飛び起きて彼の首を絞めたい衝動に駆られながら叫んだ。ヒステリーを起こしそうになり、マークの顔を見るのもその存在自体にも耐えられなくなって、枕《まくら》にもたれ息を切らせた。

堪忍袋《かんにんぶくろ》の緒が切れかかっていたマークは、出ていくか、この牝狐《めぎつね》にがつんと一発食らわせるかしかないとまで思った。本当は、身ごもっているのが自分の子供だと認めさせたいだけだった。そんなことも聞けないのか？ 心の奥では、彼女がケントのような男と寝るはずがないと思っていた。しかしこの馬鹿げた疑いがクリスタを激怒させてしまった。彼女は真実を認めることを拒み、彼を怒らせた。単なる嫉妬のせいで、あっという間に収拾がつかなくなったことに、マークはようやく気づいた。

クリスタを慰めたかったが、怒りがおさまらず、マークは突然、立ち上がった。クリスタはとても具合が悪そうだ。これ以上怒らせて、病状を悪化させたくなかった。

「俺は帰る、クリスタ」返事はなかった。「くそっ！ 本当のことを言うまで、何も話すことはないからな。警告しておくが、この問題が解決するまで、ロンドンを出るんじゃないぞ」彼は肩越しにそう言うと、乱暴にドアを開けた。

「マーク、どうしたの？」アレンは部屋から飛び出してきた兄とぶつかりそうになって、たずねた。

「クリスタに聞いてくれ！」マークはきつい口調で答えると、口をつぐんでさっさと立ち去った。

アレンの後ろからのぞきこんでいたエリッサは、マークの背中を見送ると、半分開いているクリスタのドアを見やった。何があったのかは想像するまでもなかった。マークはなぜあんなに怒っているのだろう？　子供が欲しくないのかしら？　もしそうだとしたら、クリスタは途方に暮れているはずだ。

「あたしが行くわ」エリッサがアレンを追い越して、言った。

「どうなってるんだ、エリッサ？　なんでマークはあんなに怒ってるんだろう？」

エリッサのあとからついてきたアレンは、死んだようにベッドに横たわっているクリスタを見て、立ち止まった。「いったい全体、マークは何をしたんだ？」動転して叫んだ。

ドアから飛び出したマークは、嫉妬に振り回されている自分と、彼をわざと怒らせたクリスタに腹を立てていた。そのうちにおさまるだろうが、それまではこの気性が自分にとってもクリスタにとっても敵だった。やりきれない気持ちのまま、怒りがおさまるまで一人になれる場所を探すことにした。単純な答えが欲しいだけなのに、クリスタはなぜあんなに頑固なのだろう？　今、欲しいのは一杯の酒、いやボトルだった。

オマールが外の馬車で待っていなかったので、ほっとし、迫ってきた夕闇《ゆうやみ》と霧にまぎれて、通りを一目散《いちもくさん》に駆け出した。今の彼に、子供じみたなぐさめは必要なかった。

目的地を定めず、怒りにまかせて、クリスタのいる上流階級の人間の住む区域から、男たちがよく行方不明になる、ロンドンの物騒な盛り場へと向かっていた。

薄汚い酒屋からもれてくる嬌声《きようせい》に引かれて、マークは闇の訪れとともに息を吹き返した明るい部屋に飛びこんだ。滅多にこんなみすぼらしい店に入ったことはなかったが、今夜の彼の気持ちにはぴったりだった。こういう場所では、素性を知られずに簡単に他の客に紛れこむことができる。ボトルの値段さえ払えれば、何も質問せずに相手をしてくれるのだ。

マークはポケットの中の金を数えると、いかがわしいバーの女が注文を取りにくるのを待っていた。このシンジド・グースという店に、これほどハンサムで、上品な身なりの男が来ることはまずないので、娘は彼の気を引こうと、色目を使いながら胴着を下に引っ張った。物好きな男たちが安全のため三、四人で連れ立ってやってくる以外には、こんな粗末な酒屋に金持ちが来ることはありえない。

「何にする、旦那《だんな》？」娘がたずねた。「あたい、ソフィよ。あんたを喜ばすためなら何でもしてあげる」彼女は思わせぶりに流し目を送った。

露骨な誘いを無視して、テーブルの上にひとつかみの金を叩《たた》きつけた。「一枚は取っておけ、ソフィ。残りで酒を用意して、俺が気絶するか、他の注文をするまで飲ませてくれ」

ソフィは目をまん丸にして、ブロンドの巻き毛を上下に揺らし、金貨の山に見とれた。「あれま、お客さん、頭がおかしいんじゃない？　これだけありゃ、一週間、飲み続けられるよ！」

「たぶんおかしいんだ、ソフィ」マークはしかめ面で認めた。「いい酒を出してくれ、おまえの主人がブランデーって呼んでる毒薬じゃないぞ、わかったか？」

「あいよ、旦那」ソフィは、巻き毛を白い肩の上で揺らし、襟《えり》ぐりの広いブラウスの上から胸を見せびらかした。「他にも何か欲しかったら……何でもいいよ……このソフィに言っておくれ」彼女は、ほこりだらけの酒瓶と汚れたグラスを持って戻ってきた。しばらくそこでもじもじしていたが、マークがかまってくれないとわかると、肩をすくめ、もっと生きのいい客のところに行ってしまった。


アレンはわずかな差でマークとすれ違った。クリスタからマークの突飛な行動のわけを聞いたときには、兄はすでに霧の中に消えていた。「くそっ！」アレンは暗闇を見つめ、毒づいた。どこへ行ってしまったのだろう？　帰りがけにレノアとオマールが台所にいるのを見つけ、わかる範囲で何が起きたのか説明した。

「おまえは僕よりも、マークの性格をよくわかっているよね、オマール。こういう場合、マークはどこへ行くだろう？」アレンが不安げにたずねた。

「自分が注目されずにすむ場所でしょうね」オマールが気遣いながら答えた。

「ロンドンみたいな大きな街なら、そんな場所はそこらじゅうにあるじゃないか」アレンがうめいた。「それじゃ、手の打ちようがないよ、オマール。兄さんには短気はよくないって忠告したんだけどな」

アレンとオマールは夜の街を探しまわったが、マークの足取りはまったくつかめなかった。疲れ果てた彼らは翌日も捜索を続け、いったん、家に戻り、二、三時間仮眠を取り、また次の日も捜索を続けた。いったいどうやったらこんなに完璧《かんぺき》に雲隠れできるんだろう？　アレンはあきれつつも、必死に考え続けた。

最初のうちは、マークもほどほどに飲み、それほど酔わなかった。だが、クリスタとの腹立たしい会話を思い出すたびに、怒りだけが激しくなっていった。考えれば考えるほど、二人の無意味な議論の責任は自分にあるように思えてきた。クリスタの子供の父親は、自分以外にありえない。アラーよ、強情な男をお許しください。

子供を私生児にしたいのか？　私生児！　この言葉に胸が痛くなった。生きている限り、誰にも自分の子を私生児などと呼ばせない。これからクリスタが産む他の子供たちも同じだ。怒りがおさまったらすぐ、彼女のところに行って謝るつもりだった。子供が生まれる以上、すぐに結婚するしかない。コンスタンティーヌにいたら、母がそうだったように、クリスタは自分の愛妾《あいしょう》にしかなれないのだ。でもイギリスでなら、クリスタは自分の妻になり、子供たちが自分の名を継ぐことができる。そうできるなら、喜んでイギリスの法律に従うつもりだった。

おせっかいなソフィが絶え間なく持ってくるブランデーを飲めば飲むほど、マークの苦悩は深まっていった。たまに何か食べるよう勧められたが、マークは食欲がないと断った。この絶望を癒《いや》すには食べ物より強い酒が役に立つ。

身なりのいい男性がボトルを前に、何時間も一人きりでいるのは奇妙だったが、誰もそのことを口には出さなかった。誰でも悲しみを酒で紛らしたいと思うことはあるからだ。翌日、とうとうマークは酔いつぶれ、人事不省《じんじふせい》に陥り、これ以上、一滴の酒も受けつけなくなった。ありがたいことに、テーブルに突っ伏して意識を失ってから、ソフィが残りの金で台所の裏部屋を貸してくれたのだった。

彼女に支えられて、ベッドに倒れこんだマークは、すぐに泥のように眠りこんだ。ソフィは酔っぱらいのうわごとを聞きながら、いったいこの男はどんな過去の亡霊に悩まされているのだろうと不思議に思った。この店によくやってきて、酒でうさばらしをするいやしい連中のことならわかるが、彼は見るからに育ちのいい金持ちだ。マークが酒に溺《おぼ》れたのは、クリスタへの思いを振り切るためだけではなかった。両親の死から始まり、アブドゥーラが彼にした肉体的かつ精神的な、残酷な仕打ちと相まってさまざまな思いが鬱積《うっせき》していたからだった。ずっと自分を抑えていたために、ブランデーが引き金となり、これほどまでも自分を痛めつけてしまったのだ。ソフィは肩をすくめると、心配した自分を笑いながら、静かに部屋を出た。騎兵隊がそばを行進しても、彼は目を覚まさないに違いない。

マークが行方不明になったことが、よけいにクリスタを怒らせた。こんな卑怯《ひきょう》な真似をする理由は彼にはないはずだ。クリスタは無言で、いらだちを募らせた。すぐに考え直して、許しを請うために戻ってくると思ったのに。どこにいるのだろう？　ラングトリー夫人と一緒でないことは、すでにアレンが確かめた。アレンとオマールはそこらじゅうを探しまわった。マークらしくもない。もしや彼の身に何か恐ろしいことが起きたのではないだろうか。

三日間待ち続けて、クリスタは急に何もかもいやになった。なぜ自分のことを気にかけていない男の心配をしなければいけないのだろう？　フランスで両親に会うという当初の計画が、だんだんよさそうに思えてきた。万が一マークが聞いてきても、アレンが場所を知っている。だが出発したいと言うと、アレンは激しく反対した。

「クリスタ、今、出発したら、兄との仲がこじれるだけだ。もう少し時間をくれないか？　あなたは兄の子供を身ごもってるんだ、兄もきっとすぐに正気を取り戻すよ」

「城の場所は知ってるわよね、アレン。それにわたしは両親に会いたいの。向こうもわたしを待っているし。全部、打ち明けたのに、マークは耳を貸さなかった。彼に信じろと言うのが無駄なの？　ラングトリー夫人と出ていったときも、わたしは彼のことを信じていたわ。どうして彼にはそれができないのよ？」

「クリスタ、たしかにマークは馬鹿なことをしていると思う。でもあまりにもいろいろなことがあったから、他の男があなたに触れるなんて、考えるだけでも耐えられないんだよ。それに、すなおに本当のことを言わなかったのもまずかったんじゃないか。兄だって自分の気持ちと真剣に向き合えば、すぐに戻ってくるよ」

「わたしにそれまで従順な妻らしく、ひたすら待てと言うのね」クリスタはむっとして言った。「わたしたちはまだ結婚すらしていないし、できるとも思えない。マークが戻ろうと戻るまいと、予定通り、明日フランスに発《た》つわ」

　アレンはクリスタの説得に完全に失敗し、がっかりして、クリスタが部屋から出ていくのを見送った。クリスタだけでなく、兄にも腹が立った。そろそろ間違いに気づいて、自分の子を身ごもっているクリスタのために大急ぎで戻ってきてもいいはずだ。そのとき、エリッサがやってきたので、彼の気持ちはだいぶ明るくなった。この美しいベルベル人の娘と知り合ってすぐに、その不思議な魅力にひかれたが、短気な兄と違って分別のあるアレンは、エリッサを自分のものにするつもりだった。

この数ヶ月、アレンはイギリスで暮らしてみて、兄とは違い、この国の道徳観や慣習には馴染《なじ》めずにいた。広大な砂漠の広がりと、輝く青い空、薄紫色の砂漠の夜が懐かしかった。アラビア馬に乗って砂丘を駆け抜け、友人たちと鷹《たか》狩りをしたくてたまらなかった。浅黒い肌と官能的な美しさを持つエリッサは、彼が愛し、失ったすべてのものを思い出させてくれ、彼の心まで鷲《わし》づかみにしていた。

「アレン、どうするの?」不思議な憧《あこが》れを抱きながら彼女を見つめているアレンに、エリッサはたずねた。「ロンドンに残るように、クリスタを説得できたの?」

「彼女には自分の考えがあるんだ」アレンはひそかに彼女の気性の激しさに感服しながら、首を振った。「兄もようやく自分にぴったりの相手を見つけたよ。いったん結婚すれば、二人はきっと落ち着くはずさ」

エリッサは、アブドゥーラの歩兵部隊の男たちから、クリスタが二度も勇敢に自分を守ってくれたのを思い出して、微笑《ほほえ》んだ。もし彼らの思い通りになっていたら、ひどく痛めつけられて、今頃《いまごろ》は死んでいただろう。今命があるのはクリスタが助けてくれたからだ。「クリスタはすべきことをしているのよ」

アレンの目が優しくなった。「君と……離れたくないんだ、エリッサ。君がいなくなったらどんなに寂しくなるか。クリスタが行くと言うなら、一人で行かせればいい。

でも君はここに残ってくれないか。君の面倒は僕が見る」

エリッサは胸がいっぱいになり、黒い瞳《ひとみ》が涙でかすんだ。面倒を見ると言うからは、愛してくれているに違いない。愛人にしたいのかしら？　それでもかまわない。結婚するにはあまりにも身分が違いすぎるもの。彼のそばにいられるなら、どんな関係でも覚悟しよう。

「今はクリスタを一人にできないわ」エリッサは残念そうに言った。「恩があるの。クリスタがフランスに行くと決めたのなら、あたしも一緒に行くわ」

「エリッサ、僕がどれだけ君を愛してるか知っているだろう。簡単にはあきらめないよ。マークを見つけ次第、僕もフランスに行く。それに……そのときは、君に頼みたいことがある」

アレンは手を伸ばしてエリッサを引き寄せると、小柄で肉感的な身体《からだ》を後ろから包みこむように抱きしめた。エリッサは背中から抱きしめられ、彼が硬く大きくなって、やわらかい尻《しり》にぶつかるのを感じた。唇が近づいてきた。今までにもキスはしたが、こんなに熱烈に口づけされたのは初めてだ。舌を差し入れ、味わい、つつき、むさぼり、無我夢中で、奉仕してくる。ずっとこうしていたかったが、ひどい目にあってからは、うまくできるのか不安だった。しかし、アレンがすぐにそんな疑いを晴らしてくれた。彼の熱い情熱が彼女にも燃え移った。彼女が煙のように燃え尽きそうになったとき、アレンは突然、身体を離し、エリッサは彼の力強い両腕の中にくずおれた。「だめだ、この床の上に押し倒してしまいたくなる」アレンは自制心を総動員して、かすれた声でつぶやいた。「君は本当に可愛いよ、癪《しやく》に障《さわ》るほどね。もうすぐだ、エリッサ、もうすぐ君は僕のものになる。君も僕のことが好きなんだろう?」

エリッサは愛のこもった目で、彼の緑の瞳を見上げ、好きよ、理屈抜きに愛してる、と叫びたかった。でも彼女はすっかり用心深くなっていた。「他の人には、こんなふうに感じないわ、アレン」

この答えでアレンは満足したらしく、彼女をしばらく抱きしめていた。「もう行かなくては、エリッサ。君たちが出航する前にマークを見つけたい。もしだめでも、あとから迎えに行く。兄さんは自分の人生を台無しにするかもしれないけど、僕の邪魔はさせない」そしてアレンは行ってしまった。エリッサは涙を浮かべて後ろ姿を見つめていた。

雇った馬車が家の正面に到着したとき、クリスタはすっかり荷造りをすませていた。山のような荷物のことで御者にさんざん文句を言われたが、なんとか女性たちはスカートのきぬずれの音をさせて席に着き、出発した。エリッサはアレンが見送りにくるのではないかと、最後まで後ろを振り返っていた。レノアも、オマールが来なかったのでがっかりしていた。

桟橋に着くと、定期船キング・ヘンリー号の上にブライアンがいるのに気づき、クリスタはカッとなった。三人が進んでいくと、ブライアンはそわそわした様子で、心配そうに彼女たちを見つめていた。

「ブライアン、ここで何をしてるの?」クリスタが鋭く問いつめた。

クリスタに近づくなというマークの警告をあからさまに無視することもできず、ブライアンはクリスタが公爵を残してロンドンを離れ、両親に会いに行くのを期待してやってきたのだった。クリスタとの間に何日か前から公爵が謎《なぞ》の失踪《しっそう》をとげたと街中でうわさになっていた。クリスタとの間に何かあったのなら、この仲違《なかたが》いを利用しない手はない。

「僕もこの船に乗るんだ」ブライアンは慎重に説明した。「マルセイユに行って、そこからチュニスに向かうつもりなんだ。僕が生活のために働いてることを忘れないでくれ。みんなが裕福とは限らないんだよ」

クリスタは彼のささやかな皮肉にいらいらしたが、無視することにした。「一人なのか?」ブライアンが波止場に目を走らせながらたずねた。

「ごらんの通り、エリッサとレノアが一緒よ」クリスタはそっけなく言った。

「どこなんだ、君の……公爵は?」

「あとから来るの」

ブライアンは思わせぶりににやりとした。本当に来るのかね! どうやら自分は何もかも失ったわけではなさそうだ。マークという男は信用できない、それに気まぐれな公爵などより自分のほうがふさわしいと、クリスタにわからせる時間はある。

「行こう、クリスタ」彼はわがもの顔でクリスタの肘《ひじ》をつかんだ。「君の部屋まで送るよ」


あまりに時間が経ったため、アレンは、クリスタが出発する前から、マークはもう見つからないとあきらめていた。もし近くにいるなら、この三日間、みんなを悩ませた兄を喜んで捕まえていただろう。でも時が経つにつれ、何かに巻きこまれ、帰れなくなったのではないかと思いはじめていた。

クリスタが出発する日、アレンとオマールは、今まで足を踏み入れていなかった、ロンドンの繁華街にいた。オマールとアレンは二手に分かれることにした。アレンはシンジド・グースの前にやってきた。

暗く陰気な店に入ったとたん、アレンは逃げ出したくなった。どんな気まぐれからでも、兄がこんな場所に来るとは思えなかった。しかし、彼があわてて逃げ出す前に、ソフィがこれ見よがしに近づいてきた。

「テーブルにします？　お客さん」ソフィは彼の美貌《びぼう》と贅沢《ぜいたく》な服をじろじろ見た。この前の晩、ひょっこり現れた男に負けないぐらいの男前じゃないの、と彼女は思った。

「エールを」アレンは注文し、ソフィがスカートの下で尻を振りながら、さっさと歩いていくのを眺めていた。彼女はすぐに戻ってきて、あふれそうなほどいっぱいに注《そそ》いだマグを前に置いた。

好奇心に駆られたソフィは少しの間、前に座って、アレンを不思議そうに見つめていた。彼を見ていると台所の裏部屋で泥酔している紳士を思い出した。自分の考えに耽《ふけ》っていたアレンは、顔を上げた拍子に、ソフィが自分をじろじろ見ていることに気がついた。アレンは不審そうに眉《まゆ》をつり上げた。

「あら、旦那」ソフィはいぶかしげな緑の瞳を見て、口ごもった。「あたい、そんなつもりじゃあ……。すてきな紳士が、一週間に二人もこの店に来るなんて滅多にないもんだからさ」ソフィはあわてて腰を上げようとした。

アレンはびっくりして、いきなり彼女の手首をつかんだ。「もう一人、紳士がいるのか？　どんな男だ？」興奮してソフィの手首をきつく握りしめた。

「ちょっと、お客さん、痛いよ」ソフィは怯《おび》えたように、文句を言った。

「ごめんよ、お嬢さん」アレンは手をゆるめて謝った。「おどかすつもりはなかったんだ。名前はなんていうの？」

「ソフィよ、旦那」娘は震えながら答えた。この青年がなぜ怒り出したのかわからなかったのだ。

「ソフィ、教えてくれ、手間は取らせないよ」

「あたいにできることなら喜んで」ソフィは息をのみ、おどおどとエプロンを握りしめた。

「さっきもう一人、客が来たって言ったね」アレンがにっこりと笑いかけると、ソフィは頰《ほお》を赤らめた。「その人のことを教えてくれないか。最後に見たのはいつ？　そのあと彼はどこに行ったのかな？」

マークはうめきながら、ゆっくりと目を覚ました。頭は割れる寸前の風船のようで、口の中に臭い綿をつめこまれたみたいだった。汚い窓ガラスから射しこむ光で、奇妙な景色がちらりと見えた。起き上がろうとしたが、頭痛がして頭を抱えこんでしまった。一体、ここはどこだ？

ぐらぐらしていた景色がやっと止まると、自分が寝ていた汚い巣のような部屋を見まわし、顔をゆがめた。藁《わら》のマットの狭いベッドには、皺《しわ》くちゃの薄汚れた灰色の布と破れた毛布が敷いてあるだけだ。ベッドの脇《わき》に、脚が一本折れて傾いたナイトスタンドがある。壁の前には欠けたボールと水差しをいれた箱がある。

水差しに水がたっぷり入っているのを見て、マークはうれしそうに息を吐き出し、よろめきながら立ち上がった。そばにあった汚れたコップは使わず、水差しから直接うまそうに水を飲んだ。たっぷり飲んでから、水差しを持って前かがみになり、残った水を頭にかけた。立ち上がると、ようやく少し落ち着いた気がした。

慎重にベッドに腰を下ろすと、頭がはっきりするまでじっとしていた。ようやく意識が元に戻ってくると、マークは自分の愚かさに腹が立った。うんざりしながら、逃げ出した理由を思い返してみた。父親になるのだ！　愛するクリスタに子供が……彼の子供ができたのだ！　その驚くべき事実を知って、自分はどうした？　癇癪《かんしやく》を起こして、前後不覚になるまで酒を飲み続けた。クリスタはあきれたに違いない。彼女の愛が、これまでに彼がしてきた仕打ちを物ともせぬぐらい強いといいのだが。こんな馬鹿げたふるまいを許してくれるだろうか？

すぐに帰って謝ろう。アブドゥーラに両親を殺され領地を奪われてから、ふりかかってきたすべてのことに真剣に向き合うためには、こういう時間も必要だったのだ……。あれから何日経ったのだろう？　今や、過去の亡霊は消え失せた。差し迫った問題は、クリスタを正式に妻に迎え、自分の子供を育てるということだけだった。

数ヶ月ぶりに頭がすっきりし、マークは震える脚で立ち上がると、染みのついた皺だらけの服を何とか整えた。ソフィに泊めてもらった礼をしなければならない。マークは、酔いがさめるまで安全な場所を提供してくれた娘に、十分な礼をするつもりだった。彼女がいなければ、路地に放り出され、ならず者に襲われ殺されていたかもしれないのだ。マークはべたつく乱れた髪を長い指で梳《す》きながら、ドアノブに手を伸ばした。

23

「なんだって！　兄さんがここにいるのか？」アレンは興奮したように叫んだ。立ち上がった拍子に椅子《いす》が倒れた。「アラーに感謝を！　なんでもっと早く教えてくれなかったんだ？」

　ソフィはびっくりしてぽかんと口を開けてアレンを見つめた。なんと、この若者の話を信じるなら、二人の緑の瞳《ひとみ》の男は兄弟なのだ。「でも、お客さん、あんたが言うまで知らなかったんだもん。あの人が酔いつぶれてたもんで、台所の隣の部屋に寝かしてやったの。たぶん今も赤ん坊みたいにすやすや寝てるはずだよ」

「ソフィ、君にキスしたいよ」アレンに頰《ほお》にキスされソフィは感激した。アレンはポケットを裏返して、見つけたすべての金貨を酒場女の手のひらに乗せた。全部合わせるとかなりの大金だ。彼女がまだ見たこともないほどの額で、それだけあればシンジド・グースを辞めて生まれ故郷の小さな村に帰ることもできるぐらいだった。そこには相思相愛の少年——いや、もう男だ——が待っている。

ソフィはアレンに丁重に礼を言うと、彼の気が変わらぬうちにその金をポケットにしまった。そして酒場の奥にちょっとだけ見えている細いドアを指さして、中に引っこんだ。

アレンがドアノブに手をかけた瞬間、反対側からマークがドアを開けたので、アレンは前につんのめった。「アレン！」マークは叫んで、よろめいた弟を抱きかかえた。「こんなところで何をしてるんだ？」

「それはこっちが聞きたいよ、マーク」アレンが不機嫌そうに言い返した。「ひどい格好だね」マークの無精髭《ひげ》の生えた顎《あご》とよれよれの服を見て、言った。「もうクリスタのところへ帰れるんだね？」鋭い非難をこめた口ぶりに、マークは赤面した。

「もちろんだ、アレン。嫉妬《しっと》のせいでこんな馬鹿《ばか》な真似《まね》をしたことをクリスタが許してくれるよう祈るばかりだ。俺《おれ》は自分の命よりもクリスタのことを愛してる。俺の子供を身ごもっているのだから、なおさらだ。これから結婚を申し込むから、おまえには花婿の付き添い人になって欲しい」

「急がないと、そんなおめでたいことにはならないよ」アレンが不吉なことを言った。

「どういう意味だ？」

「クリスタはエリッサとレノアを連れて、一時間以内にロンドンを発《た》ってフランスに向かうところだ。クリスタは兄さんに失望していたよ。彼女のことは責められないけ

んだ。「嘘《うそ》だ！」

「一時間以内だって？」呆然《ぼうぜん》と聞き返した。突然、その意味に気づき、マークは叫んだ。「嘘《うそ》だ！」

「本当だよ、マーク、急がないと手遅れになる」

アレンの言葉はマークの凍りついていた感覚をたちどころに蘇《よみがえ》らせた。「行こう！　今度クリスタに逃げられたらいい笑い物だ。もう彼女を失うのには耐えられない。でもその前に酒場の娘に礼をしたいんだが」

「それならもうしたよ」アレンは振り返りながら言って、先に外に出た。「たぶん、今、あそこを走っていくのは彼女だよ。きっともっといい人生を見つけるよ」

シンジド・グースの前で、二人に会ったオマールは、ひどい格好ではあるがマークが無事だと知り、安堵《あんど》の声を上げた。手短に話をしたあと、三人は駆け出した。ありがたいことに目指す桟橋はそれほど遠くなかった。

彼らは息を切らして、ちょうど出航時刻に河にたどり着いた。道をたずね、キング・ヘンリー号が停泊している場所に向かったが、船はすでに帆を広げ、さわやかな風を受けてゆっくりと港から離れようとしていた。白い服の水夫たちがあちこちでロープを引っ張っていたが、仕事に忙しく、マークの必死の叫び声と身振りに気づかなかった。マークはふくらんだ帆がみるみる遠ざかっていくのを呆然と見送った。

めた。

「嘘だ！」マークは叫んだ。「絶対に許さないぞ！」

両手を高く上げ、水に飛びこんだマークを見て、アレンは気が狂ったのかと思ったが、彼の意図に気づいたときはもう手遅れだった。マークは見事な弧を描いて汚れた水の中へ飛びこみ、荒い息をつきながら水面に浮かび上がり、あらかじめ目をつけていたキング・ヘンリー号の舳先《へさき》から垂れ下がったロープに向かって、力強く泳ぎはじめた。

アレンとオマールはびっくりし、顔を見合わせて無言でうなずくと、すぐに無謀なマークのあとを追って飛びこみ、奇跡的に同じロープをつかんでいた。「くそったれ！」マークがうねる波間に浮かびながら怒鳴《どな》った。

アレンはうれしくなってにやりとしたが、突然の冒険に興奮したオマールは、首をかしげると大声で笑い出した。突然、上から激しい叫び声が降ってきた。何人かの水夫が手すりの上から、呆気《あっけ》にとられてのぞきこんでいる。何度か無駄な悪あがきをして、腕がもげそうになり、三人はようやくゆっくりと上に引っ張り上げられた。最初にマークが甲板に上がり、続いてアレンが、最後にオマールが上がった。ついにそろって大海原の真ん中に立った三人は、笑いながら互いの背中を叩《たた》き合った。

「こいつは何の真似だ？」金ボタンのついた真新しい制服を着た、でっぷりとした男が怒鳴った。

「マルセイユまで三人分の切符を頼みたいんだが」びっしょり濡《ぬ》れて水をしたたらせながら、マークができるだけ落ち着き払った声で言った。

「頭がおかしいんじゃないか？　これは客船じゃない。キング・ヘンリー号は国王御用達の政府の定期船だ。おまえたちはすぐに大型ボートで港に戻ってもらうぞ。こんなとんでもないやり方で乗船した奴は見たことがない」

彼が怒鳴るように、てきぱきと命令を出すと、男たちは小走りに走っていった。すぐにゆっくりと帆が下げられ、巻き取られ、船は揺れながら停止した。海に浮かんだ船体を波が優しく叩いた。

「船長」マークが言い含めるように言った。「わたしはどうしてもこの船に乗る必要があるんだ。もちろん礼なら十分にする」

「マルボロ公爵、ここで何をなさってるんです？」

マークは振り返り、近づいてきたブライアン・ケントを威嚇するようににらみつけた。

「この男を知ってるんですか、ケントさん？」アシュトン船長が聞いた。

びっしょりと濡れていても、平然としているマークを見て、ものも言えぬほど驚いたブライアンは口ごもりながら答えた。「彼はマーク・キャリントン、マルボロ公爵ですよ。一緒にいるのは彼の弟さんと召使いです」

「マルボロ公爵ですと！」自分の言葉がマークを苦境から救ったことに気がついたら、ブライアンは舌を噛《か》み切っていただろう。アシュトン船長もマルボロ公爵のうわさはもちろん聞いていた。「あなたのお祖父様《じいさま》は国王陛下のご友人でいらっしゃいましたね？」

「その栄誉はわたしが引き継いでいます」マークはもっともらしく嘘をついた。何度か国王に拝謁したことはあるが、祖父ほど親しいわけではなかった。でもそんなことは船長の知ったことではない。

「なるほど」明らかに貴族階級に畏怖《いふ》の念を抱いているアシュトンは、もったいぶって言った。「あなたの地位と使命感とを考慮し、この船に乗船されたみなさんのために、部屋をお探ししましょう。わたくしは船長のアシュトンです」

「ちょっと待ってくれ！」ようやく我に返ったブライアンは、大声で文句を言った。

「彼らを港に戻すことを要求します」

「要求？」マークは面食らっているブライアンに、鷹《たか》の嘴《くちばし》のような鼻を向けて軽蔑《けいべつ》したように言った。「クリスタには近づくなと警告したはずだ。どうしても暴力沙汰《ざた》にしたいのか。楽しいとは思えんがな」

「なんのことやらさっぱりわかりませんが、公爵、出発しなければなりません」アシュトン船長が淡々と言った。「個人的な問題のようですから、お二人の間で解決なさってください」船長が手短に命令すると、彼らのまわりで興味津々で見物していた水夫たちは、あわてて持ち場に戻っていった。あわただしくふたたび広げられた帆は、船出のための最初の突風を待っていた。

「キング・ヘンリー号の上で何をしている、ケント？」マークが冷たく言い放った。

「あなたが行方不明になられたので、弟さんはとても心配なさってましたよ」ブライアンはおそるおそる言いわけした。「あなたはもうクリスタのことはあきらめたと思っていました。僕があなたの代わりに立候補したとしても、責められないでしょう。クリスタは魅力的な女性です。あなたに結婚の意志がないのに、彼女のベッドの中のあなたの居場所を借りてはいけませんか？　公爵でもあんな傷もので間に合わせるなら、僕が使ったってかまわないでしょう？」

マークを怒らせると手がつけられなくなると知り抜いているアレンは、ブライアンのうかつな言葉に思わずうめいた。

「もう十分だ、ケント」マークは短く言った。

だがブライアンは調子に乗って肩をすくめた。「喜んでクリスタを引き取りますよ。もちろん、ご存じでしょう。彼女がいったい何人の男と寝たかは、神のみぞ知るです。クリスタのように豊富な経験を持つ女はあなたのような身分の方には、とてもじゃないがふさわしいとは思えません。ラングトリー夫人のほうがずっとお似合いですよ」

ブライアンはまくしたてた。最初の言葉を口にしたとたん、自分の運命が決まっていたことにブライアンは気づいていなかった。

「君の寛大な申し出に、クリスタはどう答えたんだ？」

「うまくなだめてやれば、もうすぐ承知しますよ。彼女には夫が必要だし、僕は彼女のご両親のお墨付きですからね。もしあなたが出てこなければ、とっくに結婚していたんだ。たぶん子供だって生まれていた。あれだけ評判に傷がつけば、もう誰《だれ》も結婚を申し込みませんよ」

心の中で怒りを爆発させ、マークはブライアンに飛びかかった。マークの猛然たる攻撃を予期していなかったブライアンは、後ろによろめき甲板に倒れこんだ。マークは即座にその上に馬乗りになった。

「クリスタはおまえのような奴にはもったいない、下衆《げす》野郎め！」マークは歯ぎしりしながらののしると、こぶしで殴りつけた。

背は同じくらいでも、筋肉のたるんだブライアンは、マークの見事に鍛え上げられた身体《からだ》にかなうはずもなかった。上にのしかかられ、殴り返すどころか、マークの狙《ねら》いすました攻撃を一度か二度かわすのがやっとだった。アレンはブライアンがこれ以上暴力に耐えられないと見て取って、オマールに合図し、二人掛かりでマークを引き離した。

「もうそれくらいで十分だよ、兄さん」アレンは二人の手を振り払おうともがくマークを諭した。

オマールが手を貸し、ブライアンを立たせた。ひどく殴られたブライアンはよろめくように手すりにすがりついた。しかしまだ半分も復讐《ふくしゅう》した気になっていなかったマークは、アレンの手を振り切ってブライアンに飛びかかった。恐怖のあまり泣きだしたブライアンは、あっという間にマークの頭上に高々と持ち上げられ、逆巻く海に真っ逆さまに投げこまれた。一瞬の出来事で、アレンもオマールもマークの素早い動きを止められなかった。二人はなすすべもなく、ブライアンがしぶきを上げて水に叩きつけられ、必死に浮かび上がってくるのをただ見守っていた。

ブライアンの悲鳴を聞いて駆けつけたアシュトン船長が舷側《げんそく》からのぞきこむと、ちょうどブライアンの頭が水面にぽっかりと浮かび上がってきたところだった。「これはどうしたことです、公爵？」予期せぬ展開にいささかあわて気味に、問いただした。

「ケントさんに何があったんです？」

「ケント氏は急に君の船に乗って旅するのがいやになったらしい、船長」船長の非難がましい強面にもめげずに、すっかり上機嫌になったマークは、ぶっきらぼうに言った。「ごらんなさい」と下を指さした。「トローリング漁をしている平底船に、もう引き上げられたようだ」

ブライアンに怪我《けが》はないらしく、怒って小さな漁船の甲板を踏みならしながら、服を絞っていた。そして、急速に帆をいっぱいに張って、追い風に乗り速度を上げたキング・ヘンリー号に向かってこぶしを振り回した。

「これはきわめて異例な事態ですよ」すっかりあわてふためいてアシュトン船長が叫んだ。彼の船でこんなことが起きたことは一度もなかったのだ。マークの地位と国王との親交がなければ、アシュトンは彼を捕らえて鎖につないでいただろう。それでも、傷ついたのはケントの誇りだけなので、マークが嫌いな人間を追い払った横暴なやり口は見逃すことにした。

「予定が遅れた場合はそれ相応の見舞金を支払おう、船長」彼をなだめるためにマークは約束した。「マルセイユに着けば十分な金が手に入る。船賃を払い、かけた迷惑の償いはさせてもらう」

アシュトン船長はいくらか落ち着きを取り戻して言った。「キング・ヘンリー号には空《あ》いている客室がもうございません。すでにわたしの船室はある女性に提供しました。士官たちはあなた方と相部屋になっても気にはせんでしょう。準備ができるまで、ここでお待ちください」

「船長、待ってくれ！」マークは急に大声で呼び止め、当惑したように眉《まゆ》をつり上げているアシュトンに追いついた。マークのさらなる要求に真剣に耳を傾けるうちに、彼の眉はますますつり上がった。

船長は最初のうちはけげんそうな顔をしていたが、マークの話を聞くにつれ考えこみ、やがてしたり顔で大きくうなずくと、苦笑しながら大股《おおまた》に立ち去った。旅が終わってロンドンに戻ったら、何時間分もの醜聞《ゴシップ》を振りまくだろう。

一人で船室にいたクリスタは、甲板で何が起きているのかまったく知らなかった。レノアとエリッサが落ち着いたことを確認してから、船長が空けてくれた、舳先《へさき》にある広々とした船室を探索した。特に気に入ったのは、二つの長い窓で、そこから手すりのついた狭いバルコニーに出て、波の押し寄せる広々とした海を眺めることができる。クリスタはそこに立って、人生と、運命がもたらした不運に深く思いを巡らせていた。そっとドアが開いた音も、床の絨毯《じゅうたん》を踏む足音も聞こえなかった。

たくましい腕がクリスタのほっそりした腰を、引き締まった身体に抱き寄せた。クリスタは怒りに息をつまらせた。ブライアンが、キング・ヘンリー号で会えばクリスタが大喜びすると思いこんでいたそのずうずうしさには腹が立っていた。クリスタはてっきり彼がまた無断で部屋に入ってきたのだと思ったのだ。たとえマークが自分を求めなかったとしても、ブライアンを夫にはできない。どうしてもう望みがないとわかってくれないのだろう?

「やめて、ブライアン、何を……」

ふいに抱きしめる腕の力が強くなり、息が止まりそうになった。怒って振り返ったクリスタは、エメラルド・グリーンの瞳をぎらぎらさせているマークを見て仰天した。

「がっかりさせて悪かったな」マークはけわしい顔つきで言った。「でも君の友人はもうキング・ヘンリー号にはいない」

「もういないですって……?」クリスタはわけもなく笑い出した。「何をしたの、船から放り出したの?」

「そうだ」マークはにやりとし、腰にまわしていた腕をゆるめた。「がっかりしたか、クリスタ? だが奴に俺のものを盗む権利はない」

「そうなの、マーク? わたしはあなたのもの? 欲しいときだけなんじゃなくって?」クリスタはむっとしながらたずねた。

「怒るのも無理はない、クリスタ。でも俺があんなことをしたのは、少しは君にも責任があるだろう。あんなに行くなと頼んだのに、なぜロンドンを離れた?」

「あなたが正気に戻るのをずっと待ち続けているとでも思ったの? 地獄に行って戻ってきたような気分だわ。わたしの子の父親が、あなた以外にありえないとわかれば、帰ってくるとは思っていた。でもあんまり長くかかったから、ラングトリー夫人のところに行ってしまったんじゃないかと思って……。だからわたしはもう、あなたも、他の男も頼らない、そう決めたの。あなたの助けがなくても、わたしたちの赤ん坊を育てていくぐらいの財産はあるし」

「本当に俺が必要じゃないのか？　クリスタ」マークははっきりと探るようなまなざしを向けた。「俺が子供を奪われて黙っているとでも思うのか？」

クリスタは感情が昂《たか》ぶり、どきどきしてきた。彼のそばにいたいという抑えようのない気持ちを必死に抑えていた。だがあんな見下げ果てたことをしたのにもかかわらず、簡単に抱かれてしまって、彼を喜ばせるのは許せなかった。「子供のことをちょっとでも考えているなら、疑ったりせずに喜んだはずよ」

「そのことは謝るよ、クリスタ。でも俺の身にもなってくれ。君がケントに妊娠させられ、奴と行ってしまうつもりなんだと思いこんで、カッとなってしまったんだ。もし赤ん坊が俺の子なら、そんな真似はしないはずだろう？　それで同じ部屋にいるのも耐えられなくなってしまったんだ。俺は自棄《やけ》になって酒に溺《おぼ》れた。

酒屋に着いたとたん、自分の間違いにも、馬鹿げた嫉妬にも気づいた。君をひどく傷つけた。許してくれ、クリスタ。でも、そのときはもう俺は、前後不覚になっていた——両親は無惨な死をとげ、アブドゥーラに、領地も奪われ——そのことで俺はずっとおかしくなっていて、酒に頼るしかなかったんだ。酔いつぶれて、ようやく今日になって我に返ったとき、アレンが俺を見つけてくれた。あと一時間で君がフランスに向けて旅立つと聞かされてぞっとしたよ」

「あなたはわたしを捨てたわ、マーク」クリスタがむっとして言い返した。「あなたを許せるかどうか自信がないの。まだ——あなたのことを好きかどうかすらわからない」本心ではなかったが、マークは愛されていると信じ切っていて、クリスタにそれを認めさせたいのだ。少しは自分と同じ苦しみを味わえば、彼のためになるはずだとクリスタは思った。

「俺が欲しいんだろう、可愛いセイレーン、俺が君を欲しいのと同じくらい」マークは悩ましげに言うと、燃えるような目で見つめた。その言葉は高価な酒のようにクリスタを酔わせた。マークもそういうクリスタの姿に刺激されて、飢えるように欲情していた。

ゆっくりと、唇を重ねたとたん、荒々しく、激しいキスに変わった。マークは執拗《しつよう》に唇をこじあけ、強引に舌を差しこんで、抑えようのない反応を引き出した。キスはいつまでも続いた。息も絶え絶えになりクリスタが失神しそうになったとき、マークは唇を離し、じっと真剣なまなざしで見つめた。二人は、海から吹いてくる、熱い潮風のように、官能的で濃厚な予感にとらわれ、陶然となった。視線が絡み合った瞬間、クリスタの怒りは欲望に変わっていた。このかけがえのない男性を愛するあまり、矢も楯《たて》もたまらず、彼の腕の中に身を投げ出して、永遠に抱かれていたくなった。

マークにはなんの合図も必要なかった。指で素早くドレスの背中の紐《ひも》を探りあてた。

手品のように胴着がぱらりと落ちると、なめらかな肩と柔らかい乳房の頂が露《あら》わになった。すぐさま下着を留めていた紐をほどき、両手でさっと滑り落とした。

マークは、熱く魅惑的な肉体にうめき声をもらすと、珊瑚《さんご》色の先端を持った、やわらかなふくらみを両手で持ち上げ、乳首を順番にむさぼった。これだけでは満足できず、熟れた体を隅から隅まで味わおうと、残りの服も素早く脱がせ、全裸のクリスタを両腕で抱きしめた。

クリスタは、彼の熱をじかに感じたくて、シャツをはぎ取ろうとし、彼が全身ずぶ濡れなのに気がついた。「マーク、ずぶ濡れだわ！　どうして――」

「説明はあとだ、クリスタ」マークは息を荒げ、身体にはりつくズボンとシャツを脱ぎ捨てた。「久しぶりでもう待ち切れない」

全裸で目の前に誇らしげに立っているマークを見て、クリスタはその男性的でしなやかな身体の激しい猛襲を予期して怯《おび》えた。幅の広い肩から、その下の細い腰、引き締まった脇腹《わきばら》に目を走らせる。胸をおおっている巻き毛の深い森が徐々に細くなった先に、息を吹き返して屹立《きつりつ》したものが脈動していた。

怯えるクリスタを見て、マークは笑みを浮かべた。彼も同じように全裸のクリスタの美しさに昂ぶっていた。つま先立ちになって、背中をのけぞらせ、乳首で彼の胸を撫《な》でている彼女こそ、彼にとってすべての夢であり欲望のそのものだった。炎に吸い寄せられる蛾《が》のように、目が太腿《ふともも》を飾っている銀色の三角の茂みに吸い寄せられ、さらに彼のものは、どん欲に頭をもたげた。

両腕でクリスタを抱き上げると、大きな船長のベッドの真ん中にそっと降ろし、そのかたわらに膝《ひざ》をついた。彼女の美しさにうっとりし、小さくため息をつくと、唇を重ね、舌を深く差し入れ、探り、その甘さをむさぼった。ふいにこのじりじりさせられる唇から離れると、官能的な探索へと誘う胸に吸い寄せられた。唇と両手で愛撫《あいぶ》しながら、乳首を深くくわえこみ、ざらざらした舌をこすりつけた。

彼の口がさらに下りてゆくと、あえぎ声がクリスタの口からもれた。平らな腹と丸みをおびたヒップに熱く口づけしながら、最後に形のいい脚の間に隠されていた宝物を探しあてた。彼の舌が探りながら、熱く濡れた場所に入ってきて親密な愛撫を始めると、クリスタは息をのんだ。ゆっくりと両脚が広げられた。彼が思いのままに愉《たの》しめるよう、クリスタは彼の無言の要求に自ら身を委《ゆだ》ねた。愛の猛攻撃にあい、クリスタは次から次へと押し寄せる快楽に悶《もだ》え、うめいた。そして月を飛び越え、どこか遠い星に向かっていた。頭の中が真っ白になり、全身が、震える感情の固まりになった。

素晴らしい愛撫に恍惚《こうこつ》となっていると、彼がそっと上に移動してきた。唇が重なり、無謀にも新たな嵐《あらし》の中に引きずりこんだ。彼の唇に自分の味を感じ、理性も吹き飛び興奮したクリスタは彼の引き締まった尻《しり》をつかんで引き寄せ、入れて欲しくてたまらなくなっている場所に突き入れさせた。

マークはおのれの情熱の手綱《たづな》をしっかりと握り、クリスタがもう許してと叫ぶまで攻め立てた。ゆっくりと、辛抱強く、そして驚くほど毅然《きぜん》と、クリスタの情熱の炎をかき立てていく。「まだだ、クリスタ」ささやきながら、彼女の全身がうずいて燃え上がるまでキスを続けた。

クリスタはこの優雅な拷問に耐え切れなくなり、最後の瞬間へと導こうとした。彼のものを締めつけ、先をうながした。その柔らかくくじらすような感触に、彼の忍耐も消し飛んだ。二人は、誰にも止められないほど激しく、劇的な奔放さで同時に燃え上がった。マークがより深く突き入れた瞬間、クリスタは彼にしがみつき、花芯《かしん》にわだかまっていた甘いうずきをようやく解き放った。彼は愛撫に長《た》けていて、しかも強引だった。彼のものがまだ中で、硬いままなのを感じ、クリスタは彼のすべてが欲しくなって、きつく締め上げた。今度はクリスタは失望させられなかった。マークは容赦なく突き入れ、彼女を優しく高みへと導いた。

「マーク、愛してる！」叫びながら、彼を自分の揺りかごの中でぎゅっと抱きしめた。世界とすべてのものが回転しながら軌道から外れていった。

「君は俺のものだ、クリスタ」マークがうめくように答えた。「二度と離れようなどと考えるな」彼女のほっそりした身体が痙攣《けいれん》するのを感じて、マークは口を閉じた。

クリスタが激しく昇りつめると、それが引き金となった。マークも最後にもう一度、深く突き入れ、全身を震わせて、激しいクライマックスの渦に飲みこまれた。

24

仲直りした恋人たちは、腕と脚を絡ませ、乱れたベッドの上にぐったりと横たわっていた。一時間ほどしてからマークが先に目を覚まし、今までにはなかった優しい気持ちでクリスタを見下ろした。愛しているというだけでなく、彼の子を身ごもっているクリスタは、ますます大切な存在になっていた。激しい愛の行為で子供のことが心配になり、じっとクリスタの腹を見つめた。

赤ん坊がいるとは思えないぐらいクリスタはまだほっそりとしていた。父親になる期待感に胸を躍らせながら、マークは少しふくらみつつある下腹に、おそるおそる手を置いてみた。クリスタと彼の子がこの厳しい試練を乗り越えて生まれてくれさえすれば、男でも女でもかまわなかった。

クリスタははっとして目を覚ました。マークが不思議そうに自分の遺伝子が育っている場所を撫《な》でているのを見て驚き、唇をなめて湿らせてから、言った。「あんなふうに出ていったから、わたしてっきり……あなたが……」

「子供を欲しがってないと思ったか？」マークが言葉を続けた。「俺《おれ》は嫉妬《しっと》で目が曇っていたから、そう思うのも当然だ。今なら満足のいくようにすべて説明できる。君が身ごもっているのは俺の子供だということはわかっていたんだ。だからとてもうれしかった」

疑いを晴らそうとマークは延々としゃべり続けていたが、クリスタはぼんやりしていた。ふいにクリスタはマークがまだ結婚のことを何も口にしていないのに気がついた。愛人にするつもりなのだろうか？　クリスタがそんなことを考えているとも知らず、マークはお腹《なか》を撫でながら、無邪気な笑みを浮かべていた。

その時、控えめなノックがマークの楽しい想像をさえぎった。「どなた？」クリスタは返事をしながら、顔をしかめているマークに笑いかけた。

「エリッサです。アレン様から、お兄様用に服をひとそろいご用意したとの伝言です。一等航海士の部屋で待っていらっしゃいますとのことです」

「服？　アレンはどこで俺に合う服を見つけたんだ？」マークが聞き返した。「船長じゃないな、背は俺より十五センチは低かった」

「ケントさんがたくさん服が入っているトランクを置いていらっしゃったので。突然……姿を消してしまわれたのですが……」エリッサが笑いでむせつつ言った。

「アレンもいるの？」クリスタはびっくりしてたずねた。「あなたたち二人とも、どうやって船に乗ったの？　タラップが上がるまで甲板にいたけど見なかったわ」と、ふいにマークの服が濡《ぬ》れていたことを思い出した。「マーク！　まさか、あなたたちテムズ河に飛びこんだんじゃ……！」

「クリスタ、キング・ヘンリー号を捕まえるために泳いだのは二人だけじゃない。オマールもこの馬鹿《ばか》騒ぎに乗ってきたんだ。これでわかったろう。俺は自分のものを取り返すためならどんなことでもやりかねない男だと」

「マーク、あなたは頭がおかしいわ、それでも愛してるけど」

マークは無邪気に笑いながらドアのほうを振り返って、まだドアの向こうに立っているエリッサに声をかけた。「アレンにすぐに行くと伝えてくれ。それから船長には、着替えがすみ次第、甲板でアレンと二人でお会いしたいと言っておいてくれ」

クリスタがいぶかしげにたずねた。「何をするつもり？　いったいどういうことなの？」

マークは愛嬌《あいきょう》たっぷりに笑ってみせた。「レノアに君の着替えを手伝わせよう。一番いいドレスを着てくれよ」

「何を言い出すの？　なぜ一番いい服を着なくちゃいけないの？」

「結婚式には一番美しい格好がしたいだろう？　アシュトン船長に式を挙げる手はずを頼んだんだ。急ごう、クリスタ。一刻も早く、法的にも俺のものになってもらう」

「……わたしと結婚するの？　今？」

マークはいらいらして言い返した。「今そう言っただろう？」

「でも、わたし……あなたがどういうつもりなのか、わからなくて……」

「初めから妻にするつもりだった。俺の子は誰《だれ》にも私生児とは呼ばせない」

クリスタは目の色に合わせたブルーの絹のドレスをまとい、淡い金髪を、できたての銀貨のように輝かせ、マークの横に立っていた。マークもブライアン・ケントの一番いい服で同じように着飾っていた。まわりにはアレン、エリッサ、レノアとキング・ヘンリー号の乗組員が集まっていた。一番上等の服を着て祈禱書《きとうしょ》を持ったアシュトン船長が、二人を永遠に妻合《めあ》わせる言葉を読み上げた。

みな、二人がマルセイユに着くまで待てないのを不思議に思ったが、そんな素振りを見せる者はいなかった。マークのずばぬけた身分の高さのせいだけでなく、二人があまりにうれしそうだったので、そんなことを口に出させなかったのだ。マルボロ公爵がキング・ヘンリー号に乗船してから大騒ぎだったが、結婚式の日に、その驚きは頂点に達していた。

マークがかがみこんで頰《ほお》を赤らめている花嫁にキスをした瞬間、どっと大歓声が上がった。彼が形式的なキスではなく、ぴったりと唇を重ねて一分近くも濃厚なキスをしたからだ。マークがようやく妻を解放すると、船長が婚姻の成立を宣言し、クリスタの頬にうやうやしくキスをした。船長ほど遠慮深くないアレンは、兄が顔をしかめているのを見て、いたずらっぽく笑うと、クリスタの唇の上に軽くキスをした。マークは乗組員たちが自分たちもすると言い出す前に、素早くクリスタを婚礼パーティの豪華な晩餐《ばんさん》が整っている食堂に連れていった。

夜の帳《とばり》が下りる頃、新婚夫婦は誰にも干渉されない自分たちの船室へ逃げ出した。賑《にぎ》やかな祝賀会と数え切れない乾杯が交わされているうちから、早くもマークは頬を赤らめている花嫁に、見た目にわかるほど欲情していた。客たちはそれを見て、はやしたてた。だからマークが突然立ち上がり、クリスタの手をつかんで、何の断りもなく退席しても誰も驚かなかったし、断る必要もなかった。

愛する男、結婚したいと願っていた男と、やっと二人きりになれたクリスタは、わけもなく恥ずかしくなり、ドレスの背中の小さなボタンと格闘した。「手伝おう、クリスタ」マークはクリスタの手を下ろさせた。「マルセイユに着くまで、喜んでおまえの奴隷になろう。この日をずっと待っていた。やっと君を独り占めできる」

熟練した手がドレスを肩から滑り落とし、両手で胸を包みこむようにして、たくましい身体《からだ》に引き寄せた。船室の唯一の明かりである、天井で揺れるランタンと、二つの細長い窓から差しこむ明るい月の光に照らされ、クリスタの髪は炎のように輝いてみえた。「愛してる」マークがそっとささやきかけると、熱い吐息がクリスタの頬を撫でた。「初めて見た瞬間から虜《とりこ》になった。君のすべてに夢中だった」

「わたしもよ」クリスタの全身をいつもの官能的なざわめきが駆けめぐった。薄明かりの中で、クリスタの瞳《ひとみ》は黒く、神秘的に見えた。「死が二人を引き離しても、あなたを愛し続けるわ」

二人は恋に落ちたばかりの恋人たちのように、優しく、ためらいがちに手を伸ばして、愛撫《あいぶ》し、お互いの服を脱がせた。マークはそっとクリスタをベッドの上に降ろした。「今すぐ中に入りたい」

マークの指が直感に導かれるように、脚の間のビロードのような丘を愛撫すると、敏感な花の芯《しん》は熱く濡れはじめた。指が中に入り、動くたびに、クリスタの中で荒れ狂う波が寄せては返した。乳首を強く吸われ、熱く、硬く大きく張りつめたものが内《うち》腿《もも》に押しつけられた。

「気が狂いそうだ、可愛いクリスタ」マークはあえいだ。「他の女は君みたいに感じさせてはくれない」

二人は理性が吹き飛ぶまで愛撫し、キスしながら身体を絡み合わせた。マークの情熱の火がクリスタに燃え移り、二人の欲望は完全に一つになった。

マークは腰を突き上げ、熱くなったものを、たった一度で迷わずにクリスタのうずいているひだの中に突き入れた。それは燃えさかるたいまつだった。炎が、素晴らしい痛みとともに、クリスタを焼き尽くした。欲望のおもむくまま、二人は激しく性急に求め合った。マークは荒々しくクリスタに跨《またが》って、獰猛《どうもう》に悦《よろこ》びを爆発させ、まばゆい光と恍惚《こうこつ》感の中で果てた。二人はほんの少しうとうとし、すぐにまた飽くことを知らない情熱をぶつけ合い、激しく愛し合った。今度はクリスタが主導権を握った。手でまさぐり、唇でマークのそれを見つけると、深くくわえこみ、むさぼるように愛撫した。

夜明け前、二人は求め合うまま、もう一度、身体を重ねた。灼熱《しやくねつ》の太陽が天に昇ると、二人は空腹を感じて、ようやく新床を抜け出した。

数日後、アシュトン船長からもう一つ結婚式を挙げることになったと聞いて、クリスタは喜び、マークは複雑な気持ちになった。今回はエリッサとアレン、そしてレノアとオマールの二組を結婚させる大役をつとめるというのだ。何が何やらわからなくなった船長は、この航海はいつもの退屈な行き来ではなく、新婚旅行なのだと考えることにした。きっと一生忘れられない、自慢できる経験になるだろう。

南フランスの城はマルセイユからは半日ほど行った、ミラマの村にほど近い場所にあった。マークが銀行に行って船長への支払いを用意している間に、アレンは女性たちのための四輪馬車と、男たちが乗る馬、そして大量の荷物を乗せる大型馬車を雇った。マルセイユを発《た》つ前に、買い物を楽しんで、どうしても必要だったマークたちの服と、女性たちの上下そろいの服を数着、手に入れたのだ。それからようやくマルセイユを出発したのだが、クリスタは次第に、約束とは違う花婿を両親に紹介するのが不安になってきた。

夕暮れになって一行は、クリスタだけをのぞいて、これから起こることを何も知らないまま、城へと到着した。でもそんな心配は無用だった。クリスタたちは熱烈に歓迎された。クリスタは再会の興奮に包まれながら、南フランスの穏やかな気候のおかげで、母が快復していることに気づいた。涙を浮かべている母は、病み上がりのようには見えなかった。ホートン夫人は、小柄ではかなげな女性だが、娘と同じく、気の強いところがあった。

クリスタが今も変わらずハンサムな父の腕の中に飛びこんでいくと、彼は笑顔になり、いかめしい顔が少し和らいだ。ウェズリー卿《きょう》は、家族に対しては軍人ぶったところもなく、優しかった。そのことを一番よく知っているのはクリスタだった。父親の力強い腕に抱きしめられ、そのやせた大きな身体を感じながら、そのことを実感していた。

これに遅れまじと、クリスタの弟と妹が大声を上げながら走ってきた。十二歳のウィルは半ズボンに半袖《はんそで》のシャツを着た、背の高いやせた少年だった。ウィルは歓声を上げて大好きな姉に抱きついた。妹のコーラは八歳、金髪は長い巻き毛で、クリスタとよく似たいたずらっぽい青い瞳をしていた。喜んではいたが、騒々しい兄よりは控えめだった。

家族の心のこもった抱擁がすみ、クリスタは後ろで待っている一団を振り返った。両親はクリスタを優しく見守っていた。クリスタは彼らを一人一人紹介してゆき、マークのことはわざと最後にまわした。彼をかたわらに引き寄せ、クリスタは気持ちをこめて言った。「パパ、ママ、彼が夫のマーク・キャリントン、マルボロ公爵よ」

「何、お――夫だと！」ウェズリー卿が怒鳴《どな》った。「どういうことだ？　ブライアン・ケントはどうした？　彼との結婚が決まっていたんじゃなかったのか？」

「まあ、クリスタ」ホートン夫人がため息混じりに言った。「何があったの？」

「わたしは、好きな人と結婚しただけよ」マークを愛のこもった目で見上げたので、老夫婦は顔を見合わせ眉《まゆ》をつり上げた。

マークは、きちんと話をしなければ、ウェズリー卿はそう簡単に自分のことは認めてくれないだろうと覚悟していた。彼はマークが差し出した手を礼儀正しく握ったが、感激しているようには見えなかった。きちんと説明をして、この冷たい態度が変わるよう祈るしかないだろう。

「ママとパパには、細かいことまで何もかも知る権利があるし、マークとわたしには喜んで答える義務があるわ。でもあとにしましょう。この興奮がおさまって、お客様が落ち着いてからね」

ウェズリー卿はぞんざいにうなずくと、あからさまに疑わしげにマークを見つめ、一行を城の中へと案内した。その城は、深い森に包まれた丘と、青々とした草の茂る谷間に抱かれるようにして立っていた。

「クリスタ、あなたが解放されたあと、チュニスに戻ってきたブライアンから聞いたのだけど……あなたは海賊とアブドゥーラに……」ホートン夫人がためらいがちにたずねた。クリスタ、マーク、親たちを残して、他のものたちはそれぞれ与えられた自分の部屋へ引き上げていた。クリスタは二人の出会いと、この一年間に起きた出来事をすべて説明した。

「ブライアンは間違っているの、ママ」クリスタははっきりと否定した。「誰もわたしには触れていないのよ……そういう意味ではね。マークがコンスタティーヌの正当な後継者、アーメド王子だということは話したわよね。アブドゥーラは、マークを失脚させ、苦しめるためだけに、わたしを利用したのよ。わたしのことは拷問の一手段にすぎなかったの」この簡単な説明で二人が納得してくれるようクリスタは祈った。

「それから……他にも話すことがあるの。マークの子がお腹にいるのよ」

「何もかも常識外れだ」ウェズリー卿が叫んだ。「おまえをきちんとした娘に育てるためにわたしたちは最善の努力をしてきた。数日前に船の上で結婚したことは認めたが、今度はすました顔で妊娠していると言う。あまりに早すぎるんじゃないのか？ケントくんが婚約を解消するのも無理はない。いったい、どうしてしまったんだ？」

不満は娘にぶつけられたが、けわしい視線はマークにひたと向けられていた。父親は、娘が堕落したのは、マークのせいだと決めつけていた。

「責めるならこのわたしを責めてください、ウェズリー卿」マークはすぐにクリスタをかばった。「わたしが強引すぎたのかもしれません」

「滅茶苦茶だ！」ウェズリー卿は顔を真っ赤にして咳払《せきばら》いをした。結婚して長年経っているが、一途《いちず》な若者の気持ちがわからないほど、年老いてはいなかった。

「とりあえず、やっと会えてうれしいわ」ホートン夫人はため息をついた。「二人とも幸せそうね」

「わたしは彼女を愛しています、ホートン夫人」マークは言った。「クリスタとわたしの子を自分の命よりも大切に思っています。そして何よりもお願いしたいのは、このわたしを、家族の一員として認めていただきたいということです」

「もちろんよ」ホートン夫人は微笑《ほほえ》んだ。「わたしたちはクリスタに幸せになってもらいたいだけよ、ねえウェズリー？」と、夫の脇腹《わきばら》を突いて、つけ足した。

「ううむ！」ウェズリー卿は一瞬ひるむと、とがめるような視線を妻に向けた。「もちろん、もちろんだよ」寛大にも父はクリスタたちのことを許した。「クリスタが満足ならわたしも満足だ。決めるのはいつもクリスタだからな。歓迎するよ、公爵……いや、マーク」

「もうすぐおばあちゃんになるなんて信じられないわ」ホートン夫人がうきうきした声で言った。

さすがのウェズリー卿もクリスタが妊娠していることを思い出して、表情を和らげた。クリスタがイギリス最高位の公爵を射止めるとは、大したものだ。ケントもいい青年だが、クリスタが望まぬ以上、結婚を強《し》いる気はなかった。彼はそれほど娘のことを愛していたのだ。

「パパ、大好きよ！」クリスタはそう叫ぶと、父親に抱きついた。「それにママも。必ず幸せになるわ。マークがいる限り、わたしは幸せなの。彼がわたしの命なのよ」

城で過ごしたこの数ヶ月が、若いクリスタの人生でもっとも幸せな時期だった。両親と弟妹に再会し、親しい者たちに囲まれ、そして――マークがそばにいた。たいていは二人きりで、たまにアレンやエリッサと一緒に、マルセイユ周辺の田園を散策して過ごし、地元の市場に足を運ぶこともあった。二人は時々、小川の岸辺のいい香りのする草の上で、そしてふだんは誰にも邪魔されない部屋の大きなベッドの上で愛し合った。クリスタのお腹が大きくなるにつれ、二人の行為は穏やかなものになっていたが、ある意味、満足感は今まで以上に深まった。この輝かしい日々と二人の幸せを壊すことは、誰にもできないかに見えた。

ところが、ある日、ウェズリー卿のもとに国王からの召喚状が届いた。もしホートン夫人の体調がよくなったのなら、即座に拝謁《はいえつ》するようにとのことだった。ウェズリー卿はすでに引退するつもりだったが、断り切れない重要な役職につくことになったのだ。アブドゥーラに身代金を支払ったせいで、裕福とはほど遠い状態になっていたことも、ウェズリー卿が着任を決意した理由の一つだった。それに、国のためにもっと尽くしたいという熱意もあり、それだけ元気でもあった。ホートン夫人の病気も劇的に快復していたので、本分を尽くそうと決心したのだ。

二週間以内に出発することが決まり、ホートン夫人はがっかりした。孫の誕生に立ち会いたかったのだ。お産は二ヶ月以内に迫っていたが、クリスタはレノア一人で大丈夫だと言い張った。母親がいてくれればうれしいが、マークさえいてくれればよかった。ホートン夫人もレノアがいれば大丈夫だろうと思い、マークが赤ん坊を連れて旅ができるようになり次第、ロンドンに戻ると約束したので、渋々夫と一緒に行くことにした。

ホートン夫妻が出発してすぐ、マークはアレンとオマールを連れて、あわただしくマルセイユへ向かった。主な目的は銀行へ行くことと、数週間前に注文した金の結婚指輪を取ってくることだった。ところが波止場に停泊していたアルジェリアの船を見たとたん、そんなことは風の前の塵《ちり》のごとく消し飛んでしまった。マークはその場で、その船に乗りこみ、船長から話を聞くことにした。祖国のうわさを聞いたのは何ヶ月も前だったので、アレンもオマールもこぞって賛成した。

一番、故郷を懐かしがっていたのは、兄のように長くイギリス暮らしをしていない、アレンだった。オマールは王子についていけさえすれば満足なのだった。

ハミド船長は、彼らの身分を知ってからは、とりわけ快く迎え入れてくれた。食事に招待され、豪華な料理を楽しみながら、ハミド船長の話は当面の計画だけでなく、彼らの未来をも変える可能性があるとわかった。数時間後、険しい顔で緊張したまま船を降りたときには、指輪のことは完全にマークの頭から消えていた。銀行にちょっと寄っただけで、すぐに城に引き返した。マークが城に戻ったときにはあたりは真っ暗で、みなすでに床についていた。

暖かさが恋しくなり、クリスタは暖炉に火をくべるように頼んでおいてよかったと思った。冬が近づき、肌寒くなっていた。自分の小さな世界に満足しきっている間に、夏が過ぎてしまったことは残念だった。自分の家族、そしてマークへの愛の他には、何も存在しないかのようだった。憂鬱《ゆううつ》なときには、あまりにも幸せすぎて、こんな日々は長くは続かないのではと不安になった。

クリスタは、冷気が入ってこないよう閉めてある、両開きのガラス戸に近づき、マークがとっくに戻っていいはずなのにと、外の闇《やみ》をのぞきこんだ。両手をふくらんだお腹に当てて、赤ん坊が元気に動いているのを確かめると、いつも彼の父親が満足させてくれるのと同じような感覚が身体に走り、いとおしくなって微笑んだ。

クリスタが赤ん坊を男の子だと決めつけていたのは、マークに息子を産んであげたいという気持ちが強かったからだ。クリスタは、ちらちらと揺れる暖炉の明かりの中で、薄い絹のナイトガウンの下に見事な身体の曲線を浮かび上がらせ、落ち着かない様子で立っていた。マークがすでに階段を登ってきていたことに気づかなかった。音もなくドアが開き、入ってきたマークはクリスタと鉢合わせした。もの思いに耽《ふけ》っていたクリスタは、がちゃりと掛け金が外れる音を聞いて、さっと振り向くと笑顔で夫を迎えた。

「待っていたのよ」うれしそうな、かすれた声を聞いて、マークはくらくらした。百歳になっても、このクリスタの姿を忘れないだろう。その透けるガウンでは、クリスタの魅力は隠しきれない。身体が一回り大きくなったが、彼にとってはもっと美しくなったように見えた。官能的な肉体のすべてを探索し味わい、知り尽くしてはいても、彼女を見つめ、求め、愛することに、飽きることはないだろう。妊娠したせいで大きくなった乳首が薄いガウンを突き上げて優しい愛撫を求め、身体も愛撫を待ちこがれ、脚の間の淡い三角の茂みは彼のものになることを願っていた。彼の熱いまなざしを受け止めながら、クリスタは顔を上げ、すんなりした首を見せ、輝く髪が銀色のヴェールのように背中を撫でていた。彼女を置いていくことなどできるだろうか？　マークは悲痛な思いで自問自答しながら、自分の運命と向き合うためにクリスタに近づいた。

「あまりにも美しすぎて、見ているのが辛いくらいだ」マークは自分がこれからしようとしていることに腹を立てながら言った。

「ねえ、マーク……」クリスタは敏感に、彼が何か心配事をかかえていることに気がついて、言った。「もう寝ない？」

「君と愛し合うくらい楽しいことはない、クリスタ」マークがかすれた声で言った。

「でも俺たちの子供を傷つけたくないんだ。本当に大丈夫なのか？」

「出産前にするのは、これが最後になるかもしれないけれど、あなたが欲しいの」クリスタの言葉は予言めいていた。「わたしはそれほどひ弱じゃないし、赤ちゃんはちゃんと子宮に守られているから大丈夫。もう一度ぐらいできるわ」

　これからしばらく会えない日々が続けば、二人で過ごす夜はこれが最後になる。この夜を忘れられないものにしようと心を決めていたマークは、クリスタの誘いを拒めなかった。二人はぴったりと唇を重ね、たがいに激しく欲情するまで、深い口づけを続けた。マークはさっと離れると、理屈抜きに愛している女性を欲情に曇った目で見つめながら、素早く服を脱いだ。

クリスタはその様子をうっとりと見つめていた。暖炉のオレンジ色の光が、彼の上でちらちらと踊るように揺れ、つややかな髪と日焼けした顔が輝いている。たくましく均整の取れた身体の美しさには見るたびに打たれた。その男らしい魅力にうっとりし、彼の猛《たけ》り立つ短剣を埋めて欲しくて身体がずきずきした。

男性的な美しさにあふれたマークが、さっとクリスタの薄いナイトガウンを滑り落とした。ベッドの上にそっと降ろされ、クリスタは彼を見上げて微笑んだ。

その日の交わりは、単なる楽しみをはるかに凌駕《りょうが》していた。クリスタの身体でマークが触れなかった場所はなかった。マークは手と舌と口を巧みに総動員して、彼女を何度も絶頂寸前まで追いつめ、目も眩《くら》むような喜悦の光で満たした。マークが考えつくあらゆる方法で愛してから、つややかな頭を股間《こかん》に埋めると、クリスタの唇から何度もあえぎ声がもれた。やがて激しい快楽の波が押し寄せ、全身を貫き、クリスタは絶頂に達した。彼にも同じように感じて欲しくて、クリスタも同じ刺激的なやり方で反撃した。彼のうめき声が忘れられないメロディーのように耳に響いた。

これ以上、この絶妙な拷問に耐えられなくなり、マークはクリスタを楽しい役目から解放した。マークはクリスタの名を繰り返し呼び、絶頂が近づいていることを知らせた。彼女の身体を、ゆっくりと優しく、そそりたつ大理石の柱の上に下ろしてゆき、彼の男性そのものでいっぱいに満たした瞬間、クリスタは喜びの悲鳴を上げた。彼のすべてが欲しかった。すべてを自分のものにするために、クリスタは自分から彼の上に跨った。――たとえ明日死ぬことになっても満足だと、マークは思った。男なら誰もが一生かけて探し求めるような体験を、自分はもうつかんだのだから。

25

「明日、発《た》つよ」マークが静かに言うと、腕の中にいたクリスタは身体《からだ》をこわばらせた。「君はすぐにイギリスに戻って両親のそばにいるんだ」

「まさか、嘘《うそ》でしょう？」クリスタが泣き叫んで、しがみついたので、マークは決心が揺らぎそうになった。「さっきあなたが部屋に入ってきたとき、おかしいと思ったの。なぜ？　どうしてわたしを置き去りにするの？」

「行きたくはない、でも行かないわけにいかないんだ」苦悩に満ちた声で言った。

「今日、コンスタンティーヌが大混乱に陥っていることを知った。アブドゥーラが、アルジェリアの君主《ベイ》に公然と逆らったそうだ。コンスタンティーヌの住民に税金をかけたせいで、反乱が起きそうになっている。奴は残酷にも自分に服従しない者を全員処分した。市民の代表団はアルジェリアのベイにアブドゥーラの圧政を終わらせて欲しいと請願した。太守が表立ってアブドゥーラを非難すると、奴は仕返しに太守のキャラバンを襲撃し、貴重な収入源である商品を略奪した。こんな馬鹿《ばか》げた真似《まね》をするとはアブドゥーラは狂っているとしか思えない」

「でもあなたはそのことと、どんな関係があるの？」クリスタは憤慨して言った。

「領地のことはもうあなたには関係ないと思っていたのに。あなたはマルボロ公爵なのよ。わたしたち、子供と一緒にイギリスで生きていくんじゃなかったの？」

「マルセイユに停泊していたアルジェリアの船の船長から、ベイがアブドゥーラを攻める準備をしていると聞いた。以前彼は、兄弟の争いに介入することを拒否した。だが彼が介入する気になった以上、これでアブドゥーラの支配も終わりだ。俺《おれ》は、名誉にかけて、この結末を見届けねばならない。すべて解決すれば、死んだ両親も浮かばれる。アレンとオマールも一緒に行く。我々は明日、ハミド船長とともに出帆する。すべての手はずは整っているんだ」

「そんなに簡単に？　出ていってしまうの？」クリスタの声は次第に悲鳴のようになっていった。「戻ってくるという保証はあるの？　支配者としての地位を引き継いで、ベイとしてコンスタンティーヌに残ることにはならないのね？」

「俺たちの子が、俺が戻るという証《あかし》だ」マークはクリスタが自分を疑っていることに、唖然《あぜん》としながら言った。「俺が信用できないのか？　俺の気持ちを疑うのか？　少しの間、離れていても、揺らぐことはないと思っていたんだがな」

「わたしたちはいつも別れの連続だったわ」クリスタが辛辣《しんらつ》に言った。「アレンもよくエリッサを置いていけるわね、エリッサももうすぐ赤ちゃんを産むのよ」

「それは弟たちの問題だ、クリスタ。俺が心配なのは君と子供のことだ。クリスタはどっちにいたいんだ？　叔母さんが遺してくれたロンドンの邸《やしき》か？　それとも俺の別邸か？」

「あの邸は両親にあげたわ」クリスタはつんとして言った。

「それじゃ俺の別邸に行くといい。俺が戻るまで、使用人たちが面倒を見てくれるだろう。社交界にもまた顔を出せるよう手紙も書いておく」

「そんなことはどうでもいいわ。不安なのよ、マーク。怖いの、もしあなたが……」

「考えすぎだ、クリスタ。命がある限り、帰ってくる。君は俺の宿命《キスメット》なんだ。二人がともに歳を重ねることが神のご意志だ」

「コンスタンティーヌのベイになることも運命なんでしょう？　あなたの新しい人生の中に、わたしにふさわしい場所はあるの？　アブドゥーラが処分されたら、あなたが跡を継ぐの？　教えて、マーク」クリスタは迫った。「お父様の望みをかなえるつもりなんかないと言って」

緊迫した長い沈黙が流れた。クリスタの将来への夢と希望は今にも消えそうだった。ようやくマークが口を開いた。「コンスタンティーヌで、何が起こるのかはわからない。俺にすら予想はできないんだ」その返事は希望にはつながらなかった。「でも、俺たちの人生で一つだけ確かなことがあるとしたら、それは君への愛は絶対に消えないということだ。もしコンスタンティーヌの支配者になる運命だとしても、帰ってくる。君を連れていくことになったとしても。だが今は、両親を殺したアブドゥーラにもうすぐ裁きが下るということ以外、何も考えられない。俺は、何があっても絶対に——」マークは強く繰り返した。「その場にいなければならない。もちろんオマールもだ」

「あなたの気持ちはわかるわ、マーク、本当よ」クリスタはどうにもならないことだとあきらめて、とうとう言った。「あなたのことが心配なのよ。どのくらい向こうにいる予定なの?」

「ひと月だ、クリスタ。長くても六週間ですむ。子供が生まれる前に戻れるはずだ。これがすんだら、二度と離ればなれにはならない」

それはクリスタの望みとは違っていたが、平淡な人生になるだろうとも思っていなかった。マークとは二度と会えないと思っていた時期もあったが、キスメットが二人を再会させてくれたのだ。もう一度、信じるしかない。でも今は、自分がいるべき場所にいる。愛する男の腕の中に。今宵《こよい》はまだ時間がある。もしその気になれば、夜明けも追い払えるかもしれない。

「マーク、もう一度、抱いて。考える時間はいらないわ、感じるだけでいいの」

マークはクリスタにおおいかぶさり、夜明けがその魔法を解いてしまうまで、クリスタの望むすべてのものを与えた。

翌日、マークが出発する直前に、思ってもみなかったことが起こった。エリッサが、アレンに説得されて、一緒にアルジェリアに同行すると言い出したのだ。クリスタはすっかり憤慨し、即座に反対した。

「わたしはだめなのに、なぜエリッサはいいの？　レノアも行けないんでしょう？」クリスタは青い瞳《ひとみ》を怒りにきらめかせて言った。

「エリッサはアルジェリアの人間だから」アレンが辛抱強く言った。「彼女は何も言わないけれど、僕と同じように祖国が懐かしいんだよ。アルジェリアに親戚《しんせき》もいる、そこなら安全なんだ。でもあなたは外国人だから、危険だ。あなたの子供もね」

「エリッサも妊娠してるわ」

「エリッサは出産までまだ何ヶ月かあるが、俺たちの子はもうすぐ生まれる」マークがクリスタの大きなお腹《なか》を不安そうに見つめながら、口を挟んだ。

「あたし、アルジェリアで子供を産みたいの」エリッサが気遣いながら言った。「怒らないでちょうだい、クリスタ。あなたみたいな友だちは他にはいない。アラーの思し召しがあれば、また会えるわ」

「エリッサ、あなたに怒ってるんじゃないのよ」クリスタはエリッサを抱きしめながら言った。「あなたがいなくなったら寂しくなるわ……」

「クリスタ、俺たちの子供のことを考えてくれ。街中に危険と陰謀が潜んでいるアルジェリアで、産みたいとは思わないだろう？　安全なイギリスなら、俺も安心だ。オマールも、君の世話をするためにレノアを残していくべきだと言ってくれた」

そしてマークはクリスタにキスした。クリスタは、アブドゥーラがマークを一生奴隷にしてやると宣告したときと同じくらい、寂しかった。

冬のロンドンはわびしかったが、ロンドンに戻ってからの最初の一ヶ月はなんとか耐えられた。マークが約束通り、邸の管理人ベントン宛《あて》に書いておいてくれた手紙をクリスタが渡すと、温かく出迎えてくれた。というより使用人全員が親切で、有能な者たちばかりだった。たまに両親や弟、妹たちにも会えたので、孤独とは無縁だった。

ホートン夫人はこれで孫の誕生に立ち会えると、大喜びだった。愛する祖国を何年も留守にしていたため、ウェズリー卿《きょう》が国王からロンドンでの仕事を仰せつかったことも喜びの一つだった。

マークはもう一通、ピーター・トレントン卿宛に手紙を書いていた。その中で、自分たちが結婚したことを伝え、クリスタが公爵夫人として認められ、相応の敬意を払われるようにして欲しいと頼んでいた。ピーター卿はこの仕事に責任を感じて、すぐにクリスタを訪ねてきた。おかげで新しい友人と温かい付き合いが始まり、やがてクリスタは貴族たちと交流するようになった。だが、出産が間近だったので、ほとんどの招待は辞退した。それでもマークのおかげで、上流社会に円滑に復帰できたことに変わりはなかった。あんなうわさが流されたにもかかわらず、公爵夫人という新しい地位のおかげで、実際、クリスタは着実に受け入れられたのだ。

　ロンドンに来れば、ウィロー・ラングトリーがまたもや何か仕掛けてくるのではないかと不安だったが、しばらくしてラングトリー夫人はもはやクリスタとマークの敵ではないことがわかった。亡き夫の遺産は自分のものだというラングトリー夫人の訴えは退けられたのだとピーターが教えてくれた。彼女は自分のわずかな資産だけでは到底暮らしていけず、年老いた伯爵と結婚したというのだ。伯爵はすぐに彼女を田舎に連れて帰ったので、もう隠居同然だった。ラングトリー夫人がさぞや意気消沈しているだろうと、クリスタは哀れみに近いものを感じた。彼女が忌み嫌っていたつまらない毎日をやむなく強《し》いられ、華やかなロンドンの暮らしが恋しいに違いない。だがそれも自業自得なのだ。どんなに彼女が辛《つら》かろうと、心の底からは同情する気になれなかった。

　六週間が経ち、クリスタとレノアは、夫たちの帰りを待ちわびていた。四輪馬車の車輪の音や馬のいななきが聞こえると、二人は窓辺に走り寄った。その年、一番憂鬱な時期だった。

二ヶ月目の終わりになると、帰れなくなるような恐ろしいことが起きたに違いないとクリスタは半狂乱になっていた。出産が差し迫っていなければ、すぐに彼を捜しに出かけていただろう。レノアとホートン夫妻はクリスタを励まそうと手を尽くしたが、彼女の落胆をどうすることもできなかった。

二月の風の強いある日、未来のマルボロ公爵となるマイケル・マーク・キャリントンが大きな産声を上げ、この世に誕生した。立ち会ったのはレノア、ホートン夫人、トレントン夫人で、体重はおよそ三千百グラムだった。頭の産毛《うぶげ》は、父親のつややかな髪と同じ色だったが、瞳の深い青色は他のイギリス人の子供の目と同じだった。

すべてが順調に進み、レノアが長年の監禁生活の間に得た薬草と薬の知識のおかげで苦痛もほとんどない出産だった。ありがたいことにマイケルはあまり大きな子ではなかった。もしそうでなければ、これほどお産が軽くはすまなかっただろう。華奢《きゃしゃ》なクリスタにしては、見事に出産を乗り切った。マークがこのうれしい瞬間に立ち会わなかったことが唯一寂しかった。マークにとって、あの約束は無意味だったのだろうか？

厳しい冬の寒さが和らぎ、穏やかな春が訪れると、だんだんとマイケルの個性が芽生えはじめた。クリスタは、マークがあまりにたくさんのことを知らずにいるのが残念で仕方なかった。もう旅立って四ヶ月になる。子供のことや、クリスタが心配して待っていることを、忘れてしまったのだろうか?

ピーターが足繁く訪ねてきて、ふさぎこんでいるクリスタを笑わせて、慰めてくれた。マークと彼らの大学時代のいたずらの話は、そのときは気晴らしになった。しかし彼が帰ると、クリスタはすぐにまた沈みこんでしまうのだった。

マークに何が起こったのか、想像するのは難しくない。アブドゥーラがコンスタンティーヌから排除されれば、当然マークがベイとしてのアーメド王子の任につくことになる。時が経つにつれ、マークに戻る気がないことが徐々に明白になるような気がした。彼の約束はすべて言葉だけだった。彼にとってはベイ・アーメドとしての人生のほうが、妻子よりも重要なのに違いない。それも当然だろう。アブドゥーラのハーレムには、クリスタよりももっと若くて美しい処女が集められているのだから。

暖かくなってくると、新鮮な空気に触れながら、マイケルに草原を裸足で歩かせることができる田舎に憧《あこが》れるようになった。両親に相談し、ロンドンの別邸から半日で行ける、マルボロ郡の領地に出発した。

クリスタは広大な邸の掃除と家具の入れ替えに没頭した。退屈で規則正しい生活の中で、いつのまにか何日も過ぎていった。ピーターが訪ねてきて、クリスタに辛い思いをさせているマークをののしって帰っていった。彼がいなくなると、クリスタは息子と二人きりになり、自分だけの小さな世界に戻っていった。もしマークが自分のものにならないのなら誰《だれ》もいらなかった。自分だけの小さな家族と田舎で生涯を送ればそれでいい。彼女は残りの人生を生きていくのに十分な愛を得た。でも愛は傷つくだけだ。

クリスタはリンゴの木の下で寛いでいた。こんな素晴らしい日にのんびりするには果樹園は最高だった。クリスタは自分の手で子供を育てることにこだわっていたが、マギーという地元の少女をマイケルの世話をするために雇ってあったので、時々こっそりと邸を抜け出し、ほんの一、二時間、一人になることができた。

一人きりになると、運命に引き裂かれる前にマークと分かち合ってきた日々に、いつのまにか思いをはせていた。乾いた大きな石が喉《のど》につかえたような、どうしようもない暗い気持ちだった。目を閉じると、愛する彼の、野性的で高貴な真っ黒に日焼けした顔と、エメラルドのような澄んだ輝きを持った目、引き締まった身体、豹《ひょう》のような敏捷《びんしょう》な身のこなしが浮かんでくる。そして情熱的に彼女を燃え上がらせ、魂を暖める彼の愛撫《あいぶ》。耳もとで愛をささやく深い声とともに、笑ったときに顎《あご》にできるえくぼが、踊るように脳裏に浮かんだ。気がつくと、彼が話すときの優しい、よく通る声を想像し、腕に抱かれたときの温かくやわらかで、情熱に満ちあふれた感触を思い出していた。

眠っているときでさえ、その声は理屈抜きに彼女に呼びかけてきた。「起きてくれ、クリスタ」

いや……！　抗う声が悲鳴のように心の底から飛び出して、唇の上で消えた。夢の中ですら彼を失った痛みに悩まされるなんておかしい。

「クリスタ、別邸から出ていったと聞いて、気が狂うかと思ったぞ。ベントン夫人が田舎にいると教えてくれるまでは」

クリスタは急に動くと彼が消えてしまうのではないかと思って、ゆっくりと目を開いた。「マーク？」信じられないというようにつぶやいた。

マークはクリスタのそばにひざまずいて、出産後も非の打ちどころのない華奢な身体を思う存分に眺め、その美しさと上品な身のこなしに感嘆した。

「戻ってくると言っただろう、クリスタ」マークは優しくたしなめた。「こんなに長く留守にしてすまなかった、でもどうにもならなかったんだ」

彼の腕の中に飛びこみ、一緒に柔らかな草むらに倒れこんで、クリスタは笑い泣きしながら、彼の名前を繰り返し呼んだ。「わたしたちのことなんか忘れたと思ってたわ」

「君と自分の息子のことをか？」マークが厳しい声で言った。「よくそんなことが考えられるな？　守るつもりもない約束などしないよ。俺たちの息子に会ってきたよ。邸に寄ったときに、レノアが会わせてくれたんだ。あの子はすべて完璧《かんぺき》だ。目は君みたいな青になるだろう」

「青みがかった緑よ」クリスタが訂正した。「あなたが喜んでくれてうれしいわ。発つ前に話し合ったようにマイケルと名前をつけたの」

「出産に立ち会いたかった」マークがすまなそうに言った。「大変だったか？」

クリスタは肩をすくめた。「思ったほどじゃなかったわ。でも、レノアがいてくれなかったら、それとレノアが処方してくれた薬草がなかったら、乗り越えられなかったかもしれない。マイケルが喜びをくれたから、苦痛は帳消しになったわ」

「君には驚かされる」マークは緑の目を輝かせ、感心したようにつぶやいた。

マークはクリスタを抱きしめようとしたが、どうしても聞きたいことがあって、クリスタは顔をそむけた。「もう四ヶ月になるのよ、マーク。なぜこんなに時間がかかったの？　いろんなことを想像して、気が狂いそうだったわ」

マークは身体を起こして木によりかかると、クリスタが少し抗うのを無視して腕の中に抱き寄せた。「最初から話したほうがよさそうだ。細かいことまで全部話さないと君は納得しそうもないからな」

クリスタは彼が一息入れる間、愛する人の顔をじっと見つめていた。端正な顔は黒く日焼けし、鮮やかな緑の目の隅にある笑い皺《じわ》は深くなり、頬《ほお》には深い切り傷ができていた。でもそれは容貌《ようぼう》を損ねることはなく、かえってその魅力を高めていた。

「我々は、アルジェリアのベイの軍隊をコンスタンティーヌに導き入れるのになんとか間に合った」マークが説明した。「アブドゥーラの歩兵部隊はよく訓練されていた。おまけに障害となったのは軍隊だけではなかった。コンスタンティーヌの街は難攻不落だ。高い城壁、深い堀、町に通じている監視つきのはね橋が、アブドゥーラを守っていた。というより奴はそう思っていたんだ。

歩兵部隊が馬に乗って出撃し、ベイのキャラバンを襲撃してはすぐに城に撤退した。アブドゥーラに近づく方法がないので、ベイは勝利をあきらめそうになっていた。アレンと俺が説得するまではな」

「アレン！　彼はどこにいるの？」クリスタが不安そうに聞いた。「それにオマールとエリッサは！　みんなあなたと一緒なの？」

「それはあとのお楽しみだ、クリスタ。あとのな」マークがいたずらっぽく言った。「それでどこまで話したっけ？　そうだ、アレンも俺も、ずっと前に父が教えてくれた、町に入る秘密の入り口を知っていたんだ。町に入るには、自然の石でできた四つのアーチになった道を通るしかない。アレンと俺はルメル川の岸辺の岩をくり抜いて造った五つ目の道を知っていたんだ。何年か前に、父が緊急事態に備えて、この通路を造ったんだ。一度、川にもぐらないとそこには行けないが、もぐってすぐ川床が急《きゅう》な斜面になっていて、城の下のトンネルにつながっているんだ。長い時間が経って瓦《が》礫《れき》で埋まってしまっていて、取り除くのに二週間かかった。

長くなるから簡単に話すが、とにかくある夜、この秘密の通路を抜けて街に侵入し、ベイがチュニスからやってくる大キャラバンを待っているといううわさを流した。思惑通り、このうわさがアブドゥーラの耳に届き、奴はこれを横取りしようと、ひと握りの歩兵部隊を残して、全員を急行させた。あとは男たちが出撃するまで待っていればよかった。我々は夜陰に乗じて歩哨《ほしょう》を制圧し、門を開けた。戦いは激しかったが、長くは続かなかった。我々はすぐにコンスタンティーヌを取り戻したんだ」

「アブドゥーラはどうなったの？」クリスタはあえぐようにたずねた。「もしやあなたが——彼を……？」

「そうだ、クリスタ。彼は死んだ。でも、アブドゥーラは肉親の手にかかって殺されることはなかった。そうなるべきだったがな」

「どんなふうに死んだの？」

「アブドゥーラは臆病者《おくびようもの》ではなかった、それだけは言える」マークは顔をゆがめた。

「我々が宮殿に攻めこんだとき、奴は三日月刀を握り自分を守ろうとした。もちろん奴は、ベイの軍隊の制服に気がついていたが、俺を見た瞬間、火のように怒り狂った。とっくに始末したと思いこんでいたんだ。俺を捕らえていたときにそうするべきだったのさ。奴は足が不自由なことも忘れて、俺を殺そうと飛びかかってきた。そのとき、カフタンの裾《すそ》につまずいて、自分の刀の上に倒れたんだ。刀は心臓を貫いていた。即死だったよ」

「なんて恐ろしい！」嫉妬《しっと》で心がゆがんでしまった端正な顔をした青年のことをはっきりと思い出し、クリスタは身震いした。

「ベイが奴のために用意していた運命よりはずっとましだったさ」マークは言った。

「それにもっと慈悲深かったとさえ言える。もし生き埋めになっていたら、あれほど潔い最期にはならなかっただろう」

「それじゃ、もう終わったのね」クリスタはほっとして大きなため息をついた。「今はあの領地はあなたのものなのね。それなのにあなたは、わたしとマイケルのために戻ってきたなんて。アブドゥーラのハーレムにいる娘たちは誰もあなたを歓迎してくれなかったの？」

「行く気にもならなかったよ」マークは笑いをこらえながら、言い返した。

「そのせいで帰ってこないのかと思っていたのよ。あなたみたいに精力旺盛《おうせい》な人が、アブドゥーラの愛人たちをかまっていたら何ヶ月あっても足りないもの」クリスタが少しむっとしたようにほのめかした。

マークが口元をゆがめた。「嫉妬していたのか？　クリスタ」

「そうよ！　エリッサはどこなの？　あなたが本当のことを教えてくれないなら、あの子に――」

「実を言うと、俺はイギリスに戻る前に病気になったんだ」

「病気ですって？　何があったの？」

「マラリアだよ。前にも苦しめられた病気にまた罹《かか》ってしまったんだ。マラリアはあの界隈《かいわい》に足を踏み入れた者を、しつこく襲ってくるらしい。すまなかった、クリスタ。できればもっと早く帰りたかった。コンスタンティーヌは、俺なしでやっていってもらう」

「信じられないわ、マーク」クリスタはうれしさのあまり息をつまらせた。「それがあなたのお父様がお望みのことなの？　わたしたちのために本気で、先祖代々受け継がれてきた領地をあきらめるつもりなの？」

「父も喜んでいると思う」マークは謎《なぞ》めいた返事をした。「俺の求めているもの、必要なものはすべてこのイギリスにあるし、コンスタンティーヌにはベイがいる。国民のために豊かな愛情と哀れみを持って、賢く国を治めようとしているベイがね」

「誰なの？　あなたの代わりにコンスタンティーヌを治められる人がいるの？」

「ベイ・ヤジドだ」

「ヤジド？　アレンが？」

マークはうなずいた。「俺は弟の願いで退位したんだ。アルジェリアのベイは、ヤジドが俺の跡を継ぐことに同意している。ヤジドは自分が生まれた土地に深い愛着を持っているし、献身的だ。俺にどうしても必要なのは、マルボロ公爵という肩書きだけだ。それともちろん、父親と夫という肩書きもね」

「エリッサはアレンの決めたことに満足してるの？」クリスタがたずねた。「きっと受け入れなければならないことがたくさんあるわ。そのすべてが楽しいことばかりではないでしょう」

「ハーレムのことなら心配はない。アレンはエリッサにこう約束した。現在セライにいる女性たちは解放するか、善良な男たちと結婚させるとね。彼が国王でいる限り、妻は一人だけしか持たない。俺と同じくね。エリッサの子供だけが、彼の継承者になるはずだ」

「それじゃあ、本当に終わったのね」クリスタはうれしそうにため息をついた。

「いや、これは始まりなんだ、クリスタ。我々の新しい人生が始まったんだ。さあ、愛しい奥方、夫に歓迎のキスをしてくれないのか？」

それ以上の催促はいらなかった。クリスタは彼の首に腕をまわし、彼に劣らぬほど情熱的に唇を重ねた。マークは存分に長い口づけを味わい、両手でクリスタのやわらかく魅惑的な身体の曲線を愛撫した。その刺激で彼女の胸はふくらみ、乳首は痛いほど立ってきた。

　麻薬のようなキスに溺《おぼ》れこんで、クリスタはドレスを脱がされ、ついでペチコートとシュミーズまで脱がされたことにも気づかなかった。その体はほっそりしていて、コルセットで締め上げる必要はなかった。

「もう一人子供が欲しくないか?」クリスタの平らな腹に鼻をこすりつけて、冗談めかしてたずねた。

「わたしが決めていいの?」クリスタはくすくすと笑った。「本当にあきれるぐらい強いんだから。自制心を身につけてくれないと、そのうち邸が子供でいっぱいになってしまうわ」

「腕の中に妖婦《ようふ》がいるんじゃ、抑えようがない。家中、子供だらけになるのを覚悟するんだな」マークがからかうように言った。それからふいに、まじめな顔になった。

「クリスタ、マイケルの誕生に立ち会えなくてすまなかった。なんとしてでもあの子が生まれるところを見たかった。未来の子供たちのためにも、これからはずっと一緒にいると誓うよ」

「わたし、わかったわ。あなたはあまりにも責任感が強すぎて、アレンとオマールに自分の戦いを委《ゆだ》ねてしまうことはできなかったのね」マークは何も言わなかった。無言のうちに彼女の言葉を認めていたのだ。

「それで最後まで見届けたんだわ」

「でも、そのために君を置き去りにして、俺たちの子供を一人で産ませてしまった。たとえ病の床からはい出してでも、一緒にいるべきだった」

「あなたはここにいる、マーク。それだけで十分よ」

「留守の間、俺が戻らないのではないかと、ずいぶん悩んだだろう。ずっと辛い思いをさせたが、もう二度そんなことはしない。俺はここにいる。これからは自分の責任は自分で果たすつもりだ。君にも俺たちの子供にも、不自由はさせない。どんなことがあっても、誰にも俺たち二人を引き裂くことはできない。君のそばにいつもいるよ」

「そろそろ話をやめて愛してくれないと、次の子は生まれないわよ」クリスタは堂々と抗議して、彼の服を脱がせた。

「ああ、可愛いセイレーン、君は俺にはもったいない」マークはうめきながら、素早く服を脱ぎ捨てた。

「マーク、待って」クリスタはふいにレノアのことを思い出した。「オマールは一緒に戻ってきたの？　それともアレンのところに残ったの？」

「オマールは今まで俺のそばを離れたがらなかった。でも今回戻る気になったのは、レノアがいたからだ。もう話はやめだ、ちゃんと君を愛したい」

二人は果樹園の中で、灼熱《しゃくねつ》の太陽の光に裸の身体をさらしながら、砂漠の砂の上に横たわる、あの凛々《りり》しい族長《シーク》と、銀髪の美しい囚われ人になっていた。抱きしめ合い、ただ二人だけのものである輝かしい情熱を、今度は新緑の草原で燃え上がらせ、いつも二人を結びつける、あの歓喜のうねりの中へと舞い上がっていった。

訳者あとがき

本書は、ベルベル族の王子であり、コンスタンティーヌ（現北アフリカ、アルジェリアのコンスタンティーヌ県）を治める君主《ベイ》の息子アーメドと、勝気な英国人女性クリスタとの恋を描いた作品*Desert Ecstasy*（一九八八）を訳出したものです。

物語は、母親の母国であるイギリスに留学していたアーメド王子が、ある舞踏会でクリスタと出会うところから始まります。クリスタには、チュニス（現チュニジア共和国首都）の領事館高官という地位にある父が決めた許婚《いいなずけ》がいるのですが、アーメドをひと目見ただけで心を奪われ、アーメドもまた、クリスタが婚礼準備のためロンドン滞在中であることを知りながらも、その美しさに強くひかれます。ふたりの間に恋の炎が燃え上がった直後、母国からの急な知らせが届き、アーメドはクリスタの前から立ち去ってしまいます。「きっとまた会える」という言葉を残して……。

今回の主な舞台は、フランスの支配下に置かれる前の、十九世紀初めのアルジェリアです。アルジェリアとチュニジアの沿岸部はバルバリア海岸とよばれ、この沿岸で活動した海賊は十六世紀前半に最盛期を迎えますが、十七世紀後半から始まったヨーロッパ諸国の艦隊の攻撃により徐々にその勢力を縮小、一八一六年にはアルジェ港がイギリス・オランダの連合艦隊の総攻撃をうけて、海賊の活動は一気に衰退に向かいました。

本書に登場する海賊の頭目バルバロッサも、手下に十分な金品の分け前を与えられなくなっていることに悩んでおり、船を襲ってヒロインを手に入れたものの、高く売り飛ばして金にすることを計算し、彼女に手をつけるのをぐっとこらえるという涙ぐましい状況も描かれています。

ヒロイン、銀色の髪のクリスタは、男性に甘えない、一個の女性として自分の足で立ち、生きていきたいという誇りを持った女性です。ただ強く美しい、というだけでなく、自分を襲おうとした海賊にまで人間本来の誇りややさしさまで思い出させてしまうような彼女の人間性が、物語に深みを与えています。ヒーロー、アーメド王子は、愛国心と正義感にあふれ、王族としての傲慢なまでのプライドの持ち主として描かれています。しかし、かつての愛人の嘘《うそ》にまんまとだまされるシーンも描かれ、誇り高く精悍《せいかん》な面とそのお茶目な一面とのギャップに、母性本能をくすぐられる方もいらっしゃるかもしれません。

ロンドンで始まった物語は、船上、アルジェ、サハラ砂漠、コンスタンティーヌ、ふたたびロンドン、さらには南フランスへと目まぐるしく舞台をうつしながら展開していきます。

海賊に襲われ、異国の地で奴隷になり、幾多の困難に襲われながらも見事に切り抜けていくアーメドとクリスタ。意志の強さばかりではなく、まさにふたりを結びつける宿命《キスメット》を感じてしまいます。困難と困難の間に差し挟まれる、ロマンチックで、濃厚な官能描写も含め、コニー・メイスン作品ならではのスピード感のある展開に、あっという間にひきつけられてしまうことでしょう。

砂漠の民や海賊の戦い、強盗、誘拐などの事件を乗り越え、愛を成就させていく「シークもの」と呼ばれるアラブが舞台のロマンス小説は、米国において非常に多くのファンを持つジャンルです。「このような小説が中東地域に対して誤った印象を植えつけてしまうのではないか」と批判されながらも、9・11アメリカ同時多発テロ事件以降もその人気は衰えることはありません。

アーメド王子の瞳《ひとみ》の燃えるようなエメラルドグリーン、クリスタの髪の金とも銀ともつかない亜麻色。また、映画「望郷」の舞台となったカスバを抱えるアルジェの街並みの白、トゥアレグ族の民族衣装の深い青色。そして、さまざまに表情を変える砂漠の色……。本書には、鮮やかな色の描写がたびたび現れます。読者の皆様の心に物語の情景が浮かんでくるよう、できるだけ丁寧に訳したつもりです。

世界じゅうのロマンスファンを虜《とりこ》にする「シークもの」の魅力を、十分に味わっていただけたなら幸いです。

◉訳者紹介　中川梨江（なかがわ　りえ）
慶応大学経済学部卒。音楽関係・ノンフィクションの訳書多数。主訳書にメイスン『誘惑のシーク』『獅子の花嫁』（扶桑社ロマンス）など。

愛は砂漠の夜に

発行日　2007年10月30日　第1刷

著　者　コニー・メイスン
訳　者　中川梨江

発行者　片桐松樹
発行所　株式会社 扶桑社
〒105-8070　東京都港区海岸1-15-1
TEL.(03)5403-8870(編集)　TEL.(03)5403-8859(販売)
http://www.fusosha.co.jp/

印刷・製本　図書印刷株式会社
万一、乱丁落丁(本の頁の抜け落ちや順序の間違い)のある場合は
扶桑社販売宛にお送りください。送料は小社負担にてお取り替えいたします。

ISBN978-4-594-05508-0　C0197
Printed in Japan(検印省略)
定価はカバーに表示してあります。